LES INITIÉS

À propos de l'autrice

Avant d'écrire des thrillers à succès, **Jessica Goodman** a travaillé pour les plus grands magazines de mode : de *Glamour* à *Elle* en passant par *Marie Claire*. Grâce à ce roman, elle a rencontré Sydney Sweeney, talentueuse actrice de la série télévisée *Euphoria*, avec qui elle s'est aussitôt liée d'amitié. C'est d'ailleurs Sydney qui co-produit l'adaptation en série des *Initiés* !

JESSICA GOODMAN

LES INITIÉS

Traduit de l'anglais (États-Unis)
par Alice Delarbre

POCKET JEUNESSE
PKJ·

Titre original :
They Wish They Were Us
(Cette édition a été publiée initialement aux États-Unis suite à un accord avec Razorbill, une maison d'édition de Penguin Young Readers Group, division du groupe Penguin Random House LLC.)

Collection « Territoires » dirigée
par Pauline Mardoc

Avertissement :
Ce roman traite de thèmes sensibles qui peuvent faire ressurgir des traumatismes sur les sujets suivants : violences, féminicide, bizutage, drogues, harcèlement scolaire.

Loi n° 49956 du 16 juillet 1949 sur les publications destinées à la jeunesse : novembre 2023

ISBN : 978-2-266-31866-2
Dépôt légal : novembre 2023

À maman et papa,
pour les racines et les ailes.

PROLOGUE

C'est un miracle de sortir du lycée vivant. De sa succession de dangers et de pièges retors. Quand on n'est pas lâché par son propre cœur, inlassablement piétiné et abîmé, on court le risque de connaître une mort digne des pires clichés, mais pas moins tragique : accident de voiture en état d'ivresse, feu rouge grillé à cause d'un texto écrit au mauvais moment, prise des mauvais comprimés en trop grande quantité, etc. Et pourtant, rien de tout cela n'a coûté la vie à Shaila Arnold.

Bien sûr, en théorie, la cause de sa mort est un traumatisme crânien dû à la violence des coups assénés par son petit ami, Graham Calloway. La présence d'eau de mer dans ses poumons faisait de la noyade l'hypothèse la plus naturelle, mais, après examen attentif, la bosse sur sa tête et la quantité de sang poisseux qui imprégnait sa longue chevelure miel n'ont laissé aucune place au doute.

« Traumatisme crânien. » Voilà ce qu'indique son acte de décès. Je crois, moi, qu'elle est morte de colère, de trahison. D'avoir désiré trop de choses d'un coup, sans jamais se sentir satisfaite. D'avoir été dévorée par la rage. Je le sais, parce que la mienne me dévore aussi. *Pourquoi devions-nous souffrir ? Pourquoi avions-nous été choisies ? Comment avions-nous perdu le contrôle ?*

C'est difficile de se rappeler à quoi nous ressemblions avant, quand la colère était passagère. Un sentiment temporaire, provoqué par une dispute avec ma mère, ou parce que mon petit frère Jared obtenait, à force d'insistance, la dernière part de tarte aux pommes à Thanksgiving. La colère était supportable alors, parce qu'elle était éphémère. Une vague qui retombait avant d'avoir le temps d'enfler. Tout s'apaisait rapidement.

Maintenant, c'est comme si j'abritais un monstre en moi. Il sera toujours là, à attendre son heure pour écarteler ma poitrine et apparaître en plein jour. Je me demande si Shaila a ressenti la même chose au moment d'exhaler son dernier souffle.

Seuls les gens bien meurent jeunes. Enfin, c'est ce qu'affirme cette vieille chanson que nous adorions chanter. C'est un mensonge. Je le sais parce que Shaila Arnold était tout un tas de choses – brillante, drôle, sûre d'elle et délurée. Mais en réalité… Elle était tout sauf quelqu'un de bien.

1.

Qui dit premier jour de cours dit hommage à Shaila. Aujourd'hui, elle aurait dû faire sa rentrée en terminale. Or, depuis trois ans, elle est morte. Et nous, comme à chaque rentrée, nous allons encore avoir droit à notre petite piqûre de rappel.

— Prête ? me demande Nikki en arrivant sur le parking du lycée.

Elle gare sa BMW d'un noir étincelant, cadeau de ses parents pour cette nouvelle année scolaire, et avale une énorme gorgée de café glacé.

— Parce que moi, non.

Elle déplie le pare-soleil pour se regarder dans le miroir, applique une couche de rouge à lèvres pastèque et se pince les joues pour les colorer.

— Ils pourraient pas plutôt poser une plaque à sa mémoire ou créer une fondation ? C'est tellement violent, là…

Nikki a lancé le compte à rebours qui nous séparait du premier jour de terminale depuis le début des grandes vacances, en juin. Elle m'a appelée ce matin à 6 h 07, et quand j'ai décroché, le cerveau encore bien embrumé, elle n'a même pas attendu mon « allô » pour me crier : « Sois prête dans une heure ou trouve-toi quelqu'un d'autre pour te conduire en cours ! » J'entendais son sèche-cheveux derrière elle.

Elle n'a pas eu besoin de klaxonner pour me prévenir qu'elle était arrivée. Les notes assourdissantes de *How Will I Know*, de Whitney Houston, l'ont fait pour elle. Nous partageons une passion pour la musique des années 1980. Je suis montée à côté d'elle. On aurait dit qu'elle avait déjà sifflé deux gigantesques cafés et qu'elle sortait de chez l'esthéticienne. Un fard à paupières pailleté faisait ressortir ses yeux noirs. Les manches de son blazer bleu marine étaient retroussées jusqu'aux coudes, d'une façon à la fois sophistiquée et décontractée. Nikki est l'une des seules personnes capables d'avoir du style dans l'horrible uniforme de Gold Coast Prep, notre école privée.

Dieu merci, mes cauchemars m'ont laissée tranquille la nuit dernière et les poches quasi permanentes sous mes yeux ont disparu. OK, le fait de prendre quelques minutes pour m'appliquer une couche épaisse de mascara et redessiner mes sourcils n'a rien gâché…

Lorsque je suis montée à côté de Nikki, l'impatience me donnait le tournis. Notre heure était arrivée. Nous étions enfin au sommet.

Pourtant, maintenant que nous sommes sur place, garées, pour la première fois, sur le parking réservé aux terminale, un frisson parcourt mon échine. Il va encore falloir survivre à la cérémonie en l'honneur de Shaila. C'est comme un gros nuage suspendu au-dessus de nos têtes, prêt à gâcher la fête avec des trombes de pluie.

Shaila est la première élève de cette école à avoir trouvé la mort, et au début personne ne savait très bien comment réagir. La direction a fini par prendre une décision. Chaque année, la rentrée débuterait par un hommage de quinze minutes en son honneur. Cette tradition durerait jusqu'à ce que nous, ses camarades, ayons décroché notre diplôme du secondaire. Et en signe de reconnaissance, les Arnold financeraient une nouvelle aile consacrée aux lettres qui porterait le nom de Shaila. Bien joué, Monsieur le proviseur Weingarten.

La cérémonie de l'an dernier n'était pas si mal. Weingarten a pris la parole pour évoquer l'amour des maths de Shaila – faux – et en conclure qu'elle aurait été impatiente de suivre les cours d'option dans cette matière – archi-faux. M. et Mme Arnold étaient présents aussi, comme l'année précédente. Assis au premier rang de l'auditorium, ils s'essuyaient les joues avec des mouchoirs en tissu à l'ancienne, si usés qu'ils étaient presque transparents et conservaient sans doute des traces de vieille morve.

Tous les six, nous étions assis à côté d'eux, devant et au centre. Nous, les rescapés. Après cette nuit fatale, sur huit élus, nous n'étions plus que six.

Nikki se gare sur la place réservée au président du conseil des élèves – en l'occurrence, à la présidente –, où Quentin nous attend déjà.

— On est enfin en terminale, les meufs !

Il pose une feuille de son carnet sur le pare-brise, devant moi. Un dessin de nous trois griffonné à l'arrache. Nikki brandit un marteau de juge, qui symbolise sa fonction de présidente, alors que je suis suspendue à un télescope qui mesure le double de ma taille et que Quentin est recouvert de peinture rouge flamboyante, assortie à ses cheveux. Notre petit trio me fait fondre.

Je pousse un cri de joie, ouvre ma portière et attrape Quentin par la taille.

— Tu es là ! dis-je en enfouissant mon visage dans son torse aussi moelleux qu'une brioche.

— Mais Jill ! s'exclame-t-il en riant. Viens là, Nikki.

Elle prend part à notre câlin collectif et je respire le parfum frais de la lessive de Quentin. Nikki dépose un baiser poisseux sur ma joue. Quelques secondes plus tard, les autres nous ont rejoints. Robert, avec ses cheveux plaqués en arrière, qui, après avoir tiré une dernière fois dessus, range sa cigarette électronique au parfum mentholé dans la poche de sa veste en cuir.

— J'en reviens pas qu'on doive encore se farcir ce truc, dit-il.

— Quoi ? Les cours ou l'hommage ? lance Henry.

Il est arrivé derrière moi et pose une main au creux de mes reins tout en me mordillant l'oreille. Son odeur est terriblement masculine, un mélange d'herbe fraîchement coupée et de parfum français hors de prix. Je rougis ; j'avais oublié que ce serait la première fois qu'on nous verrait au lycée en couple. Je me blottis contre lui, glisse mon épaule sous son bras.

— À ton avis ? lui rétorque Robert en levant les yeux au ciel.

— Fermez-la, bande d'abrutis !

Et voilà Marla, qui rabat sa tresse blond platine sur son épaule musclée. Elle est toute bronzée après son été à jouer au hockey sur gazon dans le meilleur centre d'entraînement de Nouvelle-Angleterre. Sa crosse est rangée dans un sac en toile tie and dye qu'elle porte sur le dos. Le manche, recouvert d'un grip, dépasse légèrement. C'est sa façon d'afficher qu'elle se voit déjà intégrer une université grâce à ses exploits sportifs.

Robert ouvre la marche et traverse l'immense pelouse impeccable. En se plaçant pile au bon endroit, deux pas sur la droite de la tour de l'horloge, on peut apercevoir un petit bout de la baie de Long Island, à moins de deux kilomètres, et les immenses voiliers qui tanguent les uns à côté des autres. L'air marin fait constamment friser mes cheveux, rendant tout fer à lisser inutile ici.

Je suis la dernière et j'en profite pour observer les silhouettes de mes amis, qui se découpent à contre-jour. L'espace d'un instant, il n'existe rien en dehors des Joueurs. Nous sommes un champ magnétique. Et nous sommes les seuls à connaître la vérité, à savoir ce qu'il nous a fallu endurer pour en arriver là.

Aucun élève de troisième n'ose s'approcher de notre bande. Ils gardent leurs distances tout en tirant sur leurs chemises blanches trop raides, en resserrant leurs ceintures et en remontant leurs jupes plissées écossaises. Personne ne prend le risque de croiser notre regard. Ils ont retenu les règles.

Je transpire en arrivant à l'auditorium. La peur m'envahit au moment de passer près de Henry, qui me tient la porte. La plupart des sièges en velours sont déjà occupés et des dizaines de paires d'yeux écarquillés se tournent vers nous alors que nous rejoignons nos places au premier rang, aux côtés de M. et Mme Arnold. Ils sont tous les deux en noir. Ils se lèvent pour nous envoyer des baisers du bout de leurs lèvres pincées. Ça me rappelle l'enterrement de mon grand-père : nous avions passé des heures debout, à accueillir les gens d'un air si grave que ma bouche a fini par se transformer en fleur fanée. Je suis la dernière à saluer Mme Arnold, qui me plante ses ongles carmin dans la peau.

— Bonjour, Jill, me murmure-t-elle à l'oreille. Je te souhaite une excellente rentrée.

Je réussis à sourire et à libérer mon bras de ses griffes après un instant qui m'a paru interminable. Quand je me glisse enfin entre Henry et Nikki, mon cœur bat à mille à l'heure. Shaila nous observe depuis son cadre doré, posé sur un chevalet au centre de la scène. Ses cheveux ambrés forment une cascade *wavy* absolument parfaite, et ses yeux vert clair ressortent plus que jamais grâce à un petit coup de pouce de Photoshop. Elle n'a pas changé, figée à jamais l'année de ses quinze ans, alors que, depuis, nous avons tous eu de nouveaux boutons, des règles douloureuses et des problèmes de mauvaise haleine.

La salle sent la photocopie encore chaude et le crayon fraîchement taillé. Disparus, les effluves musqués du printemps dernier. L'auditorium était l'endroit préféré de Shaila. Elle décrochait systématiquement le premier rôle dans les pièces de théâtre et ressortait toujours boostée des répétitions. J'avais du mal à comprendre son euphorie. « J'ai besoin d'être sous les projecteurs, m'avait-elle expliqué un jour, avant d'émettre son rire grave et puissant. Au moins je suis honnête. »

— Bonjour à tous, s'égosille le proviseur Weingarten.

Son nœud papillon est légèrement de traviole et on dirait qu'il vient de tailler sa moustache poivre et sel, ce qui fait ressortir son menton pointu.

— J'aperçois beaucoup de nouveaux visages dans l'assemblée, et je tiens à leur souhaiter la bienvenue du fond du cœur. Joignez-vous à moi !

Tout le monde se tourne vers les nouveaux. Leur expression de surprise les trahit. Ils sont facilement repérables. J'étais comme eux en sixième. J'avais reçu ma bourse tout juste une semaine avant le début des cours, et j'étais arrivée ici sans connaître personne. Ce souvenir me fait frissonner.

— Bienvenue ! s'écrie l'auditorium à l'unisson.

Notre rangée reste silencieuse.

— Si nous commençons cette année par cette assemblée, c'est parce que nous tenons à prendre le temps d'honorer la mémoire de l'une des meilleures d'entre nous, l'une de nos élèves les plus brillantes, Shaila Arnold.

Toutes les têtes se tournent alors vers le portrait dans son cadre doré, sauf celles de M. et Mme Arnold, qui gardent les yeux rivés sur le proviseur.

— Si Shaila n'est malheureusement plus parmi nous, poursuit-il, ce n'est pas une raison pour oublier la merveilleuse vie qu'elle a eue. Son souvenir reste d'ailleurs bien présent dans la mémoire de sa famille, de ses amis et de nous tous ici.

Les Arnold hochent la tête.

— Je suis là pour vous dire que notre école est et sera toujours une famille. Nous devons continuer à nous protéger les uns les autres. Nous ne permettrons pas qu'il arrive malheur à un autre de nos élèves.

Le coude de Nikki s'enfonce dans ma cage thoracique.

— Écoutez bien ce qui va suivre, poursuit-il. Ici, nous voulons que la vie soit agréable. Nous visons le meilleur. Nous nous entraidons.

Ah, la devise de Gold Coast.

— Répétez avec moi, si vous connaissez la formule, dit-il avec un sourire.

Cinq cent vingt-trois élèves, âgés de six à dix-huit ans, donnent de la voix. Même les nouveaux, qui ont reçu pour instruction de retenir ces paroles stupides avant d'arriver ici.

— À Gold Coast Prep, la vie est agréable. Nous visons le meilleur. Nous aimons l'entraide, répétons-nous en chœur, d'un ton chantonnant bien flippant.

— Parfait, conclut le proviseur. Maintenant, filez en cours. C'est une grande année qui vous attend !

Quand arrive la pause de midi, nous avons fini de porter le deuil de Shaila. Cet hommage annuel est une corvée dont nous nous sommes débarrassés.

Les seconde et les première sont déjà installés avec leurs plateaux, mais la table parfaite, celle qui nous est réservée, nous attend.

Elle occupe, et de loin, le meilleur emplacement du réfectoire, pile au milieu, si bien que tout le monde est obligé de passer près de nous et de constater que nous menons la grande vie en permanence, même au déjeuner. Les tables les plus proches sont réservées aux autres Joueurs, et à partir de là tout est déterminé par la distance qui sépare les autres de nous.

Un picotement d'excitation me parcourt les pieds lorsque je m'approche du buffet de salades avec Nikki, remplissant mon assiette de kale massé à l'huile, de feta marinée et de morceaux de poulet grillé. Au moment de longer le buffet des desserts, je prends une boule de pâte à cookie crue dans un saladier en verre. La présence de cette friandise bien calorique sur un plateau est un excellent moyen de repérer les filles les plus tendance depuis des décennies. Shaila en mangeait tous les jours. Un groupe de troisième nous laisse les dépasser à la caisse, et nous rejoignons la table qui, nous le savions depuis toujours, était vouée à être la nôtre. Malgré tout, je reste surprise de trouver un siège vide, qui semble m'attendre. Ce privilège, qui me revient pourtant de plein droit, provoque un étrange frisson en moi. Une piqûre de rappel. Après tout ce qui s'est passé, je suis à ma place. Je la mérite. J'ai survécu.

Nikki et moi arrivons en premier, et dès que je suis assise, j'ai l'impression de me trouver dans un aquarium. On sait qu'on nous regarde. Ça fait partie du jeu.

Nikki rabat ses longs cheveux noirs sur son épaule et ouvre son sac à dos pour en sortir une boîte en carton fluo.

— Je ne suis pas venue les mains vides, dit-elle.

Elle soulève les rabats et je découvre des mini KitKat par dizaines, aux parfums les plus originaux : citrouille, thé vert, patate douce. Ses parents ont dû les lui rapporter de leur récent voyage d'affaires au Japon. Quelques élèves de seconde se dévissent le cou pour voir quelles merveilles Nikki Wu a apportées à l'école.

— Darlene a voulu se rattraper un peu de ses absences, m'explique-t-elle en me montrant les emballages de couleurs vives.

Nikki lève toujours les yeux au ciel quand elle prononce le prénom de sa mère.

Ses parents sont des magnats du textile, et ils ont quitté Hong Kong pour venir s'installer ici l'année de la cinquième. Nikki a passé l'essentiel de son premier semestre penchée sur son téléphone portable, à échanger des messages avec ses amis à l'autre bout du monde. La vie de banlieue, même dorée, l'indifférait totalement. Ce qui lui donnait un air froid de fille inatteignable. Puis, au printemps, elle est devenue la meilleure amie de Shaila pendant les répétitions de la comédie musicale annuelle. Shaila avait, sans surprise, décroché le rôle principal – celui de Sandy dans *Grease* –, et Nikki avait été enrôlée pour s'occuper des costumes. Ce qui nous a permis de découvrir qu'elle était une sorte de prodige de la mode, capable de confectionner des leggings en similicuir et des jupes corolles dignes de figurer dans une production de Broadway.

Quand il est devenu évident que je devrais partager l'amitié de Shaila, j'ai tout fait pour apaiser ma jalousie. J'étais bien décidée à m'adapter à leurs nouveaux goûts communs (« la télé, c'est mieux que Netflix ») et à prendre ma première cuite comme elles, à la soirée réservée à la troupe du spectacle (« on a bu de la bière puis de l'alcool fort, on n'avait jamais été aussi malades ! »). Ça a pas mal marché et, à la rentrée de quatrième, notre trio était devenu inséparable.

— Mes préférés, ceux aux haricots rouges, dit-elle en déballant un KitKat pour le fourrer dans sa bouche.

Je me sers et ouvre un emballage rose vif. La barre chocolatée sucrée laisse une traînée poisseuse dans ma paume.

— Ah nan, ceux à la fraise sont meilleurs.

— Seulement si tu les manges avec ceux au thé vert.

— Espèce de snob !

— Ça s'appelle avoir du goût.

— Et le chocolat noir ?

Nikki prend le temps de considérer cette option en mastiquant son KitKat.

— Simple ? Classique. Je te suis.

— Un parfum iconique.

— Comme nous.

Nikki me décoche son sourire ravageur avant d'ouvrir un paquet lavande.

— La vie est trop courte pour se contenter d'un seul, observe-t-elle.

— Bien dit.

Dans mon dos, le bourdonnement constant de la cantine se transforme en rugissement. Je me retourne et découvre les garçons, qui viennent dans notre direction. Tout le monde s'écarte sur leur passage.

Robert fonce en tête et distance un peu les autres. Henry n'est pas très loin derrière. Il porte son sac à dos sur une seule épaule, ses épais cheveux blond cendré sont rabattus d'un côté et sa cravate est desserrée. Il échange un *check* avec Topher Gardner, un Joueur de première, mastoc et sujet à l'acné, prêt à tout pour attirer son attention. Quentin ferme la marche et adresse, au passage, un clin d'œil à un type mignon de seconde, membre de l'équipe de baseball, qui devient rouge comme une tomate. Robert se laisse tomber lourdement sur une chaise et arrache quasiment le bouchon de sa bouteille de soda, dont il avale la moitié d'un trait.

— Salut, bébé, dit Henry en s'asseyant à côté de moi.

Il pose ses lèvres dans le petit creux, en forme de triangle, au-dessus de mes clavicules. Ce baiser provoque une décharge électrique dans tout mon corps et quelqu'un retient un cri à la table derrière la nôtre. Un groupe de troisième aux yeux écarquillés et aux jupes un peu trop longues, qui se sont dégoté des places aux premières loges. Si elles pensent réussir à les garder toute l'année, elles se plantent. Cette table aussi nous est réservée. Nous l'offrirons aux nouveaux Joueurs de troisième. Ce sera notre cadeau.

Pour le moment, elles gloussent et échangent des messes basses en nous lançant des regards.

Marla s'affale à son tour sur une chaise, et il suffit de ça pour que nous soyons tous réunis. Maintenant que tous les Joueurs sont arrivés, la partie peut commencer.

L'atmosphère autour de nous vibre d'éclats de conversations qui ont toutes pour but de nous propulser vers le week-end, toujours le week-end.

« Anne Marie Cummings serait apparemment prête à te branler si tu fais semblant d'aimer son groupe de merde. »

« Reid Baster a promis d'apporter de quoi picoler vendredi soir. Ne le laisse pas entrer si son fournisseur l'a planté. »

« Ben, si tu voulais pas te retrouver avec du feutre plein la tronche, t'avais qu'à pas boire autant ! »

Ces bribes flottent au-dessus de nos têtes puis se dispersent dans la salle, comme des pigeons voyageurs chargés de partager les informations essentielles avec le reste du bahut. Certains jours, nos têtes sont si proches les unes des autres qu'elles doivent, j'imagine, donner l'impression de se toucher vu d'en haut. Mais il arrive que nous soyons aussi repliés chacun sur soi, cherchant à conclure des partenariats et des alliances au sein de notre groupe. *Qui est de mon côté ? Allié ou adversaire ?*

— Hum hum ! lance Nikki en tapant sa cannette d'eau pétillante avec son couteau.

Robert grogne tout en lui souriant. Les bonnes semaines, ils passent leur déjeuner à échanger des saloperies. Les mauvaises, Nikki l'ignore carrément.

— Connard.

Elle lui tire la langue et presse ses bras contre ses seins pour les faire remonter. Robert se cale contre le dossier de sa chaise et hausse les sourcils, impressionné. Cette semaine s'annonce très bien.

— Allez, mademoiselle Wu, intervient Quentin, crachez le morceau.

Nikki se penche en avant et parle tout bas pour nous forcer à tendre l'oreille, même si rien de ce qu'elle s'apprête à dire ne sera inédit. La soirée de la rentrée, vendredi, aura lieu chez elle (sans blague). Ses parents sont absents, ils ont pris un vol pour passer le week-end à Paris (classique). Il y aura un fût de bière (évidemment).

Henry se tourne vers moi et sa main trouve ma cuisse sous la table. Son pouce décrit de petits cercles sur ma peau nue.

— Je passerai te prendre à 20 h 30, me dit-il.

Je me force à sourire et à ignorer la chaleur qui monte entre mes jambes. Il a gardé des couleurs de l'été, et je jurerais que je peux encore apercevoir la trace de bronzage laissée par ses lunettes de soleil sur l'arête de son nez le jour où il m'a demandé de sortir avec lui.

Un après-midi de juin, l'un des plus chauds, où on étouffait à terre, mais où on respirait parfaitement sur le bateau de ses parents, au milieu de l'embouchure du fleuve. Il n'y avait pas eu de nouveaux messages sur le groupe. Tous les autres étaient en vacances avant le début de leur programme estival d'élite. Je n'avais pas encore démarré mon stage au planétarium. Nous étions les seuls encore dans le coin.

Tu aimes les étoiles, non ? m'avait écrit Henry, en dehors du groupe.

Tout le monde connaissait mon obsession pour l'astronomie. Enfin, l'astronomie et l'astrophysique pour être plus précise. Je m'étais prise de passion pour tout ce qui se trouvait dans le ciel à l'âge de cinq ans, et mon père avait pour habitude de m'emmener au bord de l'océan après les pluies torrentielles, quand le ciel était parfaitement dégagé, pour me montrer les constellations, les galaxies, les planètes, les étoiles. Ocean Hill était le point culminant de la côte, une gigantesque falaise qui avançait dans l'eau. « C'est le seul moyen de donner du sens au chaos », me disait-il une fois que nous étions assis sur les rochers. Il me racontait qu'il avait toujours voulu devenir astronaute, mais qu'il avait fini comptable à la place, pour une raison que je n'ai jamais complètement comprise. À notre retour à la maison, le soir de notre première sortie, il a collé des étoiles phosphorescentes sur mon plafond, en formant des spirales.

Contempler les astres là-haut, ces petits miracles présents depuis l'éternité, m'apaise. Ça m'aide à chasser les cauchemars, à rendre l'obscurité plus supportable. Enfin, parfois…

Bah oui, ai-je répondu à Henry.

Une sortie en mer pour le coucher de soleil ?

J'ai attendu un peu avant de répondre. Henry a insisté.

J'ai un télescope.

Il me courait après depuis la fin des cours, il passait chez moi à l'improviste, me proposait de me conduire à des soirées, m'envoyait des vidéos bizarres censées me faire rire. J'en avais assez de résister, assez d'attendre un autre. Alors je me suis dit : tant pis, j'accepte.

OK. Mais pas besoin du télescope, j'ai ce qu'il faut.

La lunette de voyage que mon père m'avait offerte au dernier Hanoukka trônait sur ma table de nuit.

Quelques heures plus tard, nous longions le littoral dans son bateau, baptisé *Olly* en l'honneur du golden retriever de Henry. Le soleil s'était couché et la chaleur commençait à devenir supportable. Une brise s'est levée, et les premières petites étoiles ont réussi à percer les nuages. Je respirais l'air salé, allongée sur le pont humide. Les vagues se brisaient contre la coque pendant que Henry me régalait d'anecdotes drôles et surprenantes sur sa première semaine de stage chez CNN. Il rougissait en évoquant ses idoles, qu'il croisait dans les couloirs. C'était absolument craquant. Puis il a sorti une bouteille de rosé et une boîte de caviar russe. En me les montrant, il m'a posé la question, les yeux pleins d'espoir.

« Alors tu es d'accord ? Pour nous ? »

La réponse tombait sous le sens. Il était capitaine de l'équipe de lacrosse et présentateur sur la chaîne d'information de l'école. Il s'exprimait mieux que la plupart de nos profs. Il était mignon quand il avait bu, alors que la plupart des mecs se transformaient en monstres. Et puis ça ne gâchait rien qu'il ait la beauté naturelle des mannequins posant pour des marques de vêtements chics et classiques. Épais cheveux blonds. Yeux verts. Peau quasi parfaite. Il était destiné à un avenir brillant. C'était un Joueur. Me mettre en couple avec lui simplifierait tout.

D'autant que celui avec lequel j'avais vraiment envie de sortir, celui qui m'avait, sans le savoir, conduite à cet endroit exact, se trouvait à des centaines de kilomètres. La question ne se posait pas. Henry était là et il voulait de moi. Contrairement à Adam Miller.

« Bien sûr », lui ai-je répondu.

Henry a lâché la boîte et posé ses mains poisseuses sur ma taille. Des grains de caviar se sont accrochés à mon dos nu. Il n'aurait jamais pu soupçonner, au moment de fourrer sa langue dans ma bouche, que c'était à Adam que je pensais – j'aurais tellement voulu qu'il puisse voir ce qu'il avait laissé filer.

La sonnerie retentit, et Robert donne un coup de pied à Henry sous la table.

— Allez viens, on a espagnol.

— Et nous lettres, dis-je en me tournant vers Nikki.

Elle rejette la tête en arrière en signe de désespoir, mais me prend par le bras pour m'entraîner vers les portes battantes. En plissant les paupières pour ne pas être éblouie par le soleil, j'aperçois, derrière l'auditorium, les vendeurs d'huîtres qui replient leurs auvents rayés et remballent leurs caisses, fermant boutique pour la journée.

Nous arrivons pile au début du cours, et nous nous asseyons côte à côte. Je sors mon exemplaire de *Gatsby le magnifique*, que M. Beaumont nous a donné comme lecture estivale.

— Bonjour les filles, dit-il en passant près de nos bureaux. L'été a été agréable ?

Nikki incline la tête et prend un air malicieux.

— Très.

— Merveilleux.

Il remonte, avec un sourire, l'épaisse monture de ses lunettes sur son nez. Il me paraît plus bronzé que l'an dernier, on dirait qu'il a passé toutes ses vacances à se baigner dans les Hamptons. Il est un peu la version adulte des élèves de cette école.

Il est arrivé à Gold Coast Prep il y a trois ans, juste après Thanksgiving, pour remplacer Mme Mullen, qui partait en congé maternité. Shaila, Nikki et moi venions d'apprendre l'existence des Joueurs. Il nous a séduites dès le premier jour.

« Ne déconnez pas avec moi, et je ne déconnerai pas avec vous », avait-il dit avec un sourire. Comme une blague. Et il avait utilisé le verbe « déconner » pour se donner l'air cool. Pour montrer qu'il était dans le coup. J'ai reçu un texto de Shaila au beau milieu du cours. *Je fais déjà une fixation*, avait-elle écrit avec quelques cœurs rouges. J'ai redressé la tête et quand elle a croisé mon regard j'ai fait semblant de me pâmer.

Il ne nous a fallu que quelques jours, à l'époque, pour découvrir qu'il avait fait ses études à Gold Coast Prep. Et qu'il avait terminé son secondaire dix ans plus tôt. On a retrouvé l'annuaire de cette année-là, et il est vraiment ridicule dedans, avec sa tignasse brune ébouriffée et son maillot de lacrosse plein de terre. Henry est persuadé que c'est un ancien Joueur. Des rumeurs prétendent même qu'il serait à l'origine de tout.

Weingarten était si content du boulot de Beaumont cette année-là qu'il l'a engagé à temps plein et lui a attribué le cours d'option lettres pour les terminale.

Il se lance dans un monologue sur la symbolique des deux lieux antagonistes du roman de Fitzgerald, East Egg et West Egg, et je note le moindre de ses mots dans mon cahier.

— Je me demande bien pourquoi tu t'embêtes, murmure Nikki. C'est pas comme si ça allait te servir à quelque chose.

Elle a raison, bien sûr. Il y a déjà toutes les fiches dont on aura besoin dans les Archives des Joueurs, parmi les centaines d'autres, incroyablement détaillées, destinées à nous servir pour tous les examens de l'année. Elles sont complétées par une flopée d'anciennes copies, sans oublier les conseils officieux des responsables des services d'admission des universités de Harvard et de Princeton, pour nos futurs dossiers. J'ai découvert cette mine d'informations au printemps dernier, glissée entre des copies de chimie organique. Le tout m'avait été adressé par un Joueur dont je ne connaissais même pas le nom.

Ils recyclent chaque année les mêmes questions ! m'avait-il écrit. *T'as intérêt à cartonner.*

Ces archives sont pour les initiés la porte d'entrée dans l'élite de l'élite. Un moyen de nous garantir l'excellence, même si nous aurions pu l'atteindre par nous-mêmes. Elles se transmettent de génération en génération. C'est une façon de nous récompenser de notre loyauté, de nous permettre de profiter de tout ce qui va avec le statut de Joueur. Les soirées. Les plaisirs. Les privilèges.

Surtout pour ceux d'entre nous dont les parents n'ont pas les moyens de payer des professeurs particuliers réputés ou des consultants spécialisés dans l'enseignement supérieur.

— Mademoiselle Wu, l'interpelle M. Beaumont. Qu'est-ce qui vous intéresse autant dans ce qu'écrit

Mlle Newman ? Je suis surpris de vous voir regarder autre chose que votre téléphone.

Nikki se tient plus droite. Ses longs cheveux noirs, raides, lui recouvrent les épaules.

— Monsieur Beaumont, j'ai tellement aimé ce roman que je voulais savoir ce que Jill en avait pensé.

— Et alors, mademoiselle Newman, quel est votre avis sur *Gatsby* ?

Il me pose la question comme s'il était vraiment curieux de connaître ma réponse.

— Eh bien…

Je suis sauvée par la sonnerie.

— La prochaine fois, mademoiselle Newman. À la semaine prochaine. Et soyez prudents ce week-end.

Il s'adresse à l'ensemble des élèves, pourtant je sens ses yeux sur moi, comme s'il connaissait nos secrets. Tout ce que nous avons sacrifié. Tout ce que nous avons dû faire pour survivre.

2.

— Jill !

Henry est adossé à sa voiture, une Lexus presque neuve qu'il surnomme affectueusement « Bruce ».

— Viens, on se casse.

Une onde de chaleur se diffuse dans ma poitrine et je me dirige vers lui, sentant toutes les paires d'yeux qui nous observent.

Je m'installe à côté de lui et pose mon sac à mes pieds, à côté d'une pile de bouquins.

— Oh, pardon, ne fais pas attention. Nouvelle fournée.

Ils ont l'air ennuyeux à mourir avec des mots comme « guerre » et « démocratie » sur la couverture. Henry allume la radio sur NPR, sa station préférée, et je me mords la lèvre pour ne pas sourire. Il est tellement mignon quand il est en mode journaliste intello.

— On a invité des troisième à la soirée de Nikki, vendredi.

Henry sort un peu abruptement du parking du lycée en faisant au revoir de la main à M. Jarvis, le vieux prof de physique, qui a toujours des taches de nourriture sur sa cravate.

— Déjà ? je m'étonne. Ce n'est pas un peu tôt pour laisser les minus traîner avec nous ?

J'essaie de me rappeler mes premières soirées avec des Joueurs – c'était Adam qui m'avait proposé de l'accompagner. L'air était plus frais et ça sentait davantage les feuilles mortes que la crème solaire.

— Robert a profité de la pré-rentrée de l'équipe de lacrosse pour passer au crible les petits jeunes. Il dit qu'il a déjà trouvé des vainqueurs potentiels.

Je me mordille la lèvre.

— Ça reste quand même trop tôt, tu ne trouves pas ?

— Peut-être…

Il a l'air de prendre le temps d'y réfléchir, comme si mon opinion avait de l'importance.

— D'un autre côté, il faut qu'on commence à concocter à nos tests.

Ah ! les fameux tests. Aussi appelés « défis surprises ». Que j'ai personnellement renommés « mes pires cauchemars ». Le premier m'est tombé dessus alors que je n'avais été désignée Joueuse que depuis une semaine. Ce trouduc de Tommy Kotlove m'a ordonné de m'introduire dans le labo de chimie après les cours et de piquer un bécher, qu'il comptait offrir à sa copine, Julie Strauss, pour en faire un soliflore. J'ai bien failli fondre en larmes. Je ne savais pas encore que ce serait l'une des épreuves les plus faciles.

— Ça me paraît vraiment tôt.

— Tu sais, Bryce Miller pourrait être pas mal du tout.

— C'est vrai…

— Adam t'en a parlé ?

Oui, justement, Adam m'avait écrit le matin même avant le début des cours. Un message bref, mais qui avait tourné en boucle dans ma tête toute la journée. *Fais gaffe à mon frère, d'ac ? Je sais que je peux compter sur toi, Newman.*

— Je pense qu'il s'y attend, oui.

Henry prend un air exaspéré.

— Ouais, ben Bryce devra s'y mettre plus sérieusement qu'Adam. Son nom de famille ne suffira pas.

— Tu as raison, dis-je pour mettre un terme à la conversation.

Dans la bouche de Henry, le nom d'Adam paraît difficile à prononcer, comme s'il était empoisonné.

— On vérifiera s'il est à la hauteur. C'est ce qu'on fait toujours.

Henry se gare devant chez moi. Je plante un baiser rapide sur sa joue.

— À plus tard, bébé.

— Jilly ! C'est toi ? lance ma mère dès que j'ouvre la porte. Je suis dans la cuisine, viens !

Elle m'accueille souvent de la sorte, vêtue d'un top en lin ample et d'une grande étole en soie, occupée, en artiste infatigable, à s'affairer devant le four ou sa boîte de peinture. Aujourd'hui, il s'agit d'un immense plat de lasagnes qu'elle emballe dans du papier-aluminium. Elle en prépare chaque année pour la rentrée, c'est devenu une tradition.

— Comment ça s'est passé alors, cette première journée de terminale ?

Elle crie presque. Son excitation transforme ses rides naissantes en sillons profonds.

— Super !

Mon sourire est si large qu'elle n'a aucune raison de ne pas me croire.

— C'était la voiture de Henry ?

— Oui.

Elle secoue la tête en riant.

— Quel garçon, quand même !

Ma mère a beau avoir basculé dans le versant déprimant de la cinquantaine, elle reste la femme la plus éblouissante de notre quartier. Elle participe à trois clubs de lecture, ainsi qu'au groupe de femmes de la synagogue et à plusieurs projets d'intérêt général – tout en fabriquant des pots de fleurs raffinés et des vases entortillés qui lui valent de figurer dans les pages de *Vogue* et des magazines de déco une fois par trimestre. Sa nonchalance naturelle laisse penser qu'on peut facilement avoir le même train de vie que toutes les autres familles qui envoient leurs enfants à Gold Coast Prep, alors qu'en réalité, elle doit donner de nombreuses heures de cours de céramique dans la fac locale, ainsi que des cours privés aux gens les plus privilégiés du coin. Elle prétend que ça en vaut la peine, faire ce qu'elle aime tout en nous offrant l'enfance qu'elle n'a pas pu avoir. Ses parents étaient des hippies qui se droguaient et tenaient des stands lors des concerts de groupes de seconde zone. Et qui roulaient en camping-car. C'est sa fierté de pouvoir nous envoyer, Jared et moi, dans une école privée, même si j'ai l'impression de porter sur mes épaules leurs espoirs et rêves, à mon père et à elle. Or, ils pèsent une tonne.

Ce n'est qu'en CM2 que j'ai compris qu'ils visaient l'excellence pour moi, quand ils m'ont suggéré, de façon pas très subtile, de postuler au programme de mécénat de Gold Coast Prep. L'établissement finançait chaque année, en toute discrétion, la scolarité d'un élève, un seul, et le ou la chanceuse se voyait accorder un libre accès aux équipements scientifiques représentant plusieurs millions de dollars, ainsi que la possibilité de suivre des cours optionnels et toutes les activités parascolaires. Sans grande surprise, des dizaines d'anciens élèves ont atterri dans les meilleurs cursus universitaires. Je n'ai jamais vu mes parents aussi heureux que le jour où j'ai été acceptée.

Ce n'est pas comme si le mot « boursière » était collé sur mon front, mais je me dis que ça doit parfois sauter aux yeux. Il me manque les mocassins de marque pour casser le côté classique de la jupe écossaise. La voiture. Les vacances dans les Hamptons. « Qui a besoin d'une maison en bord de mer quand on vit toute l'année près de l'océan ! » a rétorqué ma mère la première fois que Shaila m'a invitée dans la résidence secondaire de ses parents.

Quant à savoir comment seront financées mes études à la fac, c'est un sujet épineux que j'ai toujours soigneusement évité. Je fais semblant de ne pas les entendre se disputer tout bas, tard le soir, lorsqu'ils nous croient endormis. « Laisse-la d'abord envoyer ses dossiers de candidature, conclut toujours mon père en chuchotant. On trouvera un moyen. »

Et est-ce que ça en vaut vraiment la peine ? Ces longues heures qu'il passe à additionner des chiffres dans un bureau sans âme ? Les faux sourires que ma mère affiche quand elle doit faire croire à ces horribles alcooliques qu'ils sont des artistes brillants ? Leur obstination ? C'est là que les Archives des Joueurs entrent en jeu. Je dois réussir. Pour moi, mais surtout pour eux.

Et c'est pour la même raison qu'elle a, un jour, pendant une réunion avec les autres femmes de la synagogue, accepté la proposition de Cindy Miller de lui envoyer son fils de dix-huit ans pour donner, à prix réduit, des cours particuliers à Jared.

« Finie la corvée pour toi, a-t-elle conclu après m'avoir annoncé que je n'aurais plus à écouter Jared lire à voix haute. Adam Miller va venir s'en charger.

— Quoi ? »

Je n'en revenais pas. Tout le monde connaissait Adam dans l'école. D'abord, il était d'une beauté inouïe, avec ses longs cheveux bruns et ses yeux bleus qui auraient fait fondre la banquise. Mais il était aussi d'une intelligence remarquable. Il avait remporté le prix national du jeune auteur dramatique trois années de suite, et on racontait qu'il essayait de vendre des pièces à plusieurs compagnies de théâtre de la région… alors qu'il était encore au lycée. Les facs le suppliaient quasiment d'intégrer leurs programmes consacrés à l'art de l'écriture. Et, bien sûr, c'était un Joueur.

Alors pourquoi voulait-il perdre ses soirées du vendredi à lire des romans jeunesse avec un petit de sixième ?

Je me souviens, ma mère a lissé son pull à grosse maille sur son jean avant d'ajouter un gros collier en céramique dessus.

« C'est Cindy qui a eu l'idée. Il cherche à avoir une expérience professionnelle, je crois. Sans doute pour ses dossiers de candidature. »

Mes parents avaient un dîner ce soir-là, et j'étais censée allée regarder des films chez Shaila, mais mon cerveau a été victime d'un court-circuit à la perspective de pouvoir passer du temps avec Adam.

En dehors du lycée.

Tous les deux.

Enfin, une fois qu'il aurait terminé de s'occuper de Jared.

Je me suis dépêchée d'écrire à Shaila sous un prétexte bidon. *Mal à la gorge. DÉSOLÉE !!!*

Elle m'a répondu avec un smiley qui pleurait à chaudes larmes. Quand j'ai annoncé à ma mère que je ne me sentais pas très bien et que j'allais plutôt rester à la maison, elle a eu un petit sourire entendu.

« Très bien, Jill. »

Mon père, qui était en train de se peigner, a éclaté de rire.

« Classique ! »

Puis on a sonné à la porte.

Je me suis efforcée de garder mon calme et de foncer ouvrir sans courir, cependant Jared a été plus rapide.

« C'est toi, mon prof particulier ? a-t-il demandé à Adam en le découvrant.

— Eh oui, mon pote. Tu dois être Jared. »

Adam lui a décoché un immense sourire, un peu de traviole. Il a croisé les bras et son fin tee-shirt blanc s'est tendu sur ses biceps, parfaitement ronds, lisses et puissants. Il avait l'air plus vieux sans le blazer et le pantalon en toile de son uniforme. Je me suis sentie rougir. J'ai dû me retenir de lui lécher la peau.

« Et tu dois être Jilly, a-t-il ajouté.

— Je… euh. Jill, oui.

— Jill. »

C'était enivrant d'entendre mon nom dans sa bouche. *Répète-le*, ai-je pensé de toutes mes forces.

« Jill, a-t-il dit comme s'il avait lu dans mes pensées. Je ne savais pas que tu serais là toi aussi. »

Avant que je puisse répondre, ma mère a déboulé dans l'entrée.

« Adam ! Nous sommes si heureux que tu sois ici pour aider notre Jared. Nous devons y aller, mais j'ai laissé nos numéros de portable sur le plan de travail de la cuisine, avec ton chèque. J'ai prévu une pizza. Et sers-toi dans le frigo, prends ce que tu veux. »

Mes parents sont partis. Adam m'a décoché un autre de ses sourires qui me faisaient fondre, puis il s'est tourné vers Jared.

« Prêt, mon pote ? »

Jared a poussé un grognement avant de disparaître avec lui dans la cuisine. Je me suis affalée sur le canapé et j'ai allumé la télé en baissant le volume au maximum, pour donner l'impression que j'étais occupée et non que je les espionnais.

Une heure s'est écoulée, puis Jared a débarqué dans le salon.

« À mon tour ! » Il m'a arraché la télécommande de la main pour mettre un film de superhéros débile.

Ne voyant pas Adam arriver, je suis allée dans la cuisine sur la pointe des pieds, curieuse de vérifier s'il était déjà parti.

« Hé ! », a-t-il lancé quand j'ai franchi le seuil de la pièce.

J'ai aussitôt piqué un fard.

« Comment ça s'est passé ? »

Adam a étiré ses bras au-dessus de sa tête, dénudant une étroite bande de peau hérissée d'une rangée de poils fins et frisés entre la ceinture de son jean et son tee-shirt. J'ai dû contrôler ma respiration.

« Plutôt bien. Il est adorable. »

Il m'a indiqué la moitié restante de la pizza, sur le plan de travail.

« On partage ? Je déteste manger seul. »

Il n'a pas attendu ma réponse. Il a pris la boîte et a traversé la cuisine pour sortir sur la terrasse qui surplombait notre jardin. Je l'ai suivi. Il a posé la pizza sur la table en verre puis est retourné chercher deux sodas et deux verres qu'il a pris le soin de remplir de glaçons.

« Merci », lui ai-je dit lorsqu'il m'en a tendu un.

Avant de boire, il a sorti de sa poche une petite flasque en métal. Il a dévissé le bouchon et versé un liquide sombre dans son verre.

« Tu en veux ? m'a-t-il proposé en haussant les sourcils. Je ne dirai rien si tu ne dis rien non plus. »

J'ai hoché la tête. La première gorgée m'a fait tousser.

« On s'habitue », m'a-t-il rassurée dans un éclat de rire.

J'aurais voulu lui dire que j'avais déjà bu. Que j'étais cool, moi aussi. Mais je me suis contentée de porter le verre à mes lèvres et d'avaler une autre gorgée, en entendant la glace craquer. La brûlure de l'alcool faisait crépiter les terminaisons nerveuses au bout de mes doigts. Puis j'ai fait ce que je fais toujours quand je suis nerveuse. J'ai levé les yeux vers le ciel. Les étoiles dansaient au-dessus de ma tête, et j'ai repéré mes préférées sans aucun mal. Les leçons de mon père tournaient en boucle dans mon crâne. *Trouve l'étoile du Berger. Puis regarde en bas à gauche. Ensuite incline un peu plus la tête et… bam ! La Grande Ourse.* Le calme est revenu en moi.

J'ai avalé une nouvelle gorgée.

« Alors, Jill, a-t-il dit en étirant les deux dernières lettres de mon prénom. Qui es-tu ? »

Je n'ai pas pu m'empêcher de rire.

« Pardon ? »

La nervosité était de retour. Je me suis forcée à chercher la ceinture d'Orion et à me concentrer sur les trois lumières clignotantes plutôt que sur la question d'Adam.

« Tu m'as entendu, a-t-il répété. Qui es-tu ? Qui est Jill Newman ? »

J'ai mordillé l'intérieur de ma joue et baissé les yeux avant de le regarder.

« Je ne suis personne.

— C'est faux.

— Ah bon ?

— Oui. Tu es juste encore en devenir. »

La surprise a arrondi ma bouche. C'était si vrai que c'en était blessant.

« Mais ce n'est pas grave, moi aussi, a-t-il repris avant de me tendre son verre comme pour trinquer avec moi. On découvrira la réponse ensemble. »

Puis il s'est penché vers moi pour sortir mon portable de la poche de mon jean. Je me suis liquéfiée intérieurement, mes orteils se sont crispés.

« Tiens, a-t-il dit en saisissant un message à toute vitesse. Je m'envoie un texto comme ça j'aurai ton numéro. »

Plus tard ce soir-là, des heures après avoir terminé avec lui les derniers morceaux de croûte froide de la pizza, des heures après lui avoir dit au revoir, j'ai senti mon portable vibrer.

Je sais qui tu es, m'a-t-il écrit.

Ah oui ?

Ma nouvelle critique.

Les points de suspension ont disparu dans la bulle ; pourtant, quelques secondes plus tard, il m'a envoyé un énorme pavé de texte suivi d'une explication. *C'est la scène d'ouverture de ma prochaine pièce. Tu es la première à la lire. Dis-moi ce qui ne va pas, Newman. Je peux tout encaisser.*

Mon cœur battait la chamade pendant que mes yeux déchiffraient le message. En retenant un sourire, je lui ai répondu : *Je suis très honorée.*

Voilà comment ça a débuté.

Rapidement, il a pris l'habitude de venir chez nous une fois par semaine pour faire lire Jared et l'aider avec ses devoirs. Puis pour passer du temps avec moi. En général, le vendredi. Parfois le mercredi – les cours de ma mère se terminaient tard ce jour-là, et mon père en profitait souvent pour rester au bureau. Jamais le samedi. Ces soirées-là étaient réservées aux Joueurs.

Au début, je ne l'ai dit à personne. Je voulais que mes moments avec Adam restent mon secret. J'en voulais plus. Au lycée, je le regardais passer de salle en salle et occuper sa place à la table des Joueurs. Il n'était pas le maître de cérémonie, mais il était le ciment du petit groupe de terminale. Ils se tournaient tous vers lui pour obtenir son aval, pour s'assurer qu'il riait à leurs blagues, pour écouter ses anecdotes tordues et complètement folles.

Nous avions un accord tacite. Ma maison était un endroit sûr. Pas l'école. Nous n'échangions que de temps en temps des sourires discrets dans les couloirs. Et puis un jeudi, alors que je passais près de lui entre deux cours, il a brusquement changé les règles. Il m'a touché l'omoplate avec son index. Un geste bref, mais qui s'est diffusé dans tout mon corps et m'a transportée dans une autre dimension.

C'est comme ça que Shaila l'a découvert.

« Qu'est-ce qui vient de se passer, là ? m'a-t-elle demandé en se rongeant une cuticule, une manie répugnante qu'elle cherchait à perdre et que j'ai adoptée à sa mort. Comment ça se fait qu'Adam Miller sache qui tu es ? »

J'ai essayé de retenir un sourire.

« Il donne des cours particuliers à Jared. Je crois que nos mères sont amies.

— Mmh, a-t-elle marmonné en regardant Adam, qui s'éloignait vers les salles de maths, suivi d'une vague d'élèves. Il sort avec Rachel, tu sais… Rachel Calloway. »

Mon cœur s'est embrasé puis fissuré en l'entendant chuchoter ces mots. Rachel était la sublime grande sœur de Graham. Capitaine de l'équipe de hockey sur gazon. Présidente du conseil des élèves. Une déesse inatteignable. Une terminale. Une Joueuse. C'était pire que tout.

« Je sais, ai-je menti.

— Je l'ai vu une ou deux fois cet été. Avec Graham. »

Je suis restée silencieuse, furieuse que Shaila ait encore une fois l'occasion de me rabaisser. D'abord, elle avait un copain, et maintenant, elle avait passé du temps avec Adam.

Elle a peut-être senti qu'elle avait poussé le bouchon trop loin, parce qu'elle s'est empressée de céder du terrain.

« Ça le soûlait qu'on soit là, évidemment. »

J'avais toujours été jalouse de Shaila, de l'odeur d'été de ses vêtements, de leur douceur sous les doigts, du fait qu'elle semble aussi à l'aise avec ses jambes interminables et sa poitrine naissante. Elle n'avait jamais eu ni petits boutons blancs dans le dos, ni duvet bizarre au-dessus de la lèvre supérieure. Même sa coiffure restait toujours en place, insensible à la brume océanique.

J'étais jalouse que tout soit si facile pour elle. Qu'elle soit capable d'être la meilleure élève de la classe, de courir des kilomètres, de décrocher le premier rôle dans des spectacles et d'éblouir n'importe qui sans fournir de réel effort. Elle prétendait n'avoir peur que d'une seule chose. Une chose totalement bénigne, normale. Le vide.

« Non, hors de question », m'avait-elle répondu en cinquième quand je l'avais suppliée de monter sur la grande roue à la fête de l'Océan. Celle-ci était installée à l'entrée d'Ocean Cliff, si bien que lorsqu'on atteignait le point culminant, on avait l'impression de dévaler vers les vagues. « Tu sais bien que j'ai le vertige. » Elle avait fait une grimace alors que ses yeux prenaient la mesure du monstre de métal.

À part ça, tout avec Shaila paraissait exceptionnel et mystérieux, tout était une aventure. Elle donnait la sensation que la vie ne pouvait pas être ennuyeuse en sa compagnie.

Même physiquement, elle sortait de l'ordinaire. Ses yeux était d'un vert tendre, comme l'herbe, et ils s'éclaircissaient dès qu'elle s'enthousiasmait pour quelque chose. Elle a été la première de notre classe à porter un soutien-gorge. Sa mère lui avait même acheté un modèle rembourré qui faisait pigeonner la poitrine. Son corps avait toujours paru se métamorphoser à une vitesse exceptionnelle. À cette époque, j'étais encore terrifiée par moi-même, par le pouvoir que je possédais ou ne possédais pas. Pourtant, je devais bien avoir quelque chose qui plaisait à Adam, quelque chose qui lui donnait envie de passer du temps avec moi alors qu'il avait une copine. C'était peut-être ma capacité d'écoute. Mon empressement à dire oui. Depuis toujours, je rêvais d'avoir une chose que Shaila n'aurait pas. Soudain, j'avais accès à Adam. Un avantage étrange, dont je pouvais tirer parti.

« Je pourrais passer chez toi un jour, m'a-t-elle dit tout bas. Quand il sera là…

— Ce serait un peu bizarre avec Rachel, non ? »

J'essayais de masquer mon agacement.

« Non, Rachel est comme une grande sœur pour moi. Je suis sûre qu'elle serait à fond. Et puis ça pourrait nous aider à intégrer les Joueurs. Rachel m'a bien dit qu'elle ne pouvait rien me promettre. »

Elle savait que ce dernier argument me réduirait au silence, mais je lui ai fait promettre de ne pas en parler à Nikki. Si nous étions trois, il croirait à une embuscade, ai-je argumenté. Il ne fallait surtout pas qu'on donne l'impression de chercher à se faire inviter à des soirées. Je l'ai convaincue.

Ce vendredi-là, lorsque Shaila est rentrée avec moi après les cours, j'étais nerveuse. Je craignais qu'il la préfère à moi. Qu'il n'y ait de la place que pour une seule fille de troisième dans sa bande. En présence d'Adam, j'avais l'impression d'être sur des échasses, je devais tout faire pour ne pas tomber, éviter le faux pas. Laisser quelqu'un d'autre se joindre à nous me donnait le sentiment que l'équilibre serait encore plus difficile à conserver.

Dès qu'on a entendu la sonnerie, Shaila s'est précipitée dans l'escalier. Je la talonnais, mais c'est elle qui a ouvert et qui s'est placée dans l'encadrement de la porte, pour se dresser entre Adam et moi.

« Shaila, a-t-il lâché avec un petit sourire amusé.

— Je passe la soirée ici.

— Cool. »

Il m'a regardée en haussant les sourcils, l'air intrigué.

« Graham est parti pour le week-end, lui aussi ? »

Elle a confirmé d'un hochement de tête.

« C'est le dernier.

— Rachel était furax, a répondu Adam.

— Graham aussi », a-t-elle acquiescé en faisant la moue.

J'essayais de suivre leur échange, pourtant j'avais l'impression qu'ils parlaient une autre langue. Une langue qui n'appartenait qu'au cercle des intimes de cette famille. Alors que j'étais submergée par le malaise, Adam a écarté Shaila pour venir me serrer dans ses bras et poser sa tête sur la mienne.

« Salut, Newman », a-t-il murmuré dans mes cheveux.

J'ai noué mes bras autour de sa taille, sentant sa chaleur. Ce soir-là, j'ai eu pour la première fois la certitude que nous étions amis, Adam et moi. Et que Shaila en était témoin.

Pendant l'heure suivante, j'ai regardé YouTube avec elle. Jusqu'à ce qu'Adam sorte de la cuisine et que Jared se précipite au sous-sol pour jouer aux jeux vidéo.

« Terrasse ? » nous a lancé Adam en se dirigeant vers la porte sans attendre de réponse. À ce stade, il savait quelle latte de bois grinçait, où ne pas poser le pied pour éviter les taches de sève collantes. Il a pris sa place habituelle, celle sous le pommier qui n'avait jamais donné un seul fruit, et a fouillé dans sa poche.

Nous nous sommes assises à ses côtés. Shaila se rongeait les ongles.

« J'ai une surprise, a-t-il annoncé en posant les mains à plat sur la table.

— Du whisky ? ai-je rétorqué en cherchant à jouer les affranchies, tout en craignant de passer pour une fille désespérée.

— Mieux », a-t-il répondu en secouant la tête.

Puis il a écarté ses deux mains comme un magicien pour révéler un petit objet oblong. On aurait dit une cigarette roulée dans l'emballage d'une paille en plastique et pincée à une extrémité.

« Cool ! s'est exclamée Shaila en gloussant.

— Tu as déjà fumé ? »

J'ai considéré mon amie avec surprise. C'était une ligne qu'on n'avait pas encore franchie.

« Une fois, avec Kara, a-t-elle répondu. Elle avait rapporté du shit qui déchire de New York. » *Du shit qui déchire.* Je n'avais jamais entendu ces mots dans sa bouche, surtout pas pour parler de cette amie de la famille, une bourgeoise qui passait ses vacances avec elle dans les Hamptons.

Adam a hoché la tête, visiblement impressionné.

« Toi aussi, Jill ? » m'a-t-il demandé, en poussant la petite cigarette vers moi. J'ai fait signe que non. « Eh bien, c'est un grand jour alors. »

Il m'a serré le genou sous la table et mon ventre s'est noué. Il a glissé le joint dans sa bouche aux lèvres roses et charnues. Il l'a allumé avec un briquet, en a aspiré une longue bouffée.

« Ah ! », a-t-il dit en soufflant.

Ça m'a rappelé l'odeur de terre et de musc du studio de poterie de ma mère, et je me suis demandé si mes parents avaient déjà fumé là-bas, si j'étais un peu lente à la détente, toujours en retard d'un train. J'ai pris le joint qu'Adam me tendait et je l'ai imité, tirant dessus jusqu'à avoir l'impression que mon cerveau allait prendre feu. Mes poumons se sont dilatés et je me suis demandé combien de temps j'étais censé retenir cette étrange fumée dans mon corps. Adam m'a fait un petit signe de tête et je l'ai recrachée. Mes jambes et mes bras étaient lourds, je me sentais bien. Encore une épreuve de réussie. Une ligne de franchie.

Nous avons fait tourner le joint et, une fois qu'il a été terminé, Adam a sorti son frère jumeau. Qui n'a pas duré plus longtemps que le premier. On mourait de faim, on riait pour un rien. Adam a préparé des nachos, et on a dansé dans la cuisine sur de la musique soul et R'n'B. Avec Shaila, nous prenions Adam en sandwich, nous nous tenions par les mains pendant qu'il sautait. Nous avons fini par nous effondrer sur le canapé, et Adam a eu un fou rire nerveux quand j'ai insisté pour regarder la vidéo de pandas qui dévalaient une colline.

« Jill ! Arrête, je n'en peux plus ! » a-t-il dit en cherchant à reprendre son souffle. Des larmes coulaient sur ses joues tellement il riait fort. Et à travers la brume dans laquelle je me trouvais, j'étais très satisfaite de moi : j'avais atteint mon but, faire rire Adam Miller. C'était moi, la fille de troisième la plus drôle de Gold Coast Prep.

Shaila n'a pas tardé à s'assoupir. Lorsque Adam s'en est rendu compte, il s'est tourné vers moi : « Viens, on va s'asseoir dehors. »

Je l'ai suivi sur la terrasse, mais cette fois il a descendu les quelques marches pour aller s'allonger sur le hamac blanc suspendu entre deux cèdres à l'extrémité de notre jardin. Il m'a fait signe de le rejoindre. Lentement, je me suis étendue près de lui, tête-bêche. Sa bouche était très loin de la mienne, et pourtant elle me narguait.

J'ai levé le visage vers le ciel, pour tenter de repérer quelque chose de familier. Cependant, la nuit d'encre était masquée par du brouillard, et on ne distinguait que des nuages. J'étais seule avec mes nerfs à vif.

Il a posé sa tête sur mes pieds et j'ai récité en silence une prière de remerciement pour avoir eu l'inspiration de mettre du vernis d'un beau bleu vif sur mes ongles le matin même. Une brise montait de la baie, et je me suis blottie contre ses jambes. Elles étaient chaudes, et ses poils me chatouillaient le menton quand je m'approchais de trop près.

« Tu n'es pas comme tout le monde, m'a-t-il dit.

— Toi non plus. »

Il m'a caressé les pieds, refermant le poing autour de mes orteils.

« Tu devrais traîner avec mes potes et moi de temps en temps.

— D'accord.

— Ils t'adoreraient.

— Peut-être…

— Je leur ai parlé de toi. »

Une boule s'est formée dans ma gorge.

« Tu leur as dit quoi ?

— Que tu assurais. »

Il a éclaté de rire et pris mon pied tout entier dans sa main. Je l'ai pointé pour qu'il me sente réagir.

« Que tu étais l'une d'entre nous. »

Ses mots m'ont fait cogiter, je n'étais pas certaine de comprendre ce qu'il disait.

« Je t'ai déjà vue nous regarder à la cantine. Cette table sera à toi un jour, ne t'inquiète pas. »

J'ai soudain senti quelque chose d'humide, et en penchant la tête j'ai vu qu'Adam embrassait la partie la plus tendre de mon pied. Son baiser a envoyé des étincelles dans tout mon corps, et une vague de chaleur est remontée le long de mes cuisses. J'ai tressailli et, un instant plus tard, on s'est retrouvés tous les deux par terre, entortillés dans un tas de bras, de jambes, de cheveux et de brins d'herbe. Les yeux d'Adam ont trouvé les miens. Ils étaient d'un bleu perçant, injectés de sang. Il m'a pris le poignet.

« J'ai une copine », a-t-il murmuré.

J'ai pris une profonde inspiration alors que mon cœur se fendait en deux.

« Je sais. »

J'ai baissé la tête pour me cacher derrière mes cheveux.

« On est amis, toi et moi. » Il a prononcé ce mot, « amis », en lui donnant une dimension cosmique, tendre, comme s'il ne pouvait pas m'accorder de plus grand honneur.

« Amis », ai-je répété.

Adam m'a soulevé le menton avec son index pour que mon regard croise le sien.

« Amis. »

Un sourire a étiré ses lèvres. La lumière de deux phares nous a balayés, signe que mes parents étaient de retour. Adam m'a lâchée. Il est rentré dans la maison et je suis restée seule.

3.

— Grosse soirée en prévision ?

Jared est appuyé contre le chambranle de ma chambre. Il entortille une de ses boucles autour de son index. Ses cheveux sont couleur d'encre, comme les miens, et sur les photos, on ressemble à des jumeaux alors que j'ai trois ans de plus que lui.

— Chez Nikki, lui dis-je en reportant mon attention sur la trousse de maquillage devant moi.

— C'est ce que j'avais cru comprendre. Certains en parlaient au cours d'histoire. Ton mec les a invités.

Il bute sur le mot « mec ».

— Henry ? Il m'en a parlé, oui.

Jared fixe ses mains, et je me demande, un instant, si je ne ferais pas mieux de rester à la maison avec lui. On pourrait se mettre en pyjama et s'installer sur le canapé avec la couverture ultra-douce réservée aux soirées télé. Il vient de commencer *L'Attrape-cœurs* pour le cours de lettres de M. Beaumont, et je ressens le besoin de le convaincre que Holden est une vraie pourriture avant qu'il puisse mettre ce petit prétentieux sur un piédestal.

— Je peux te demander quelque chose ? me lance Jared.

— Quoi ?

— Je pourrai venir un jour ? À une soirée ?

— Pourquoi ?

La question m'a échappée d'un ton un peu plus sec que voulu. Mais pourquoi Jared aurait-il envie d'assister à une soirée de Joueurs ? La plupart de ses amis sont dans l'orchestre de l'école avec lui. Ils passent leurs samedis à farfouiller dans les bacs de la vieille librairie spécialisée en BD du centre-ville ou à regarder les meilleurs moments des matchs de la NBA sur YouTube. J'étais tellement soulagée qu'il ne montre aucun intérêt pour ces soirées, pour ce besoin désespéré et effréné de se lâcher dans le noir, cette envie irrépressible qu'on ressent tous de se faire remarquer, de prouver quelque chose. Je tenais à ce que ça continue comme ça, à ce qu'il reste à l'abri…

— Je veux dire, qu'est-ce qui te donne envie d'y aller ?

Une mèche tombe sur son front.

— Je sais pas… Ça a l'air sympa.

— OK, un jour, peut-être…

— Sérieux ?

— Oui.

Je le regrette immédiatement. Je n'ai aucune envie qu'il assiste à une fête des Joueurs. Sa place n'est pas là. C'était celle de Shaila, plus que n'importe qui d'entre nous, et il faut voir comment ça s'est terminé pour elle…

Le visage de Jared s'illumine, et quand je me lève, prête à partir, il me serre dans ses bras. Il est plus grand que moi maintenant, et ses épaules, autrefois si moelleuses, sont devenues anguleuses. Mon petit frère n'est plus un bébé.

Henry marche devant moi comme un garde du corps et fend la foule. Elle se compose d'un mélange de Joueurs et d'aspirants pleins d'espoir, qui s'écartent sur notre passage. Les garçons les plus présomptueux lui tendent la main ou le poing pour un *check*. Pendant l'été, Henry m'a raconté qu'Anderson Cooper, le journaliste de CNN, était son héros parce qu'il savait s'attirer les faveurs de ses sources, gagner leur confiance, avant de porter le coup de grâce et de leur soutirer les meilleures informations, les plus spectaculaires. Je me demande soudain s'il applique la même stratégie.

Du hip-hop assourdissant s'échappe des enceintes, la maison de Nikki sent déjà le renfermé et la bière renversée. Des gobelets en plastique rouges recouvrent la totalité de la table de la salle à manger, et pourtant ils réussissent à peine à masquer l'éclat que Robert y a fait avant l'été. Les parents de Nikki n'ont jamais rien dit, même si elle est en cristal et leur a été offerte par un célèbre artiste suisse. Elle n'est même pas certaine qu'ils aient remarqué quoi que ce soit.

Difficile, par contre, de ne pas remarquer Nikki. Suspendue au-dessus d'un fût de bière, à l'envers, elle agrippe les poignées métalliques. Tyler Renford, un gars discret qui joue au golf et est obsédé par elle depuis des années, la tient par les pieds. Un autre type lui fourre l'embout dans la bouche.

— Ni-kki ! Ni-kki ! Ni-kki ! scande l'assemblée.

Elle se livre à ces acrobaties depuis la troisième. On dirait qu'elle est née pour ça, même si elle a eu pas mal d'entraînement. Elle a dû prouver qu'elle en était capable à toutes les soirées des Joueurs pendant un semestre entier. C'était l'une de ses épreuves récurrentes. Je laisse Henry et vais trouver Marla dans la cuisine ouverte, près du plan de travail couvert de bouteilles déjà bien entamées.

— Tu es enfin là, dit-elle en me serrant dans ses bras. Cet endroit grouille de minus, on avait besoin de renforts. T'en veux ? me demande-t-elle en soulevant une énorme bouteille de vodka.

Je hoche la tête et elle en verse dans un gobelet rouge, avant d'ajouter de l'eau pétillante et du jus d'ananas.

— Cul sec ! me lance-t-elle.

— À notre dernière année !

Je hausse les sourcils et elle rit de son petit rire enthousiaste.

— Il était temps !

La première gorgée me brûle la gorge. Je ne me laisse pas le temps de changer d'avis et je vide la moitié du verre. Il ne faudra pas longtemps pour que la sensation familière de chaleur électrique se diffuse dans mes veines. Je fouille du regard le salon plongé dans l'obscurité, à la recherche de Nikki, qui a retrouvé la terre ferme.

— T'étais où ? m'apostrophe-t-elle en m'étreignant de toutes ses forces et en collant sa joue à la mienne.

Elle porte des talons aiguilles qui la forcent à se baisser pour plonger ses yeux dans les miens.

— Cette ambiance, c'est du délire ! crie-t-elle pardessus la musique. Venez, on monte un peu. Rameutez les autres.

Je croise le regard de Henry et lui fais signe de nous rejoindre à l'escalier en colimaçon qui occupe le centre de la pièce. Marla, qui a suivi notre échange, le pointe du doigt et articule en silence : « En haut ? » Je confirme d'un signe de tête. Elle va chercher Quentin et Robert dans la salle à manger, où ils sont en train d'organiser un jeu à boire.

Nous nous engouffrons tous les six dans l'escalier, laissant la fête continuer sans nous. Nikki ouvre la porte de sa chambre et nous entrons en file indienne, comme nous l'avons fait des centaines de fois.

Quentin prend son élan pour sauter sur le lit king size de Nikki et atterrit en plein milieu, défaisant la couette bien lisse. Nikki allume sa boule à facettes pour nous plonger dans une atmosphère délicieusement kitsch.

— Il y a une tonne de monde ce soir, dit Henry en se laissant tomber dans le fauteuil en velours violet.

Je m'assieds sur ses genoux. Il m'enlace la taille et me serre contre son torse musclé.

— J'ai vu les troisième que j'avais invités sur la terrasse, derrière. Vous croyez qu'ils s'amusent ?

— Évidemment qu'ils s'amusent ! rétorque Robert. Qui ne s'amuserait pas ? Tant qu'on ne leur a pas lancé de défi, c'est de la pure rigolade.

— Septembre vient juste de commencer, on a tout notre temps, souligne Nikki en lui donnant un coup dans les côtes.

Il s'affale sur les oreillers à côté d'elle et la prend par les épaules.

— Ça va être la meilleure année de notre vie, ajoute-t-elle.

J'aimerais tellement qu'elle ait raison...

— J'espère, en tout cas, dit Marla. On est enfin aux commandes.

Quentin lui donne un coup de coude et ils s'effondrent sur Robert.

Henry prend un air excédé, mais ça ne l'empêche pas de sauter sur eux et de m'entraîner avec lui pour former une énorme mêlée. Si c'est vrai que nous sommes aux manettes, alors les règles pourraient changer...

— Je vous aime ! crie Quentin en heurtant légèrement ma tête avec la sienne.

— Vous êtes beaucoup trop sentimentaux pour moi, grogne Robert. On y retourne !

Robert a quitté Manhattan pour venir ici en sixième, et il ne s'est jamais complètement débarrassé de son côté New-Yorkais hautain. Ce qui a été favorisé par le fait qu'il était capable – selon ses dires – de faire entrer n'importe qui dans toutes les boîtes de SoHo, étant le premier d'entre nous à posséder une fausse carte d'identité. C'est grâce à ça qu'il a été sélectionné pour devenir un Joueur. Ça, et sa collection délirante de vêtements de streetwear, sans oublier que son père possède plusieurs hôtels dans les Caraïbes et que sa mère est une ancienne Miss USA. Un M. Je-sais-tout arrogant qui a, par miracle, réussi à s'attirer notre amitié.

Pour toutes ces raisons, Robert est imprévisible en soirée : il se transforme en bête sauvage testant les limites de tous ceux qui l'entourent. Ça explique sans doute pourquoi il s'était porté volontaire pour relever en premier le défi d'hiver imposé à tous les Joueurs.

« Alors, c'est ça qu'il faut faire ? », a-t-il hurlé depuis la dernière marche de l'escalier des parents de Derek Garry, avant de s'allonger à plat ventre sur un coussin du canapé et de s'élancer. Il n'a pas contrôlé sa trajectoire et a atterri tête la première dans le mur. Le choc a produit un bruit énorme. Il s'est retrouvé avec une commotion cérébrale qui lui a valu une petite visite à l'hôpital.

« Chute à vélo », a-t-il expliqué au médecin, avec son plus beau sourire.

« Euh, on va faire une pause », a crié Derek pour couvrir la musique qui hurlait. Et personne d'autre n'a cherché à relever ce défi.

La semaine suivante, Robert est revenu en cours sans aucune cicatrice.

« On n'a rien sans rien ! » s'est-il écrié en posant son plateau près de la table des Joueurs. Il nous a fallu un peu de temps pour mesurer qu'il était un peu plus instable et cruel qu'avant. Les Joueurs ont balayé l'incident sous le tapis. Personne n'en a plus jamais reparlé.

Il bondit du lit de Nikki et se précipite vers l'escalier. Il se cogne dans la rambarde et renverse un peu d'alcool sur la moquette en descendant.

Henry et Quentin le suivent, pressés de retrouver la fête.

Marla rompt le silence.

— Ça vous dit de vapoter ? nous propose-t-elle avec un sourire espiègle qui découvre ses dents. Ne le répétez pas au coach.

Nikki fait mine de zipper ses lèvres.

« Les facs ne veulent pas d'athlètes qui fument et qui boivent, nous a dit Marla l'an dernier, à l'époque où son addiction au tabac devenait préoccupante. Mais l'attaquante star de l'équipe de hockey sur gazon avec des A dans toutes les matières peut bien faire ce qu'elle veut, non ? »

Accoudées toutes trois à la balustrade du balcon de Nikki, épaule contre épaule, nous observons la nuit. La fête s'est propagée dans le jardin, et je regarde quelques troisième danser pieds nus dans l'herbe. La maison de Nikki est au bord de l'océan. Au-delà du jardin, une passerelle en bois branlante mène à la plage. En plissant les yeux, j'aperçois deux culs nus qui courent vers l'eau. Sans doute des minus cherchant à prouver qu'ils sont capables de tout. Je reporte mon attention sur le jardin, où deux filles s'embrassent sur une chaise longue, près de la piscine, encouragées par une bande de types qui immortalisent la scène avec leurs portables. Le vent marin, gorgé de sel, se lève au-dessus de nos têtes, et je tourne la mienne vers le ciel.

La constellation du Taureau. Elle se trouve pile à l'endroit où je la pensais, juste au-dessus d'Orion. Je l'imagine, avec ses jambes frêles, faisant des roulades au-dessus de ses amies. C'est la nuit parfaite pour la voir.

— Je n'ai pas envie de sélectionner des troisième, dit Nikki.

Elle avale une gorgée d'alcool et joue avec l'éclat de quartz rose qu'elle porte autour du cou. Elle s'est passionnée pour les pierres à la mort de Shaila.

— Je ne suis pas prête à être la plus vieille, ajoute-t-elle.

— Je te comprends. J'ai du mal à croire que le moment soit déjà venu, dit Marla en recrachant la fumée de sa vapoteuse, qui forme un halo autour d'elle.

L'alcool fait bourdonner mes oreilles.

— Jared voudrait devenir un Joueur.

— Et ça te surprend ? me lance Nikki en se tournant vers moi.

Une feuille s'accroche dans ses cheveux.

— Ton frère ? reprend Marla. Pourquoi pas ? Il est plutôt mignon.

— Arrête, ça me fout la nausée, je proteste tout bas.

Je me demande si je n'aurais pas plutôt dû en parler d'abord avec Nikki, seule à seule.

Marla fait partie de la bande, bien sûr. Elle a été sélectionnée après avoir été recrutée dans l'équipe de hockey en troisième – et élue « plus joli cul » de l'année par les types de terminale. Elle a grandi avec quatre grands frères et elle a toujours eu un teint parfait, ce qui faisait deux arguments en sa faveur.

D'un autre côté, elle est distante, constamment dans sa bulle. Je ne suis jamais allée chez elle, je ne sais même pas où elle habite. Son unique but est d'obtenir une place à Dartmouth, mais étonnamment, Marla perd tous ses moyens pendant les examens, et les fiches particulièrement bien renseignées des Archives l'ont aidée à obtenir une moyenne proche de la perfection l'an dernier. Comme le médecin à l'éthique pour le moins douteuse qui lui a diagnostiqué un trouble du déficit de l'attention lui permettant de bénéficier d'un tiers temps supplémentaire lors des examens. Son fils avait été un Joueur quelques années plus tôt.

Parfois, les frères de Marla passaient tous les quatre la chercher aux soirées, en fonçant sur les routes boisées et sinueuses de la côte dans leur Jeep rouge. Ils se garaient devant la maison et l'appelaient tous en chœur sans jamais mettre un pied à l'intérieur.

« Mar-la ! criaient-ils jusqu'à ce qu'elle émerge de la soirée. Mar-la ! » Elle nous disait au revoir de la main et disparaissait, ses cheveux blond platine flottant derrière elle alors qu'elle rejoignait la banquette arrière, encadrée par deux de ses protecteurs. Ils étaient des spectres à nos yeux, des conducteurs fantômes qui se déplaçaient dans leur mystérieux véhicule et s'évanouissaient dans la nuit. Ils ne pouvaient pas la protéger de tout, pourtant.

— Je ne sais pas, finis-je par dire. Il n'est pas comme nous. Ce n'est pas pour lui. Sérieux, tu l'imagines face aux défis ?

Je me suis représenté son petit visage inquiet, perplexe et désemparé.

Nikki m'enlace par-derrière.

— Ce ne sera pas forcément aussi dur pour lui. On est en terminale maintenant. On a le contrôle.

— Je sais, c'est juste… C'est mon frère.

— Tout ira bien, me rassure Marla, qui tire une dernière fois sur sa cigarette électronique, longuement, avant de la ranger dans sa poche. Tu l'as dit, on a le contrôle.

Après un silence, elle ajoute :

— Avec nous, tout va changer.

Mon téléphone vibre une première fois, puis une seconde, contre ma cuisse. Jared, je parie. Adam, j'espère.

— Faut que j'aille aux toilettes, dis-je.

Et je me faufile dans la chambre. Je ferme la porte de la salle de bains de Nikki, reliée à sa chambre, et m'assieds sur la cuvette. Mon téléphone vibre une troisième, puis une quatrième fois. Je le sors, m'attends à découvrir un nom familier. Adam, Jared, maman, papa… Or, c'est un numéro que je n'ai jamais vu.

J'ouvre le texto et parcours les mots rapidement sans rien comprendre.

J'imagine que tu ne veux plus entendre parler de moi, mais je dois te dire quelque chose.

Graham n'a pas tué Shaila.

Il est innocent.

On peut se parler ?

J'ai l'estomac au bord des lèvres, et la salle de bains se met à tourner autour de moi. Les murs sont sous mes pieds, le lavabo est à l'envers, et je crois que je vais vomir. Un autre texto s'affiche et mon cœur manque de s'arrêter de battre. Je serre mon portable si fort que mes doigts blanchissent.

C'est Rachel Calloway, signe enfin l'expéditrice.

4.

Il n'y aurait pas de procès. Je l'ai su dès que j'ai vu Graham Calloway, menottes aux poignets, le visage rouge, aussi gonflé qu'un ballon. Il était peut-être en état de choc... En tout cas, il était méconnaissable. Pourtant, quand la police l'a amené devant nous, si près que j'ai pu apercevoir la petite grappe discrète de grains de beauté derrière son oreille, celle que j'avais passé tous mes cours d'histoire de cinquième à scruter, j'ai su que c'était lui, et qu'il avait bien tué Shaila.

Graham et sa sœur Rachel étaient scolarisés à Gold Coast Prep depuis la maternelle. Ils faisaient presque partie des meubles. Tous les profs, même ceux qui ne les avaient jamais eus en cours, savaient qui ils étaient. Graham était très apprécié au collège, pas grâce à son intelligence ou à son humour, non, simplement parce qu'il existait. Son nom de famille lui ouvrait toutes les portes. Lorsqu'il proposait à d'autres garçons de passer profiter de sa piscine intérieure ou d'aller faire du buggy sur les dunes, personne ne pouvait lui dire non. Il avait de grosses mains charnues qui avaient un côté vaguement menaçant, comme s'il avait le pouvoir de vous faire tomber avec un seul de ses doigts, et qu'il n'hésiterait pas si l'envie lui prenait. En cours, il imitait des bruits de pets pour accuser la fille assise à côté de lui. Il renversait des tubes à essai remplis de produits chimiques par pur plaisir.

Mais il a brusquement changé d'attitude l'été précédant la troisième. L'été où Shaila et lui ont commencé à sortir ensemble. J'étais partie en camp de sciences tous frais payés à Cape Cod, et je culpabilisais terriblement de n'avoir en réalité qu'une envie : être avec ma meilleure amie. Elle m'envoyait régulièrement des lettres manuscrites. *C'est tellement plus fort qu'un mail*, avait-elle écrit dans la première. *Et puis imagine que je devienne célèbre ? Beaucoup de gens voudront tout savoir de mon passé :* Shaila Arnold, une jeunesse.

Je dévorais ses courriers comme les gâteaux au chocolat de ma mère.

En lisant ce qu'elle me racontait, j'avais l'impression d'être absente au pire moment, celui où tout était en train de changer. Avec Kara Sullivan, la fille d'amis très huppés qui vivaient à Manhattan près de Central Park, elles participaient à un stage de formation aux négociations internationales. Dès que les Calloway l'ont appris, ils ont voulu que leur fils y prenne part aussi.

Au début, les lettres de Shaila regorgeaient d'anecdotes sur Kara, ses obsessions pour des artistes style

Yayoi Kusama, Dan Flavin ou Barbara Kruger. Grâce à elle, Shaila avait appris à manger des palourdes sans s'en mettre partout sur le visage. Cette Kara semblait être la fille la plus cool du monde. Et puis son père avait grandi avec celui de Shaila et celui de Graham. Ils avaient passé tous leurs étés ensemble depuis leur naissance. Ils étaient comme les doigts de la main. Et moi je n'avais pas ma place parmi eux.

Ce n'est qu'à partir de juillet que Shaila a commencé à me parler de Graham, saupoudrant ses courriers d'allusions diverses : ils avaient mangé du homard ensemble, ils versaient quelques gouttes de whisky dans leurs cannettes de soda, ils s'introduisaient en douce dans les bars de la côte fréquentés par de jeunes New-Yorkais friqués en vacances.

Dans une de ses lettres, Shaila m'expliquait que Kara avait décidé de sortir avec un certain Javi, de Manhattan, ce qui lui avait en gros forcé la main : elle s'était mise avec Graham. Tout simplement.

À mon retour en août, ils étaient devenus inséparables. Même Nikki n'en revenait pas. On aurait dit que Graham était quelqu'un d'autre. Qu'il avait changé de peau, comme un serpent, et s'était débarrassé de sa mue de garçon mal dégrossi. Tout à coup, il s'est révélé attentionné, il m'a interrogée sur la bioluminescence à Cape Cod, il m'a proposé de les accompagner, Shaila et lui, pour faire un mini-golf. Il était plus gentil, aussi, il avait arrêté de m'affubler de surnoms idiots parce qu'il m'avait vue pleurer un jour après avoir raté un contrôle de bio. Malheureusement, ce revirement n'a duré qu'une année.

Le matin où la police l'a arrêté, nous étions toujours sur la plage, devant la maison de Tina Fowler. Rachel suivait son frère. Elle était absolument bouleversée, consciente du rôle qu'elle avait joué. Je la revois, bras tendus vers Graham, les joues mouillées de larmes. Sa voix passait de la plainte stridente au gémissement. J'ai frissonné quand elle a hurlé. Les policiers ont poussé Graham à l'intérieur de leur voiture, et il est parti. Je ne l'ai plus jamais revu.

Après leur départ, Rachel s'est tournée vers nous en tendant un index tremblant. « Vous y croyez vraiment ? », a-t-elle crié. Ses yeux étaient rouges, ses cheveux emmêlés et frisottés. Pour la première fois, elle était loin d'être parfaite.

Personne ne lui a répondu.

Rachel a supplié Adam de l'accompagner au commissariat. Mais il a secoué la tête. C'était lui qui avait appelé les flics pour leur signaler la disparition de Shaila. Ils avaient retrouvé Graham à moins d'un kilomètre sur la plage, presque au niveau de la falaise, les doigts encore poisseux du sang de notre amie, le torse entièrement souillé. Des grains de sable s'accrochaient à lui comme des vermicelles sur un glaçage.

« Tu es un lâche, a-t-elle rugi, furieuse. Un vrai lâche ! » Puis elle l'a giflé, laissant une trace rouge vif sur sa peau pâle. J'ai retenu mon souffle. Il a cligné des yeux, mais n'a rien dit.

« Après tout ce que j'ai fait pour vous, pour vous tous… a-t-elle murmuré. Allez-vous faire foutre. »

Personne n'a bougé. Ni Tina Fowler, sa meilleure amie depuis la maternelle, ni Jake Horowitz, qu'elle avait conduit à l'hôpital le soir où il a eu l'appendicite, lors d'une fête des Joueurs. Personne ne l'a suivie, et bientôt les Calloway ont disparu de nos vies.

Rachel n'a pas assisté à la cérémonie de remise des diplômes de l'école. Elle est partie à la fac avec quelques mois d'avance et les Calloway ont vendu leur maison pour 6,2 millions de dollars, à en croire l'annonce. Aucun de nous ne savait où Graham avait atterri. Nous avions juste entendu dire qu'il avait été envoyé dans un établissement pour les vilains garçons qui avaient fait de vilaines choses, mais étaient trop jeunes et trop riches pour être enfermés dans de vraies prisons.

Shaila a été enterrée en pleine tempête, le genre qui n'arrive qu'au début de l'été, pendant laquelle l'océan se déchaîne violemment puis se calme tout aussi brusquement. On aurait dit que c'était fait exprès. Un enterrement sous la pluie. Quelle tristesse.

Je m'étais réveillée des heures avant le bêlement de mon réveil, et j'étais restée couchée jusqu'à ce qu'on frappe doucement à ma porte. J'ai enfilé la robe noire que ma mère m'avait prêtée.

Je m'observais dans le miroir quand j'ai entendu Jared s'éclaircir la voix. Il se trouvait sur le seuil de ma chambre, vêtu d'un costume sombre.

« Tu viens ? », lui ai-je demandé en reportant mon attention sur le miroir. Il n'avait vu la mort de près qu'une fois, lorsque notre grand-père Morty avait passé l'arme à gauche, deux ans plus tôt. À quatre-vingt-neuf ans. Les vieux sont censés mourir. Pas les jeunes.

« J'aimerais bien, mais maman ne veut pas, m'a-t-il répondu en triturant un bouton de sa chemise.

— C'est sans doute mieux. »

Jared s'est approché sans faire de bruit et il m'a enlacée par la taille d'un bras lâche.

Malgré ma nouvelle identité, ma nouvelle étiquette, j'avais envie d'être aussi jeune que lui, de le protéger de tout ça. Je me sentais vieille et fatiguée.

« Je suis désolé », a-t-il chuchoté d'une voix tremblante.

Mon ventre s'est serré et j'ai senti un drôle de tiraillement dans la poitrine, comme si mon cœur essayait de s'échapper de mes côtes.

« Moi aussi », ai-je dit.

Ses épaules se sont enfoncées dans mon dos. Il m'a serrée plus fort et j'ai senti ses joues mouillées à travers le tissu de ma robe. Un sanglot, un seul, a secoué son corps.

La cérémonie a été courte, moins de trente minutes, et s'est terminée sur *Somewhere Over The Rainbow*, la chanson préférée de Shaila d'après Mme Arnold. Peut-être quand elle avait six ans…

L'église était noire de monde, des centaines de personnes de Gold Coast et de la région. Des dizaines de types en costumes élégants sont restés au fond, leur BlackBerry à la main. Des employés du fonds spéculatif de M. Arnold, sans doute. Kara Sullivan, qui portait des vêtements de créateur noirs, était assise sur le côté, avec sa mère, galeriste. Elle pleurait en silence en serrant un morceau de papier, sans doute la dernière lettre que Shaila lui avait adressée. Shaila avait continué à en écrire. J'imagine que c'est comme ça qu'elle restait en contact avec Kara pendant l'année scolaire, lorsqu'elles étaient loin l'une de l'autre.

Je me suis demandé si les lettres de Kara auraient aussi figuré dans la biographie *Shaila Arnold, une jeunesse.* Enfin, sans doute plutôt : *Shaila Arnold, une jeunesse brisée.*

Je me suis assise à la place qui m'était réservée, au deuxième rang, avec Nikki, Marla, Robert, Quentin et Henry. C'était la première fois que nous étions réunis à six. Quentin se mouchait dans la manche de sa chemise et serrait la main de Marla de temps en temps. J'étais aussi immobile qu'une statue, les yeux baissés, cherchant à ignorer la culpabilité qui gonflait mon cœur.

Nous étions là. Nous étions *tous* là. Et nous ne l'avions pas sauvée.

Adam était assis juste derrière moi, pris en sandwich entre Tina Fowler et Jake Horowitz. Pendant l'éloge funèbre du père de Shaila, il a posé une main sur mon épaule, doigts écartés sur ma peau nue. J'étais vulnérable, aussi impuissante qu'une proie prête à être dévorée.

Le lendemain de la fête de Nikki, je me réveille en sursaut, le visage trempé de sueur froide. Encore un cauchemar. Avant, ils étaient prévisibles. Dents qui tombent. Paralysie pendant un contrôle. Tous liés au stress, d'après ma mère. Mais à la mort de Shaila, je me suis mise à la voir constamment. Ses ongles rongés, son visage, ses jambes interminables. Ces images me hantaient. Et le souvenir de cette fameuse nuit aussi. Le vent qui fouette. Le feu de joie qui crépite. Ses cheveux dorés qui se balançaient alors qu'elle marchait d'un pas déterminé au clair de lune.

Les étoiles sur mon plafond m'aidaient parfois, quand je me réveillais avant l'aube. Mais je laissais toujours la lampe de mon bureau allumée, au cas où.

Les images d'horreur de la nuit dernière étaient inédites. Je ferme les paupières de toutes mes forces et, le visage parfaitement symétrique de Rachel Calloway, yeux plissés et bouche grande ouverte, fond sur moi. Ma poitrine se serre et je rouvre les paupières. *Ce n'était qu'un rêve.*

La réapparition de Rachel dans ma vie, elle, est bien réelle. Je cherche mon portable à tâtons, sur ma couette. Il est coincé entre un oreiller et la tête de lit. J'ouvre ses textos.

C'est Rachel Calloway.

Ce message est presque pire que les autres.

Graham n'a pas tué Shaila.

Il est innocent.

Presque.

— Toc, toc ! dit ma mère derrière la porte. Je peux entrer ?

Je fourre mon portable sous mon oreiller comme si j'étais dans l'illégalité.

— Mmh-mmh.

La porte s'ouvre.

— Tu ne devrais pas dormir aussi tard ! Le jour appartient à ceux qui se lèvent tôt !

Il lui suffit de quelques enjambées rapides pour rejoindre la fenêtre et écarter les voilages. Le soleil est étonnamment chaud et collant pour le mois de septembre.

— Je suis une adolescente, maman. Les adolescents sont censés dormir plus, c'est scientifiquement prouvé.

Je roule sur le ventre.

— Tu peux accompagner ton frère à sa répétition, aujourd'hui ? On voudrait sortir faire quelques courses avec ton père.

— Bien sûr.

— Il doit partir dans cinq minutes. La clé de la voiture est dans l'entrée.

Je pousse un grognement de protestation mais m'extirpe du lit et fourre mon portable dans la poche de mon short en coton.

En bas, Jared m'attend déjà près du break et se ronge les ongles. Il a hérité de ma mauvaise habitude. Enfin, de celle de Shaila.

— C'était comment, hier soir ? me demande-t-il.

— Bien, dis-je en enclenchant la marche arrière. Attends. Où est ta basse ?

La banquette me paraît étrangement vide.

— Ils en ont une pour moi à l'école.

— Mais tu joues toujours sur la tienne. Tu vas finir bossu, d'ailleurs, à force de la trimballer partout.

— Mais celle-là est électrique. Tourne à droite, dit-il.

Je le dévisage.

— Dis-moi où on va, sérieusement.

— Chez Bryce Miller.

— Ah bon ?

Je n'arrive pas à cacher ma surprise. Avec Adam, nous avons tout fait, pendant des années, pour qu'ils deviennent potes. Malheureusement Bryce a toujours été un petit merdeux, le genre à bousculer les plus jeunes sur le terrain de basket, à tirer sur les bretelles des soutiens-gorge des filles. Son côté taquin le rendait inoffensif à mes yeux, mais pas à ceux de Jared, qu'il terrifiait.

— Oui, il fait de la guitare. Il m'a proposé de venir jouer avec lui.

— D'accord.

Je souris et écris à Adam dans ma tête.

— Maman est au courant ?

— Oui, me répond-il. Elle était « folle de joie » d'annoncer à Cindy Miller que leurs « cadets devenaient enfin amis » ! s'exclame-t-il en imitant l'enthousiasme excessif de notre mère.

Un rire pétille dans ma poitrine.

— C'est cool pour toi.

— Oui, oui, soupire-t-il.

Je connecte mon téléphone et lance ma playlist préférée. De la pop des années 1980. Du Madonna s'échappe de la stéréo à plein volume, et je sens mon ventre se dénouer alors que je prends le chemin de chez Adam. Je le connais par cœur, je pourrais enchaîner les virages qui me séparent de l'allée pavée les yeux fermés. Adam n'est pas censé revenir avant les vacances d'automne, le mois prochain, mais la proximité de sa maison, de ses affaires, met mon cerveau en effervescence.

— Merci, me dit Jared quand j'arrête la voiture.

— Où est Bryce ? J'aimerais lui dire bonjour.

La balancelle en bois devant chez eux s'agite en grinçant, dans la brise. Je me souviens parfaitement de la façon qu'elle a de s'affaisser lorsqu'on s'assied dessus – c'est encore pire à deux.

— Je lui envoie un texto.

Les doigts de Jared virevoltent sur le clavier et, quelques secondes plus tard à peine, Bryce ouvre la porte d'entrée en grand et traverse la pelouse impeccable pour venir vers nous. Il fait plus vieux que mon frère et, si je plissais les yeux, je pourrais le prendre pour Adam.

Jared descend de la voiture, claque la portière derrière lui et il lui tape dans la main.

— Quoi de neuf, Jill ? La forme ? me demande Bryce en se penchant par la vitre ouverte, côté passager.

La même assurance, la même décontraction que son frère. Il ne se laisse pas impressionner un seul instant par le fait que je sois une Joueuse de terminale.

— Aucune raison de me plaindre. Comment s'est passée ta rentrée ?

— Un vrai kif, bien sûr, dit-il avec un sourire en coin. Tu as eu Adam aujourd'hui ?

— Non, pourquoi ?

— Je suis sûr qu'il va t'écrire. Il vient d'appeler notre mère pour lui annoncer qu'il rentrait le week-end prochain. Une histoire d'atelier pour les jeunes dramaturges dans le coin.

— Cool.

Je tente de cacher mon enthousiasme en me mordillant la lèvre, mais Jared roule des yeux, exaspéré. Bryce lui donne une tape dans le dos.

— Prêt à jouer ?

— Carrément.

Mon frère est aux anges.

— À plus, Jill !

Je leur fais un signe de la main et attends qu'ils aient disparu à l'intérieur de la maison pour récupérer mon téléphone.

Je viens de déposer Jared chez toi... Apparemment, ils sont enfin devenus potes, Bryce et lui.

Je n'ai pas encore enclenché la marche arrière que mon portable vibre.

ENFIN !!! Je savais que notre plan diabolique finirait par porter ses fruits.

J'ai le visage en feu. J'arrache une cuticule avec mes dents.

Ton frère m'a dit que tu rentrais bientôt ?

Ouais, je comptais te prévenir. Tu auras du temps pour moi ? Un petit déjeuner chez Diane ? Samedi ?

Mon cœur se gonfle de joie, et je hoche la tête comme s'il pouvait me voir.

Carrément.

Je ferme notre conversation, mais juste avant de détourner les yeux, je revois le dernier message d'hier soir, celui que j'avais cherché à éviter.

C'est Rachel Calloway.

Sauf que cette fois, je n'ai plus peur. Adam saura quoi faire. C'est toujours le cas. Ensemble, nous trouverons une solution. Samedi.

5.

J'entends Adam avant de le voir. La chanson d'un groupe punk s'échappe des haut-parleurs de la vieille Mercedes qu'il conduit depuis son année de seconde. Un son si familier que j'ai l'impression étourdissante d'avoir fait un saut dans le passé. Quand je grimpe à côté de lui, je n'ai pas du tout la même sensation qu'avec Bryce. Cette voiture est confortable, habitée.

— Salut, la môme.

Ses boucles brunes en pagaille sont irrésistibles. Je me prépare à revoir ce que je préfère chez lui. Sa fossette gauche. Elle n'apparaît que lorsqu'il sourit jusqu'aux oreilles. Dieu merci, elle surgit dès que je boucle ma ceinture.

Je lui souris moi aussi, et il me prend par les épaules pour me serrer contre lui. Il sent toujours le savon à la lavande avec une vague pointe de tabac.

— On va chez Diane ?

— Oh, oui ! Je meurs de faim.

Il démarre, monte le volume de la chaîne et négocie les virages avec adresse. J'allais dans cet endroit tous les dimanches matin, après les cours de Talmud-Torah à la synagogue, où mes parents et Jared m'accompagnaient. On se partageait des piles immenses de pancakes à la myrtille et de galettes de pommes de terre. Un chocolat chaud pour mon frère et moi, tandis que notre père enchaînait les tasses de café. Il adorait nous raconter des histoires de sa jeunesse dans la communauté juive orthodoxe de Williamsburg, à l'époque où elle n'était pas encore à la mode. On l'écoutait patiemment nous bassiner avec ses grands-parents qui ne parlaient que le yiddish et étaient morts avant notre naissance, avant que notre père délaisse la religion. Aller manger chez Diane sans ma famille me fait la même impression que monter sur un vélo sans petites roues pour la première fois. C'est une grande aventure.

— Alors, la terminale ?

— Pour l'instant, c'est cool.

Adam éclate de rire.

— Je reconnais bien là ma Jill. Imperturbable.

Je rougis en l'entendant dire « ma Jill ».

— Tout ça doit te paraître tellement rasoir maintenant.

Il s'esclaffe.

— Rien de ce que tu peux me raconter n'est rasoir, Newman.

Les poils sur ma nuque me chatouillent et je me tourne vers lui pour admirer son profil. Ses biceps se dessinent légèrement sous les manches de son tee-shirt chiné, et les muscles de son avant-bras droit se tendent lorsqu'il remonte ses lunettes en plastique transparent sur son nez.

Je me laisse aller contre le dossier du siège et tente de me détendre. Je passe en revue la position de mes jambes, ma posture, l'emplacement de mon bras sur la vitre baissée. *Est-ce que ça va ?* Voilà ce que je me demande alors que nous longeons la route étroite à une seule voie bordée d'eau des deux côtés, puis la petite cahute de pêcheur qui vend les meilleures palourdes farcies en été. J'arrive presque à deviner la falaise à travers le brouillard. Tout est si familier.

Adam se gare sur le minuscule parking qui ne contient que six places. La cloche tinte quand nous poussons la porte et des effluves de cannelle et de saucisse me sautent au visage.

— Oh, regardez qui voilà ! Mes deux bébés préférés !

Diane coince un stylo dans la ceinture de son tablier rouge bouffant puis vient nous étreindre tous les deux chaleureusement. À son habitude, elle porte un rouge à lèvres très vif et une tenue de serveuse blanche à l'ancienne, repassée avec soin. On pourrait croire que c'est une employée comme les autres, alors qu'elle est la propriétaire des lieux.

— Installez-vous où vous voulez !

Elle nous fait un clin d'œil, parce que notre place préférée – qu'elle connaît, bien sûr – est libre. Adam fonce vers le box avec la banquette qui a une grosse déchirure.

— Ah, ça fait du bien d'être à la maison, lance-t-il au moment où nous nous affalons sur le cuir rouge.

— Tu n'as pas ce genre d'endroit à Providence ? je lui demande en ouvrant le menu plastifié, aussi épais qu'un livre.

— Eh non, malheureusement.

Dieu merci.

— Qu'est-ce que je te sers, chéri ? lui demande Diane. Comme d'habitude ?

— Tu me connais par cœur, répond Adam. Un café noir.

— Et toi, ma belle ? poursuit-elle en se tournant vers moi.

— La même chose.

— C'est parti ! Profitez l'un de l'autre en attendant, ajoute-t-elle avec un clin d'œil avant de se rendre en cuisine.

— Ah ! ce que j'aime cet endroit, dit Adam. Je me sens tellement chez moi, ici.

Ses yeux se posent sur le mur dans mon dos, juste au-dessus de ma tête. Je me retourne pour suivre son regard, même si je sais déjà ce qui a attiré son attention. Nos visages souriants, dans un cadre bleu. La photo a été prise l'année de la troisième, la dernière fois que je suis venue ici avec Shaila. Adam nous y avait conduites avec Rachel et Graham, juste après notre dernier examen de l'année, la semaine précédant l'Initiation. Je m'étais sentie mal à l'aise parce que j'étais la seule célibataire, littéralement la cinquième roue du carrosse. Adam m'avait rassurée : j'avais ma place parmi eux, il tenait à ce que je sois présente.

Nous nous étions tous attendus à ce que Diane balance la photo après tout ce qui s'était passé. Mais les Arnold ne venaient jamais ici. Ni les

Calloway évidemment. « Quel est le problème, alors ? avait-elle rétorqué quand Adam l'avait interrogée à ce sujet, lors de ses vacances d'hiver. C'est un souvenir. Ce n'est pas parce que les choses ont changé qu'il n'a pas eu lieu. »

— Alors, c'est quoi cette histoire de théâtre ? dis-je pour lancer la conversation.

Il soupire.

— J'ai promis à Big Keith de revenir pendant le semestre pour diriger un atelier avec ses élèves. Des petits de CM1 et de CM2, tous issus de familles modestes. J'interviens dans le cadre d'un week-end complet d'activités autour de l'écriture théâtrale.

— C'est génial que tu fasses ça.

Je ne cherche même pas à cacher mon admiration. Big Keith était le mentor d'Adam. Il dirigeait le club théâtre de l'école et c'est lui qui l'a présenté à tous les prix. C'est une légende, et pas seulement dans le coin. Quelle idée incroyable de proposer à Adam d'enseigner à son tour !

— Parlons d'autre chose, non ? Ça doit t'ennuyer.

— Tu sais très bien que non, réponds-je en lui faisant les gros yeux.

Il penche la tête et hausse un sourcil, d'un air suspicieux.

— Allez, raconte-moi les derniers rebondissements chez les Joueurs.

J'éclate de rire.

— Il n'y en a aucun.

— Il y en a toujours, insiste-t-il avec un sourire en coin.

— Nikki et Robert passent leur temps à se séparer puis à se remettre ensemble, tu le sais bien.

— Ah oui, on s'en fout. Dossier suivant. Vous avez déjà réfléchi à de nouveaux défis ?

Mon cœur se serre. C'est vraiment ce que j'aime le moins chez les Joueurs. Tout le monde a l'air de penser que ces tests sont indispensables, qu'ils font de nous des êtres à part, plus résistants. Une fois brisés, les gens se reconstruisent, démontrant qu'ils sont capables de suivre les règles du jeu, qu'ils en sont dignes, qu'ils méritent tout ce que les Joueurs peuvent leur offrir. À mes yeux, ces épreuves ne sont qu'un moyen en vue d'une fin.

— Pas encore, dis-je. On compte les adapter aux candidats, alors on attend de voir qui sera sélectionné.

Diane approche pour nous verser à chacun une rasade de café noir, puis elle s'éloigne. Adam avale une gorgée puis hoche la tête.

— Bien sûr… Comment va Henry ?

Je rougis aussitôt.

— Comme d'hab. Il compte envoyer un dossier d'admission anticipée à Wharton. Son père ne lui laisse pas le choix. Il préférerait aller à Northwestern pour leur cursus de journalisme… enfin bref.

Adam secoue la tête.

— Il faut qu'il apprenne à s'affirmer. Ce n'est pas parce qu'il s'appelle Barnes qu'il est obligé de reprendre un fonds spéculatif ou je ne sais quoi. Non mais, c'est vrai, regarde-moi. Mon père ne voulait pas en démordre, je devais devenir neurochirurgien, comme lui. Je l'ai envoyé chier. Je serais tellement malheureux aujourd'hui, si je l'avais écouté... Henry le regrettera un jour !

Adam a raison. Malgré tout, j'aurais l'impression de trahir Henry en l'admettant. Je préfère rester neutre.

— Et toi, tu as toujours l'intention de déposer un dossier anticipé à Brown ?

— Oui, je l'ai fait la semaine dernière.

— Ouf ! dit-il en poussant un gros soupir de soulagement. Je vais avoir besoin de toi quand je serai en master.

Je me mordille la lèvre pour cacher un sourire.

Depuis qu'Adam a intégré Brown, je n'ai qu'une obsession : le rejoindre là-bas. Au début, je nous imaginais loin de Gold Coast, avec nos vies devant nous, comme deux lignes parallèles. Brown ne serait que le début. Dans les soirées, nous nous retrouverions dans un coin sombre, avec le même pull irlandais, et nous viderions des gobelets de mauvais cocktails, nos deux fronts se touchant presque tellement nous serions absorbés par notre discussion. Nous traverserions ensemble la pelouse du campus – les feuilles mortes crisseraient sous nos semelles – pour aller boire une bière avant un match.

Puis j'ai commencé à me renseigner, et j'ai découvert que cette fac avait bien d'autres choses à m'apporter. L'an dernier, lorsque j'ai annoncé à notre conseillère d'orientation, Mme Boardman, que j'envisageais d'étudier la physique et l'astronomie à Brown, son visage s'est aussitôt illuminé.

« Oh ! mais quelle bonne idée. » Elle s'est levée derrière son bureau en chêne pour attraper, sur l'étagère la plus haute, une fine brochure jaune pâle. « Ils ont un programme de sciences et d'ingénierie pour les femmes qui est fait pour toi, a-t-elle ajouté en arrondissant ses yeux marrons qui pétillaient. Ils financent l'ensemble de la scolarité des deux étudiantes les plus brillantes. Il faut d'abord que tu sois acceptée, bien sûr, et ensuite, au printemps, passer un examen pour la prise en charge financière. »

J'ai rougi, gênée qu'elle sache que j'étais une boursière, même si bien sûr ça n'avait rien de surprenant. C'était son boulot de le savoir.

« Tu peux réussir, Jill, tes chances sont bonnes. »

Elle a feuilleté mon dossier, puis elle s'est penchée vers l'écran de son ordinateur pour parcourir mon CV. « Capitaine de l'équipe de sciences deux années de suite. Quatre fois primée aux olympiades de mathématiques. » Elle a continué à faire défiler le fichier. « Ah, et tu as même donné des cours particuliers de physique à des collégiens ! Ça t'arrive de dormir ? » a-t-elle plaisanté avant de rejeter la tête en arrière pour glousser, ce qui a fait rebondir son chignon grisonnant.

Je me sentais nerveuse. C'était exactement ce que j'avais espéré, en consacrant toutes mes soirées à de multiples activités extra-scolaires ; j'avais pris ces risques pour arriver au sommet, pour en être digne. Pour me rendre, ainsi que Mme Boardman aimait le dire, « attractive » auprès des conseils d'administration.

Elle a poussé la brochure en papier glacé vers moi et, sur la couverture, j'ai vu de belles jeunes femmes qui riaient, assises ensemble sur des bancs, ou dans des salles de classe devant des manuels ouverts. *Brown croit à l'avenir des femmes dans les sciences et la technologie*, disait une légende. *Devenez l'une des vingt-cinq étudiantes à connaître l'aventure de leur vie !* Ces mots se trouvaient sous une photo d'un groupe de femmes admirant des aurores boréales – sans doute à l'occasion d'un voyage de groupe en Norvège. J'ai scruté les filles sur la photo en rêvant d'être un jour l'une d'elles.

Tout est devenu plus concret quand j'ai rendu visite à Adam, l'an dernier. J'avais pris la route avec ma mère, tôt un vendredi matin, pour pouvoir assister à un cours d'introduction à l'astronomie avec Malika, une élève de deuxième année incroyablement sûre d'elle, une grande noire originaire du Wisconsin qui « adorait » le programme de sciences et d'ingénierie pour les femmes de Brown.

« Je suis tellement contente que tu sois là ! a-t-elle crié lorsque nous nous sommes retrouvées devant la salle. Accueillir de potentielles futures recrues est ce que je préfère. Je suis quasiment l'ambassadrice de ce programme. Et puis j'ai appris que tu étais super branchée astronomie aussi, alors c'est parfait. Je viens de faire un stage à la NASA cet été. »

Malika s'est précipitée pour m'ouvrir les portes d'un petit auditorium où des étudiants prenaient déjà place. La lumière s'est tamisée, alors que nous n'étions pas encore assises, signe que le cours allait débuter.

« La prof rentre tout juste de l'observatoire Keck, à Hawaï ! », m'a-t-elle glissé à l'oreille.

Pendant que l'heure filait, mon cœur se remplissait de joie. C'était mon rêve d'être là, au milieu de ces intellos, d'apprendre, de grandir, d'accéder à une version plus complète de moi-même, une version qui saurait tout ce qu'il y a à savoir sur les étoiles, le ciel et la magie tout là-haut. Je voulais devenir amie avec des gens comme Malika, qui partageaient ma passion.

À la fin du cours, je l'ai suivie dans le couloir, où elle a échangé des sourires et des plaisanteries avec les personnes qui passaient par là. « Tiens-moi au courant ! », a-t-elle dit en me serrant le bras.

J'ai retrouvé Adam sur le campus, pour qu'il puisse me montrer, je le cite, « tous les trucs sympas qu'ils oublient dans les visites officielles ».

« Hé, Newman, en route ! », a-t-il dit avant de me faire un de ces câlins incroyables dont il a le secret. Il m'a pris la main et je l'ai suivi. Je me suis efforcée d'être parfaitement présente, j'avais tellement rêvé de me retrouver ici, seule avec lui… Et pourtant, dans ma tête, je continuais à voir tourner les schémas, les théories et les constellations.

« Et voilà ! », a-t-il lancé après quelques minutes de marche. Nous nous trouvions devant un bâtiment décrépi. Des bardeaux tombaient en miettes, et le porche semblait sur le point de s'écrouler. « La vraie vie universitaire, a-t-il ajouté.

— C'est parfait. »

Et je le pensais. C'était exactement le genre d'endroit où j'avais imaginé Adam. Nous avons passé le reste de la soirée à jouer au ping-pong en buvant des coups avec ses colocataires – trois autres étudiants en lettres qui se succédaient pour tirer sur un bang de soixante centimètres. Ça ressemblait tellement à la vie à Gold Coast. Tout était si… normal.

Alors que ma tête commençait à tourner, j'ai sorti mon téléphone et vu que ma mère m'avait écrit. *Il se fait tard…*

« Merde, je dois rentrer à l'hôtel. »

Adam a reposé le bang sur la table basse ébréchée.

« Je te raccompagne.

— Tu n'es pas obligé », ai-je répondu, gênée.

Il a éclaté de rire.

« Arrête ! »

Nous avons marché en silence jusqu'à la chambre d'hôtes tranquille que Cindy Miller nous avait recommandée. Cette fois, j'avais parfaitement conscience du nombre exact de centimètres qui nous séparaient, Adam et moi. J'aurais tellement aimé qu'il n'y en ait jamais plus. Que ce soit ma vie pour toute l'année.

Il s'est tourné vers moi. Ses lunettes transparentes étaient légèrement de traviole et faisaient ressortir l'éclat de ses yeux bleus.

« Alors, qu'est-ce que tu en dis ?

— J'adore.

— J'en étais sûr. »

Je me suis préparée pour quelque chose de magique. Un instant cosmique qui résonnerait jusque dans mes veines. Nos bouches allaient se trouver. Le monde allait entrer en collision et tout prendrait enfin sens. J'ai fermé les yeux et attendu. Mais il ne s'est rien passé. Adam m'a juste serrée dans ses bras, d'un geste si respectueux que j'en aurais pleuré. Il a posé sa tête sur le sommet de la mienne, puis a pris une profonde inspiration.

« À bientôt, la môme. »

Et il est parti.

Ce soir-là, j'ai décidé que je ne serais pas cette fille qui va à l'université pour suivre un garçon. Ça n'avait rien à voir avec lui, me suis-je convaincue. Brown était la meilleure fac. Celle qui me convenait plus que les autres. Tout le monde le disait.

Alors je me suis impliquée à cent pour cent dans ce dossier. J'ai parlé à Malika et à plusieurs professeurs du département d'astrophysique, afin de réunir un maximum d'informations en vue de la rédaction de mon essai. Je me suis employée à expliquer de mon mieux pourquoi l'étude de l'espace était la seule chose que je me voyais faire, et pourquoi ils ne le regretteraient pas, s'ils croyaient en moi. J'aurais pu utiliser les Archives, pour y chercher des contacts à Brown ou obtenir des conseils du consultant très prisé qui recevait les Joueurs gratuitement (sa fille avait été une Joueuse cinq ans auparavant). Et je ne l'ai pas fait. Chaque fois que je m'apprêtais à ouvrir l'application, quelque chose me retenait. Je voulais me débrouiller toute seule. Je voulais voir si j'en étais capable. J'ai donc envoyé mon dossier, et j'ai prié.

Sur l'insistance de Mme Boardman, j'ai aussi postulé au programme de bourse au mérite de l'État – qui me garantirait, si j'étais acceptée, une place tous frais payés dans la fac locale.

« En plus, leur département de physique a un partenariat avec cet observatoire à Hawaï que tu adores… », m'a dit ma mère lorsque je lui en ai parlé.

J'ai confirmé à contrecœur.

« OK, je vais postuler. »

Adam étire ses bras derrière lui, puis se cale contre le dossier de sa banquette. Je suis déçue de l'entendre changer de sujet – la fac – pour revenir sur celui des Joueurs.

— Alors, quand est-ce que vous allez choisir les petits nouveaux ?

— D'ici quelques semaines, je pense.

— Nos frangins seront dans le lot ?

Je résiste à la tentation de me ronger les ongles. Je n'ai aucune envie de lui expliquer pourquoi je ne tiens pas à sélectionner Jared.

Je n'ai pas envie qu'il sache ce que nous avons fait pour devenir des Joueurs.

— Peut-être, dis-je. On verra.

Diane dépose nos assiettes devant nous et mon estomac gargouille en découvrant l'immense pile dorée. Des galettes de pommes de terre et des œufs recouverts de pancakes. Et des saucisses bien grillées, enfouies sous tout le reste, qui dépassent légèrement.

— Votre Altesse, dit Adam en joignant les deux mains en prière devant son buste. Je n'en suis pas digne.

— Oh, arrête un peu ! rétorque Diane en lui donnant une tape sur les mains. Je suis imperméable au charme des Miller.

Quand elle s'éloigne, je sais que le moment est venu.

— Je dois te dire quelque chose.

Adam prend une première bouchée. J'aimerais lécher ses lèvres luisantes de gras… Il incline la tête d'un côté pour m'inviter à poursuivre.

— J'ai reçu plusieurs textos un peu bizarres.

Mon cœur bat à un rythme inquiétant.

— Ils venaient de Rachel.

Adam en lâche sa fourchette.

— Quoi ?

Il avale sa bouchée.

— Montre-moi, ajoute-t-il.

Je lui tends mon portable et le regarde faire défiler les messages.

— Évidemment, lâche-t-il en secouant la tête.

— Alors, c'est rien, on est d'accord ? Ça ne peut pas être vrai de toute façon. C'est du délire.

Adam pousse le téléphone vers moi et s'adosse contre la banquette.

— Rachel est folle.

Sa voix est aussi tranchante qu'une lame.

— Je ne voulais pas t'en parler, mais elle m'a envoyé le même genre de messages pendant l'été.

— C'est vrai ? Pourquoi tu ne m'as rien dit ?

Je suis sonnée.

— Je ne voulais pas que ça te bouleverse. Je sais combien cette histoire te touche.

Mes yeux me brûlent et je secoue la tête. Le fantôme de Shaila est partout, même entre nous deux, ici, chez Diane. Adam recouvre ma main de la sienne.

— Ne la laisse pas t'atteindre, d'accord ? Elle cherche à protéger son frère, c'est tout.

J'acquiesce.

— Oui, tu as raison.

— J'ai besoin d'aller aux toilettes, dit-il.

Il glisse vers l'extrémité de la banquette et s'éloigne.

Je ravale mes larmes avant de tourner la tête vers Shaila. Son grand visage couvert de taches de rousseur me sourit. Elle n'avait aucune idée de ce qui l'attendait, de ce qu'on nous demanderait de faire, du tour que tout ça allait prendre. Je ne savais pas que ce serait sa dernière nuit, qu'elle serait marquée par des vagues déchaînées et de la vodka chaude. Des grains de sable collés sur mes lèvres. Un hurlement déchirant. Des poings crispés sur des draps. Mes cheveux décoiffés, indomptables. L'obscurité. L'obscurité absolue.

— Ça va ? demande Adam, qui est de retour, en posant une main sur mon épaule. Tout ira bien, Jill, je te le promets.

Je réussis à hocher la tête.

Il ne m'a jamais laissé tomber avant. Il m'a toujours sauvé la mise.

— Oublions le passé, d'accord ? reprend-il. La meilleure année de ta vie t'attend.

— C'est vrai, dis-je avec un petit sourire.

Je n'ai pas envie que Shaila disparaisse de mes pensées, mais Adam a raison. Elle appartient au passé. Elle est partie. Et ce ne sont pas quelques textos de la sœur de son meurtrier qui la ramèneront.

Le jour de la mort de Shaila, les flics nous ont tous embarqués au commissariat. Ils nous ont donné des biscuits rassis et du jus d'orange trop sucré dans des gobelets en polystyrène, puis ils nous ont posé quelques questions basiques. Enfin, ils ont appelé les parents de tout le monde. Marla est repartie en premier, suivie de Henry, Quentin et Robert. Les parents de Nikki étaient à Singapour et ma mère a proposé qu'elle dorme chez nous. Elle ne nous a pas hurlé dessus pour avoir menti sur l'endroit où nous

nous trouvions – nous avions promis de rester chez Nikki. Elle est restée silencieuse pendant tout le trajet en voiture.

De retour à la maison, elle nous a préparé des croque-monsieur, nous a demandé d'aller prendre une douche, puis a coupé un Xanax en deux pour nous en donner une moitié à chacune.

« Appelle ta mère, ma chérie », a-t-elle dit à Nikki.

« Ils restent là-bas encore une semaine, m'a annoncé cette dernière après avoir raccroché. Soirées pyjama d'ici là ? » Elle a accompagné sa question d'un sourire piteux. Nous étions assises sur le canapé du salon, côte à côte, raides, mal à l'aise. Nous n'avions jamais fait de soirée pyjama à deux. Shaila était toujours de la partie. J'ai croisé les bras sur mon ventre.

« Je n'ai pas encore pleuré », ai-je avoué en fermant les yeux. Tout m'est brusquement revenu en mémoire. La porte fermée. L'obscurité déroutante. L'instant où nous avons compris que nous étions tout seuls.

De la bile m'est remontée dans la gorge et, avant que je puisse porter mes mains à ma bouche, elles se sont retrouvées couvertes d'une substance verdâtre poisseuse, qui avait l'odeur que j'imaginais être celle du poison. Des larmes ont fini par me monter aux yeux.

« Merde, Jill ! » Nikki est allée chercher un rouleau d'essuie-tout et s'est agenouillée pour nettoyer par terre.

« Je suis désolée », ai-je dit d'une voix épaisse.

Elle a levé vers moi ses yeux qui ne pétillaient plus, qui n'étaient plus soulignés par du fard à paupières rose, contrairement à la veille.

« Tu n'as aucune raison de l'être. »

Je me suis détournée d'elle en me demandant si nous étions autorisés à pleurer ce que nous avions perdu ou si ce droit n'était réservé qu'aux autres. Étions-nous punis pour ce que nous avions fait, nous aussi ? Nous étions complices après tout, non ? Nikki devait se poser la même question, parce qu'elle s'est rassise en frissonnant et s'est roulée en boule à côté de moi. Ses pieds nus étaient pressés contre les miens, et nos deux corps formaient un cœur. Nous avons gardé cette position toute la journée.

Le premier mois qui a suivi la disparition de Shaila, nous avons passé tous nos matins à discuter en chuchotant, alors que le brouillard estival déferlait sur la côte, chaud et lourd. Nous parlions, encore et encore, jusqu'à en avoir la voix cassée. Nikki évoquait son envie dévorante de s'inscrire dans une école de mode, nous débattions pour savoir lequel des frères de Marla était le plus canon, et comment obtenir le meilleur bronzage d'ici septembre. Je dessinais les constellations sur ma peau, traçant des lignes imaginaires de tache de rousseur en tache de rousseur, et Nikki finissait toujours par me demander : « Fais-le-moi aussi ! »

Il y avait également des non-dits entre nous. Je ne lui racontais pas mes cauchemars, ces visions de Shaila qui me hantaient la plupart des nuits, le fait que je me réveillais très souvent en sueur, le souffle court, un hurlement prisonnier dans la gorge. Et Nikki ne savait pas que je l'entendais pleurer dans la salle de bains, quand elle était au téléphone avec sa mère et la suppliait de rentrer.

Aucune de nous n'était prête à admettre que nous avions peur d'oublier Shaila. Il nous arrivait de commencer nos phrases par : « tu te souviens... », juste pour tester notre mémoire.

« Tu te souviens de sa façon de marcher, comme si elle était en mission commandée ? Tu te souviens qu'elle mangeait la pizza à l'envers, en attaquant par la croûte ? »

Nous voulions désespérément nous remémorer le plus de détails à son sujet, mais nous voulions tout aussi désespérément aller de l'avant. L'oubli était agréable parfois, parce que nous pouvions rire à nouveau, d'abord par hasard, devant une émission de télé débile, puis exprès, jusqu'à en avoir mal au ventre.

Ce serait un été différent, le seul, l'unique tache dans un dossier par ailleurs impeccable, trois mois qu'il nous faudrait surmonter pour que tout aille à nouveau bien lorsque viendrait le moment de postuler aux universités. Surmontez cette épreuve, voilà ce que tout le monde nous répétait, et tout ira bien.

Et j'avais donc eu un été de liberté, pour la première fois de ma vie. Pas de camp de sciences, pas de cours particuliers, pas de stage de perfectionnement à l'université locale. Sur le conseil du proviseur Weingarten, mes parents m'avaient laissée vivre ma vie, et c'est comme ça que j'ai découvert l'ennui, et l'association explosive qu'il formait avec le chagrin. Ensemble, ils m'engluaient et il semblait n'y avoir qu'un seul moyen de s'extirper de cette bourbe collante et épaisse : boire de la vodka allongée d'eau pétillante aromatisée et fumer des joints de l'épaisseur de mon petit doigt, roulés par des étudiants que je ne connaissais pas. Quel soulagement immense de constater que tous les parents avaient aussi opté pour un traitement passif de notre traumatisme.

Tous les six, nous étions placés en quarantaine sur les plages du coin. Henry était le seul à bosser, en tant que pigiste pour le journal local, la *Gold Coast Gazette*. Nous avions l'impression d'être des adolescents normaux, nous faisions du vélo et nous cherchions des crabes dans le sable. Nous allions surmonter cette épreuve, tout le monde le voulait, et, en septembre, nous reprendrions le chemin de Gold Coast Prep, le regard brillant, prêts à décrocher les meilleures notes. Et même si nous avions vécu la pire des tragédies – « quel drame ! », « quelle histoire effroyable ! » –, nous n'avions besoin de rien d'autre. Un été de glande sans conséquences et sans stress.

« Il faut que tu arrives à tirer un trait dessus », voilà ce que la mère de Nikki lui a dit lorsqu'elle est enfin rentrée de Singapour. Une fois cette page tournée, nous serions à nouveau sur les rails, prêts à nous saisir de l'avenir qui s'offrait à nous. À nous tous, sauf à Shaila.

Adam avait passé son été à Londres, cette année-là, pour suivre un stage avec un auteur dramatique couronné par un prix Pulitzer dont je n'avais jamais entendu parler. Il est rentré une semaine avant son départ pour Brown. Il m'a dit que j'étais celle qu'il avait appelée en premier, dès qu'il avait posé le pied sur le sol américain.

« Quel paquet de conneries, quand même, a-t-il déploré. Comme si vous pouviez tourner la page aussi facilement. »

J'ai acquiescé en marmonnant, mais me suis détournée de lui. Nous étions allongés côte à côte sur la plage de galets près du phare de Bay Bridge, à l'endroit où la côte forme un angle droit avant de s'effacer. Les vagues ressemblaient plus à de douces ondulations, l'eau était si limpide qu'on apercevait de minuscules poissons.

« Viens », m'a-t-il dit en se levant et en retirant son tee-shirt. Il m'a tendu la main et je l'ai prise à contrecœur.

J'ai retiré mon short et mon débardeur sans prendre le temps de réfléchir au deux-pièces chiffonné que j'avais enfilé le matin même, ou de mater sa tablette de chocolat bien dessinée. Je l'ai suivi en chancelant jusqu'à l'océan. Quelques secondes plus tard, Adam disparaissait sous la surface.

« Et merde ! », ai-je crié en le rejoignant.

J'ai mis la tête sous l'eau. J'ai eu l'impression d'entrer dans un bain réchauffé par le soleil d'août. Pour la première fois depuis la mort de Shaila, j'étais seule. C'était grisant. J'ai ouvert la bouche pour crier dans le silence des profondeurs, laissant les algues et les sédiments glisser autour de moi. J'ai imaginé Shaila à mes côtés, serrant mes mains dans les siennes et remuant la tête d'avant en arrière, hurlant de rage et de plaisir.

Quand je suis remontée à la surface, Adam était déjà sorti de l'eau et les galets autour de lui étaient mouillés.

« Tu te sens mieux ? m'a-t-il crié.

— Pas vraiment.

— Ça va t'aider, tu verras. »

J'ai nagé jusqu'au rivage et me suis affalée à côté de lui. Les petits cailloux se sont accrochés à ma peau mouillée comme du Velcro.

« C'est tellement nul », ai-je lâché sans très bien savoir de quoi je parlais : la mort de Shaila, le départ imminent d'Adam ou cette idée de vivre et de mourir, tout ça dans une seule et même existence. Est-ce que ce n'était pas trop pour un seul être ?

« Et qu'est-ce qu'on fait, maintenant ? ai-je demandé pour tenter de réduire au silence les hurlements dans mon crâne.

— On continue, m'a-t-il répondu. On avance. »

J'ai hoché la tête, et je ne lui ai pas posé la question qui me travaillait.

Comment ?

6.

Tu es sûr de ne pas vouloir venir chez Quentin ce soir ?

Je tape mon texto en cherchant le bon équilibre entre la fille obsessionnelle et la fille amicale, celle qui est prête à tout et celle qui se la joue décontractée. Adam ne veut plus assister aux soirées des Joueurs maintenant qu'il est à la fac, et pourtant, après l'avoir vu chez Diane, je ne peux pas m'empêcher de le regretter.

Ouais, fais ta vie. Pas sûr que les autres aient envie de m'avoir dans leurs pattes. À la prochaine !

Mon ventre se serre. Il me manque déjà, alors qu'il n'est pas encore reparti.

Je range mon portable dans ma poche avant de pousser la porte de Quentin. Il habite dans une toute petite rue bordée d'arbres. Les maisons y sont plus petites, toutes peintes en bleu marine, carmin, beige ou gris, seules couleurs autorisées.

Elles appartiennent en effet à un quartier historique, dont la construction remonte au moins à 1825.

Dans cette rue, les boîtes aux lettres possèdent une petite plaque dorée pour signaler leur caractère ancien. Parce que ici, qui dit « vieux » ne signifie pas poussiéreux ou mal entretenu. Non, une maison ancienne a vu des événements importants, et ceux qui les occupent sont sensibles à l'histoire passée de leur lieu de vie. Ou alors, ils ont fait de la lèche au bon agent immobilier lorsque la ville les a vendues une par une, il y a vingt ans. Bref, posséder un de ces biens historiques, c'est la garantie d'avoir une place dans la bonne société, quoi qu'il arrive.

Que Quentin vive ici est parfaitement logique. Il est plus qu'obsédé par l'histoire de Gold Coast – il est capable de réciter les noms de tous les maires depuis la guerre d'Indépendance. Il s'est aussi passionné pour le passé de notre école, au collège, quand il a découvert que son fondateur, Edgar Grace, était arrivé aux États-Unis sur le *Mayflower*[1] et avait aménagé ce petit coin de paradis. Je crois qu'il est sensible à cette étrange ambiance coloniale, qu'elle inspire son art. Pourquoi, sinon, saurait-il que la lignée de Grace s'est tragiquement éteinte au début du XXe siècle, parce que tous ses descendants avaient contracté la scarlatine ? Sacré coup de malchance… Il est aussi devenu l'historien officiel des Joueurs. Il a été le premier d'entre nous à apprendre par cœur la charte, et était capable de réciter l'hymne à l'endroit et à l'envers, et de recracher des informations

1. Bateau ayant amené les premiers colons anglais en Amérique du Nord.

élémentaires sur n'importe quel membre à n'importe quel moment.

Il vit seul avec sa mère, une romancière galloise, qui boit son scotch sec. Son père est décédé d'un cancer avant que nous devenions amis, et Quentin ne parle jamais de lui. C'est toujours douillet chez eux, on se croirait dans un chalet au milieu des montagnes… à quelques kilomètres de la plage. Une marche sur deux grince légèrement, et la porte d'entrée est si petite que Quentin doit baisser la tête pour la franchir.

Ils ont des affaires absolument partout, ils ne font pas appel à une entreprise de ménage deux fois par semaine, contrairement aux parents de Nikki ou de Henry. Même la remise dans le jardin est accueillante. Elle avait été aménagée par un forgeron ou un truc du genre, mais la mère de Quentin l'a transformée en atelier pour son fils. Maintenant, elle sent la térébenthine et le fusain. La dernière fois que j'y suis allée, il avait affiché des portraits de tous les Joueurs, même de Shaila.

— C'est pas trop tôt ! s'exclame Nikki en se jetant dans mes bras.

Je la serre contre moi et j'enfouis mon visage dans sa veste en jean, si fine et si douce.

— Désolée, dis-je, un peu confuse, j'ai été retenue. Adam est là pour le week-end.

— Oh ! se moque-t-elle. Tu es la femme qui murmure à l'oreille d'Adam, toi… Allez, viens !

Elle me prend par la main pour m'entraîner dans le salon, où elle navigue entre la petite table d'appoint en bois recyclée et un panier d'osier rempli de couvertures en laine polaire. Juste avant d'atteindre la cuisine, elle s'arrête. Elle rejette ses cheveux par-dessus son épaule – elle s'est fait une raie au milieu, ce qui lui donne l'air d'une princesse indienne –, puis me dit :

— Je te préviens, c'est Robert qui a préparé les cocktails, donc… enfin tu vois.

J'ai du mal à l'entendre avec la musique qui hurle. Elle mime un évanouissement pour que le message soit plus clair et je grimace.

— Je me servirai moi-même à boire, alors.

Elle n'a pas encore répondu que je sens quelqu'un approcher dans mon dos.

— La voilà !

Henry me fait pivoter sur moi-même pour que je me retrouve face à lui et glisse une main chaude dans le bas de mon dos. Lorsque ses doigts effleurent ma peau, je frissonne.

— Me voilà, dis-je.

Il a le visage rouge, mais il semble tout à fait maître de lui et plonge ses yeux dans les miens. Il a l'air sincèrement heureux de me voir. Un élan de tendresse se déploie dans ma poitrine et, l'espace d'une seconde, j'oublie que j'ai passé la journée entière à baver devant Adam.

— Tu m'as manqué aujourd'hui, lâche-t-il avec une petite moue boudeuse.

— Ah oui ?

Je m'appuie contre lui, laisse sa chaleur m'envelopper.

— Un peu… Tu bois quelque chose ?

Je hoche la tête. Henry se retourne et crie vers la cuisine :

— Dégagez le passage ! Dégagez le passage ! Jill Newman est arrivée ! Et elle veut boire !

Il suffit de ça pour que la foule s'écarte, et j'emprunte le petit couloir qui s'ouvre devant moi afin de rejoindre l'îlot central de la cuisine. Mais je me cache derrière mes cheveux pour éviter les regards braqués sur moi. Ce n'est pas toujours très agréable d'être dans l'aquarium des Joueurs.

Je prends mon temps pour me préparer à boire avec ce qui me tombe sous la main. Adossé au mur, Henry en profite pour balayer le salon du regard. Il tend son verre en direction d'Avi Brill. Ce dernier bosse avec lui à la chaîne télé de l'école, qui est en train de diffuser un documentaire pourri dont il a coupé le son.

— Bien sûr, marmonne Henry avant de se tourner vers moi. Alors, tu étais avec Adam ?

Mon estomac se contracte.

— Oui.

Henry grogne.

— Quoi ? dis-je en serrant la mâchoire. Tu sais bien qu'on est amis.

— Oui, je sais.

Il m'enlace à nouveau par la taille.

— Je suis juste jaloux. J'ai l'impression qu'il te kiffe depuis toujours.

Vraiment ? J'espère que Henry n'a pas remarqué que je rougissais.

— Je comprends, évidemment, ajoute-t-il avec un sourire.

Il glisse le doigt dans un des passants de mon jean.

— Tu es la meilleure, poursuit-il avant d'avaler une gorgée. Il sait qu'on est ensemble, hein ?

— Bien sûr.

Je lui caresse la nuque. Henry appartient à la catégorie des types bien, je dois m'en souvenir, même s'il est évident qu'il a déjà avalé plusieurs des cocktails de Robert.

— Il n'est là que pour le week-end. Je ne le verrai même pas demain. Pas de quoi en faire une histoire…

— Je sais, je sais…

Henry m'attire contre lui d'un geste brusque, son corps est pareil à un bloc de béton.

— Tu me promets que tu m'aimes plus que lui ?

— Je te le promets, je murmure contre son torse.

J'aimerais tellement que ce soit vrai. Je *veux* que ce soit vrai. Car la vérité est inutile. La vérité est dangereuse.

— Allons voir Quentin.

Henry me suit dans le jardin. La musique y est plus calme. La pelouse est bordée de guirlandes lumineuses, qui donnent à la fête un côté très doux. Je finis par repérer notre hôte, assis sur son toboggan de petit garçon avec Barry Knowlton, un élève de seconde qui a intégré l'équipe nationale de natation l'an dernier. Barry est assis entre les jambes de Quentin et il le regarde comme s'il n'avait jamais vu de créature plus belle au monde. Quentin passe son index sous le menton de Barry, et ils affichent tous les deux des sourires d'abrutis. Enfermés dans leur bulle, ils ne se rendent absolument pas compte de la cohue autour d'eux. J'éprouve des picotements d'envie dans le ventre, devant leur proximité, leur tendresse. Je me demande si les gens sont jaloux de Henry et moi, de ce qu'ils croient que nous avons ensemble.

Non, attendez, de ce que nous avons. Tout court.

Les yeux de Quentin croisent soudain les miens, et il murmure quelque chose à l'oreille de Barry, avant de nous rejoindre en quelques enjambées.

— Il faut qu'on parle, dit-il en se glissant entre Henry et moi. Tous ensemble.

Sa voix tendue trahit une certaine inquiétude. Nous le suivons derrière un buisson, pour nous cacher des autres. Henry et Quentin ne cessent de se lancer des regards, et j'ai l'impression qu'ils dialoguent au-dessus de ma tête.

Leurs mères partageaient une chambre à la fac et elles ont emménagé à Gold Coast pour que leurs enfants grandissent ensemble. L'amitié qui lie Quentin et Henry saute aux yeux. Ils se chamaillent comme des frères, que ce soit à coups de silences glaçants ou de bagarres dans la boue. Mais ils se réconcilient toujours, à cause de l'idée que leur lien n'est pas le fruit d'une décision commune, non, il leur est imposé par leurs mères, qu'ils respectent. Un lien face auquel je suis impuissante. J'ai beau plaisanter avec Quentin, j'ai beau sentir la peau de Henry sur la mienne, je ne pourrai jamais partager avec aucun d'eux une relation aussi forte.

J'en ai parlé à Henry l'été dernier. Nous étions allongés sur la jetée derrière chez lui.

« J'aimerais tellement avoir une relation comme celle que tu as avec Quentin…

— Tu as Nikki », m'a-t-il rétorqué en caressant du bout des doigts mon ventre hérissé de chair de poule. Ça m'a chatouillée et j'ai retenu un gloussement.

« Ce n'est pas la même chose. Ça l'était avec Shaila, par contre. » Je n'avais jamais fait cet aveu à voix haute : Nikki ne parvenait pas à remplacer Shaila. Et j'ai soudain pensé que la réciproque était sans doute aussi vraie.

« J'ai toujours été jaloux de vous deux, tu sais, m'a confié Henry. Quand des filles sont les meilleures amies, ça a l'air d'être une telle évidence. C'est beaucoup moins simple avec les mecs. »

Ça m'a paru tellement bizarre qu'il dise ça. Tout était plus facile pour les mecs. Surtout au sein des Joueurs. Mais le fait que Henry me fasse cet aveu me l'a rendu plus attachant. Il était fragile, sensible. Avant que je puisse lui poser des questions, il s'est levé et a couru jusqu'à l'extrémité de la jetée pour sauter dans l'eau en faisant une bombe.

Henry et Quentin sont justement en train de se livrer à un combat de coqs, en cognant leurs deux torses.

— Allez, mec, dit Henry en se décalant pour lui donner un coup d'épaule. Je vais chercher les autres.

— Viens, Jill.

Quentin me fait signe de le suivre sous l'un des immenses saules pleureurs du jardin. Nous écartons ses rameaux comme des rideaux de perles et nous nous asseyons.

— T'as un truc top secret à nous dire, alors ?

— J'ai l'impression que tu n'as pas beaucoup regardé ton téléphone aujourd'hui, je me trompe ?

— Exact.

En présence d'Adam, j'ai tendance à oublier tout le reste.

— Il faut que tu voies un truc.

Il sort de sa poche une page de journal pliée. Le papier est très fin, c'est celui de la *Gold Coast Gazette*. J'éclate de rire.

— Où est-ce que tu as trouvé ça ?

Ma famille est la seule que je connaisse à encore acheter le *Times* le dimanche. C'est complètement dépassé, mais mon père se dit incapable d'arrêter.

— Lis, me dit-il d'un ton impatient, en croisant les bras.

J'ai du mal à ajuster ma vision dans le noir, et il me faut quelques secondes pour réussir à discerner les lettres. L'article est court, composé de quelques paragraphes, et les premiers mots me glacent aussitôt.

Un célèbre meurtrier local fait appel de son procès

Graham Calloway, l'adolescent qui a conclu un accord après avoir avoué le meurtre de Shaila Arnold, tuée à l'âge de quinze ans, veut prouver son innocence trois ans après les faits. Calloway, qui doit être transféré dans la prison fédérale de New York lorsqu'il fêtera ses dix-huit ans, en juin, a fait une déclaration par l'entremise de son avocat :

« À la lumière de nouveaux éléments, je peux affirmer avoir été accusé à tort du meurtre de Shaila Arnold. Je demande un second procès pour apporter la preuve de mon innocence. Je tiens à être acquitté de toutes les accusations portées contre moi. Je n'ai pas tué Shaila et je reviens sur mes aveux. »

La famille Arnold n'a pas pu être contactée, mais la police a publié sa propre déclaration, afin d'apporter son soutien au travail des enquêteurs de l'époque : « Nous examinerons tous les nouveaux éléments, cependant nous tenons à réaffirmer notre entière confiance dans le travail des enquêteurs chargés d'élucider la mort tragique de Mlle Arnold. Nous n'avons pas d'autre commentaire à faire pour le moment. »

J'ai relevé la tête, sonnée et écœurée.

— Ils sont là ! crie Nikki, en faisant bruisser les feuilles.

Marla, Henry et Robert la suivent de près et nous retrouvent sous l'espace dégagé autour du tronc. Les yeux de Nikki se posent sur la coupure dans ma main.

— Il lui a montré.

J'ai la tête qui tourne, et je prends appui sur le sol avec mes mains.

— Vous étiez tous au courant ? je bredouille.

— J'ai essayé de t'appeler plus tôt dans la journée, mais…

Elle laisse la fin de sa phrase en suspens.

— Comme elle n'arrivait pas à te joindre, on a pensé que ce serait mieux de t'en parler en personne, ajoute Marla d'une voix douce.

— Ça va ? me chuchote Henry en posant une main sur mon épaule.

Son haleine alcoolisée me brûle l'oreille.

— Qu'est-ce que ça veut dire ?

J'ai la voix cassée, je n'arrive pas à comprendre ce que je viens de lire. Pendant un instant, personne ne me répond, et je n'entends que les bruits de la fête qui se poursuit sans nous.

— C'est un menteur, finit par lâcher Robert, qui serre son gobelet dans son poing. On était là. On sait tous qu'il l'a tuée.

Le silence revient. Je me demande s'ils cherchent à effacer les souvenirs de cette fameuse nuit, eux aussi. L'odeur de caoutchouc brûlé du feu. Le regard dur de Shaila avant que tout commence. Mes mains autour de ses poignets. Sa démarche fière lorsqu'elle s'est éloignée pour la dernière fois.

— Quelle connerie, franchement, dit Nikki en remuant la terre avec la pointe de sa ranger. Il faut qu'il revienne gâcher notre année de terminale.

Elle plisse le nez comme si toute cette histoire sentait mauvais, ce qui est le cas.

— En tant que présidente du conseil des élèves, j'ai l'intention d'en parler à M. Weingarten lundi à la première heure. Hors de question que ça vienne perturber le reste de notre semestre !

— On ne peut pas s'en mêler, dit Quentin en ramassant un bâton et en le traînant dans la terre. Ça n'en vaut pas la peine. Surtout avec les candidatures pour la fac qui approchent.

— Mais… et si Graham disait la vérité ? je proteste tout bas.

Cinq paires d'yeux se tournent vers moi.

— Tu n'es pas sérieuse, là ! s'esclaffe Henry.

— C'est toi le journaliste. Ça ne te rend pas du tout curieux ? Tu n'as pas envie de savoir ce qui s'est passé ?

La bouche de Henry forme une ligne droite.

— On le sait déjà.

— Est-ce qu'on pourrait se mettre tous d'accord pour ne plus y penser ? implore Nikki. On passe à autre chose, hein ? Si on l'ignore, tout le monde le fera aussi. Ça marche comme ça, vous le savez aussi bien que moi.

Tout le monde opine autour de moi. Chacun leur tour, ils se relèvent pour partir.

— Viens, bébé, dit Henry en me tendant la main.

Je fais non de la tête.

— J'ai besoin d'une seconde…

Il acquiesce et s'éloigne. Adossée contre le tronc du saule pleureur, seule, je pourrais presque en oublier la fête, les autres Joueurs, les minus qui rêvent d'en être, les innombrables défis – tous plus infects les uns que les autres – qu'il a fallu réussir pour en arriver là. Je regarde mes amis s'engouffrer dans la maison. Nous sommes tout, les uns pour les autres. Je voudrais les envelopper dans mon cœur, un par un, et les serrer contre moi. Les lier à mon âme pour les protéger. Ce que nous n'avons pas su faire pour Shaila.

Peut-être qu'ils ont raison. Ça ne sert à rien de ressasser le passé.

Pourtant, une chose continue à me tracasser.

Je sors mon téléphone d'une main tremblante et ouvre les textos de Rachel.

Graham n'a pas tué Shaila.

Il est innocent.

Mon portable pèse lourd, trop lourd pour que je puisse le tenir, et le ciel se met à tourner au-dessus de ma tête.

— Jill, tout va bien ?

Henry, qui est revenu, s'agenouille à côté de moi. Il glisse sa main dans mon dos, sous mon tee-shirt. Sa peau est brûlante contre la mienne.

Je réussis à hocher la tête.

— J'ai juste bu trop vite, dis-je en montrant mon gobelet.

— Je vais te chercher de l'eau.

— Merci…

Le sol est humide et dur sous mes paumes quand je le repousse pour me lever. Je jette un regard à l'avant-dernier message de Rachel.

On peut se parler ?

La première fois que j'ai adressé la parole à Rachel, je l'ai trouvée époustouflante, avec des pommettes si hautes et des yeux si noirs qu'on distinguait à peine ses pupilles. Ses cheveux, toujours légèrement ondulés, cascadaient dans son dos. Quand je suis allée chez le coiffeur cette année-là, j'ai montré au coiffeur sa photo de classe comme modèle. Mais ma tignasse n'était jamais aussi lisse, toujours un peu trop indisciplinée.

Elle est venue me trouver à la bibliothèque un jour d'octobre, au début de la troisième. Mon exemplaire de *L'Odyssée* était ouvert devant moi. Je tapais régulièrement du poing sur la table dans l'espoir d'un miracle qui me permettrait d'ingurgiter les deux cents dernières pages en trente minutes, juste avant mon contrôle. Ma moyenne risquait de dégringoler et, pour la première fois, je sentais que ma bourse pouvait m'échapper, que je pouvais perdre le contrôle de toute la situation.

J'avais prévu de bosser jusqu'à 3 heures du mat' pour rattraper mon retard, mais je m'étais endormie, l'énorme bouquin ouvert sur la poitrine, lumière allumée. La sonnerie de mon réveil m'avait tirée du sommeil en panique. Il m'avait fallu faire un effort herculéen pour ne pas fondre en larmes en arrivant à la bibliothèque.

« Tu as une mine atroce », m'a asséné Rachel.

Elle a posé les deux mains sur le livre et s'est penchée vers moi, si bien que je voyais le haut de sa poitrine dépasser d'un soutien-gorge en dentelle noire.

« Beaumont ? » a-t-elle ajouté.

J'ai confirmé d'un signe de tête. J'avais une boule dans la gorge. J'ai essayé de la ravaler.

« Tu connais Adam, non ? Tu es une copine de Shaila ? »

J'ai fait un nouveau signe de tête.

« Cool. »

Elle a disparu et je suis devenue rouge comme une tomate, consternée à l'idée qu'elle s'empresse d'aller dire à Adam combien j'étais bizarre. J'étais vraiment une bonne à rien, qui venait de tout faire foirer... Une minute s'est écoulée, puis une seconde, et soudain Rachel a réapparu devant moi, avec deux feuilles de papier.

« Tiens, m'a-t-elle dit. Les réponses. La première c'est la A, la deuxième la B, la troisième la C. Et ainsi de suite. Je ne te fais pas un dessin. Beaumont a repris les questions de Mme Mullen. Celles de l'an dernier, et de l'année d'avant. Elle ne les change jamais.

— Quoi ? »

Je n'en revenais pas qu'elle ait le corrigé du contrôle. Elle m'a souri.

« Fais-moi confiance. Retiens les réponses, puis ensuite détruis cette feuille. Si quelqu'un te surprend avec, on est foutus, pigé ? »

J'ai tout de suite pensé à mes parents, qui auraient été effondrés si j'étais surprise en train de tricher, si ça me valait une exclusion temporaire ou pire. Je ne pourrais même pas me regarder dans un miroir... D'un autre côté, si je ratais ce contrôle, que je perdais ma bourse pour Gold Coast Prep et tout ce qui en découlait – statut, liens avec les meilleures facs... –, je perdrais ce que j'avais de plus précieux dans la vie. Mon cœur tambourinait dans ma poitrine pendant que je me débattais avec la décision que j'avais à prendre. J'ai pris les feuilles d'une main tremblante.

« À charge de revanche », m'a dit Rachel avec un clin d'œil, avant de disparaître en se déhanchant à chaque pas.

La semaine suivante, lorsque M. Beaumont a distribué les devoirs corrigés, au moment de poser le mien sur mon bureau, il a pointé du doigt la note de 98 sur 100, en rouge.

« Beau travail, Jill. »

J'avais fait exprès d'introduire une approximation dans l'une de mes réponses pour éviter d'éveiller ses soupçons. J'aurais dû être folle de joie, au lieu de quoi je ne ressentais rien du tout. J'ai fourré la copie au fond de mon sac à dos et j'ai essayé d'oublier cette histoire.

Rachel avait raison : je passerais l'année à rembourser ma dette, en allant lui chercher ses donuts préférés chez Diane ou en faisant des recherches sur la guerre du Vietnam pour un de ses devoirs d'histoire. Je lui repasserais même sa robe pour le bal de promo, afin qu'elle puisse être absolument parfaite sur sa photo avec Adam.

Des mois s'écouleraient avant que je découvre l'étendue des Archives des Joueurs, que je constate qu'il y avait toujours un moyen de connaître les réponses pour ce genre de contrôle. Je ne m'en servirais plus jamais.

Le véritable pouvoir des Joueurs se situait dans les zones grises ; les anciens offraient aux nouveaux l'accès à un réseau de conseils pratiques éprouvés : quels médecins du coin étaient prêts à attester que vous aviez besoin de temps supplémentaire lors des examens (Robert et Marla ont utilisé cette carte-là), quelles universités avaient un faible pour les Joueurs (un élève du début des années 2000 travaillait maintenant au département des arts de Yale, et Quentin échangeait régulièrement des mails avec lui depuis des mois). Il y avait même une fiche pour réussir à coup sûr l'étude de cas soumise par le responsable des admissions de Wharton (Henry était devenu dingue en le découvrant).

Si le credo de Gold Coast Prep était de préparer ses élèves à la vie, les Archives des Joueurs poussaient le délire un cran plus loin. Elles vous rendaient invincible.

Shaila n'a jamais ouvert l'application. Elle n'en avait pas besoin.

Quand Beaumont m'a rendu ma copie, Shaila s'est dévissée le cou pour voir ma note. Elle a eu un petit sourire en coin. « La prochaine fois, tu auras peut-être 100. » Puis elle a attrapé une cuticule entre son pouce et son index pour l'arracher. « Mais ne t'avise pas de me dépasser, a-t-elle ajouté. C'est moi, la première de la classe. »

J'ai réussi à sourire. Je m'attendais à ce qu'elle éclate de rire, pourtant, elle a soutenu mon regard avec une expression glaciale, avant de me tourner le dos.

L'intelligence de Shay ne faisait aucun doute. Elle avait pu s'inscrire dans les cours d'option les plus difficiles depuis son entrée au collège, et les devoirs à la maison qui me demandaient des jours ne lui prenaient que quelques heures. Les lettres étaient sa matière préférée. Elle séchait souvent l'heure d'étude pour aller voir M. Beaumont, qu'elle surnommait « Beau », dans sa salle de cours à ses heures de permanence. Il lui faisait lire du Shakespeare pour qu'elle prenne de l'avance. Elle en revenait avec des exemplaires cornés de *La Tempête* ou *Le Roi Lear*, et un petit sourire mystérieux aux lèvres.

Après une épreuve particulièrement difficile, où nous avions dû rester dans l'océan en novembre, en maillot de bain, et chanter pendant une heure *Let's Get It On*, de Marvin Gaye, j'avais demandé à Shay pourquoi elle voulait devenir une Joueuse, pourquoi elle s'imposait toutes ces souffrances alors qu'elle ne comptait même pas en récolter les fruits. Elle s'était emmitouflée dans une serviette éponge et m'avait regardée d'un air interloqué. Ses lèvres, qui avait viré au bleu pâle, frémissaient.

« Parce qu'on ne s'amusera plus jamais autant. »

Elle est morte avec une moyenne parfaite.

Shaila était destinée à entrer à Harvard. C'était pour ainsi dire inscrit dans ses gènes. Ses parents s'étaient rencontrés dans cette université. Mme Arnold m'avait raconté cette anecdote après avoir enchaîné quelques martinis le jour des quatorze ans de Shaila.

Emily – Araskog de son nom de jeune fille – était une étudiante charmante qui avait quitté les quartiers huppés de Manhattan pour s'installer à Cambridge et suivre ses études à Harvard. Elle avait vécu toute sa vie dans un appartement avec terrasse donnant sur Central Park. Il y avait, dans son immeuble, un liftier qui portait des gants blancs et un uniforme gris élégant, sans oublier le petit chapeau qu'il effleurait dès qu'elle franchissait les magnifiques portes en fer forgé.

« Une héritière, a observé ma mère quand elle a rencontré Mme Arnold. Un pur produit de la haute bourgeoisie protestante. » Et c'était la vérité. La lignée des Araskog remontait à la déclaration d'indépendance des États-Unis.

Un jour, Emily était assise sur un banc près de la pelouse principale de Harvard lorsqu'un ballon de football l'a atteinte en plein visage et renversée à terre. Au moment de redresser la tête, encore sonnée, elle a découvert un blond en sweat-shirt rouge qui se dressait au-dessus d'elle. « Gil Arnold », s'est-il présenté après s'être confondu en excuses.

Il l'a invitée à prendre un verre, puis l'a emmenée dîner et tout s'est enchaîné. Ils se sont mariés la semaine suivant la remise des diplômes, et les Krokodiloes, le plus ancien groupe de chanteurs *a capella* de Harvard, s'est produit lors de la réception. En quelques années seulement, Gil a créé un fonds d'investissement de plusieurs milliards de dollars à Manhattan, puis les Arnold ont décidé de s'implanter dans la ville d'origine de Gil, Gold Coast.

Et ainsi Shaila a appris à vénérer l'équipe de foot dans laquelle son père jouait à l'instant où elle est sortie du ventre d'Emily Arnold, née Araskog. Emmaillotée dans une couverture rubis, la petite Shaila s'est entendu dire très tôt qu'elle était destinée à suivre les traces de ses parents.

Vingt-quatre heures après que Graham a refait parler de lui, je n'arrive pas à lâcher mon portable. Allongée dans mon lit, je fais défiler les textos : celui d'Adam, pour me dire *ciao* avant de retourner à la fac, celui de Henry pour me souhaiter *bonne nuit, bébé*... J'arrive enfin à ceux envoyés par un numéro inconnu, celui de Rachel.

Je me demande si elle pense autant à moi que je pense à elle. Elle devait savoir que nous verrions l'article de la *Gazette*, mais se doutait-elle que personne ne voudrait en discuter ?

Je rédige ce que j'ai sur le cœur et fixe les lettres qui dansent sur mon écran. Je repense à Shaila le matin de l'Initiation, sirotant un mug de café tout en riant, les jambes parcourues de fourmis d'excitation. Je la revois si bien quand je ferme les yeux. Son visage radieux et ses longs cils épais me mettant au défi de la trahir en répondant à Rachel. Je nous revois tous les six échangeant la promesse, hier soir, de ne pas nous en mêler. J'entends la voix réconfortante d'Adam. « Rachel est folle. »

Et si elle ne l'était pas ?

Je me mordille la lèvre et me concentre pour chasser Shaila, mes amis et même Adam de mon esprit. Je prends une décision. Celle de leur tourner le dos.

OK, parlons.

Et j'appuie sur la touche « envoyer ».

7.

— Je déclare cette séance des Joueurs ouverte ! clame Nikki en frappant la table basse avec un marteau en plastique.

Nous sommes vautrés, tous les six, dans son salon pour la première réunion de l'année. Des piles de bagels et de fromage frais à tartiner, réglés avec la carte bancaire des parents de Nikki, nous attendent sur la table. Mais personne n'est prêt à les attaquer.

Henry, assis par terre entre mes jambes, fait défiler son fil Twitter avec frénésie, plongé dans les dernières publications de son reporter préféré du *New Yorker*, qui vient de sortir une nouvelle enquête.

— Purée, ce type est une vraie légende, murmure-t-il. Je tuerais pour pouvoir discuter avec lui de son travail avec ses sources.

Je lui caresse la tête comme s'il était un chiot.

— Mec, y a des chances que je puisse vous présenter, lance Robert. Mon père connaît tous les journalistes.

— Euh, tu veux dire que ton père connaît tous ceux qui écrivent dans le *New Yorker* ? intervient Quentin, sceptique.

— Oui. J'ai grandi à Manhattan, tu sais.

— Mais non ! s'écrie Nikki en jouant la surprise. Comment ça se fait que tu ne nous l'aies jamais dit ?

— Vous oubliez qui vous a procuré des cartes d'identité bidon cet été, rétorque Robert. J'ai des relations, moi.

Sa remarque est accueillie par un grognement collectif et des roulements d'yeux excédés. Je sors mon portable, plus par espoir que par nécessité, mais rien. Attendre un signe de Rachel me met à la torture.

Personne n'a mentionné ni Graham ni l'article. Nous faisons comme s'il ne s'était rien passé, comme si nous pouvions continuer à nous livrer aux rituels habituels des Joueurs. Cacher la poussière sous le tapis est une tradition ici, et je suis heureuse de la suivre. Personne n'a besoin de savoir que j'ai écrit à l'ennemi.

Je reporte mon attention sur Marla, très concentrée sur l'écran de son téléphone portable elle aussi, et plus précisément sur le portail des admissions de l'université de Dartmouth. Elle a déposé une candidature anticipée dans l'espoir d'intégrer l'équipe de hockey sur gazon.

— Tu sais qu'on n'aura pas la réponse avant plusieurs mois, hein ? je chuchote.

Moi aussi, je dois régulièrement m'interdire d'y penser tant je sais que l'attente sera longue.

Marla bascule la tête en arrière contre le canapé.

— Argh, je sais ! Ça vire à l'obsession…

— Ne m'en parle pas, grogne Quentin.

Il a envoyé un dossier à Yale, et meurt d'envie d'avoir de leurs nouvelles.

— J'en reviens pas qu'ils nous fassent poireauter une éternité.

J'abandonne ma tête sur l'épaule moelleuse de Quentin et essaie de chasser de mon esprit des images de mon futur à Brown, en compagnie d'Adam, une fois que j'aurai cartonné à l'exam pour ma bourse – que je ne pourrai passer que si mon dossier est retenu, toutefois. Ça fait trop de paramètres pour mon cerveau.

— Euh, allô ? hurle Nikki, avant de donner un nouveau coup de marteau. La maîtresse de cérémonie vous parle, là.

Quentin lui lance un coussin en grognant.

— Le moment est venu, on doit sélectionner des troisième, insiste-t-elle.

Marla lâche son téléphone et s'assied plus droite.

Robert tape dans ses mains puis lève un poing vers le ciel.

— De la viande fraîche ! Au boulot !

Nikki ouvre un classeur vert abîmé et en sort une liasse de feuilles : les biographies accompagnées de photos de tous les candidats de troisième. Chaque année, le nouveau maître de cérémonie, ou la nouvelle maîtresse, hérite ce classeur de son prédécesseur. Dieu sait depuis combien de temps la chaîne se perpétue. Si ça se trouve, même M. Beaumont l'a eu entre les mains. Il contient toutes les règles officielles des Joueurs – directives pour nommer des troisième, chansons et hymnes à apprendre, instructions pour imaginer des épreuves et, bien sûr, les rites d'initiation.

Seuls les terminale sont autorisés à le voir. Quand le maître de cérémonie de l'an dernier, Derek Garry, l'a remis à Nikki avant son départ pour Yale, nous avons passé des heures à l'éplucher. Nous avons lu la partie consacrée à la cérémonie d'Initiation dans le moindre détail, cherchant désespérément des réponses à ce qui s'était produit. Nous n'avons rien trouvé.

Aujourd'hui, nous allons nous concentrer sur le chapitre des nominations. On nous a dit que ça pouvait prendre des heures. Je me souviens de ce qu'Adam m'a raconté à l'époque : ils y avaient consacré un week-end entier, et enchaîné deux nuits blanches, pour sélectionner notre petit groupe. Et Derek a visiblement mis autant de temps l'an dernier.

— Vous êtes prêts ? lance Nikki, un immense sourire aux lèvres.

Elle a consacré son été à mémoriser le contenu du classeur, pour se préparer à prendre la tête des opérations. Elle était enfin aux commandes. Tout serait différent.

— Première candidate, Sierra McKinley. Quentin, c'est ton choix, on t'écoute.

— Sierra est en option dessin avec moi, alors qu'elle n'est qu'en troisième, je le rappelle, et elle est vraiment super douée. Je l'ai complimentée la semaine dernière, et elle n'a pas perdu ses moyens, ce qui est en général la façon dont réagissent les troisième quand je leur parle. Elle m'a juste remercié. L'oiseau qu'elle avait dessiné était absolument dément, je n'en revenais pas. Et puis elle a une maison de dingue au bord de l'océan, avec un accès à un truc comme deux hectares de plage. Ma mère y a passé la fête du 4 Juillet l'an dernier, ses parents avaient carrément organisé leur propre feu d'artifice. Un endroit idéal pour des soirées.

Nikki sourit.

— Est-ce que quelqu'un s'oppose à cette nomination ?

— Elle voudra jamais coucher ! hurle Robert.

— Qu'est-ce que tu en sais, abruti ? je lui demande.

Il ricane.

— Tu aimerais bien que je te le dise, hein ?

— Dans tes rêves, Robert, intervient Nikki en redressant le dos et en rabattant ses cheveux sur son épaule.

La semaine a été tendue entre eux.

— Candidat suivant, Bryce Miller.

Elle me pointe du doigt.

— Jill ?

— C'est le frère d'Adam.

Ça me paraît suffisant comme explication. Tout le monde hoche la tête, sauf Henry, qui se plonge à nouveau dans Twitter. Je développe :

— Au début, je croyais que c'était un petit merdeux, mais il s'est montré super cool avec Jared, ils font plein de trucs ensemble, en plus des répétitions de l'orchestre. Je suis pour sa nomination.

Nikki prend un air très grave.

— Vous en pensez quoi, les autres ?

Elle balaie le salon du regard.

— C'est tout vu, rétorque Marla, que je remercie en silence pour son soutien. Il a ça dans le sang.

— Très bien, approuve Nikki. Ensuite…

Pendant les trois heures suivantes, Nikki passe en revue une douzaine d'autres candidats. Nous discutons de l'allergie au gluten suspecte de Gina Lopez, de la collection délirante de baskets de Carl Franklin, des tentatives plutôt réussies d'Aditi Kosuri pour devenir influenceuse mode et de la poussée de croissance insensée de Larry Kramer, qui lui a fait dépasser les deux mètres au printemps. Les garçons réclament une pause de trente minutes pour sortir se dégourdir un peu les jambes avec un ballon de basket, pendant que Marla, Nikki et moi paressons au bord de la piscine avec un sachet de Cheetos et un paquet de Mikado.

— On ne va pas tarder à arriver à Jared, Jill, me dit Nikki en frottant ses mains grasses. Qu'est-ce que tu veux faire ?

Marla en rajoute une couche.

— Moi, je l'ai dit, je le trouve mignon, ricane-t-elle.

— Mar, je te jure…

Je lui donne une tape sur le bras. J'essaie de réfléchir.

— On avait dit que les choses seraient différentes. Qu'on serait différents. Nikki, c'est toi la maîtresse de cérémonie maintenant, la première fille de toute l'histoire des Joueurs. On est aux manettes.

Elles acquiescent.

— Je veux bien le sélectionner, si on n'oublie jamais cette promesse. Il ne pourra lui arriver aucun mal. Ni à lui ni à aucun autre candidat. Il faut tout faire évoluer. On est là pour s'amuser, ça aurait toujours dû être l'idée.

— Bien dit, approuve Nikki. J'y veillerai.

— Si tu t'y engages, si tu t'y engages vraiment, alors je suis partante.

Tout sera différent.

Jared est sélectionné bien sûr, avec Sierra, Bryce et une poignée d'autres.

Je préviens Adam.

Oh cool ! me répond-il aussitôt.

Mais ne dis rien, d'accord ? On veut leur faire la surprise.

Tu me prends pour qui, Newman ? Je serai une tombe... Dommage que je ne sois pas là pour fêter ça avec toi.

Mon cœur s'emballe.

Oui, dommage.

Amuse-toi. Le plus possible. Vraiment. Tout le temps.

Promis.

Nous concluons la journée par des pizzas et des pains à l'ail, que nous mangeons sur des assiettes en carton dans le salon de Nikki. Elle met un vieux film d'Adam Sandler, que nous regardons avachis comme une bande de paresseux jusqu'à ce que Eli Jaffe, un joueur de foot prometteur, envoie un message à une soixantaine de destinataires pour dire qu'il organise un tournoi de beer-pong à l'improviste. Henry, Robert et Marla sautent sur l'occasion, mais Quentin, Nikki et moi préférons rester pour nous faire un marathon *Real Housewives* sur Netflix.

— C'est vraiment épuisant d'être la maîtresse de cérémonie, soupire Nikki, affalée sur le canapé, le petit marteau en plastique à côté d'elle. Encore plus que le conseil des élèves. Au moins là-bas, personne ne remet en question mon autorité.

— Arrête un peu, dit Quentin, le ventre couvert de miettes de pizza. Tu adores ça.

— Un peu que j'adore ça, confirme-t-elle en s'enfonçant un peu plus dans le canapé. L'année prochaine, on sera les têtards de la mare, on retombera tout en bas de l'échelle après avoir mis des années à atteindre le sommet. Faudrait que je sois tarée pour ne pas savourer chaque instant de cette position. Je ne suis pas encore prête à retomber dans l'anonymat.

Je lui prends la main et la serre.

— La soirée des nominations va être démente, marmonne Quentin.

Il a raison. Depuis que la nôtre a eu lieu, c'est toujours ma soirée préférée. Une grande fête sur la plage, la seule où l'on éprouve de l'espoir et de l'impatience, plutôt que de la terreur.

L'année de notre troisième, la fête a eu lieu un soir d'octobre. Shaila a proposé qu'on se retrouve tous avant chez Nikki puisque ses parents étaient absents. Nikki a sauté sur cette occasion de nous recevoir, de montrer son potentiel de meneuse.

Ce soir-là, en observant le groupe étrange que nous formions, je me suis demandé ce que nous avions à offrir, chacun. Je me suis demandé ce qui me rendait spéciale à leurs yeux. Pourquoi j'avais été sélectionnée, moi, plutôt que l'un de mes quatre-vingt-deux camarades. Tous les autres me semblaient si préparés, si vivants, que mon cœur se gonflait de tendresse pour eux. J'espérais qu'ils deviendraient comme une seconde famille pour moi.

Au bout d'une heure, le portable de Graham a vibré : le top départ de Rachel. Il a murmuré quelque chose à l'oreille de Shaila, et ils ont tous deux été pris d'un fou rire. Nikki m'a regardée en levant les yeux au ciel, et nous avons échangé une moue agacée. *Le couple relou classique.*

Puis Graham s'est raclé la gorge et a annoncé : « Allons-y. »

Nous l'avons suivi en file indienne dans le jardin de Nikki, jusqu'à l'endroit où l'herbe cède le pas au sable. Depuis la plage, sa maison ressemblait à un ovni qui se serait posé là par hasard. Nous avancions en silence, guidés par le million de petites étoiles dans le ciel d'encre.

J'ai cherché Orion et la constellation du Bélier. Ainsi que la Petite Ourse. Elles m'ont toutes tranquillisée, autant de signes que tout irait bien. Mon ventre était noué, j'avais l'impression de me tenir sur le seuil d'une nouvelle existence merveilleuse. C'était la soirée que j'attendais depuis toujours. C'était forcé. Je n'avais jamais vu la Voie lactée briller autant. Nous avons continué à marcher sur le sable, sans un bruit, pendant plus d'un kilomètre et demi, jusqu'à ce que nous entendions des gens bourrés qui croyaient murmurer : « Chuuuut ! Ils arrivent… »

Un feu de joie est soudain apparu devant nous, et nous avons alors entendu le son brouillé d'une chanson de musique house provenant d'une enceinte portable. Graham a stoppé net en voyant deux phares approcher. *Merde*, ai-je pensé, *les flics.*

Shaila lui a agrippé la main dans le noir, et ils se sont collés l'un contre l'autre, alors que le faisceau lumineux s'élargissait.

Pourtant, il n'y a eu ni uniformes ni sirènes. Un buggy s'est arrêté et quelqu'un en est descendu.

J'ai fouillé l'obscurité du regard. C'était Adam. Ses yeux ont croisé les miens mais il n'a pas souri, il n'a pas laissé transparaître qu'il me connaissait.

« Pas un bruit », a-t-il dit. Sa bouche formait un pli sévère. « Suivez-moi et faites ce que je dis. Sinon, il y aura des conséquences. » Il a posé une dernière fois les yeux sur moi avant de reprendre le volant du buggy pour se diriger vers les flammes.

Nous nous sommes mis à courir derrière lui, hors d'haleine tellement il allait vite. Le feu a grandi à mesure qu'on se rapprochait. Une fois devant, j'ai eu l'impression que nous avions trouvé le centre de la terre.

« En ligne ! », a hurlé Adam.

Nous nous sommes dépêchés de lui obéir et je me suis retrouvée entre Nikki et Shaila, si proches d'elles que mes doigts effleuraient les leurs. Mes yeux se sont accoutumés à la pénombre, et j'ai distingué des visages familiers. Rachel. Jake. Tina. Derek. Garry. Ils étaient réunis par niveau, une poignée de seconde sur la droite, quelques première sur la gauche, et les terminale au centre, bras croisés, des bouteilles à la main. On aurait dit qu'ils se préparaient à se battre.

Adam s'est éclairci la voix.

« Joueurs… »

Leurs voix se sont élevées à l'unisson, et j'ai entendu les mots bien articulés de l'hymne.

« Gold Coast Prep, entends nos cris
Ils dureront toutes nos vies,
Pendant des années, notre bel océan
A fait de nous de vrais géants
Du soir au matin pareils aux vagues

Tantôt déchaînés, tantôt calmes,
Les règles, nous les connaissons,
Nous sommes des Joueurs, ensemble nous hurlons. »

Un frisson m'a parcouru l'échine. Le sable qui s'étendait à perte de vue devant nous réverbérait l'écho des mots qu'ils scandaient. Le vent ébouriffait les hautes herbes sur les dunes, et des vagues se brisaient sur le rivage.

Puis Jake a pris la parole : « Vous avez été choisis. Ça ne signifie pas pour autant que vous êtes déjà des Joueurs. Non, seulement que nous vous pensons capables de le devenir. Cette année, vous aurez à relever des défis, plus ou moins… amusants. Si vous survivez à ces épreuves, si vous décidez d'aller jusqu'au bout, alors vous deviendrez des Joueurs. Et vous aurez accès à un monde dont vous n'auriez jamais osé rêver. »

Tout autour du cercle qu'ils formaient, les autres Joueurs hochaient la tête d'un geste solennel. On aurait dit que Jake nous offrait la lune.

Mais que faudrait-il faire pour l'obtenir ?

« Vous devrez d'abord prouver votre valeur, a-t-il repris. Vous devez nous montrer que vous méritez cet honneur. Tous ceux qui se tiennent devant vous ont remporté tous les défis qui leur ont été imposés. »

D'un grand geste de la main, il a désigné les trois groupes de huit Joueurs. Des ombres dansaient sur leurs visages. « Nous avons travaillé dur pour faire de ce groupe ce qu'il est aujourd'hui, pour maintenir les valeurs et les principes des Joueurs qui nous ont précédés. »

Il s'est interrompu le temps de nous décocher un sourire diabolique, qui a fait se dresser les poils sur ma nuque.

« Nous nous sommes aussi éclatés comme des bêtes, a-t-il ajouté, provoquant un concert d'acclamations. Obéissez-nous ! Écoutez-moi, moi, votre maître de cérémonie, et tout ira bien, a-t-il poursuivi. Êtes-vous prêts ? » Il a levé un gobelet en plastique.

« Oui ! », a répondu Shaila. Sa voix a résonné dans la nuit, isolée mais déterminée.

« Parfait ! a approuvé Jake. La première gorgée sera pour toi, alors. » Il lui a fait un clin d'œil et j'ai senti la tequila gargouiller dans mon estomac. J'ai observé Adam à la dérobée : il était blotti contre Rachel pour se réchauffer. Il avait les joues roses, et j'aurais aimé qu'il regarde dans ma direction, pour m'aider à me rappeler que nous étions dans cette aventure ensemble. Pourtant, il ne quittait pas Shaila des yeux, curieux de voir si elle allait mordre à l'hameçon.

Jake s'est approché d'elle et a dégagé ses cheveux châtains de son visage. Il lui a tendu un pichet en verre rempli d'un liquide transparent. Elle en a avalé une gorgée généreuse, et n'a ni toussé ni roté. Pas un seul son ne lui a échappé. « C'est plutôt bon », a-t-elle dit, provoquant des rires nerveux parmi le cercle de Joueurs.

Qui est cette fille ? ont-ils dû penser. *Elle a du cran.* J'aurais tellement voulu que ce soit moi…

Shaila m'a passé le pichet et j'ai enfin senti le regard d'Adam sur moi. J'ai avalé une gorgée et contenu de mon mieux mon dégoût. Ça sentait les pieds, ça avait un goût de sel, de sueur et d'autres fluides corporels.

J'ai confié le pichet à Nikki, alors que mes poumons étaient en feu. Plus tard, j'ai appris que c'était notre test. Nous l'avions réussi.

« Et maintenant, a dit Jake, venez vous amuser. Les vraies épreuves commenceront demain. » Il a allumé un feu de Bengale et les Joueurs ont brisé le cercle. Quelqu'un a envoyé un petit feu d'artifice vers le ciel, et il a explosé au-dessus de nos têtes. La plage est restée silencieuse une minute, puis un seconde a crié : « C'est parti ! » Pile à cet instant, la musique est devenue plus forte, hurlant dans la nuit.

« Tu es prête ? » Adam était apparu comme par magie à mes côtés et avait murmuré ces mots à mon oreille. Il avait les cheveux humides et du sable accroché à leur pointe. Il était redevenu le vrai Adam. Mon Adam, avec son immense sourire et ses fossettes. J'ai fait signe que oui, j'étais prête. Je sentais l'alcool se diffuser dans tout mon corps.

« Je suis tellement content pour toi, a-t-il ajouté. Viens. » Il m'a prise par la main et m'a conduite vers un groupe de première. Je me suis retrouvée au centre d'un câlin géant, ils me serraient tant que j'avais du mal à respirer. Quand ils m'ont libérée, j'ai constaté qu'Adam avait rejoint Rachel et qu'il avait passé un bras autour de sa taille. Elle dansait devant lui et riait lorsqu'il la faisait tourner. Dès qu'elle a vu que je les observais, elle a couru vers moi pour me prendre dans ses bras.

« Je savais que tu serais sélectionnée, m'a-t-elle dit d'une voix douce et électrisante malgré la musique. Bienvenue dans le reste de ta vie.

— Merci », ai-je réussi à marmonner.

Elle a fouillé mon regard du sien. Ses lèvres étaient gercées par le vent. Elle portait une queue-de-cheval haute et de petites mèches noires, disposées avec soin, encadraient son visage. Elle était magnétique.

« Tu veux connaître un secret ? » a-t-elle chuchoté en se penchant vers moi. Son souffle était brûlant sur ma peau.

J'ai hoché la tête.

« Tu me ressembles, m'a-t-elle confié d'une voix maternelle. Tu es effrayée. Encore si jeune. »

Mon ventre s'est serré. Ça ne ressemblait pas à un compliment.

« Mais tu surpasseras tes peurs, a-t-elle poursuivi. C'est nous, les forces de la nature. »

Je n'ai rien compris à ce qu'elle me disait sur le moment, et un instant plus tard, elle tournait les talons et se dirigeait vers Shaila. Elles se connaissaient pratiquement depuis leur naissance, et ce soir-là Rachel l'a étreinte comme si elle était sa sœur. Je me suis demandé quels secrets elles partageaient.

Leur effusion était si intime que j'ai été gênée d'en être témoin. Je me suis détournée et j'ai levé les yeux vers le ciel. La pleine lune était haute, aussi immense qu'un navire, montrant la voie aux étoiles qui devaient nous éclairer de toute leur puissance.

Petite, je venais sur cette partie de la plage avec mes parents pour construire des châteaux de sable avec Jared. Nous imaginions que nous étions des monstres sous-marins à la recherche d'un nouveau palais. À tour de rôle, nous rentrions nos joues et pincions nos lèvres afin de ressembler à de petits poissons, en bougeant nos mains pour faire les nageoires. Nous agitions la main en direction des adolescents avec leurs coupe-vent de Gold Coast Prep, qui débarquaient quand nous remballions nos seaux et nos pelles, chassions le sable de nos fesses avec des serviettes humides. *Ils ont l'air si vieux*, pensais-je. « Un jour, tu seras comme eux », m'avait dit ma mère – à croire qu'elle lisait dans mes pensées. Et à l'époque, ça me semblait impossible.

8.

— Jared !

J'ai à peine posé un pied dans la maison que je hurle son prénom. Il est presque midi et je suis affamée, même après avoir englouti une demi-pizza hier soir chez Nikki, et repris une part ce matin. Comme je n'obtiens pas de réponse, je monte l'escalier en courant et frappe à la porte de sa chambre.

— Allez ! Réveille-toi !

Un grognement étouffé me parvient.

— Non.

— Je t'emmène chez Diane.

Un lourd soupir. Pourtant, quelques minutes plus tard, il a réussi à sauter dans un jean et à visser une casquette sur ses cheveux emmêlés, bref il est suffisamment présentable pour se rendre dans un lieu public.

— Ça ira ?

Je lève les mains en l'air.

— Ça ira ! Viens.

Chez Diane, je me précipite vers notre box, à Adam et à moi, celui avec la banquette déchirée, et je me glisse tout au fond, pour avoir l'épaule contre le mur. Jared m'imite.

— Oh, mais qu'est-ce que j'ai fait pour mériter d'avoir les deux Newman ? nous lance Diane avec un sourire.

Sa tignasse rousse est particulièrement volumineuse aujourd'hui, sous sa petite toque de serveuse, et elle a le teint rose et brillant, comme si elle avait couru depuis l'aube.

— Vous êtes tellement mignons, tous les deux !

Jared pique un fard et j'éclate de rire.

— Tu sais que tu es vraiment la meilleure, Diane ?

— Un peu que je le sais ! s'exclame-t-elle en rejetant la tête en arrière et en remuant les épaules.

Le cuisinier qui tient le grill s'esclaffe.

— Qu'est-ce que je vous sers, alors ?

— L'assiette maison de Diane pour moi, répond Jared. Et un café.

Je fronce les sourcils.

— Depuis quand tu bois du café ?

Il hausse les épaules, les joues encore un peu rouges.

— Il est encore tout endormi, observe Diane. Il en a besoin... Et pour toi, ma belle, comme d'habitude ?

Je confirme d'un hochement de tête, et Diane m'adresse un clin d'œil avant de s'éloigner.

— Je n'en reviens pas que tu aies tes « habitudes » ici, dit-il en dessinant des guillemets avec ses doigts. Tu viens souvent ?

— Régulièrement.

Nous restons silencieux un moment, et je jette un coup d'œil au mur au-dessus de la tête de Jared. Shaila me retourne un sourire. Elle a la tête posée sur l'épaule de Graham, collé contre Rachel. Leur ressemblance est frappante, ils ont la même mâchoire carrée, et c'est encore plus évident parce qu'ils portent la raie du même côté.

Jared se retourne vers la photo encadrée lui aussi.

— Ça doit faire bizarre, hein ?

Avant que j'aie le temps de lui répondre, Diane revient avec deux tasses. Pendant qu'elle les remplit de café, je regarde par la fenêtre. Les érables sur le parking ont viré au rouge cerise. Une couleur si éclatante qu'ils paraissent presque fluorescents. Même à l'intérieur, l'air frais et mordant a l'odeur de l'automne.

— Merci, Diane, dis-je.

Elle touche sa toque blanche puis disparaît dans la cuisine.

— J'ai vu l'article sur Shay, lâche Jared d'une petite voix. C'est pour ça que tu voulais venir ici ? Pour en discuter ?

Ma poitrine se serre. Ça ne m'a même pas effleuré l'esprit de parler avec Jared de Graham, Shaila ou des textos de Rachel. Je secoue la tête, incapable d'articuler un seul mot.

— Elle doit te manquer, reprend-il.

— Oui. Terriblement.

Je cligne des yeux pour chasser les larmes qui montent. Ce n'est pas du tout comme ça que j'avais imaginé ce moment.

— Mais ne t'inquiète pas. La police est sur le coup. On doit lui faire confiance pour résoudre cette histoire.

— Oui, j'imagine…

Je glisse mes cheveux derrière mes oreilles et prends mon élan.

— Alors, comment ça se passe depuis la rentrée ?

— Bien, mais…

— Mais quoi ?

Il pousse un long soupir, on dirait un ballon qui se dégonfle lentement.

— J'ai l'impression que je n'aurai jamais la moyenne en bio.

— Quoi ?

Je me penche vers lui et le bord de la table s'enfonce dans mes côtes.

Jared baisse les yeux et tapote sa tasse.

— Je ne sais pas, c'est juste tellement dur. C'est pas mon truc.

— Tu as déjà eu un contrôle ?

Il confirme d'un mouvement de la tête.

— J'ai eu un D.

— Merde, Jared ! Pourquoi tu ne m'as rien dit ? J'aurais pu t'aider.

Il incline la tête en arrière et me regarde à travers ses paupières mi-closes.

— Tu as toujours eu des notes incroyables, toi.

Mince… Je voudrais qu'il voie la vérité, la vraie vérité. J'ai toujours été considérée comme la plus brillante au sein de notre fratrie, j'ai hérité de l'étiquette « douée » dès la maternelle, grâce à Mlle Becky, parce que j'ai su lire avant tout le monde. Si bien que lorsque Jared nous a annoncé qu'il aurait la même maîtresse que moi, un soir au dîner, j'ai été ravie pour lui. « Tu as de la chance, lui ai-je dit, c'est la meilleure. »

Sauf que Jared a eu plus de mal que moi avec les chiffres et les lettres au début. Sa dyslexie n'a été identifiée que quelques années plus tard. Il a intégré Gold Coast Prep grâce à leur programme réservé aux élèves souffrant de difficultés d'apprentissage. Pas de réduction des frais de scolarité pour lui. Seulement la promesse d'être pris en charge par des enseignants spécialisés dans des classes à effectif réduit. Mes parents ont sauté sur l'occasion. Ils ne nous ont jamais dit comment ils avaient trouvé le moyen de payer. Une seconde hypothèque, j'imagine, et un taux d'endettement record.

« Mlle Becky ne m'aime pas », m'a-t-il dit un jour en rentrant de l'école. Ses grands yeux se sont embués de larmes qui ont débordé sur ses joues en gros sanglots.

« Mais bien sûr qu'elle t'aime, l'ai-je consolé en lui tenant la main et en lui caressant les cheveux.

— Non, a-t-il insisté. Je ne suis pas comme toi. »

Je ne savais pas quoi lui répondre, alors j'ai serré son petit corps chaud contre moi, en essayant de ne pas pleurer. Nous n'étions pas pareils. C'était la première fois que je comprenais que nous pouvions suivre des voies différentes, que nos goûts pour la nourriture ou les livres n'évolueraient pas forcément de la même façon, que nous n'aurions pas nécessairement les mêmes notes. Cette idée me terrifiait : ces divergences dans nos existences qui surgissaient sans prévenir. *Et si ce n'était que le début ?* me suis-je demandé.

Nous nous ressemblions tant, pourtant, avec nos immenses yeux d'un marron tirant sur le vert et notre dégoût de la mayonnaise. Notre amour commun pour les étoiles, grâce à notre père. Plus nous grandissions et plus notre lien de parenté était évident. La seule chose qui retenait les gens de nous prendre pour des jumeaux était notre âge. Nos cheveux bruns ondulés bouclaient aux mêmes endroits. Nous avions, sur les bras, les mêmes taches de rousseur, que nous transformions en constellations l'été. « Sortis du même moule, disait notre mère. Deux gouttes d'eau. »

J'observe Jared, assis en face de moi, et je vois toutes ces années où il a cherché à me rattraper, à franchir des obstacles qui lui semblaient trop haut afin d'impressionner des enseignants comme Mlle Becky, d'entrer dans la même école privée que moi, de devenir ami avec des types comme Bryce. Je mesure soudain combien ça doit être épuisant d'essayer de suivre le rythme de Jill Newman. Aussi épuisant qu'essayer de suivre celui de Shaila Arnold.

— Tu vas te rattraper, lui dis-je. Tu ne seras pas recalé. Peut-être que tu ne dépasseras pas le C, d'accord, mais ça s'équilibrera avec tes autres notes d'ici la fin de l'année.

Mon cerveau se met à faire des calculs, à tenter de déterminer quelle sera sa moyenne si, avec un petit coup de pouce, il cartonne à son prochain contrôle. Il doit y avoir un corrigé, ou au moins une fiche de révision, dans les Archives. Un C n'aura pas trop d'incidence sur sa moyenne générale d'ici la deuxième moitié de la première. C'est la seule chose qui compte vraiment.

— Facile à dire pour toi, marmonne-t-il alors que Diane dépose d'immenses assiettes devant nous.

Jared s'empare du flacon poisseux de sirop d'érable pour en arroser généreusement sa pile de pancakes.

— Non, ne crois pas ça. J'ai eu beaucoup plus d'aide que tu le penses.

— Ah oui ? Et comment ?

Soudain, je n'ai plus faim, et les œufs devant moi me font penser à du dégueulis.

— Les Joueurs…

Je m'interromps, réfléchis à la façon de lui expliquer les choses.

— C'est juste…

Je sens soudain une vibration dans ma poche. Rachel. Je sors mon portable sous la table pour regarder. Rien. Une hallucination. *Où est-elle ?* je me demande. *Pourquoi ne m'a-t-elle pas répondu ?* Je range mon téléphone dans ma poche et regarde Jared, me rappelle le sujet de notre discussion, la raison de notre présence ici.

— Allez, Jill, accouche !

Il hausse un sourcil pour m'encourager.

Je ressens tout à coup le besoin de tout lui dire, de le prévenir de ce qui va arriver même si c'est contre les règles. Tant pis pour les règles ! Rachel les a enfreintes, et ça m'a bien aidée – au moins un temps. Le fait qu'elle n'ait pas encore répondu à mon texto, qui était pourtant un geste vers elle, inspiré par la pitié, ne fait aucune différence dans l'immédiat. Mon frère doit savoir ce qui se prépare. Peut-être pas tout, mais au moins le début.

— La semaine prochaine, tu seras invité à rejoindre les Joueurs. Tu comprendras rapidement ce que ça implique. C'est… c'est bien plus que des fêtes et la garantie d'avoir la meilleure table à la cantine. C'est une planche de salut. Une… communauté. J'en fais partie. Nikki aussi. Et Shaila, avant. Cette institution existe depuis des décennies et, chaque année, elle recrute des élèves de troisième. Ton tour est venu. Tu as été sélectionné.

Il croise les bras et s'adosse à la banquette en tentant de masquer son excitation. Il n'arrive pas à saisir toutes les implications de ma révélation.

— Et comment ça pourrait m'aider en bio ?

Je pousse un soupir d'exaspération. Je vais devoir lui montrer. Je sors mon portable de ma poche et cherche l'appli cryptée. Quelques clics me suffisent à trouver ce que je cherche. Je pose mon portable sur la table et le fais tourner pour que Jared puisse voir l'écran. Je passe mon index sur l'écran. Les intitulés des dossiers se succèdent. Bio. Chimie. Histoire américaine. Algèbre. Français. Anciens examens. Base de données pour les dossiers d'admission à l'université. Histoire africaine. Nutrition. Histoire de l'Asie de l'Est. Littérature russe. La liste est infinie.

Jared arrondit les yeux et ouvre la bouche. J'aperçois un morceau de pancake à moitié mastiqué à l'intérieur.

— C'est ça, les Joueurs ? murmure-t-il.

— C'est ça.

Le temps que nous arrivions à la plage, Nikki, Marla et moi, les garçons ont déjà fait un feu qui monte de plus d'un mètre vers le ciel. Un énorme tas de bois est posé près de la fosse contenant le brasier, et ils font tourner une bouteille de whisky.

— Jill !

Henry court à notre rencontre dans le sable, humide et froid, qui colle entre mes orteils. Nous avons tous revêtu l'attirail de circonstance. Pour une raison que je continue à trouver étrange, le style *outdoor* – polaire hors de prix et bonnet douillet – constitue le symbole ultime du statut social dans notre école.

— Vous êtes impatientes, vous aussi ? nous demande Henry.

— Oui, dis-je. Ça va être la meilleure soirée d'initiation de tous les temps !

Et je le pense. Je suis prête à accueillir une nouvelle promotion. Dont mon frère fait partie. *Tout sera différent cette année.* Le feu monte de plus en plus haut dans le ciel alors que les autres Joueurs nous rejoignent. L'heure est arrivée. D'autres bouteilles surgissent, nos voix sont de plus en plus fortes. Mon portable vibre et mon cœur s'arrête. *Évidemment, il faut que Rachel réponde maintenant.* Je jette un coup d'œil à l'écran. Adam. Un sourire étire lentement mes lèvres.

Amuse-toi ce soir. Et veille sur B.

J'aimerais tellement que tu sois là. J'efface aussitôt les mots que je viens de taper pour les remplacer par : *Compte sur moi.*

Il me répond aussitôt. *Merci, Newman.*

Une vague de chaleur se répand dans ma poitrine, et je regarde les seconde allumer des feux de Bengale, transformant la plage en immense gâteau d'anniversaire. Henry me prend la main. Il a dans les yeux une lueur d'émerveillement et de malice. Je me blottis contre lui et enfouis mon visage dans sa polaire.

— J'aimerais tellement que Shaila soit là, je chuchote en me surprenant moi-même.

Il m'attire contre lui.

— Je sais, bébé.

Ma gorge se met à brûler, j'ai une envie folle de tenter ma chance.

— Henry, et si… Et si Graham n'était pas coupable ?

Il retire le bras posé sur mes épaules et secoue la tête avec une lenteur dubitative.

— Allez, Jill. Je croyais qu'on était d'accord pour dire que c'étaient des conneries, tout ça.

Avant que je puisse répondre, Nikki se perche sur un bloc de ciment près du feu.

— Ils arrivent ! hurle-t-elle. Tout le monde se tait !

Le silence balaie instantanément notre assemblée. J'observe Henry à la dérobée, pour tenter d'interpréter son expression, mais il se détourne vers le sentier qui conduit à la plage. Les voilà. Comme des petits canetons, les huit troisième surgissent à travers de grands roseaux. Jared est au milieu, entre Bryce et Sierra, qui regarde autour d'elle avec frénésie, d'un air paniqué, tout en s'efforçant de sourire. Ils atteignent le feu et se placent en ligne face à nous. Le garçon de plus de deux mètres, Larry Kramer, s'étire les quadriceps comme s'il s'échauffait avant un cours de basket. J'essaie de croiser le regard de Jared, mais il garde le sien rivé sur Nikki, sans ciller.

— Vous l'avez sans doute compris, dit-elle en se plaçant devant nous, vous avez été choisis par les Joueurs de terminale pour rejoindre l'aventure cette année.

Bryce hoche la tête en souriant. Il a dû avoir Adam au téléphone. Je me demande ce qu'il lui a dit.

— Ça ne signifie pas pour autant que vous êtes déjà des Joueurs, poursuit Nikki, répétant les mots que Jake Horowitz a prononcés il y a trois ans.

Sauf que dans sa bouche, ils sont d'une sévérité douce, et non pas menaçants ou effrayants. Elle emploie le même ton quand elle prend la parole devant l'école tout entière. Elle fera une politicienne redoutable, et elle le sait.

— Non, ça signifie simplement que nous vous pensons capables de le devenir. Cette année, vous aurez à relever des défis, plus ou moins… amusants. Si vous survivez à ces épreuves, si vous décidez d'aller jusqu'au bout, alors vous deviendrez des Joueurs. Vous récolterez les fruits de vos efforts, et vous encaisserez les coups durs sans broncher. Vous appartiendrez à un groupe qui vous soutiendra jusqu'à la fin de vos jours.

À côté de moi, Quentin passe d'un pied sur l'autre comme s'il était mal à l'aise, il souffle bruyamment. Je lui serre la main.

— Vous êtes prêts ? demande Nikki en levant son gobelet en plastique.

Robert avance vers les troisième et tend à Bryce une bouteille sans étiquette, remplie d'un liquide transparent. Le jeune Miller en avale une gorgée et tousse. Il n'a pas la force de caractère de Shaila, mais il fait passer l'alcool aux autres candidats jusqu'à ce qu'ils s'étranglent presque tous.

— Je me souviens de ma première bière, hurle Robert en se penchant vers les troisième.

Sierra a un mouvement de recul.

Le vent se lève et je frissonne. Jared finit par regarder dans ma direction et ses épaules se détendent. Un léger soulagement se peint sur son visage. Je résiste à la tentation de lui arracher la bouteille des mains et aspire mes deux joues pour imiter un poisson, comme autrefois. Un sourire apparaît sur ses lèvres et il avale une gorgée.

Shaila Arnold était de ces personnes qu'on appelle toujours par leur nom complet. *Shaila Arnold.* Il n'y avait pas d'autre Shaila dans l'école. Tout le monde l'appelait ainsi. M. Beaumont, lorsqu'il faisait l'appel. Big Keith, lorsqu'il annonçait la distribution des spectacles. Les gens qui ne l'ont pas connue collent souvent son prénom et son nom pour en faire un mot unique. *Shailarnold.* C'est exactement le cas de Sierra McKinley, ce soir, pendant la première soirée pyjama qui réunit les filles de troisième et les filles de terminale chez Nikki, une semaine après la soirée des nominations. Je me rappelle très bien celle qui avait eu lieu l'année de ma troisième. À l'époque, sous couvert de nous réunir pour apprendre à nous connaître, il s'agissait surtout de nous jauger. Un moment plaisant pour gagner notre confiance avant de nous briser avec les épreuves. *Cette année, tout sera différent,* je me répète en boucle. *Tout sera différent.* Il le faut.

— Shailarnold était ta meilleure amie, hein ? me demande soudain Sierra.

Nous sommes assises autour de l'îlot central dans la cuisine de Nikki. Elle a les jambes nues, à l'exception d'un minuscule short en flanelle avec une bordure en dentelle. Le tee-shirt qu'elle porte dessus est si grand qu'il le recouvre presque entièrement quand elle se lève.

— Oui, dis-je en m'efforçant de contenir mon irritation en entendant ce nom dans la bouche de Sierra.

— Je la connaissais, tu sais.

Elle remonte ses genoux contre sa poitrine et observe le salon des parents de Nikki. Perchées sur les tabourets de la cuisine, nous avons une vue imprenable sur tout le monde.

— On fréquentait le club de la plage de Westhampton, poursuit-elle. Avec Kara Sullivan, elles m'entraînaient à la natation.

Shaila et Kara y ont passé tant d'étés à faire de la voile et à perfectionner leur dos crawlé. C'est là-bas que Shaila a eu ses règles pour la première fois, l'été entre la sixième et la cinquième. Elle me les avait décrites de façon très détaillée dans l'une de ses plus longues lettres.

C'est MARRON certains jours, m'avait-elle écrit. *Ça me dégoûte carrément. Je n'arrive même pas à en parler à Kara. TU POURRAIS AVOIR RAPIDEMENT LES TIENNES POUR QU'ON PARTAGE ÇA ??? S'IL TE PLAÎT, JE T'EN SUPPLIE.*

Ses désirs étant des ordres, le lendemain du jour où j'ai reçu sa lettre à la colo, j'ai découvert, en allant aux toilettes, une tache sombre et visqueuse au fond de ma culotte. Ça avait traversé le tissu et taché mon short. J'ai pleuré dans la cabine, effondrée à l'idée de m'être baladée avec du sang sur le derrière, d'avoir fait des prélèvements dans la mare devant des garçons, d'être allée comme ça au réfectoire. Je suis restée enfermée jusqu'à ce qu'une monitrice m'apporte une serviette aussi grande qu'une couche.

Quand je l'ai raconté à Shaila, elle était folle de joie. *Je vais nous acheter des bandeaux rouge vif pour le jour de la rentrée. Tout le monde saura que nous sommes devenues des FEMMES*, m'a-t-elle écrit dans sa lettre suivante.

Et elle l'a fait. J'ai mis le mien à contrecœur, agacée d'avoir à exposer au grand jour ce secret intime, à m'en montrer fière alors que pour moi, ça s'apparentait à une malédiction. Graham, qui était encore un trouduc à l'époque, est devenu dingue en nous voyant à la bibliothèque, avec nos deux bandeaux. Il a éclaté de rire.

« C'est quoi ça ? C'est pour dire que vous êtes sœurs de sang ? Dégueu ! Vous avez pas intérêt à m'en mettre dessus ! »

Shaila s'est contentée de lui rire au nez en agitant la main comme s'il ne l'indisposait pas plus qu'un insecte.

« Désolée, Graham. J'imagine que tu es désemparé face à des vraies femmes. Ça doit être dur d'être aussi nul. »

Graham a tourné les talons en marmonnant quelque chose. À compter de ce jour, j'ai arboré mon bandeau débile avec fierté. La honte que j'avais pu ressentir en entrant dans l'âge adulte s'était envolée elle aussi.

Ils semblaient tous deux avoir oublié cet incident à notre entrée en troisième. Moi, je me souviens très bien que, pendant toute la cinquième, Shaila est devenue la bonne fée marraine des règles. Elle avait acheté des dizaines de bandeaux en velours rouge pour toutes nos sœurs de règles. Elle les offrait même aux filles les plus discrètes, celles qui obtenaient la moyenne en EPS grâce au badminton, et celles qui se retrouvaient à la bibliothèque pendant l'heure du déjeuner pour jouer avec leurs petits chevaux bien flippants. Shaila avait transformé cette étape de la puberté en rite de passage méga-cool. Évidemment, elle ne se rendait pas compte de l'effet sur celles qui n'avaient pas encore franchi ce cap. Pas plus que moi d'ailleurs, jusqu'au jour où, en milieu de quatrième, j'ai trouvé Nikki en larmes dans le vestiaire des filles dévastée de ne pas pouvoir porter un bandeau rouge comme tout le monde. Elle a dû attendre le début de la troisième pour rejoindre le club.

Tout ça me paraît si loin aujourd'hui, dans la cuisine de Nikki, entourée de filles de quatorze ans. La responsabilité est trop lourde. Je me mords la langue pour ne pas demander à Sierra si elle a déjà eu ses règles, si elle a porté un bandeau rouge. J'ai tellement de mal à me représenter une chose pareille. Elle a encore l'air d'une enfant.

Je cherche désespérément un moyen de mettre un terme à cette conversation. Nikki et Marla dansent devant la télévision, entraînant les autres troisième à massacrer avec elles une choré inspirée de Beyoncé. Leurs gloussements me donnent des frissons.

— Je peux te poser une question ? me demande Sierra.

Elle se penche vers moi, comme pour m'annoncer justement qu'elle vient à l'instant de perdre du sang pour la première fois.

— Bien sûr, dis-je.
— Ça se passe comment en vrai ? lance-t-elle en ouvrant de grands yeux. Je veux dire…
— Pour les défis.
Ma voix dégouline de mépris.
— Oui, me répond-elle d'une voix douce. Et toutes ces règles. L'Initiation. Le classeur.
— Comment ça ?
— On est tous au courant pour les bons côtés, l'appli et tout, les fêtes, les relations, mais…
Elle hésite.
— J'ai entendu des choses.
Mon cœur bat si vite dans ma poitrine que c'est douloureux.
— Je veux juste savoir dans quoi je mets les pieds.
La culpabilité pulse en moi. Sierra est aussi vulnérable qu'un daim apprenant à marcher. Elle ne doit pas mesurer beaucoup plus d'un mètre cinquante. Je pense à toutes les filles, les seconde et les première d'aujourd'hui qui m'ont posé la même question. Je leur ai ri au nez en balayant leurs inquiétudes d'un revers de main. Je me rappelle le regard qu'elles ont posé sur moi en apprenant la vérité. Chaque fois que le maître de cérémonie, toujours un mec, leur ordonnait de faire telle ou telle chose pour rester dans la course. Ces épreuves dont elles ressortaient endurcies ou, au contraire, effondrées. Puis la façon dont elles ont regardé la génération de filles suivante, le moment venu.
— Ne t'en fais pas, lui dis-je. *Tout sera différent cette année.*

Elle soutient mon regard et ses doigts se plantent dans ses cuisses.

— Qu'est-ce que ça veut dire ?

— Nikki est aux manettes. *Tout sera différent cette année.*

Sierra s'écarte de moi. J'espère qu'elle sait qu'elle n'obtiendra pas plus d'infos de ma part, en tout cas aujourd'hui.

— Je vais me chercher à boire, dit-elle.

Elle saute du tabouret pour s'approcher du réfrigérateur. J'observe à nouveau la scène dans le salon, les troisième nerveuses qui cherchent à nous impressionner, et mes meilleures amies qui se démènent pour paraître détachées, mûres, élégantes.

Je me demande comment ça se passe pour Jared, avec les garçons. Henry m'a promis de veiller sur lui, et sur Bryce. Je me demande ce que nos amis disent de nous, comment ils répondent quand on leur pose la même question. J'espère qu'ils disent la vérité.

Mon téléphone se met soudain à vibrer. Ma respiration se coupe. Enfin. Le message que je guettais, celui dont j'espérais presque qu'il n'arriverait jamais. J'ai la tête qui tourne, brusquement, je dois sortir de la pièce, m'isoler.

Je pousse la porte d'entrée. L'air frais d'octobre s'engouffre dans mes cheveux, et les marches en marbre sont glaciales sous mes fesses. Je me recroqueville sur mon téléphone, pour que mon corps fasse écran entre les autres, les amies que je trahis, et lui.

Tu peux venir à New York ? Je préfère en parler en personne.

Une nouvelle bulle surgit, signe que Rachel écrit un autre message, avant de disparaître, telle une promesse non tenue.

Je lui réponds :

Quand ?

Je presse le téléphone contre ma poitrine.

Vendredi à 20 heures ? 425 avenue D. Sonne à l'appartement 6E.

J'ai le cerveau qui bourdonne et les doigts engourdis. Je me mords la lèvre si fort que je sens le goût du sang. Puis je tape ma réponse, bien consciente qu'elle va tout changer.

J'y serai.

9.

Jamais semaine ne m'a paru aussi longue. Chaque cours dure une éternité. Arrivée au vendredi midi, je suis une vraie boule de nerfs, je sursaute pour un rien. Quand je m'assieds à la table des Joueurs, Henry plante un baiser humide sur ma joue et je sursaute tellement que je manque d'envoyer valser le sandwich à la dinde et la boule de pâte à cookie crue sur mon plateau.

— Tout va bien ? s'inquiète-t-il.

Je réussis à lui sourire.

— Je suis juste stressée par mon contrôle de français, en fin de journée.

— Tu as regardé dans les Archives ? demande-t-il en mordant dans son sandwich.

J'ai passé la semaine à réviser, mais je me suis malgré tout connectée à l'appli hier soir, et j'ai potassé une vieille fiche pour assurer mes arrières.

— J'espère juste que je n'aurai pas de mauvaise surprise.

— Tu assures toujours, bébé, tu le sais bien.

Il me donne des petits coups taquins sur l'épaule. Robert lâche bruyamment son plateau et se tourne vers Henry sans un regard pour moi.

— Mon pote, la chair fraîche va se faire pulvériser.

Henry pouffe dans son sandwich.

— Tu penses t'attaquer à qui en premier ?

Je lui décoche un coup de coude dans le ventre, et il prend aussitôt un air navré. Ça ne suffit pas à m'apaiser. Quand ils parlent comme ça, je ne peux pas m'empêcher de penser à tout ce qui a dû être dit dans mon dos au fil des années.

— Sierra McKinley, mon pote. Elle me fait une lèche pas possible, elle commente tous mes posts sur Instagram. Et je ne te parle pas des regards qu'elle me lance dans les couloirs.

Robert gobe une frite.

— Je vais lui imposer tellement d'épreuves que sa vie va devenir un enfer. Elle m'obéira au doigt et à l'œil.

— Tu parles vraiment comme un gros con, lui dis-je.

Il lève les yeux au ciel.

— T'es flic maintenant ?

Je me tourne vers Henry pour obtenir son soutien, mais il semble soudain se passionner pour une feuille de salade flétrie.

— N'importe quoi, je souffle.

Je sais que je devrais insister, pourtant je ne cherche pas la bagarre. Pas aujourd'hui.

— Je vais réviser, dis-je sans desserrer les dents.

Je me lève et leur tourne le dos, regrettant de ne pas avoir le courage de hurler. De les réduire en bouillie tous les deux.

Je sors juste du réfectoire quand j'aperçois Nikki et Quentin, qui viennent à ma rencontre dans le couloir.

— Eh ! Jill, attends, me lance-t-il. Tu vas où comme ça ?

Je prends une profonde inspiration.

— Robert parle trop mal des troisième.

La colère déforme aussitôt les traits de Nikki.

— Désolée, dis-je.

Elle redresse les épaules, façon pour elle de signifier que ça n'a aucune importance, qu'elle s'en fiche qu'il l'ait déjà oubliée. Elle rabat ses cheveux sur son épaule et ajuste son blazer.

— Tu le connais, observe Quentin. Ça lui passera.

L'émotion me fait bafouiller :

— On s'était engagés à changer les choses. Jusqu'à présent, ce n'est pas le cas.

— Ça va venir, m'assure Nikki. Lâche l'affaire pour le moment. On trouvera une solution. On est tous sur la même longueur d'onde.

Sa bouche forme un trait parfaitement droit.

— Vous me le promettez, hein ?

Mon ton est implorant. Quentin nous serre toutes les deux dans ses bras.

— Bien sûr.

Je m'autorise à le croire – c'est plus facile que le contraire. Leurs visages si amicaux et bienveillants me donnent envie de leur avouer la vérité.

— Il y a autre chose, dis-je tout bas en leur faisant signe de se pencher vers moi. Je n'arrête pas de penser à Graham. Et s'il était… innocent ? Et si quelqu'un d'autre avait tué Shaila ?

La question pèse lourd au-dessus de nos têtes. Quentin et Nikki échangent un rapide regard.

— Arrête, Jill, me lance-t-elle. On était d'accord pour dire que c'est terminé. Le sujet est clos.

— Et si…

De nous tous, je pensais qu'elle était la plus à même de comprendre.

— Le. Sujet. Est. Clos.

Quentin secoue la tête.

— Ça ne vaut pas la peine de s'en mêler, ajoute-t-il pour adoucir les choses. On n'a vraiment pas besoin que tout le monde découvre ce qui s'est passé ce soir-là.

Mon corps tout entier se tend, mais je me force à remuer la tête de bas en haut, à faire croire que je partage leur avis et que, moi aussi, je suis déterminée à tourner la page.

— Oui, vous avez raison.

— Allez, on t'emmène avec nous à la cantine, dit Quentin en me prenant par les épaules.

Je les laisse m'entraîner jusqu'à la table des Joueurs, où je passe les vingt-trois minutes suivantes le regard dans le vide.

Arrivée en français, je retrouve une respiration plus calme dès que je constate que le contrôle porte exactement sur les mêmes sujets que la fiche de révision dans l'appli. Je réponds aux questions très facilement, puis je m'attaque à la version. Dieu merci, j'ai pensé à réviser cette partie-là. Si je perds quelques points à cause de ma traduction, je devrais décrocher, au pire, un 96 sur 100, ce qui me permettra de consolider ma moyenne de 95 pour le premier semestre. Parfait.

Lorsque Mme Mathias nous annonce que l'heure est écoulée, je dépose mon devoir sur son bureau. Dans le couloir, j'entends une voix derrière moi.

— Tu as vu Jill Newman ? Elle avait terminé au bout de vingt minutes quasiment.

— C'est toujours comme ça. Il paraît qu'avec les autres abrutis de sa table, ils ont accès aux corrigés de tous les contrôles. Une vraie arnaque.

— En fait, aucun d'eux n'est vraiment brillant.

— C'est tellement injuste.

— En plus, ils vont tous être pris à Harvard ou à Yale. C'est toujours pareil. Ils nous piquent nos places, ces sales hypocrites.

— Pfff…

Ma nuque me démange. Je jette un coup d'œil par-dessus mon épaule et aperçois deux filles du club de débat. Elles ferment aussitôt leurs grandes gueules et s'éloignent dans la direction opposée avec leurs mocassins en cuir.

Une bouffée de honte me monte au visage : je ne mérite pas tout ce que j'ai. Malgré tout, elles ignorent ce que j'ai traversé pour en arriver ici. Alors que j'ai conscience, moi, que tout a un coût. Et que j'ai payé le prix fort. J'ai souffert aussi. Personne ne sait que je suis boursière, que chaque jour je dois me battre pour rester à Gold Coast Prep.

Des larmes me brûlent les yeux et je cligne des paupières pour les chasser, impatiente de sortir d'ici, de faire ce que j'attends depuis le début de la semaine.

Au moment où la dernière sonnerie de la journée retentit, je pousse les lourdes portes en métal et sens le vent froid sur mon visage. L'air marin, chargé de sel, soulève mes cheveux. Il me mord la peau. Mais je suis enfin libre. Jusqu'à ce qu'un bras lourd se pose sur mes épaules et me déséquilibre. Henry m'attire contre lui.

— Te voilà enfin ! Je t'ai cherchée après le déjeuner.

Il effleure le haut de ma poitrine. Je frissonne.

— Désolé pour Robert, tu sais qu'il peut être très con.

— Ce n'est pas une excuse, Henry.

Je voudrais oublier ses remarques, et celles des filles dans le couloir. Je voudrais oublier tout ce qui se trouve entre les quatre murs de Gold Coast Prep.

— Ça me ferait plaisir que tu prennes mon parti devant lui, par contre.

— Tu as parfaitement raison, reconnaît-il. Je suis désolé. La prochaine fois, d'accord ?

Il dépose du bout des lèvres un baiser sur mon front avant de changer de sujet.

— Alors, qu'est-ce qu'on fait ce soir ?

J'avais espéré ne pas avoir à lui mentir. Une trappe s'ouvre dans mon ventre et j'ordonne à mon estomac de rester bien accroché.

— J'ai un truc en famille.

— Ah bon ? Je croyais que Jared allait chez Topher. Les première organisent un énorme tournoi de beer-pong.

Merde. J'essaie d'imaginer mon petit frère derrière une table de ping-pong recouverte de dizaines de gobelets rouges dans lesquels il essaiera d'envoyer la balle en plastique.

— Oui, une soirée en tête-à-tête avec ma mère. Pour passer un peu de temps ensemble.

— On se voit demain alors ?

Je me force à sourire.

— Bien sûr.

Il est 19 h 59 et je me trouve devant ce qui doit être l'immeuble de Rachel Calloway, pas très loin du loft hors de prix de ses parents dans Tribeca. La porte d'entrée a l'air peu solide, n'importe qui doit pouvoir entrer sans clé. La rue est bordée de nombreux bars où les clients qui fêtent le début du week-end hurlent. Des effluves d'urine montent de la cabine téléphonique qui n'a pas dû servir depuis les années 1990. Il doit y avoir des dizaines de personnes autour de moi, qui rient, fument des cigarettes et s'amusent, mais je ne me suis jamais sentie aussi seule. Je ferme ma parka et cherche le bouton de l'appartement 6E sur l'interphone abîmé.

Bzzz. Une voix grave et familière me répond aussitôt :

— Oui ?

— C'est Jill Newman.

La nervosité me noue la gorge soudain. Est-ce que je fais jeune ? Est-ce qu'elle devinera que j'ai les paumes moites ?

— Fais gaffe, les marches sont super raides.

Le bruit du loquet qui s'ouvre m'évoque celui d'un couteau à cran d'arrêt. Je pénètre dans le hall et me retrouve nez à nez avec un escalier branlant, qui m'a tout l'air d'un danger public. Elle n'a pas exagéré.

Quand j'atteins enfin le dernier étage, Rachel m'attend, pieds nus, adossée au chambranle d'une porte violette. Elle porte un jean baggy délavé et un tee-shirt blanc si fin qu'il est presque transparent. Ses cheveux ondulés forment une masse volumineuse avec un dégradé autour de son visage. Elle me paraît, étrangement, plus jolie qu'au lycée, d'une beauté vivante avec ses yeux noirs pétillants et ses joues roses. Je dois me retenir de la toucher pour m'assurer qu'elle est bien réelle.

— Jill Newman, dit-elle lentement en penchant la tête sur le côté.

Je me demande comment elle me voit. Si je lui parais plus âgée ou changée.

— Rachel Calloway.

— Entre.

L'appartement est si minuscule que je peux l'embrasser du regard depuis l'entrée. Des piles de livres se trouvent le long du mur de briques, et un vieux canapé bordeaux, des années 1950, recouvert d'épaisses couvertures en laine, occupe un côté de la pièce. Il n'y a rien aux murs à l'exception d'une immense aquarelle représentant des fleurs abstraites, punaisée dans le plâtre. On dirait un projet d'arts plastiques abandonné en cours de route. Des plantes feuillues sont suspendues dans des porte-plantes en macramé, de part et d'autre du canapé.

— Bienvenue dans le vrai monde, me dit-elle avec un sourire. Je t'offre un thé ?

J'accepte et la suis dans sa cuisine, qui est en réalité un couloir très étroit dans lequel sont installés une cuisinière et un frigo.

Elle met un peu de miel dans deux tasses en céramique décorées de silhouettes féminines aux formes généreuses. Le bout de leurs seins est symbolisé par un point rose.

— Mignon.

— Merci. C'est ma meuf qui les a fabriquées.

Je tente de cacher ma surprise, mais Rachel éclate de rire.

— Eh oui, je suis queer. J'imagine que personne n'est au courant à Gold Coast.

Après un silence, elle ajoute :

— Ma copine s'appelle Frida. Elle est codeuse. Elle vit juste à côté.

— C'est super.

Et je le pense. Je n'ai jamais eu l'impression qu'Adam et elle étaient vraiment faits l'un pour l'autre. Ce qui, venant de moi, n'a rien de très surprenant.

— Ça me fait plaisir de te voir, me dit-elle.

— Moi aussi.

Qu'est-ce que je pourrais répondre d'autre ? Plantée là devant elle, je me surprends à regretter le passé, les mois qui ont précédé la mort de Shaila et notre Initiation. Je voudrais me téléporter et revivre ces semaines où nous étions encore tous ensemble. Même si c'était parfois l'enfer, comme lorsqu'on nous poussait dans nos derniers retranchements, lorsque je pensais que j'allais exploser tant l'adrénaline et la peur étaient fortes, je savais, j'espérais que ça en valait le coup. Tout ne tenait qu'à un fil qui semblait toujours sur le point de rompre.

Une bouilloire jaune citron siffle et Rachel se détourne pour la récupérer. Pendant qu'elle verse l'eau chaude dans nos tasses, j'aperçois de discrètes cicatrices en relief sur ses bras et dans sa nuque. Certaines sont aussi fines que si quelqu'un avait passé une aiguille à coudre sur sa peau. D'autres sont beaucoup plus épaisses. Et effrayantes.

Elle remarque mon regard.

— Oui, dit-elle tout bas, j'ai eu une année difficile, après. Ça aurait pu être pire.

Je n'avais jamais mesuré, bizarrement, combien Rachel a dû souffrir. Elle a été, elle aussi, une victime de ce que Graham a – ou n'a pas – fait. Son seul crime à elle, ça a été sa loyauté, au fond. Et elle l'a payé d'ailleurs.

— Viens, dit-elle en prenant les tasses fumantes pour aller s'asseoir sur le canapé. Qu'on en finisse…

Les coussins s'affaissent sous notre poids, et j'attends qu'elle parle, m'interdisant de combler le silence. Les secondes s'écoulent, peut-être une minute même, puis Rachel se relève en entortillant ses doigts.

— Un petit instant.

Elle disparaît dans sa chambre. J'entends un bruissement de papier, le mouvement de son corps qui bascule d'un pied sur l'autre. Elle finit par ressortir avec une enveloppe épaisse, le genre d'un autre temps avec de petits ronds en carton reliés par un minuscule fil rouge.

— Ouvre, me dit-elle en me la tendant.

Je défais le fil et en sors une liasse irrégulière de papiers. Un fouillis de trucs sans rapport les uns avec les autres. Rachel ne dit rien, alors je pose l'enveloppe et prends le temps de regarder les documents. La première page : le relevé de notes de Graham en troisième. Une moyenne correcte mais pas brillante. Heureusement pour lui qu'il n'avait pas besoin de bourse. La page suivante est une photo collée sur un carton épais. Elle représente Shaila et Graham, un sourire jusqu'aux oreilles. Il la tient par les épaules et elle abandonne sa tête contre la sienne. Leurs dents blanches luisent et leurs blazers de l'école n'ont pas un seul pli. Il n'y a pas non plus de tache ou de miettes. En regardant leurs yeux, je frissonne et je lâche le reste des documents.

— Merde…

Je n'avais jamais vu cette photo. On dirait qu'elle a été prise lors d'un match de lacrosse et qu'ils sont dans les gradins. Le photographe se trouvait sans doute tout près d'eux.

— Elle n'a pas été retenue pour figurer dans l'annuaire, bizarrement…, dit Rachel, qui tente d'accompagner sa blague d'un sourire. Mais ça a toujours été ma préférée.

Shaila me retourne mon regard. Elle était si jeune. Elle n'en avait pas fini avec la vie. J'ai la gorge sèche, mes doigts se crispent sur le carton. C'est tellement nul que Graham soit encore en vie alors que Shaila est morte. Je voudrais lancer ma tasse à la tête de Rachel, pour faire disparaître son petit air satisfait. C'est à cause d'elle que je suis ici, que je me laisse torturer avec des souvenirs que j'ai tout fait pour oublier.

Je tire sur les coins de la photo, comme pour libérer Shaila des griffes de Graham. Brusquement, le papier se déchire, et je n'ai plus que le sourire de mon amie entre les mains. Je ne fais rien pour retenir Graham, qui dévale vers le sol.

— J'ai d'autres exemplaires.

La remarque de Rachel alimente ma rage et je bondis sur mes pieds, cognant la tasse avec mon genou. Elle tangue et se brise au sol, formant une traînée d'éclats de céramique dans une flaque visqueuse. Je ne m'excuse pas, parce que je ne suis pas désolée. Au contraire, j'ouvre la bouche pour cracher mon venin, mais Rachel ne m'en laisse pas l'occasion.

— Assieds-toi, Jill.

Pour une raison qui m'échappe, je lui obéis.

— Voilà ce que je voulais te montrer.

Elle ramasse, parmi les papiers par terre, une feuille blanche. Des lettres noires dansent dessus, je n'arrive pas à me concentrer quand elle la pose sur mes genoux.

— Qu'est-ce que c'est ?

— Regarde, dit-elle en repliant ses jambes sous ses fesses. Les enquêteurs n'ont cherché aucune preuve après avoir arrêté Graham. Ils l'ont cru sur parole. La solution de facilité en somme. Affaire classée. Ils n'ont même pas réalisé de prélèvement sur ses vêtements, pas passé la scène de crime au peigne fin. Tu penses que la police de Gold Coast était de taille à élucider un meurtre ? Elle est à peine capable de mettre un terme à une soirée !

Je m'en souviens, maintenant, oui. L'enquête n'a jamais eu lieu, en réalité. Les Arnold ont débarqué au commissariat avec un type en costume noir, un avocat. Tout était si feutré, si adulte. Le dossier a été refermé avant même d'avoir été ouvert.

— Il n'a jamais été question de savoir s'il était coupable ou non, reprend Rachel. Tout le monde est parti du principe qu'il l'avait tuée, parce que c'est ce qu'il a avoué. Et il était dans un tel état… Comme nous tous, d'ailleurs.

Elle secoue la tête.

— Il ne se rappelait rien. Il n'a donné aucun détail. Personne n'a posé de questions. Et aujourd'hui, c'est toujours le trou noir. Comment aurait-il pu faire une chose pareille ? C'est impossible.

Je redresse la tête. Rachel a les yeux rouges et les lèvres pincées, ses doigts sont crispés sur sa tasse. Elle prend une inspiration profonde, se détourne de la tache qui est en train de s'étendre sur la moquette.

— Je viens d'avoir vingt et un ans. Ce qui signifie que j'ai enfin accès à l'argent que mes parents ont mis de côté pour ma majorité. Je vais pouvoir payer les avocats qu'ils ont décidé de ne pas engager. Je financerai toute seule le procès en appel. Nous allons nous battre.

Sa voix est rauque, écorchée, pleine de feu.

— On fait tout examiner. Ses vêtements, certains rochers de la plage… Tout ça dort dans une boîte au commissariat de Gold Coast et prend la poussière depuis tout ce temps. Et on vient justement de faire une découverte capitale. Une découverte qui pourrait tout changer.

— Laquelle ?

— Tu te souviens de tout ce sang, sur le tee-shirt de mon frère ? C'était le sien. Il s'est ouvert le ventre, une entaille profonde. Pas une seule goutte de ce sang n'appartenait à Shaila. Il ne l'a pas touchée, Jill. Jamais.

Elle m'indique le papier dans ma main, et je finis par comprendre ce que j'ai sous les yeux. Les résultats d'un test sanguin.

J'ouvre la bouche pour protester, néanmoins les mots me manquent. J'ai chaud, tout à coup. Je bous.

Rachel me prend les mains et les serre de toutes ses forces, approchant son visage anguleux tout près du mien. Elle a un teint parfait, des pores bien resserrés. Je me demande si elle a déjà eu un bouton dans sa vie.

— Il ne l'a pas tuée, me dit-elle. Je le sais.

Mais je secoue la tête. Comment pourrait-il s'agir de la vérité ? Le passé ne peut pas être réécrit, non. Elle libère mes mains et je les pose sur mes genoux.

— Écoute, Jill, je ne te demande pas de me croire tout de suite. Prends le temps d'y réfléchir. Peut-être qu'ensuite, tu auras envie de nous aider.

— Vous aider ?

L'idée est délirante. Grotesque.

— Pourquoi je ferais une chose pareille ?

— Tu étais là, Jill. Tu es la seule capable de comprendre. D'écouter. Et tu aimais Shaila, autant que Graham.

Rachel serre les paupières de toutes ses forces jusqu'à les plisser.

— Adam a toujours dit que tu étais intrépide. Plus que les autres. Que tu étais intelligente, solide et bienveillante.

Mon estomac se serre à l'idée que Rachel et Adam ont pu parler de moi à l'époque. Que lui a-t-il dit d'autre ? Y croyait-il vraiment ? Puis je me rappelle ses mots chez Diane. « Rachel est folle. »

— Je ne connais personne, à part toi, qui voudrait lui rendre justice, poursuit-elle. Qui serait prêt à se battre pour ça. Je te demande simplement d'y réfléchir.

La pièce me semble aussi minuscule qu'une maison de poupée. L'appartement de Rachel est en train de se refermer sur moi, et je remarque soudain qu'il n'y a pas de fenêtres dans son salon. Comment font les gens pour vivre à New York ?

— Je dois y aller.

Je pousse sa porte fragile et m'engage dans l'escalier. Rachel sort sur le palier.

— Je te demande juste d'y réfléchir, Jill.

Je ne m'arrête pas avant d'avoir atteint le rez-de-chaussée, où je tourne la poignée pour enfin retrouver ma liberté. La rue sent les ordures et la bière poisseuse, mais je respire à pleins poumons, tente d'avaler un maximum d'air pour reprendre pied, pour m'assurer que l'heure qui vient de s'écouler n'était pas un rêve.

Je suis à des kilomètres de la gare, encore plus loin de chez moi, pourtant je me mets en route à pied. Je m'éloigne, le plus vite possible, de cet endroit qui résonne encore de termes menaçants comme « preuves », qui déborde d'hypothèses terrifiantes à moitié infondées.

Je tourne et retourne les paroles de Rachel dans ma tête jusqu'à les transformer en une bouillie insipide, puis je recommence. Et enfin, je comprends sa véritable motivation. Rachel ne veut pas que justice soit rendue à Shaila. Elle ne pense qu'à Graham. Et si je la crois, alors ça implique qu'une autre personne de notre connaissance est coupable. Qu'est-ce qui serait le pire ?

10.

C'est facile de faire comme si Rachel ne m'avait jamais contactée. N'avait jamais planté les graines de ses théories insensées dans mon cerveau. Qu'elle reste résolument associée dans mon esprit à un rôle simple : l'ex d'Adam, la sœur d'un meurtrier, une ennemie – et pas une alliée avec qui je conspire.

Il me suffit de me focaliser sur l'attente des réponses des universités, comme tous les autres terminale. Je dois recevoir des nouvelles de Brown d'ici quelques semaines, et le seul remède au stress, apparemment, c'est de passer en mode « Joueur » intensif. Me plonger, ainsi que je l'ai fait ces trois dernières années, dans les contrôles hebdomadaires et les idées de défis plus délirantes les unes que les autres – tout le travail dont Nikki se plaint en permanence.

Après la soirée des nominations, nous avons demandé aux troisième de libérer tous leurs week-ends jusqu'à la fin de l'année. Leur première épreuve a consisté à retenir des informations sur tous les Joueurs et à nous les réciter sur la plage derrière chez Nikki. Toute mauvaise réponse leur valait d'être aspergés de ketchup et de moutarde. Libre à eux, ensuite, de se rincer dans l'océan glacial. La semaine suivante, nous les avons chargés de préparer un repas de Thanksgiving chez Quentin, après avoir mangé des brownies à l'herbe. Bryce a déclenché le détecteur de fumée en faisant brûler la dinde, mais les choux de Bruxelles de Jared étaient délicieux.

Et la semaine dernière, pour le premier samedi de novembre, Henry a imaginé un nouveau test. Il les a forcés à nettoyer les voitures des Joueurs tout en chantant mes tubes préférés des années 1980. J'avais glissé quelques chansons solo de Stevie Nicks sur la playlist. Et Cher était aussi de la partie, bien sûr. Entre-temps, les troisième ont aussi été chargés de s'équiper de sacs banane contenant les produits indispensables que nous pouvons leur réclamer à toute heure : cigarette électronique, pastilles à la menthe, tampons, crayons, mini-Snickers, préservatifs, anti-inflammatoires. On les avait transformés en dépanneurs ambulants.

Je demandais un chewing-gum à Sierra McKinley chaque fois que je la croisais dans un couloir.

Ils devaient être joignables vingt-quatre heures sur vingt-quatre, disponibles pour aller chercher une commande chez Diane avant les cours, pour nettoyer nos casiers dans les vestiaires d'EPS, pour faire en gros tout ce qui nous passait par la tête. Nikki a même chargé Larry Kramer de ranger sa lessive un dimanche, juste pour le voir rougir au moment de plier ses strings en dentelle. C'était fastoche, un bizutage inoffensif qui renforçait les liens entre eux. À la fac, ils connaîtraient dix fois pire.

Moi, à mon époque, je n'ai vraiment eu très peur qu'une seule fois, alors que l'épreuve était banale, en plus. C'était un vendredi juste avant Thanksgiving, la soirée était douce. Rachel a réclamé un pack de six bières et un paquet de bonbons. Avec Shaila, nous sommes allées à vélo jusqu'à la station-service à côté de chez Diane – qui a encore aujourd'hui la réputation de vendre sous le manteau de la bière à des mineurs.

Shaila a foncé se servir dans les armoires réfrigérées, puis elle a déposé le pack sur le comptoir, devant le caissier, sans prononcer un seul mot. Il l'a observée attentivement avant de hocher la tête. Elle lui a tendu un billet tout neuf, lui a décoché un sourire enjôleur et lui a dit : « Gardez la monnaie. »

J'ai retenu mon souffle, poings serrés. Lorsqu'elle a eu fini de payer, j'ai repris ma respiration. Mais alors la porte de la station-service a tinté.

« Jill ? Shaila ? »

La voix grave était familière. Je me suis retournée et mon cœur s'est arrêté de battre. M. Beaumont se trouvait juste devant nous. Les pans de sa chemise étaient sortis de son pantalon et son col était de travers. Il était… craquant. On n'aurait pas dit un prof. On n'aurait pas dit qu'il était sur le point de ruiner ma vie en me faisant expulser de Gold Coast Prep parce que j'avais acheté de la bière.

« Bonsoir, Beau », a lancé Shaila la première, d'un ton détaché. Elle tenait le pack à deux mains et n'a pas essayé de le cacher. « Comment allez-vous ce soir ?

— Pas aussi bien que vous deux, je crois », a-t-il répondu en riant.

Il avait les joues rouges et il s'est passé une main dans les cheveux.

Shaila a gloussé.

« Vous allez nous dénoncer ? »

Il a plongé la main dans sa poche pour en sortir un paquet de cigarettes vide.

« Je suis juste venu me ravitailler.

— Weingarten déteste les fumeurs, lui a-t-elle dit d'une voix chantante.

— Je serai une tombe si vous aussi… »

Il a incliné la tête avec un sourire en coin.

« Il n'y a personne d'autre comme vous à l'école », lui a dit Shaila en souriant.

Il a éclaté de rire.

« Ni comme toi, Shaila. »

Mon cœur battait à tout rompre, j'avais l'impression qu'il allait sortir de ma poitrine.

« À la semaine prochaine ! »

Shaila est sortie de la station-service en sautillant et je lui ai emboîté le pas, courant jusqu'à mon vélo. J'avais les bras qui tremblaient quand j'ai agrippé le guidon.

« Viens ! », m'a-t-elle crié en prenant la rue principale en direction de l'océan. Les bières s'entrechoquaient dans son panier. Avant de la suivre, j'ai jeté un coup d'œil par-dessus mon épaule. M. Beaumont était devant la boutique. Il s'était allumé une cigarette et nous regardait nous éloigner.

En déposant les commissions chez Rachel, Shaila lui a raconté en détail notre mésaventure à la station-service, en en exagérant la tension dramatique. « On a failli se faire renvoyer ! »

Rachel a levé les yeux au ciel. « Au moins, c'était pour la bonne cause ! », s'est-elle esclaffée en ouvrant une cannette. Elle en a lancé une à Tina Fowler, assise à côté d'elle sur le grand canapé en cuir, ses cheveux blond-roux attachés en chignon lâche sur le sommet de sa tête. « Tous ces tests ont un but, vous savez. Vous endurcir. Vous lier à tout jamais. » Rachel nous le répéterait sans relâche au fil de l'année. Elle et les autres Joueurs. Nous avons fini par les croire, et par le répéter nous aussi. « Rien ne nous rend plus unies que l'esclavagisme ! » C'est devenu notre devise.

La soirée de ce soir est l'une des plus importantes. Le « Spectacle » a toujours lieu quelques semaines avant l'arrivée des réponses des universités pour les candidatures anticipées. Comme ça, tout le monde est bien à cran et a besoin de se déchaîner pour expulser toute l'énergie liée à la frustration. C'est un peu tordu. Même Henry me paraît tendu quand il passe me prendre. Aucun de nous ne mentionne Brown ou Wharton.

— Vous êtes enfin là ! s'exclame Nikki en nous ouvrant la porte dans une longue robe en voile rose, malgré le froid glacial. J'ai besoin d'aide !

— Pour faire quoi ?

Je la bouscule pour atteindre la cuisine et me jeter sur la nourriture qu'elle a déjà versée dans des bols. Henry m'emboîte le pas.

— Ça.

J'attrape une poignée de biscuits apéritifs au fromage avant de me retourner.

— Qu'est-ce que…

Nikki a complètement renoncé au décor décontracté des précédents spectacles, transformant son salon en petit théâtre, avec des rangées de sièges. Devant son immense télé, elle a construit une scène avec des caisses en bois recouvertes de tissu pailleté.

— On n'est pas à Broadway, Nikki. Ils sont juste là pour lire des scènes de cul ringardes qu'on a tous entendues des millions de fois déjà.

Je lève les yeux au ciel, excédée. Ce sont les mêmes textes qui circulent depuis des années, plastifiés et conservés dans le classeur du maître de cérémonie. Évidemment, chaque année, les Joueurs de terminale ne peuvent pas s'empêcher d'y apporter leur touche personnelle, ajoutant une nouvelle réplique ici, des indications scéniques là. À en croire Jake Horowitz, il s'agirait de scènes tirées de vidéos intimes tournées par les Joueurs dans les années 1990, quand les caméscopes étaient à la mode. Mais il n'a dit ça que pour nous convaincre que les épreuves étaient bien pires autrefois.

Nikki serre les poings et tape du pied par terre.

— Je veux que ce soit mieux qu'avant ! Tu te souviens, l'an dernier, on n'arrivait pas à entendre les minus tellement les rires étaient forts dans le public ? C'était beaucoup trop facile !

— Si tu le dis…

On sonne à la porte et Nikki se tourne vers moi.

— Tu peux aller ouvrir ?

— Naturellement, Votre Altesse.

Nikki s'éloigne en tapant du pied, vexée. Henry écarquille les yeux.

— La forme, Jill ? hurle Robert, déjà bien parti.

Quentin et Marla sont juste derrière lui.

— Waouh, trop stylé ! s'écrie-t-elle.

— Enfin quelqu'un qui me comprend, rétorque Nikki en me jetant un regard noir.

Je décide d'enterrer la hache de guerre.

— Qu'est-ce que je peux faire ?

Nikki se radoucit aussitôt et me donne des instructions pour l'installation du bar et des lumières avec variateurs.

— Je vais t'aider, me souffle Marla.

J'articule un « merci » en silence, et nous nous réfugions à l'autre extrémité du salon pour empiler des gobelets en plastique et remplir des seaux de glace.

— Elle est de bonne humeur ce soir ? me demande Marla.

Ses yeux noisette sont soulignés par un épais trait d'eyeliner, et ses cheveux d'un blond presque fluo sont attachés en chignon sur le haut de son crâne.

Je ricane en déchirant un sachet de glace.

— À ton avis ?

Marla secoue la tête.

— Ça ira mieux quand la soirée sera passée.

Ses immenses créoles en or s'entrechoquent lorsqu'elle se penche vers le bar. Marla a toujours été la plus raisonnable de la bande, celle qui nous dit quand il faut arrêter nos conneries. Peut-être parce que c'est la moins investie. Elle sait que cette période est vouée à se terminer. De nous tous, elle est la moins sensible au baratin des Joueurs. Brusquement, je m'interroge. Comprendrait-elle pourquoi je suis allée trouver Rachel ? Et se poserait-elle des questions, elle aussi ?

— Je voulais te parler d'un truc, dis-je en baissant la voix.

— Je t'écoute.

— Je n'arrête pas de penser à Shaila. Et à Graham. Tu ne trouves pas ça dingue que personne ne veuille envisager la possibilité qu'il soit innocent ?

Je retiens mon souffle. Marla, qui alignait des bouteilles sur le bar, s'interrompt et se tourne vers moi, en inclinant la tête.

— Complètement dingue. Mais c'est du pur Gold Coast. Surtout, ne pas faire de vagues. Donner l'illusion que tout est parfait, en permanence.

— Ça ne t'intrigue pas, toi ? j'insiste.

— Bien sûr que si. Enfin, soyons réalistes, Jill. Rien de ce qu'on pourrait dire, toi ou moi, ne changerait quoi que ce soit. Nous ne sommes ni les Arnold, ni les Miller, ni les Garry. On a de la chance d'être ici.

Ses traits s'adoucissent et elle se remet à disposer les bouteilles.

— Ma mère fait des heures sup à l'hôpital pour que je puisse rester à Gold Coast Prep. On n'a pas pris de vacances depuis dix ans. Pourquoi mes trois frangins sont-ils allés à Cartwright, à ton avis ? Mes parents misent tout ce qu'ils possèdent sur moi. Ma mère prie chaque soir pour que je sois acceptée à Dartmouth. Ils n'ont vraiment pas besoin que je me retrouve mêlée à un délire à la Sherlock Holmes quelques mois avant d'entrer à la fac.

Après plus de trois années d'amitié, je n'en reviens pas de ne découvrir que maintenant que Marla croule, elle aussi, sous le poids des attentes parentales. Et pourtant, quelque chose me retient de le lui dire. Je préfère lui prendre la main.

— Tu as raison, évidemment.

— On sera bientôt parties d'ici, Jill. En attendant, on doit juste continuer à faire comme si tout était normal.

Je hoche la tête et m'emploie à chasser de mon esprit les images de Shaila et Graham, de tout ce sang épais et noir. Ma poitrine est prise dans un étau, je serre les poings.

On sonne à la porte de Nikki.

— Ils sont là ! hurle-t-elle. C'est parti !

Un flot de Joueurs déferle dans le salon, et soudain la fête bat son plein. Le sourire de Nikki s'élargit un peu plus chaque fois que quelqu'un la complimente sur son installation, et je ne peux pas m'empêcher de ressentir une pointe d'irritation. *C'est juste une soirée.* Je ne comprends pas pourquoi elle a ressenti le besoin de sortir le grand jeu.

Une tignasse brune attire soudain mon attention.

— Jared !

Je lis dans ses yeux qu'il est content de me voir, j'ai même l'impression que les muscles de son visage se détendent. Je joue des coudes dans la foule. Bryce est avec lui et ils éclatent de rire.

— Quoi ?

Jared pique le pire fard de l'histoire, mais Bryce, avec son assurance à la Miller, se penche vers moi.

— On se prépare juste pour notre petite représentation.

— Vous avez quelle scène ?

— Le plan à trois, me répond Bryce avec un sourire entendu.

Jared émet un rire nerveux.

— Je te demanderai peut-être de quitter la pièce, Jill. Ça sera trop bizarre sinon.

Il avale une longue gorgée de bière et je dois me retenir de lui arracher la cannette des mains.

— Mais non, tout ira bien. Il suffit de le prendre à la rigolade. C'est tout ce qui nous intéresse ici.

— T'inquiète, on gère, hein, J. ?

— Carrément !

Ils entrechoquent leurs cannettes et de la bière déborde sur la moquette.

— Rassemblement ! crie Nikki.

Les minus vont aussitôt s'asseoir.

— Dégagez !

Sa voix est aussi tranchante qu'un rasoir quand elle s'approche du canapé.

— Il est réservé aux terminale.

— Je savais pas qu'on était en dictature, observe Topher Gardner, qui avait accaparé la meilleure place, dans l'angle du canapé en L.

— Tu as entendu la dame, grogne Robert.

Topher prend un air excédé et se passe une main sur ses cheveux bruns coupés courts, avant de céder et de s'asseoir par terre. Nikki lui donne un coup avec sa chaussure compensée.

— Va me chercher à boire, Toph.

— Et moi qui croyais que l'Initiation était terminée, plaisante-t-il.

— Obéis.

Nikki bouillonne. Elle a le visage marbré de rouge. Je note de me tenir à carreau jusqu'à la fin de la soirée. Et de l'éviter.

— Assieds-toi avec moi, me dit Henry, comme s'il lisait dans mes pensées. Viens là.

Je le suis à l'autre extrémité du canapé. Nikki appuie sur plusieurs boutons de sa télécommande pour tamiser les lumières et concentrer l'éclairage sur le podium.

— Scène 1 ! crie-t-elle. En piste !

Larry Kramer se lève et se traîne jusqu'à l'estrade. Il s'éclaircit la voix, et vide la cannette dans sa main.

— Oh, putain. Je suis super excité.

Henry éclate de rire. Il n'a pas fallu longtemps.

— Cette scène me fait toujours marrer, me murmure-t-il.

Je sais que je devrais glousser moi aussi, me réjouir de voir Larry se ridiculiser, mais j'ai l'estomac noué. Je voudrais disparaître sous terre.

Larry continue, lit les « ooh » et les « ahh » sur sa feuille de papier, pendant que nous lui balançons des chips, des serviettes chiffonnées et des verres à shots en plastique. J'évite de le regarder. J'avale une gorgée d'alcool pour tenter de contrer la vague de nausée qui monte. C'était plus drôle l'an dernier.

Larry se racle la gorge juste avant d'atteindre l'issue inévitable de sa scène. Il est aussi rouge qu'une tomate.

— Euh… voilà. Merci.

Topher se lève d'un bond et brandit ses énormes poings charnus.

— Youhou, Kramer ! La star des puceaux !

— Deux mètres de bestialité ! rugit Robert.

Je jette un coup d'œil à Nikki en évitant de croiser son regard. Elle a les yeux rivés sur Sierra McKinley, assise en tailleur et qui gigote en murmurant quelque chose à une autre troisième. Elles sont toutes les deux très pâles.

— Scène suivante ! annonce Nikki.

Sierra se lève, imitée par Jared et Bryce. Je chuchote à l'oreille de Henry :

— Je ne sais pas si je vais être capable de regarder.

Il pose une main sur mon genou et le serre.

— Reste juste pour les premières secondes. Ensuite lève-toi pour aller te chercher à boire.

J'acquiesce et croise les mains, me préparant à assister à l'humiliation publique de mon petit frère. À cause de moi.

— On vous écoute, les minables ! glapit Nikki.

— Euh... salut les mecs...

Sierra récite son texte d'une petite voix aiguë.

— Qu'est-ce que vous faites là, près de la piscine ?

— On est surveillants pour l'été, répond Bryce en baissant sa voix d'une octave. Tu veux te baigner ?

— Avec plaisir. Je suis tellement contente de savoir que vous êtes là pour veiller à ma sécurité.

Ils continuent leur dialogue qui manque de naturel, et je commence à me détendre. Ça n'est pas si terrible.

— On s'emmerde ! hurle Nikki en lançant un gobelet en plastique sur la scène.

Robert l'attire contre lui pour lui susurrer quelque chose à l'oreille. Un immense sourire fend alors le visage de Nikki, qui se met à hocher la tête avec frénésie.

— Mimez la scène ! dit-elle. Mimez-la !

Et à mon horreur absolue, toute l'assemblée se met à scander ces mots.

— Mimez la scène ! Mimez la scène !

Je ne peux plus rester les bras croisés. Je me penche vers Nikki et pose une main sur sa cheville.

— Arrête, tu vas trop loin.

D'un mouvement du pied, elle me repousse. Sans un regard dans ma direction, elle continue à crier :

— Mimez la scène ! Mimez la scène !

Seul Quentin reste silencieux à côté de moi, suivant d'un air effaré ce qui se déroule sous nos yeux : le public est en train de devenir fou. Jared, Bryce et Sierra sont pétrifiés sur l'estrade, ils ne savent pas quoi faire.

Je secoue la tête en fixant mon frère, dans l'espoir qu'il saisira le message. *Non, tu n'es pas obligé de faire ça.*

Mais Bryce prend la direction des opérations et vient se placer derrière Sierra. D'un signe, il invite Jared à se mettre devant. Alors que le salon est de plus en plus bruyant, la migraine qui palpite contre mes tempes s'amplifie. Le visage de Sierra, écarlate, se met à gonfler. Je n'y tiens plus.

Je me fraie un chemin entre les rangées de chaises pliantes, occupées par des seconde qui continuent à hurler.

La porte de derrière, celle qui donne sur le jardin, n'est qu'à quelques mètres, et un soulagement immense déferle sur moi dès que je la pousse. Je tombe à genoux sur la terrasse en bois et m'adosse à la façade de la maison. Je me concentre sur ma respiration pour l'apaiser et lève les yeux vers le ciel. Malheureusement, les nuages cachent les étoiles ce soir. Je ferme les yeux de toutes mes forces et essaie d'entendre les battements de mon cœur. *Respire*, me dis-je. *Respire.*

La porte s'ouvre et un tissu vaporeux me frôle la tête. Nikki.

— Qu'est-ce qui te prend ?

Sa voix est forte, tranchante. C'est un aspect de sa personnalité que je ne connaissais pas. Et qui me donne envie de prendre la fuite.

— Ça va trop loin, je murmure. Tu les humilies. C'est mon frère.

Nikki se poste devant moi pour me toiser de toute sa hauteur.

— Ça ne te ressemble pas, lui dis-je.

Son visage reste de marbre.

— Tu te souviens de ce qui s'est passé le jour de notre Spectacle ? me demande-t-elle.

— Bien sûr.

Je m'en étais bien tirée, j'avais dû lire une scène plutôt sage avec Quentin. Nous étions les derniers, et tout le monde était si bourré à ce stade de la soirée que personne ne nous a vraiment écoutés. En gros, l'intérêt était retombé, et ça a été terminé en soixante secondes chrono.

— L'horreur absolue, dit-elle d'un ton radouci.

Je me creuse la mémoire pour me souvenir de la scène de Nikki, mais c'est le trou complet. Je ne revois que Shaila, qui poussait des cris et des gémissements de sa voix rauque, qui forçait tellement le trait que tout le monde était hilare.

— J'étais avec Robert, poursuit Nikki. On avait presque terminé quand Jake Horowitz, qui était assis au fond, s'est levé.

Elle s'interrompt.

— Tu as oublié, non ?

Je confirme d'un signe de tête en me mordant la lèvre. Le vent souffle sur l'océan, au loin, et un frisson remonte le long de mon échine.

— Putain, lâche Nikki d'un ton écœuré. Jake a poussé Robert en lui disant : « C'est comme ça qu'on fait, gros naze ! C'est comme ça qu'on la baise ! »

De minuscules larmes perlent au coin des yeux de Nikki, et la scène me revient brusquement en mémoire. Il avait mimé toutes sortes de positions sexuelles avec Nikki devant tout le monde. Ensuite, elle a disparu pour le reste de la soirée. Shaila a fini par aller la récupérer dans la salle de bains des Calloway, à l'heure de rentrer. Nikki ne nous a jamais parlé de ce qu'elle a ressenti. La blessure, l'humiliation. Et nous, nous n'avions rien fait. Nous n'étions pas intervenus.

— Nikki, dis-je en me relevant sur des jambes chancelantes.

Elle m'interrompt.

— Les garçons ont toujours été aux commandes. C'est notre tour, maintenant, de faire les règles. Si on a pu encaisser, eux aussi. Regarde ce qu'on est devenues ? Des meufs indestructibles. Brillantes. On leur rend service, en fait.

Je sais qu'elle se plante. Sur toute la ligne. Mais en voyant son beau visage animé par la colère, je sais aussi que je ne réussirai pas à la faire changer d'avis. C'est mon amie. Ma meilleure amie, maintenant. Je dois rester.

Je ne dis rien, et elle y voit un assentiment muet. Elle relève le menton et retourne à l'intérieur, me laissant seule dans la nuit froide. Je presse les paupières de toutes mes forces, priant pour que tout ça se termine vite, pour que la remise des diplômes ait déjà lieu, pour que l'avenir balaie toute cette période.

Je sens une petite vibration contre ma cuisse. Je sors mon portable et découvre le nom de Rachel. Une boule se forme dans mon ventre.

Je sais que tu n'as pas eu beaucoup de temps pour réfléchir, mais qu'est-ce que tu en penses ? Tu es prête à nous aider ? On a besoin de toi, Newman.

Je fixe les mots qui se brouillent sur mon écran. Peut-être que j'ai besoin d'eux, moi aussi.

11.

Quand j'arrive chez moi, ce soir-là, j'observe les étoiles collées sur mon plafond. Je suis épuisée, et pourtant le sommeil ne vient pas. J'essaie de me souvenir de l'époque avant que tout change. Avant que j'aie peur. Des Joueurs, mais surtout de moi. De quoi étions-nous capables ? Jusqu'où étions-nous prêts à aller ? À quels sacrifices aurions-nous consenti ? À quel moment précis le monde s'est-il désaxé ?

J'en reviens toujours à une soirée de novembre, l'année de troisième. Un vendredi, d'une douceur inhabituelle pour la saison. Le lendemain de Thanksgiving. Je m'en souviens parce que j'avais mangé de la tarte aux pommes au petit déjeuner et que j'avais encore sur les lèvres le goût sucré des fruits lorsque j'ai reçu un texto d'Adam.

Sois prête à 21 heures, Newman. On va bien s'éclater.

Ma peau s'est mise à me picoter. Je savais qu'il sortait avec Rachel, mais il avait l'intention de passer la soirée avec moi. Peu importait que les Calloway soient dans les Hamptons pour le week-end. Ou qu'Adam et ses potes aient passé les dernières semaines à nous humilier, mes amis et moi, exigeant que nous soyons constamment disponibles. Ce jour-là, il me faisait signe de lui-même.

OK, ai-je répondu. *Je prévois mon sac banane ?*

Non. Soirée de repos. Tu l'as mérité.

La journée s'est traînée, et à 21 heures j'avais eu tout le temps de flipper. Où allait-il m'emmener ? Qu'allait-il se passer ?

J'ai fini par entendre les notes de guitare déchaînées qui s'échappaient de sa Mercedes.

« Salut, maman ! »

Je me suis forcée à ne pas marcher trop vite entre chez moi et la voiture. En m'approchant de la portière côté passager, j'ai vu que Jake était assis à côté d'Adam. Il a baissé la vitre et m'a décoché un sourire sournois.

« Monte derrière, Newman. »

La honte me brûlait la nuque et j'avais la peau moite. Je me suis glissée sur la banquette en cuir et j'ai cherché à croiser le regard d'Adam dans le rétroviseur, mais il le gardait rivé droit devant lui. Je me suis penchée vers l'avant pour essayer d'entendre ce qu'ils disaient, c'était impossible avec la musique. Leurs voix étaient noyées par les hurlements de la chanson.

Alors je me suis adossée et j'ai regardé par la fenêtre, en tâchant de trouver quoi faire de mes mains. Le trajet n'a pas duré longtemps, nous sommes vite arrivés chez Adam.

« Mes parents sont à New York, a-t-il annoncé. Venez. »

Il nous a fait signe de le suivre sur l'immense galerie qui faisait tout le tour de sa maison.

Je me suis assise sur la balancelle et j'ai senti le sol bouger sous mes pieds alors que je me balançais d'avant en arrière. Adam s'est affalé à côté de moi et la structure en bois a gémi.

Jake s'est installé dans un fauteuil en osier et a sorti une bouteille remplie d'un liquide sombre de la poche de sa veste.

« Tiens, Newman. »

J'ai avalé une gorgée, ça avait un goût horrible. Puis j'en ai pris une seconde et me suis forcée à ne pas faire de grimace.

« Je t'avais dit qu'elle était capable d'encaisser », a observé Adam.

Il a cogné son épaule contre la mienne et j'ai essayé de sourire d'un air détaché, comme si cette petite réunion était on ne peut plus normale, comme si je m'ennuyais. Adam a récupéré la bouteille sur mes genoux.

« Bon, la môme, tu dois te demander ce que tu fais ici. »

Jake est intervenu sans me laisser le temps de répondre :

« On rencontre chacun des troisième en tête-à-tête avant de vous soumettre aux tests les plus difficiles. »

Logique, ai-je pensé, même si j'étais intriguée de me retrouver seule avec eux deux, même si l'absence de Rachel, Tina et les autres m'étonnait.

« On veut juste passer un peu de temps avec toi, pour savoir ce qui te fait kiffer, te connaître vraiment, a poursuivi Jake. Adam m'a déjà parlé de toi en détail, mais je voudrais apprendre à te connaître. Alors je t'écoute, Jill, a-t-il dit en se penchant vers moi, les coudes sur les cuisses. Qui es-tu vraiment ? »

Adam m'a tapoté l'épaule avec la bouteille, et j'ai avalé une nouvelle gorgée. Courage. Le goût était de plus en plus supportable, ma gorge ne me brûlait presque plus. J'ai commencé à parler. Je me suis lancée dans une espèce de logorrhée stupide sur mon amour pour l'astrophysique, et l'été que j'avais passé à Cape Cod, où se trouvait le meilleur télescope de toute la côte Est. Adam a pris appui sur le sol pour imprimer un mouvement à la balancelle, et ça m'a donné mal au cœur.

Jake a secoué la tête.

« Apprends-moi un truc intéressant, Newman. Des secrets inavouables ?

— Quoi ? Non ! »

J'ai éclaté de rire. Je n'avais rien fait d'inavouable dans ma vie. J'étais parfaitement ennuyeuse.

« Allez... Il y a forcément quelque chose. On ne le répétera pas. Tu es une Joueuse maintenant. Ou plutôt... tu pourrais en devenir une. On est tous dans le même bateau, tu sais. »

Adam hochait la tête sans croiser mon regard.

« Parle-nous... de ta plus grande peur », a repris Jake.

Le vent s'était levé et j'ai plaqué mes bras sur mon ventre. J'ai réfléchi une seconde, en levant mon visage vers le ciel. Il était tapissé d'étoiles brillantes, aveuglantes. Adam avait allumé la lumière extérieure, mais elle ne servait à rien. J'ai trouvé la Grande Ourse et la Petite Ourse, qui s'emboîtaient comme des poupées russes sous l'étoile polaire. J'ai pris une profonde inspiration.

« J'ai peur du noir », ai-je fini par lâcher. J'ai essayé de rire, mais le son qui est sorti de ma bouche était bizarre, pâteux. « C'est pour ça que j'aime autant l'astronomie. Le noir absolu n'existe pas dans le ciel nocturne. »

Jake n'a pas ri. Adam non plus. Je me sentais apaisée. J'avais l'impression d'avoir réussi un examen. Jake s'est penché en avant. Ses yeux étaient noirs, immenses, et ils se sont plongés dans les miens avec une férocité qui m'a terrifiée. D'une main, il a arrêté le mouvement de la balancelle.

« Et ça vient d'où ?

— Tu te prends pour un psy ou quoi ? », lui ai-je rétorqué.

Ça n'a fait rire personne. J'ai pris une autre gorgée – de whisky, je suppose –, et je me suis contentée d'ajouter : « Je n'en sais rien. Mon père m'a montré les constellations quand j'étais toute petite, elles m'ont toujours rassurée. J'ai même encore mes étoiles phosphorescentes au plafond. Je n'arrive pas à trouver le sommeil si je n'ai pas un peu de lumière…

— Creuse, Newman, m'a dit Jake en plissant les yeux et en se penchant si près que ses doigts ont effleuré mes genoux.

— Peut-être… Peut-être que c'est dû au fait que je me suis toujours sentie inférieure. »

Les mots me débordaient. Des choses que je ne m'étais même jamais autorisée à penser, sans parler de les formuler à voix haute.

« J'ai l'impression de ne pas avoir ma place dans cette école. De devoir toujours prouver quelque chose. De devoir être parfaite. »

J'ai pensé à mes cauchemars provoqués par l'angoisse, ceux qui avaient commencé après mon arrivée ici, et qui gâchaient systématiquement mes nuits la veille de contrôles importants ou d'exposés. L'idée de ne pas être à la hauteur de mes camarades si brillants me donnait envie de partir me cacher très loin.

Jake s'est carré dans son fauteuil en osier, visiblement satisfait. Mais j'avais l'impression qu'il fallait lui en donner plus.

« Je sais, moi, que je ne suis pas à la hauteur. J'ai simplement peur que tout le monde s'en rende compte. »

Ça l'a fait sourire.

« Tu crois que tu es la seule à ressentir ça ? »

J'ai retourné la question dans mon esprit, en pensant à Nikki et à Shaila.

« Je ne sais pas... J'imagine que tout le monde a peur de quelque chose. Prenez Shaila... On pourrait croire que rien ne l'effraie. Alors qu'elle a une peur bleue du vide. Mais genre, ça la rend malade. Elle a toujours refusé de monter sur la grande roue à la fête de l'Océan.

— Ah ouais ? a répondu Jake.

— Oui, elle se transforme en gros bébé dès qu'il est question du vide. Alors je suppose qu'on pourrait dire qu'on a tous peur de quelque chose, oui. Peut-être qu'il y a aussi une raison plus profonde derrière sa terreur. »

Adam a redonné une impulsion à la balancelle. Ils n'ont rien dit pendant un long moment, et j'ai à nouveau levé les yeux vers l'étendue d'étoiles dans le ciel. Au bout de quelques minutes, Adam a fini par rompre le silence.

« J'ai faim, mon pote. On se commande une pizza ? »

Ils ont débattu ensemble des mérites comparés de Mario et Luigi, les deux pizzerias de la ville. Je ne suis pas intervenue. Je ressassais les informations que je venais de leur fournir, sur mes faiblesses et, incidemment, sur celles de Shaila. Elle aurait droit à un petit rendez-vous comme celui-ci. Tous les autres Joueurs de troisième aussi. Que dirait-elle à mon sujet ? Lâcherait-elle quelque chose accidentellement ou volontairement ? En avais-je trop dit ?

J'ai tenté de ravaler la culpabilité qui montait dans ma gorge, de me convaincre que je n'avais pas trahi la confiance de mon amie. Pourtant, je savais, au fond de moi, que je venais de fournir des munitions aux terminale. Et qu'ils s'en serviraient. J'ignorais quand. Cela aboutirait, indirectement, à la dernière nuit de la vie de Shaila.

Toute la semaine, je me traîne. Je suis fatiguée, j'ai du mal à me concentrer. Marla a sans doute raison de dire qu'il faut jouer notre rôle et faire comme si tout allait bien, mais je continue à penser au message de Rachel, auquel je n'ai pas répondu, et à l'expression de Nikki, de plus en plus cruelle à mesure que le Spectacle se déroulait. Bref, la proposition de Henry tombe à point nommé, le vendredi soir : j'ai besoin de me changer les idées. Il m'envoie un texto.

Soirée en amoureux ? Chez moi ?

Après quelques secondes, il ajoute un autre message.

Mes parents sont absents.

;) ;) ;) ;)

Je me mordille la lèvre en souriant. Henry est particulièrement adorable depuis la soirée chez Nikki, il réserve les tests les plus faciles à Jared, et garde un œil sur lui pendant les soirées entre mecs.

Et puis Henry est si transparent que c'en est facile, réconfortant, agréable. Un mix parfait entre le journaliste prodige et l'adolescent typique.

Parfois, quand je le regarde, j'ai l'impression de voir tout son avenir se dérouler devant lui : un diplôme de commerce, un stage dans une boîte réputée, un appartement spacieux à Manhattan. Il passera sa vie à se poser des questions, rongé par le fait d'avoir abandonné son rêve de reporter de guerre pour travailler sur des tableurs jusqu'à minuit. Ce qui ne l'empêchera pas de tout avoir : la femme à forte poitrine et au goût infaillible, l'immense baraque à Gold Coast et la résidence secondaire dans les Hamptons. Parfois, je me demande si je serai son épouse et si nous resterons toujours ensemble, simplement à cause de Shaila. Comment pourrais-je partager ma vie avec quelqu'un qui ne l'aurait pas connue ? Comment construire quelque chose avec quelqu'un qui ne connaîtrait pas un pan entier de votre passé ?

D'un autre côté, la perspective de cette existence-là, où tout serait tracé d'avance, me serre le bide. Je chasse ces images d'un Henry adulte et insatisfait de mes pensées pour relire ses textos. Il me suffit de penser au présent, de ne pas me projeter. Le sourire revient sur mes lèvres.

J'arriverai vers 19 h.

Top ! me répond-il. *Je commanderai des sushis.*

Henry vit dans la partie moderne de la ville, près de l'océan, où les familles possèdent leur propre rampe de mise à l'eau, où les jardins font quasiment la taille de terrains de foot et où, près des piscines, on trouve des dépendances équipées de véritables cuisines et de baignoires sur pieds. Arrivée à la grille en fer forgée, je tape le code, puis je remonte la longue voie privée qui conduit chez lui. Henry m'attend dehors, avec son sweat-shirt à capuche de la chaîne de télé CNN et un sac en plastique qui vient de lui être livré.

Il me serre dans ses bras avant de déposer un baiser mouillé et avide sur ma bouche. Je le suis à l'intérieur, et nous traversons le hall d'entrée en marbre pour rejoindre la cuisine spacieuse.

Henry sort du sac une quantité de nourriture astronomique – makis et sashimis luisants, nichés dans des boîtes en plastique, petits pots de salades d'algues et d'edamames salés. Mon estomac gargouille en découvrant ce festin.

— Eh ben !

Henry rougit et hausse les épaules jusqu'aux oreilles.

— Je n'arrivais pas à me rappeler ce que tu aimais, alors j'ai pris un peu de tout.

Il me tend une paire de baguettes en bois et me regarde avec ses grands yeux si sincères.

J'avale un maki au saumon et aux épices sans même le mastiquer.

— C'est parfait.
— Tant mieux.
Il appuie ses avant-bras sur le comptoir en marbre devant lui.
— Tu veux monter ? me propose-t-il, l'œil brillant.
Plein d'espoir, d'assurance.
Mon ventre crépite autant que si j'avais bu trop d'eau pétillante, mais je dois me sortir Graham et Shaila de la tête.
— Bien sûr.
Il me prend la main et nous montons les marches deux par deux. Lorsqu'il ouvre la porte de sa chambre, il ne fait plus aucun doute qu'il a bien préparé la soirée. Une musique douce s'échappe de ses enceintes et une guirlande lumineuse de Noël clignote au-dessus de son lit fait au carré. Elle se réfléchit sur les vitres, des coupures de journaux encadrées sur son mur, des unes du jour de sa naissance. Il a même allumé une bougie sur le rebord de la fenêtre, juste à côté de la photo où on le voit serrer la main d'Anderson Cooper. C'est tellement… mignon.
— Espèce de gros nul, dis-je pour masquer combien je suis flattée qu'il ait fait tout ça pour moi.
Il rougit un peu.
— Approche.
Ses mains sont puissantes et solides, plus calmes qu'elles le devraient. Il n'a pas toujours été comme ça, en tout cas pas au début de notre histoire. Nous avions tous les deux fait des trucs avec d'autres personnes, d'autres Joueurs. Mais nous n'avions jamais vraiment couché avec quelqu'un avant, ni eu l'occasion d'apprendre ou de poser des questions dans un

cadre rassurant, libéré de tout jugement. Si bien que chaque moment d'intimité avec lui a toujours été une nouvelle aventure, un nouveau territoire à explorer.

Un soir, après s'être débattu avec les agrafes de mon soutien-gorge à la belle étoile, sur son bateau, Henry m'a annoncé qu'il tenait à faire des progrès. « Je veux que tu prennes du plaisir, m'a-t-il murmuré d'une voix qui m'a profondément troublée. Montre-moi », a-t-il ajouté en me caressant le cou de son souffle chaud.

Alors j'ai guidé sa main vers l'endroit que j'étais la seule à avoir touché. Je lui ai montré comment j'utilisais mes doigts et quel mouvement il pouvait reproduire. J'étais intimidée au début, gênée qu'il sache que j'avais fait ces choses toute seule, que j'avais pris du plaisir alors que cela semblait inatteignable. Mais Henry était attentif, et il s'est employé avec douceur et tendresse à imiter mes gestes. Il fronçait les sourcils tant il était concentré, déterminé, jusqu'à ce que je lui confirme qu'il avait compris et qu'il pouvait continuer l'exploration, aller plus loin. Il a commencé à m'étudier, moi, mon corps, comme s'il s'agissait d'un manuel, travaillant plus dur que pour n'importe quel examen. À la fin de l'été, il méritait un A, et pas seulement pour ses efforts. Il disait que mes réactions étaient ce qui l'excitait le plus. Et je dois bien dire que cette poursuite inlassable de mon plaisir me procurait des frissons d'excitation.

À présent, dans sa chambre, il sait parfaitement quels gestes accomplir. Ses mains sont sur mon visage, puis dans mon cou, il caresse la peau douce presque cachée sous le col de mon tee-shirt. Ses lèvres se déplacent de ma bouche à mon oreille, puis se dirigent vers ma clavicule, dessinant une constellation invisible tout le long de mon décolleté, puis plus bas.

Je m'allonge sur le lit, enroule mes jambes autour de sa taille. C'est facile de le laisser prendre la direction des opérations, de lui dire « oui, ici » ou « un peu plus haut ». Henry veut me satisfaire. Il est impatient de lire l'expression du plaisir sur mes traits, de m'éblouir. Dans ces moments-là, je suis si heureuse que ma première fois, ma véritable première fois, se soit passée avec quelqu'un qui traite mon corps de la sorte, comme un territoire à explorer avec respect.

Il retire son pantalon, son caleçon est très fin. Je sens le moindre relief de son corps alors qu'il soulève ma jupe et me caresse du bout des doigts. Il sait exactement où les poser maintenant, avec quelle force exercer des pressions. Je m'abandonne à son contact, et laisse mes mains explorer, elles aussi, ses muscles puissants, et la peau plus douce au-dessus de l'élastique. Ses cheveux sont soyeux, il me chatouille le cou comme un chiot.

Et pourtant, rapidement, je comprends que c'est un de ces soirs où je n'arriverai pas à débrancher mon cerveau. J'essaie de faire le vide, de me focaliser uniquement sur lui, si amoureux de moi. Toutefois, je commence à me demander si j'ai bien frotté entre mes cuisses quand je me suis douchée avant de venir, si je sens bon, si je reste assez *étroite*. Ce mot absurde qui ne veut rien dire. Et qui obsède pourtant les mecs. « Elle était bien étroite ? Vraiment ? Je parie qu'elle était trop large, moi. »

Henry perçoit mon hésitation et ralentit, remonte ses mains.

— Tout va bien ?

Il m'observe avec inquiétude.

— Oui, oui, on continue.

— Tu es sûre ?

— Oui.

Je colle ma bouche à la sienne et plaque mon corps contre le sien. Je veux qu'il fasse tout disparaître.

— Tu as un préservatif ?

Je connais déjà la réponse, bien sûr. Il tend le bras vers sa table de nuit et sort un emballage du tiroir. Il le déchire et ce bruit me transperce les oreilles. Abandonnée sur les oreillers, j'observe ses mouvements. Il me regarde avec son sourire si tendre, ses cheveux légèrement ébouriffés. Mon cœur se gonfle, je voudrais me fondre entièrement en lui. J'ai de la chance d'être avec lui, ça, j'en ai la certitude.

— Prête ?

— Oui.

Et j'en suis sûre, à cent pour cent.

— Tu es belle.

Ses mots sont étouffés par mes cheveux, et je ferme les yeux.

— Toi aussi, tu es beau.

J'enfouis mon visage dans son torse, et imagine quelqu'un avec des cheveux plus foncés, un sourire légèrement incliné. Il apparaît par flashs, visions fragmentées. Il disparaît, puis une autre image surgit. La photo de Shaila et de Graham enlacés, dans leurs uniformes de l'école. La photo que j'ai déchirée.

Henry commence à transpirer et, soudain, c'est terminé pour moi. Pourtant, il continue son mouvement de va-et-vient, en poussant des grognements de plaisir.

Il n'arrêtera pas tant qu'il ne sera pas certain que de mon côté aussi j'ai pris du plaisir. Alors je gémis et lève mon bassin vers le sien. Ces gestes qui signifient, entre nous, que nous avons atteint le but. C'est tellement plus simple que de lui expliquer les pensées parasites qui se déchaînent dans mon cerveau.

Il ne lui faut qu'une ou deux secondes pour terminer, lui aussi, en poussant un long soupir frémissant. Il s'effondre sur moi.

— Jill, me chuchote-t-il à l'oreille.

Je me dégage et nos peaux se décollent dans un petit bruit de succion. Je rabats le drap soyeux sur mon ventre. Il m'enlace par la taille.

— C'était fantastique…

En quatrième, avec Shaila, nous avions fait des recherches sur l'orgasme. Il se trouve que les Français parlent de « petite mort ». Cette découverte avait provoqué un fou rire.

« Oh, la vache, Jill ! Tu comprends ce que ça veut dire ?

— Quoi ? ai-je répondu en me tenant le ventre, douloureux tellement j'avais ri.

— Chaque fois qu'un mec jouit, une part de lui meurt. C'est pas tordu ? »

Je n'en revenais pas.

« Et tu sais ce que ça fait de nous, les filles ? a-t-elle poursuivi sans attendre ma réponse. Des êtres puissants. Des meurtrières. »

Elle a tiré la langue en louchant, et nous nous sommes écroulées de rire sur son lit.

Maintenant, chaque fois que ça m'arrive avec Henry, je pense toujours à Shaila. À la petite mort.

— Hé ! reviens avec moi, dit-il en m'attirant contre lui.

Il pose les mains sur mes joues et je le regarde comme je ne l'ai pas fait depuis des semaines. Il ouvre de grands yeux inquisiteurs, et ses cheveux sont un peu mouillés de sueur et aplatis autour de son front. Ses cils sont si longs et épais qu'on dirait un personnage de dessin animé. Je mesure combien il a une confiance absolue en moi. Combien il est vulnérable à cet instant. Et moi, je n'ai qu'une envie : fuir.

— Tout va bien ?

— Oui.

Et ça lui suffit. Il me serre dans ses bras, mon menton s'enfonce dans les muscles de son épaule.

— Ça a marché pour toi aussi, hein ? murmure-t-il dans mes cheveux.

— Hmm-hmm… Bien sûr.

Et tout en mentant, j'essaie d'imaginer ma propre petite mort.

12.

Du point de vue des parents, il faudrait commencer à penser à la fac à l'instant où on franchit les grilles de Gold Coast Prep. Pendant les entraînements sportifs, les élèves portent les sweat-shirts avec le nom des universités qu'ils visent. Yale, Harvard, Princeton. Penn, pour ceux qui veulent juste s'amuser ou faire fortune facilement. Wesleyenne pour les artistes. Stanford pour ceux qui détestent leurs parents et veulent les fuir sur la côte Ouest.

À l'heure de la rentrée de terminale, ceux qui ne savent pas encore où ils vont postuler sont des minables promis à un avenir médiocre.

Mes amis sont donc naturellement arrivés en terminale pleins d'espoir, avec leurs dossiers tout prêts. Même Robert, qui avait foiré ses derniers examens de première, malgré son tiers temps supplémentaire, était convaincu qu'il était destiné à retrouver Manhattan l'an prochain, et prévoyait d'étudier le management musical à NYU. La rumeur racontait que ses parents avaient fait don, aussi facilement que ça, d'un million à la fac de New York.

Toutes ces raisons expliquent pourquoi ce 1er décembre, jour où nous sommes censés avoir des nouvelles des admissions anticipées, est un vrai calvaire.

Je me réveille en nage, haletante, les poings serrés sur mes draps. J'ai du mal à reprendre mon souffle. Je n'ai pas rêvé de Brown, de mon admission. Non, j'ai rêvé de Shaila, de ses grands yeux terrifiés, exorbités sur son si beau visage. De sa bouche ouverte pour appeler à l'aide. Je respire profondément pour tenter de la chasser de mon esprit. Ce n'était qu'un cauchemar dû au stress. Rien de plus. J'ai beau me le répéter en boucle, mon cœur continue à battre beaucoup trop vite.

Je me frictionne les tempes et demande à Shaila de me laisser tranquille. Avec des doigts tremblants, je cherche mon portable sur ma table de nuit. Peut-être que les réseaux sociaux réussiront à me calmer. Mais avant d'ouvrir Instagram ou YouTube, je découvre un texto de Rachel. Évidemment.

Tu as changé de numéro, ou quoi ? Ne nous laisse pas tomber !

Je me débarrasse de mon téléphone, d'un geste si brusque qu'il rebondit sur les draps et atterrit par terre. Ma peur s'est envolée, il ne reste plus que la colère. Pourquoi faut-il que Rachel s'en prenne à moi ? Pourquoi pas à Nikki, Quentin ou même Henry ? Elle ne pourrait pas me laisser tranquille, surtout aujourd'hui ?

Ma mère passe la tête dans ma chambre.

— Ça va, Jill ? s'inquiète-t-elle, les sourcils si froncés qu'ils dessinent un V. J'ai cru entendre un bruit.

— Oui, dis-je sans un regard dans sa direction.

— C'est un grand jour, ma chérie.

Un large sourire vient réchauffer ses traits.

— Quoi qu'il arrive, ajoute-t-elle, tout ira bien.

Je rejette mes draps en grognant, la bouscule pour rejoindre la salle de bains.

— Si tu le dis…

Tout le monde semble sentir le poids de la fatalité. Une atmosphère inquiétante, électrique, règne dans le réfectoire et, même à la table des Joueurs, nous avons beaucoup de mal à faire bonne figure.

Si Shaila avait été là, elle ne se serait pas inquiétée pour son admission à Harvard. Elle aurait été assise à côté de moi, et aurait poussé des soupirs d'exaspération en nous voyant nous mettre dans des états pareils. Elle nous aurait rassurés : « Ça va aller, enfin ! » Je l'imagine dans son uniforme, en train de savourer de la pâte à cookie, un pied posé sur ma chaise, son genou nu dépassant de la table. C'était ça, la vraie Shaila. Pas la revenante flippante qui hante mes nuits.

— Alors, qu'est-ce que vous racontez de beau ? lance Quentin.

Nikki rit sans conviction tout en passant son pouce sur le quartz rose autour de son cou. Elle attend des nouvelles de Parsons, plus précisément de leur cursus de mode et design. C'est forcément du tout cuit pour elle : son dossier contenait des robes que je rêverais d'acheter.

— Robert, ça va ? lui demande-t-elle.

Il ne répond rien, peut-être pour la première fois de sa vie. Il vide son soda, puis écrabouille la bouteille en plastique dans son poing. Il ne doit pas être si sûr de lui.

— Où est Marla ?

— Elle saute le déjeuner pour s'entraîner, me répond Henry en posant son plateau à côté du mien. Elle voulait se changer les idées.

— Quel enfer…

Tout le monde approuve en marmonnant. Nous gardons le silence jusqu'à la sonnerie.

Le reste de la journée ne vaut pas mieux. On dirait que M. Beaumont fait exprès de rendre son interminable cours sur *Ulysse* encore plus ennuyeux qu'il l'est déjà. Cinq minutes avant la sonnerie, il a enfin pitié de nous.

— Allez, on arrête pour aujourd'hui. Vous pouvez regarder vos téléphones pendant les cinq dernières minutes.

En quelques secondes, tout le monde a ouvert la page de l'université concernée et sa boîte mail. Nous savons pourtant que nous n'aurons pas de réponse avant encore plusieurs heures.

Quand je finis par rentrer chez moi – des siècles plus tard, ai-je l'impression –, j'adresse à peine un mot à mes parents et à Jared, je monte directement m'enfermer dans ma chambre. Assise sur mon lit, je cache mon portable sous un oreiller et ouvre le portail des admissions sur mon ordinateur. Autant en finir au plus vite.

Je tape les informations nécessaires et me ronge un ongle en attendant que la page se charge.

Le mot *Félicitations !* s'affiche, accompagné d'une pluie de confettis.

Je pousse un cri.

C'est bon.

J'ai réussi.

— Tu es prise ? Est-ce que tu es prise ? s'époumone mon père depuis le couloir.

Je réussis à articuler un petit :

— Oui.

Ma mère ouvre la porte sans frapper et me serre dans ses bras.

— Ma chérie ! Tous tes efforts ont payé !

J'ai les joues mouillées de larmes et les épaules qui tremblent. Je la laisse me câliner comme si j'étais redevenue une petite fille. J'abandonne ma tête sur son épaule et je me recroqueville contre elle. Oui, mes efforts ont payé. Mon avenir est assuré. J'ai réussi.

Jared accourt dans le couloir, hors d'haleine.

— C'est bon ?

Je confirme d'un signe de tête.

Son sourire s'élargit.

— J'en étais sûr !

Puis il nous enlace, papa, maman et moi.

Ma mère finit par écarter tout le monde et me caresse la joue.

— On va fêter ça, dit-elle, les yeux embués de larmes. J'ai préparé un gratin de macaronis.

Après le dîner, elle se met à fouiller dans le frigo et en sort une bouteille de champagne.

— C'est mérité, ma grande, dit mon père, en posant une immense main sur mon épaule et en me faisant un clin d'œil. Tu as bossé tellement dur… Et après tout ce que tu as traversé…

Il me serre le bras et tend la main vers ma mère.

— Nous sommes si fiers de toi, reprend-il. Quatre verres ! Jared a droit de trinquer lui aussi. Ça n'arrive qu'une fois dans une vie !

Mon frère sourit. L'enthousiasme de mes parents est contagieux. Il propose même de débarrasser la table. Avant, il vient se blottir contre moi.

— Tu as prévenu Adam ?

— Je m'apprêtais à le faire.

— Il va être fou de joie !

Jared me serre contre lui, et j'ai une bouffée d'amour pour mon petit frère. Quoi qu'il advienne des Joueurs, de Graham, ce moment-là nous appartient.

Je me précipite au premier, dans ma chambre, pour récupérer mon portable. Je sélectionne le numéro d'Adam et attends la sonnerie. J'essaie de me souvenir de tout ce que je tenais à lui dire. Je veux qu'il me parle des mauvais spectacles d'improvisation que nous irons voir ensemble, du seul endroit de Providence où les bagels sont mangeables, de la doudoune énorme que je devrai porter pour affronter les températures de la Nouvelle-Angleterre. Je veux qu'il me conseille une résidence étudiante. Et est-ce que j'aurai besoin d'une voiture ?

Il décroche à la quatrième sonnerie, mais je l'entends très mal. Une chanson de dance pulse derrière lui et submerge mes propres pensées.

— Allô ? Jill ?

— J'ai été prise, dis-je, hors d'haleine. J'ai été prise.

Dans ma bouche, ces mots me paraissent faux, j'ai l'impression de rêver.

— Quoi ? Je ne t'entends pas ! Écris !

La communication s'interrompt. Il doit être à une fête, et l'an prochain à la même date, je serai avec lui !

Je tape mon message avec des doigts tremblants.

J'AI ÉTÉ ACCEPTÉE À BROWN ! ON SE VOIT L'AN PROCHAIN !!!!

Il répond aussitôt. *OUIIIIII !!!!!!!*

Je pose mon téléphone et respire profondément, inspire pour tout relâcher dans un souffle. Soudain, le monde autour de moi me paraît étranger, comme s'il était composé d'objets appartenant au passé d'une autre. Le futur se dessine si clairement, je voudrais faire avance rapide sur les quelques mois à venir, et oublier Rachel, Graham, l'origine du sang sur son tee-shirt.

J'entends alors des chuchotements dans le couloir, derrière la porte du placard où ma mère range des choses aussi diverses que des rouleaux de papier cadeau ou d'aluminium.

Je tourne lentement la poignée de ma porte et l'écarte de quelques centimètres seulement.

— On va trouver une solution, dit-elle tout bas, avec frénésie.

— J'ai déjà fait les calculs, rétorque mon père d'un ton aussi exaspéré qu'abattu. On ne saura pas si elle a la bourse avant le printemps. Sinon, elle va devoir faire un emprunt. Elle sera endettée pendant des années… On ne peut pas lui imposer ça.

— On peut bien payer une partie, insiste ma mère. Et puis elle a toutes ses chances pour cette bourse. Elle n'a jamais rien raté jusqu'ici !

— Je sais, je sais, mais… Et si elle ne l'obtient pas ?

Il semble se sentir coupable d'oser suggérer une chose pareille.

— Il y a toujours la fac publique, dit ma mère.

— Brown, c'est son rêve…

— Elle obtiendra cette bourse, je le sais.

Elle a la voix qui tremble, et mon père pousse un lourd soupir.

— On trouvera un moyen, dit-il. On l'a toujours fait.

J'entends qu'il la serre dans ses bras et je referme ma porte en silence. Mon cœur bat à mille à l'heure, et je serre les poings, en proie aux larmes et aux assauts incessants de la culpabilité. Un terrible poids m'écrase la poitrine. *Je dois être à la hauteur*, me dis-je. *Je dois décrocher cette bourse. Je n'ai pas le choix.*

13.

— Bienvenue au Rallye, les minus !

Nikki est juchée sur le capot de sa BMW et agite des bouteilles de vin pétillant dans chacune de ses mains. D'un geste de vraie pro, elle fait sauter les deux bouchons simultanément et dirige les jets droit devant elle, aspergeant les Joueurs de troisième qui l'acclament. Les résultats des admissions sont tombés depuis une semaine, et tous les Joueurs de terminale ont obtenu la validation de leur premier choix. Même Robert, dont la donation paternelle semble avoir rempli son office. Il a saturé le groupe de messages injurieux pendant des heures, avant de faire appel à un VTC et d'embarquer Nikki à Brooklyn, où ils sont allés dîner dans un restaurant hors de prix sous le pont de Williamsburg. Après mon dîner en famille, je suis allée chez Henry faire trempette dans son jacuzzi, où Quentin et Marla nous ont rejoints. Nous sommes restés si longtemps que nous avons eu la peau aussi fripée que des pruneaux. Les étoiles étaient particulièrement brillantes ce soir-là, et je me suis efforcée de chasser la conversation de mes parents de mon esprit. Ça n'a pas fonctionné. Je n'arrivais pas – je n'y arrive toujours pas – à oublier le désespoir dans leur ton, leur besoin viscéral de me voir réussir, réussir, réussir.

Ce soir, nous sommes réunis devant chez Nikki pour le dernier événement du semestre : une chasse au trésor qui va durer toute la nuit et que nous avons surnommée « le Rallye ». Espérons que ça réussira à me changer les idées…

Dans l'assemblée, les plus jeunes Joueurs parlent tout bas, formulant des hypothèses sur ce qui les attend. Jared est au milieu de leur petite bande, membre clé de ce groupe que nous avons créé de toutes pièces. Après des mois d'épreuves et de tests, ils pensent peut-être avoir une idée de ce qu'on leur réserve, pourtant, ce soir, on va changer de dimension. C'est toujours le cas avec le Rallye.

Quand Jared m'a interrogée, plus tôt dans la semaine, après que Nikki avait fait circuler l'info, je me suis forcée à lui sourire.

« Tu vas t'éclater. Suis le mouvement.

— Tu veux dire que c'est pire que le Spectacle ? », m'a-t-il demandé d'un air narquois.

J'ai essayé de déchiffrer son expression, d'imaginer ce qu'il avait ressenti après cette soirée. Si une honte secrète s'était ancrée en lui, ou si au contraire il avait tout balayé d'un revers de main. Je n'osais pas lui poser la question.

« Mais non, ça ira », lui ai-je répondu. Et pourtant, cette chasse au trésor me met toujours mal à l'aise. Par le passé, cette soirée a été un monstre qui vous avalait tout rond et vous recrachait aux pieds de celui qui avait les commandes. La pire des expériences, à l'exception de l'Initiation.

Quand on nous a convoqués chez Adam, l'année de notre troisième, j'ai passé tout l'après-midi à essayer de savoir comment me débrouiller pour me retrouver dans son équipe. Je n'aurais pas dû m'inquiéter. Je venais à peine de poser le pied dans son jardin qu'il m'a attrapée par le coude et m'a glissé à l'oreille : « Tu es avec moi. » Je l'ai suivi jusqu'à sa voiture, où Shaila et Jake Horowitz attendaient déjà. Nous avions notre équipe de quatre.

« Vous êtes prêtes ? a lancé Jake avant de marteler le tableau de bord avec ses poings. C'est parti ! »

Je me suis penchée vers Shaila pour lui demander tout bas : « Ça va ? » Elle était tournée vers la vitre et regardait Graham monter dans la voiture de Tina Fowler.

« Ouais… Je comprends juste pas pourquoi les couples doivent se séparer.

— Ça fait partie des règles, lui a répondu Adam en se retournant. Rachel et moi, on n'est pas non plus dans la même équipe. Ne t'inquiète pas, a-t-il ajouté en lui tapotant le genou. On va bien s'éclater. »

J'ai hoché la tête pour encourager Shaila, puis je lui ai donné un petit coup d'épaule. En secret, j'étais ravie d'être dans son équipe. Ce serait la première fois qu'on passerait un moment sans Graham depuis des semaines.

« Tiens, ça va vous aider à vous détendre, a dit Jake en sortant une grande bouteille d'eau remplie d'un liquide orange. Bois. »

Shaila la lui a arrachée des mains pour en avaler une longue gorgée avant de me la tendre.

« Premier arrêt », a annoncé Adam en prenant un virage serré pour s'engager sur le parking d'un supermarché. L'alcool commençait déjà à me donner plus de courage.

« Sortez le sac du coffre, a-t-il ajouté en faisant un signe dans sa direction. Vous portez bien des maillots de bain en dessous ? »

Nous avons confirmé d'un signe de tête. Nous suivions toujours les instructions à la lettre.

« Super, alors en piste. »

Nous avons ouvert les portières et suivi les garçons qui couraient vers le supermarché.

« Le rayon des surgelés ! a crié Adam.

— Vite ! Déshabillez-vous ! », nous a ordonné Jake.

Il a fait surgir, comme par magie, deux chaises pliantes qu'il a placées côte à côte et nous a tendu des lunettes de soleil roses et des gobelets en plastique avec des pailles.

J'ai retiré mon tee-shirt et mon jean sans prendre le temps de me sentir gênée.

« Dépêche, Shaila ! »

Elle s'est laissée tomber sur la chaise à côté de la mienne et nous avons adopté nos plus belles poses façon mannequins sur la plage pendant que Jake nous prenait en photos. *Je suis impatiente de les faire encadrer*, ai-je pensé. *Tellement stylé.*

« Vous êtes canons, les filles », a dit Jake. J'ai gloussé. Sous les néons blafards, la peau de Shaila semblait translucide, elle a retenu un hoquet.

« Bon, on va cocher un autre élément de la liste tant qu'à y être, a-t-il ajouté. Embrassez-vous. »

Je me suis pétrifiée. J'ai tenté de croiser le regard de Shaila, mais elle refusait de tourner la tête dans ma direction. Elle attendait que je fasse le premier pas.

J'ai cherché de l'aide du côté d'Adam. *Qu'est-ce que je devais faire ?*

« Ça va être carrément sexy », a-t-il dit en nous décochant un sourire qui a creusé sa fossette. Il avait les bras croisés, son regard était encourageant.

J'ai pris une profonde inspiration et tenté d'ignorer le tambourinement de mon cœur dans ma poitrine. J'ai bien cru que ma peau allait se fendre en deux. Puis je me suis tournée vers Shaila et j'ai fermé les yeux, en espérant qu'elle ferait sa part du chemin. J'ai entrouvert les lèvres et pensé à Adam, à ce que j'avais ressenti quand il avait embrassé mon pied dans le hamac, tous ces mois auparavant. Le flash du téléphone s'est déclenché et la bouche chaude de Shaila s'est pressée contre la mienne. Sa langue a glissé sur mes dents, mouillée et frémissante. Je me suis mise à trembler de tout mon corps. Elle a dû s'en rendre compte parce qu'elle a placé sa paume contre ma joue pour immobiliser mon visage.

Au bout d'un moment, nous nous sommes écartées, et les yeux de Shaila, noirs de rage, ont croisé les miens. Elle a retiré sa main de ma joue et m'a attrapée par le poignet. « Ne leur montre jamais qu'ils t'ont blessée », m'a-t-elle chuchoté. Avant que je puisse répondre, même d'un geste, elle s'était relevée et enfilait son jean.

Ce n'était qu'un petit bisou, me suis-je dit. Et pourtant, une fois dans la voiture, j'ai dû m'asseoir sur mes mains pour les empêcher de trembler.

Ces deux épreuves figurent toujours sur la liste, je crois, mais quand Quentin les distribue aux différentes équipes, je n'arrive pas à lire dans le noir.

— Vous devez être de retour ici à minuit. Les retardataires…

Un sourire diabolique se peint sur le visage de Nikki et elle entrechoque les deux bouteilles.

— … seront disqualifiés !

Ça n'est jamais arrivé à personne de ma connaissance, mais on raconte qu'une voiture, au début des années 2000, n'a pas réussi à revenir à temps. Tous les membres de l'équipe, même les terminale, ont perdu leur statut de Joueur et leur accès aux Archives. Ils n'ont plus été conviés à une seule soirée jusqu'à la fin de l'année. La légende dit aussi que leurs admissions à l'université ont été annulées.

— Puis vous présenterez vos listes cochées et vos preuves aux juges : Jill, Quentin, Henry et votre humble servante. Vous avez tous payé un droit d'entrée de dix dollars ce soir, et l'équipe victorieuse remportera le pactole !

Des cris et des rires résonnent tout autour de nous.

— Un petit bonus ! ajoute Nikki avec un sourire.

Henry me rejoint, me prend la main et la lève vers le ciel.

— Rendez-nous fiers ! crie-t-il.

Je tourne les yeux vers les étoiles et j'aperçois la Petite Ourse et la constellation des Gémeaux. Je les imagine en train de danser ensemble, et le nœud dans mon ventre se desserre un peu.

Nikki tape du pied sur son capot.

— Allez ! Vous avez cinq minutes pour trouver vos équipes.

Elle sort un sifflet de sa poche.

— Prêts ? Partez !

— Jill ! Henry ! Ici ! nous crie Quentin à quelques mètres de nous. Il nous confie un exemplaire de la liste, et je peux enfin en prendre connaissance.

VOTRE MISSION, SI VOUS L'ACCEPTEZ, CONSISTE À RELEVER UN MAXIMUM DE DÉFIS DANS LE DÉLAI IMPARTI. POUR CEUX QUI SE DÉROULERONT EN L'ABSENCE DE JUGES, VOUS DEVREZ NOUS FOURNIR UNE PREUVE SUR VOTRE TÉLÉPHONE. LES JUGES ÉTABLIRONT LE CLASSEMENT À MINUIT.

- ☐ *Rapporter une plaque minéralogique comportant le nombre « 69 »*
- ☐ *Sauter dans l'océan tout habillé*
- ☐ *Sauter dans l'océan tout nu*
- ☐ *Se faire percer quelque chose… N'IMPORTE QUOI*
- ☐ *Se trouver un déguisement dans une poubelle et le porter toute la soirée*

- ☐ *Faire des cercles, en voiture, sur le terrain de foot de Gold Coast Prep*
- ☐ *Mettre un sweat-shirt de Gold Coast Prep sur la statue de Theodore Roosevelt sur le campus de Cartwright*
- ☐ *Embrasser une personne d'une autre classe*
- ☐ *Casser une assiette dans un lieu public en criant* « Opa ! » *comme les Grecs*
- ☐ *Fumer une cigarette électronique avec M. Beaumont*
- ☐ *Aller acheter une glace… en maillot de bain !*
- ☐ *Accrocher un soutien-gorge au sommet du mât de Gold Coast Prep*
- ☐ *Embrasser une personne du même sexe*
- ☐ *S'asseoir sur une chaise de jardin en maillot de bain avec un cocktail dans un supermarché*
- ☐ *Engloutir 4 pizzas, 15 pains à l'ail et 7 litres de glaces de chez Luigi en 15 minutes. INTERDICTION DE SE FAIRE VOMIR !*

— Jill, tu es prête ?

Henry m'ouvre la portière arrière de Bruce, et je me faufile sur la banquette à côté de Nikki. Nos genoux se cognent.

Il démarre et nous conduit à notre première destination : Chez Diane. Les petites cloches tintent au moment où nous poussons la porte. Elles attirent l'attention de Diane, qui nous lance un regard différent de celui auquel j'ai eu droit lorsque je suis venue avec Adam ou Jared. Un regard sceptique.

— Soyez les bienvenus, mes chéris, lance-t-elle de sa voix nasillarde.

Elle nous conduit vers le box près de la vitrine et pose quelques menus sur la table.

— Bonsoir, beauté, répond Quentin. Tu es sublime.

Il lui fait la révérence comme s'il était devant un membre de la famille royale. Diane lève les yeux au ciel.

— Qu'est-ce que je vous sers ? C'est le soir du Rallye, non ?

Sa question me surprend.

— Comment es-tu au courant ?

— Oh, ma belle, vous ne pouvez rien nous cacher. Nous sommes tous au courant pour vos petites sauteries.

Son accent est plus prononcé que jamais, signe qu'elle a sans doute corsé un peu son café du soir.

— Qu'est-ce que vous prenez, alors ?

— Des beignets de mozzarella et des frites, répond Henry. S'il te plaît, ajoute-t-il avec un immense sourire.

— C'est parti ! Dites juste à vos copains de ne pas venir jouer ici ! L'an dernier, le petit Gardner a tenté de nous voler tous nos flacons de ketchup. Pas sympa.

Elle agite un index à l'ongle vernis en rouge vif, dans les mêmes tons que ses cheveux.

Nikki se penche vers nous pour murmurer :

— On doit se détendre.

— Tout le monde sait tout ici. Si quelqu'un voulait mettre un terme aux Joueurs, il l'aurait fait depuis longtemps, dit Henry en étirant ses bras sur toute la longueur de la banquette.

Il presse ses doigts contre mon épaule. Il a raison. Tout le monde est au courant. Et ils laissent courir. *Il faut bien que jeunesse se passe… Ils ont juste besoin de décompresser...* Aucun adulte ne se mêle plus de notre vie sociale depuis la seconde.

À l'approche de minuit, j'ai hâte que la soirée se termine. J'ai mal au crâne à force d'avoir enchaîné les shots en regardant Jordana Washington percer le lobe tendre et charnu de l'oreille de Raquel Garza. Cette dernière a mordu dans une orange, avec une grimace, pendant que le reste de son équipe poussait des cris enthousiastes à l'idée de cocher un élément supplémentaire de la liste.

Nikki est à fond dans son rôle de maîtresse de cérémonie, elle ne lâche pas son portable et guette les nouvelles provenant de Marla ou de Robert, qui se sont portés volontaires pour compléter deux équipes.

— Ils ne me répondent plus, putain ! s'emporte-t-elle alors que nous fonçons chez elle. Ils savent qu'ils sont censés m'écrire toutes les demi-heures, enfin ! Ils sont pénibles.

Elle ramasse la bouteille de vodka coincée entre ses pieds.

— Détends-toi, Nikki, lui dis-je tout bas en me frictionnant les tempes pour chasser le mal de crâne.

— T'es vraiment la plus mal placée pour me donner ce genre de conseil, rétorque-t-elle avec cruauté.

Henry et Quentin échangent un regard à l'avant, sans dire un mot. Je ravale mes larmes et serre les dents, en essayant de me répéter qu'elle est juste stressée. Qu'elle veut juste s'amuser.

Une fois chez elle, au moment où les conducteurs attitrés remettent leur liste à Quentin, je me sens soulagée, heureuse que le Rallye soit presque terminé.

On repère facilement les nouvelles amitiés. Les anecdotes de cette soirée deviendront des sujets de plaisanterie entre eux pendant des mois, avant d'atteindre le statut de légendes d'ici quelques petites années.

— Hé ! me lance Jared, essoufflé, en me donnant un coup dans l'épaule.

J'observe son visage, à quelques centimètres du mien, et je remarque combien ses pupilles sont dilatées, combien il est rouge.

— C'est de la folie, hein ? s'exclame-t-il avec un sourire.

Je ne l'ai jamais vu dans un état pareil, complètement à côté de ses pompes. Mon souffle forme un nuage de vapeur glacée lorsque je chuchote :

— Ça va ?

Mais il repart déjà vers son équipe, trottinant comme un cheval sauvage sans bride.

— Juges ! Réunion ! crie Nikki.

Je lève les yeux au ciel puis me traîne jusqu'à l'endroit où elle se trouve avec Quentin et Henry. Ce dernier fait défiler des photos sur le téléphone de Marla, en nous indiquant des paires de fesses nues et des cannettes de bière, un Joueur recouvert de moutarde… Soudain, il s'arrête sur une image. Sa bouche s'arrondit, et il me donne un coup de coude.

— Euh, Jill…

— Quoi ?

Mon mal de crâne est pire que jamais, et mes yeux commencent à me lancer. Il me tend le téléphone de Marla. Je ne comprends pas immédiatement ce que je vois, une peau nue et des cheveux platine. Un garçon et une fille, avec à peine quelques morceaux de tissu pour les séparer. La photo a été prise sur le sable, et c'est d'autant plus difficile de savoir où débute la plage et où se termine le garçon. Avec la fille, ils échangent un baiser passionné. Leur identité, elle, ne fait aucun doute. Jared et Marla.

Le rouge me monte aux joues. Mes mains se mettent à trembler et je ferme les yeux, pourtant je continue à voir des corps nus qui roulent dans le sable.

D'un mouvement du pouce, je passe à la photo suivante. La minuscule Sierra McKinley en deux-pièces, les yeux écarquillés par la peur. Elle se tient devant le supermarché toute seule. Sur la photo d'après, une autre fille que je ne reconnais pas embrasse Sierra à pleine bouche. Une seconde, je crois. Elle a l'air complètement bourrée, ses cheveux sont plaqués sur son crâne et le bas de son maillot est distendu. Je me concentre sur le visage de Sierra. Elle garde les yeux ouverts, sa peur est palpable. Elle ne voulait pas faire ça, pas devant tout le monde, pas pour amuser la galerie. Elle a le regard rivé sur quelqu'un, elle espère un signe. Je zoome sur le coin de l'écran, essayant de voir qui elle appelait à l'aide. Je reconnais aussitôt le visage de Jared. Je m'attends à ce qu'il ait l'air gêné, à ce qu'il se détourne, au moins. À ce qu'il se révolte devant l'humiliation de Sierra.

Au lieu de quoi il rit, à gorge déployée, et il lève même la main pour faire un *check* avec quelqu'un. On ne dirait pas mon adorable petit frère, si gentil. Je suis face à un parfait inconnu. À un Joueur.

Je le cherche dans la foule, mais je ne le trouve pas. Alors je me rabats sur la cible la plus facile.

— Ça va pas, non ! je hurle quasiment en fonçant sur Marla.

Tout le monde se fige autour de nous.

— Qu'est-ce qui t'arrive, Jill ? dit-elle en croisant les bras.

— Qu'est-ce qui m'arrive ? Tu as roulé des pelles à mon frère ! Tu n'as pas le droit !

Elle éclate de rire.

— Tu es sérieuse, là ? C'est le Rallye. Ça ne veut rien dire.

— Marla, c'est de mon frère dont on parle !

Je crache ce mot comme s'il était empoisonné. J'ai l'impression que ma tête va se dévisser. Un cercle de curieux s'est formé autour de nous. Un public.

— Qu'est-ce qui te prend ? rugit Nikki.

Elle est venue se placer à côté de Marla, elles se dressent toutes les deux devant moi, tel un mur infranchissable.

— C'est juste pour déconner. Elle ne l'a pas forcé, enfin ! Hein, Jared ?

Les Joueurs se tournent vers mon petit frère. Il est là, à l'extérieur du cercle, adossé à la maison, près de la porte de la cuisine de Nikki. Pour la toute première fois, je le vois tel qu'il est devenu, pareil à tous les autres. Grand, large d'épaules et émoustillé par ce qu'il est en train de découvrir. Il brûle de dépenser toute cette énergie qui le dévore de l'intérieur, exactement comme le reste d'entre nous.

Il a un sourire en coin. Je me demande si c'est à cet instant précis qu'il décide que Jill Newman, sa grande sœur, n'est pas si fantastique, au fond. Que rien ne l'oblige à suivre mes traces ou à obéir aux mêmes règles que moi. Qu'il peut s'inventer les siennes sans s'inquiéter des conséquences.

— Mais oui, dit-il, on s'amuse, c'est tout.

— Tu vois ? me lance Nikki. Arrête de prendre tout au sérieux.

Je jure que je sens mon cœur se briser. Ma poitrine palpite, ma gorge se serre. Et puis, soudain, tout m'est égal. Les Joueurs, Nikki, Marla… Rien n'a de sens, de toute façon. Rien de tout ça n'est réel. Ça me paraît si évident maintenant.

— Punaise, Nikki, regarde-toi un peu. Tu te la racontes comme si c'était toi qui avais créé les Joueurs, ou fondé Gold Coast. Tu sais pourtant que tu n'aurais jamais été élue présidente du conseil des élèves si Shaila n'était pas morte. Si elle était encore en vie, si nous l'avions protégée, elle aurait décroché le poste en seconde. Puis en première. Et en terminale ! C'est elle qui serait la maîtresse de cérémonie. Et toi, tu ne serais rien.

Quelqu'un étouffe un cri. Le silence autour de nous est tendu. Les yeux noirs de Nikki sont bordés de larmes, pleins de rage et de fureur. Elle serre les poings mais ne prononce pas un seul mot. J'ai touché un point sensible. Je ne peux plus reculer.

Je sais ce qu'il me reste à faire.

Je prends mon courage à deux mains.

— Vous savez quoi ?

Je parcours lentement le cercle qui m'entoure, croise le regard de personnes que j'ai aspergées de ketchup, que j'ai forcées à jouer des sketchs humiliants, que j'ai transformées en esclaves, que j'ai poussées à tricher aux exams. Tout au fond de ma poitrine, quelque chose explose en un million d'éclats.

— Tout ça, c'est de la connerie.

Je ferme les yeux, respire l'air nocturne, froid.

— On suit tous des règles sans même savoir d'où elles viennent. On veut juste se sentir vivant, fuir la vie. Mais ce n'est que du vent. Une pure invention. Un mensonge.

Je m'interromps, sentant les larmes et la morve couler de mon nez.

— On avait dit que ce serait différent cette année.

Un reniflement m'échappe.

— Shaila reste morte. Graham est enfermé quelque part, il clame son innocence, et nous, on...

Plusieurs Joueurs retiennent leur souffle, et je m'arrête à temps. Personne n'est au courant pour le sang. Personne ne sait que quelqu'un d'autre pourrait être coupable.

Et que le coupable se trouve sans doute parmi nous.

Je lève mon visage vers le ciel. Il est couvert, à présent, de nuages menaçants. Je ne vois rien. On n'entend que le bruit de l'océan qui s'échoue violemment sur le sable un peu plus loin. Il pulse comme un cœur. Pour la première fois depuis très longtemps, je suis parfaitement sûre des mots qui s'apprêtent à sortir de ma bouche.

— J'arrête.

Des mots dits tout bas, mais qui résonnent dans la nuit. Nikki plisse les yeux et recule d'un pas. Marla ouvre la bouche sous l'effet de la surprise. Quentin est le seul à parler, et quand il le fait, il laisse échapper un long :

— Waouh…

J'évite de regarder Henry : je sais que je n'arriverai pas à encaisser sa réaction. J'attends une seconde avant de tourner les talons et de m'éloigner lentement de tout ça.

J'arrête.

14.

Quand je me réveille, le lundi matin, j'ai l'impression d'émerger d'un épais brouillard. Il ne me faut que quelques secondes pour me souvenir de ce que j'ai fait, de la ligne que j'ai franchie et de ceux que je vais devoir affronter d'ici quelques heures. Personne ne m'a adressé la parole depuis le Rallye. Ni Jared, qui a passé la journée d'hier enfermé dans sa chambre en prétextant qu'il se sentait mal. Ni Nikki, dont je ressens déjà l'absence physiquement, au creux de mon ventre. Ni Henry, le gentil Henry, dont j'aurais pensé qu'il serait le seul à m'apporter son soutien et à me proposer d'en discuter.

L'énormité de ma décision a éclipsé toutes les inquiétudes que je pouvais avoir concernant les frais de scolarité de Brown, Graham, Rachel ou Shaila. Je prends de petites inspirations rapides. Personne n'a jamais quitté les Joueurs auparavant. Pourtant, je ne me sens pas comme une pionnière. Je me sens perdue et abandonnée, alors que c'est moi qui ai tourné le dos à tout ça. Je me demande si j'ai eu une réaction excessive, si l'alcool et le froid ont amplifié ma colère. Si je n'ai pas saisi ce prétexte pour régler mes comptes.

Et cependant, dès que je repense aux photos, à la chair de mon petit frère collée à celle d'une fille, à la façon dont il a ri de l'humiliation de Sierra, la morsure de la trahison se ravive. Marla pétait un plomb dès qu'on regardait ses frères avec un peu trop d'intérêt. La famille est intouchable. Point. Et Jared est en train de changer. De se transformer en quelqu'un d'effrayant, qui me rappelle cette nuit terrible, ces garçons qui écrasaient tout ce qu'ils touchaient. Je sais ce qu'il est en train de devenir, et je le hais.

Alors, au lieu de présenter des excuses, je prends mon téléphone d'une main tremblante. J'ouvre les messages de Rachel. Je relis notre dernier échange et me remémore l'odeur de son appartement, sa nouvelle vie. C'est comme une porte ouverte. *Répondre, ça ne revient pas à pardonner*, je pense.

Je ferme les yeux et retiens mon souffle, tente de convoquer Shaila pour obtenir son approbation. Céderait-elle, elle aussi, à la curiosité, à cette possibilité de rédemption ? Je libère d'un coup ma respiration et cherche à trouver la voix de Shaila en moi. *Que ferait-elle ?*

Je n'aurai pas la réponse… Ma mère tambourine à ma porte.

— Henry est là ! Tu vas être en retard !

Je pousse un soupir et mon cœur s'apaise. Il y a encore quelqu'un de mon côté. Henry avait juste besoin d'un peu de temps pour laisser décanter. Mais il est là. Tout va bien entre nous. J'enfile mon uniforme, même si j'ai l'impression de mettre une camisole de force, et je sors. Bruce m'attend devant la maison. Un lundi comme un autre. *Je suis toujours Jill Newman*, me dis-je. Personne ne pourra me prendre ça.

Je pose mon sac à dos au pied du siège passager et m'assieds à côté de Henry.

— Salut, dis-je.

— Salut.

— J'ai cru que tu ne m'adresserais plus jamais la parole.

Des larmes me brûlent les yeux. Je n'avais pas conscience d'avoir autant besoin de lui. Mais c'est le cas. Vraiment.

— Je l'ai envisagé.

Je lis de l'indulgence sur ses traits.

— Ça ira, ajoute-t-il. Tout le monde te pardonnera, Jill. On dit tous des trucs qu'on regrette. Tout le monde oubliera.

Il s'engage dans la rue, et l'atmosphère devient pesante. Mon ventre se serre. J'ai la bouche sèche quand je lui réponds :

— Je ne regrette rien.

Il fronce les sourcils sans quitter la route des yeux. Ses cheveux blonds sont encore foncés à la racine, encore mouillés de sa douche.

— Ne dis pas n'importe quoi, bébé. Tu ne peux pas tout arrêter comme ça.

Il prend ma main, qui reste inerte dans la sienne. Sa peau est comme de la cire sous mes doigts. Je secoue la tête.

— Je ne le regrette pas, Henry. Si c'est ça les Joueurs, alors ce sera sans moi. Je ne peux pas regarder Jared vivre la même chose.

Il reprend le volant à deux mains, les positionne à 10 h 10.

— C'est à cause de ce que tu as dit au sujet de Graham ? Tu penses vraiment qu'il dirait la vérité ? Tu es sérieuse, Jill ?

Je voudrais tellement lui répéter ce que Rachel m'a raconté, au sujet du sang. Mais je me rappelle sa réaction de rejet en découvrant l'article de la *Gazette*. Il ne comprendrait pas. Il veut tourner la page plus que tout, comme les autres.

— Non, je murmure. C'est à cause du reste.

Henry soupire et tourne à gauche.

— Ça finira par passer.

— Tu ne m'écoutes pas.

J'ai un trémolo dans la voix, mais il faut que les mots sortent. Je sais ce qu'il me reste à faire, je me prépare au nouveau lien que je m'apprête à trancher.

— On doit se séparer.

— Quoi ?

Une voiture s'arrête brusquement devant nous, Henry écrase la pédale de frein. Nous ne sommes qu'à un pâté de maisons du parking de l'école, mais je ne suis pas certaine d'être capable de rester avec lui plus longtemps. Je ne suis pas certaine de pouvoir le regarder s'effondrer, de supporter sa rage quand j'ai déjà tant de mal à canaliser la mienne.

— Tu ne le penses pas vraiment, Jill.

— Si, dis-je, la gorge nouée. Je ne veux plus être une Joueuse. Et tu espères pouvoir me faire changer d'avis. Ce qui signifie que tu ne me connais pas du tout. Dans ce cas, il vaut mieux en rester là. Tout de suite.

Il s'engage sur le parking des terminale et se gare avec une adresse incroyable. Il garde les yeux rivés droit devant lui, impassible.

— Henry ?

Il se tourne alors vers moi et m'assène son beau regard, tout embué de larmes. Sa lèvre se met à trembler. Je me déteste déjà de le faire souffrir autant. Alors, je vois défiler son avenir une fois de plus. Le boulot de financier dont il ne veut pas. La penderie remplie de costumes de créateurs. La résidence secondaire dans les Hamptons. Ça n'aurait jamais tenu sur la durée entre nous. Si je n'avais pas quitté les Joueurs, il y aurait eu autre chose.

Lorsque je rouvre les yeux, il est affalé sur le volant, les épaules agitées de secousses.

— Jill, je t'en supplie…

Sa voix est presque un murmure. Ma poitrine se serre, mais je me plaque contre le dossier de mon siège, je m'éloigne de lui. Pourquoi est-ce que je ne cherche pas à sauver notre histoire ? Ce serait tellement plus simple… Tout serait plus simple.

— Je suis désolée.

Un gargouillis lui échappe, sa respiration devient laborieuse.

— Mais je t'aime, sanglote-t-il.

C'est la première fois qu'il les prononce, ces mots que j'ai tant rêvé d'entendre. Que j'ai tant attendu qu'on me dise. Pourtant, j'ai les mains moites, je dois résister à la tentation de m'enfuir. Je ne ressens rien.

Et je comprends soudain que je n'ai jamais souhaité entendre ces mots dans la bouche de Henry. Je les désirais venant d'un autre.

— Je dois y aller.

— Attends !

Henry se redresse et se tourne vers moi, les yeux rouges et les joues bouffies.

Je ne peux pas. C'est presque insoutenable de le voir dans cet état. Trop étrange. Trop grotesque. Je secoue la tête et l'abandonne. Je claque la portière sans un regard en arrière. Le parking bourdonne de bavardages et d'insultes contenues. Je me force à inspirer et expirer, à ravaler les hurlements que je voudrais tellement laisser sortir. J'entends la voix de Shaila dans ma tête, la phrase qu'elle me répétait quand nous en avions le plus besoin. « Ne leur montre jamais qu'ils t'ont blessée. »

La sonnerie retentit, et je sais que je ne serai en sécurité nulle part aujourd'hui. Alors je continue à avancer, tête baissée, peau en feu, et je franchis la porte, dépasse la salle commune des terminale, m'engouffre dans le labo de physique.

Ma place habituelle, à côté de Nikki, est déjà prise. Amos Ritter, un élève de première boutonneux, membre de l'équipe de base-ball, est bien calé dans la chaise pivotante. Il a déjà pris ses aises, sorti deux classeurs et une calculatrice graphique. Il ne fait pas partie des Joueurs, mais il est suffisamment apprécié pour recevoir des invitations aux soirées et une tape dans le dos quand il vide une bière assez vite. Il sait s'amuser. Nikki ne le connaît que parce qu'elle est sortie avec lui brièvement au printemps dernier.

Je tente de croiser son regard, et ses cheveux noirs me cachent son visage. Elle a l'air d'avoir un teint parfait à cette distance. Je me demande si le point noir qui l'obsédait la semaine dernière est toujours là. Je prends la seule place libre – celle d'Amos, je suppose – et j'ouvre mon cahier. Je me force à me concentrer, à noter tout ce qui sort de la bouche de M. Jarvis, même si ça n'a aucune importance.

Pendant cinquante-deux minutes de supplice, j'imagine tout ce que Nikki doit penser de moi, toutes les choses cruelles et horribles dont elle doit être convaincue : que je suis une pauvre fille, une traîtresse, que je ne mérite pas son amitié.

Je l'imagine en train de me hurler dessus, de me crier les pires horreurs, celles que je pense de moi en secret, de m'enfoncer un crayon dans la paume jusqu'à me faire saigner. Son refus de me regarder est presque encore plus douloureux que si elle se levait et disait : « Je te hais. »

J'ai déjà perdu une meilleure amie. J'ai du mal à supporter l'idée d'en perdre une seconde.

Quand j'entends la sonnerie de la fin du cours, je suis tentée de me précipiter vers elle et de faire comme si tout allait bien. Je voudrais lui décrire la tête de Henry lorsque je lui ai brisé le cœur, lui demander pourquoi je n'ai pas ressenti le moindre soupçon de remords, putain ! J'ai besoin de ma meilleure amie. Au lieu de quoi je mets du temps à ranger mes affaires, terrifiée de la croiser. Au moment où je relève la tête, elle a quitté la salle.

Je n'arrive pas à me résoudre à me rendre à la cantine pour le déjeuner, à voir ma place vide à la table des Joueurs, qui n'en compte plus que cinq. Je trouve un box individuel au fond de la bibliothèque, et j'abandonne ma tête sur la table en bois. Je suis bien cachée, et je finis par fermer les yeux, par laisser les larmes couler en silence. L'heure s'écoule lentement, c'est une vraie torture d'être assise là sans rien faire. Je sors mon portable et sélectionne l'application grise et verte, celle qui contient toutes les réponses, celle qui va me permettre de réussir le contrôle de M. Beaumont, cet après-midi.

« Ce sera un QCM, les amis, nous a-t-il annoncé la semaine dernière. Il faudra simplement répondre par vrai ou faux. »

Mes doigts saisissent le mot de passe d'instinct, sans que j'aie besoin de réfléchir. Une roue se met à tourner, encore et encore, jusqu'à ce qu'apparaisse un message que je n'ai encore jamais vu.

Le mot de passe saisi n'est pas correct. Réessayez. Un visage triste apparaît sous la flèche de la souris.

Il ne me reste qu'à en rire. Évidemment. J'aurais dû m'en douter. Je ne mérite pas cette gigantesque base de données. Personne ne la mérite. Le temps, les efforts, la dignité… tous ces sacrifices pour y accéder ne signifient rien.

Puis une pensée me traverse soudain l'esprit. Une seule personne a pu prendre cette décision. La seule personne à pouvoir changer le mot de passe. Nikki.

Mes mains tremblent et ma vision se brouille. Je l'imagine, allongée sur son lit à baldaquin, avec son ordinateur portable sur le ventre. Prenant la décision, téléchargeant la page et cliquant sur « confirmer ». Souriant avec machiavélisme en anticipant mon plantage. Elle est bien devenue un monstre.

Pour la première fois depuis le Rallye, je m'interroge : *Est-ce que ça en valait la peine ?*

J'essaie de m'en empêcher, j'essaie vraiment. Mais mes doigts se déplacent si vite sur l'écran de mon téléphone que je ne peux pas les arrêter.

On s'est séparés, avec Henry.

J'envoie le message avant d'avoir le temps d'hésiter.

Merde, me répond Adam, presque instantanément. Ma respiration s'apaise. *Ça va ?*

Ça ira. C'est moi qui l'ai décidé.

Je l'ai jamais aimé de toute façon.

Je ris dans ma manche, ce qui me vaut un regard réprobateur de Mme Deckler. Je tape les mots qui sont encore plus effrayants. *J'ai aussi quitté les Joueurs.*

Re-merde.

Je voudrais lui écrire que je suis désolée, lui dire qu'il n'a pas fait d'erreur en me choisissant il y a trois ans. Que je suis toujours de son côté. Mais je reçois un autre message qui transforme mon estomac en bouillie.

Tu restes ma préférée. Ça ne changera jamais.

Je rate mon contrôle de lettres dans les grandes largeurs. Un plantage comme je n'en ai pas connu de toute ma vie et qui me vaut un 65, un nombre que je n'ai jamais vu en lettres rouges sur aucun de mes devoirs. M. Beaumont l'a accompagné d'un message, en rouge lui aussi. *Viens me voir.* Je froisse la copie en boule et la fourre au fond de mon sac à dos, où elle rejoint ma fierté.

À la fin du cours, j'essaie de me planquer derrière les autres pour sortir discrètement. Mais je dois quand même attendre un peu que Nikki quitte la salle. M. Beaumont profite aussitôt de cette fenêtre de tir.

— Jill, me dit-il.

Il me toise, bras croisés, comme un grand frère déçu, avant d'aller fermer la porte sous mon nez.

— Assieds-toi.

— Je vais être en retard pour le cours suivant…

— Jill, tu es l'une de mes élèves les plus prometteuses. Tu viens de rater un contrôle. Il faut que nous ayons une petite conversation.

— Une petite conversation ?

Mon ironie n'a pas de prise sur lui, il n'est pas là pour plaisanter. Ses yeux sont pleins de sollicitude, et il joint les deux mains par le bout des doigts. Il a mal fermé son gilet, si bien qu'un des boutons, ronds et brillants, dérange légèrement le col de sa chemise. Il a des cernes marqués sous les yeux, comme s'il avait bu un whisky de trop la veille, et il aurait bien besoin d'une petite épilation entre les sourcils. Il me paraît si différent par rapport à l'épisode de la station-service, il y a trois ans. Tellement plus las. À l'époque, il était content d'avoir pris ses élèves chéries la main dans le sac.

Aujourd'hui, il est avachi, fripé. Je ne peux pas croire qu'il soit un ancien Joueur. Jamais il n'aurait été sélectionné. Peut-être qu'il avait un truc en plus à une époque… En tout cas, l'homme qui se tient devant moi ne sort pas du lot. *Et peut-être que toi non plus*, me dis-je.

— Qu'est-ce qu'il s'est passé, Jill ?

— Je ne sais pas.

— Si, tu le sais.

— J'ai oublié de réviser, je crois.

Je croise les bras, dans un geste de provocation puéril. C'est débile de parler à un prof sur ce ton, en même temps, après des années à lécher les bottes des enseignants pour qu'ils nous laissent tranquilles ça a aussi un goût de victoire.

Il soupire et se cale contre le dossier de sa chaise, bascule en arrière. Je me demande s'il va tomber à la renverse.

— Écoute, Jill, je ne suis pas un imbécile. Tu sais que j'ai fait ma scolarité ici, non ?

— Tout le monde le sait.

Je le revois, mince et musclé, avec ses cheveux plus épais et son maillot de sport.

— Écoute, Jill, je sais ce qui se passe.

Je ne peux pas m'empêcher de m'interroger. Est-ce une façon pour lui de faire allusion à notre rencontre à la station-service et à toutes ces petites interactions qui ont pu avoir lieu depuis ? Qu'a-t-il observé d'autre ? Que sait-il exactement ? L'espace d'un instant, l'espoir se diffuse dans ma poitrine : ça signifierait qu'au moins quelqu'un d'autre comprend la situation…

— Vous avez beaucoup de choses à gérer, reprend-il lentement. Beaucoup plus que moi à votre âge. J'ai conscience de la pression que vous avez. Et après ce qui est arrivé à Shaila…

Il s'interrompt, et je n'arrive pas à savoir s'il s'agit d'un message codé, s'il essaie de me dire quelque chose entre les lignes.

— Je sais combien vous étiez proches, toutes les deux. Elle me manque aussi.

Il se penche en avant, et les pieds de sa chaise retrouvent bruyamment le sol. Je sens son haleine. Une odeur de pastille à la menthe pour masquer celle du tabac. Il recouvre ma main de la sienne. Sa peau est brûlante. Je sens les callosités au bout de ses doigts. Il est trop près de moi. J'ai envie de m'enfuir.

Au lieu de quoi j'attends qu'il termine, qu'il me dise ce que j'ai besoin d'entendre. Que j'ai eu raison de tourner les talons. Que tout s'arrangera une fois que j'aurai quitté cette école. Mais il n'en fait rien. Il a déjà terminé.

— Je vais bien, dis-je en libérant ma main. J'ai juste oublié de réviser, c'est tout.

— Entendu, répond-il en posant ses mains sur ses genoux. Pourquoi tu ne repasserais pas le contrôle lundi ? Je sais que tu vaux mieux que ça, ajoute-t-il en martelant le 65 rouge sang avec son gros index.

— Merci.

Il a un sourire jusqu'aux oreilles, ravi du tour qu'a pris notre échange, ravi d'avoir si bien endossé le rôle du prof serviable et compréhensif.

— Mais je t'en prie.

Je me force à assister à ma réunion pour les olympiades de maths. Quand j'arrive enfin chez moi, un doux soulagement m'envahit. Je referme la porte derrière moi et presse ma tête contre le battant en bois.

Je n'ai jamais été aussi heureuse d'être loin de tout. En sécurité. Enfin. Malheureusement, ça ne dure pas longtemps.

— Jill, viens ici tout de suite.

Ma mère est assise à la table de la salle à manger avec un verre de vin rouge. Mon père se tient derrière elle, bras croisés. Les manches froissées de sa chemise sont retroussées jusqu'aux coudes et sa cravate desserrée pend mollement autour de son cou.

— Tu n'as pas quelque chose à nous dire ? me lance-t-elle avant de prendre un air pincé.

— Dites-moi plutôt ce que vous voulez entendre. Je ne suis pas en état aujourd'hui.

Je lâche mon sac par terre et me laisse tomber sur la chaise à côté de la sienne. Elle me tapote la tête en soupirant.

— Je savais que cette école te demanderait beaucoup…

Elle avale une longue gorgée de vin puis repose son verre. Mon père se frotte le visage à deux mains, et je vois combien il est épuisé – lui non plus n'avait pas besoin de ça, ce soir. Une vague de honte me balaie.

— Je sais que tu as travaillé dur, que tu as obtenu des résultats brillants, bien au-delà de nos espérances.

Mon cœur se serre à l'idée de l'imposture totale, de la tricherie derrière mes notes excellentes. Je suis épuisée d'avoir à faire semblant.

— Mais l'équivalent d'un D ? Jill, ça ne te ressemble pas…

— M. Beaumont vous a appelés ?

Elle secoue la tête, et son carré brun bouge de gauche à droite.

— Le proviseur.

Weingarten ne décroche son téléphone qu'en cas de réel problème. C'est mauvais signe.

— Il exagère, maman. Tout va bien. J'ai raté un seul contrôle. Et d'ailleurs M. Beaumont m'a proposé de le repasser lundi.

— Quelque chose ne va pas, chérie ? intervient mon père. Tu as des soucis ?

— Non, je murmure. Tout va bien.

— Tu es sûre ?

Son regard se fait implorant. Il veut que je sache que je peux tout lui dire, mais… ce n'est pas le cas. Aucun parent ne pense vraiment ces mots-là. Ce qu'ils attendent de moi, c'est que je sois parfaite. Une fille trophée qu'ils peuvent brandir et admirer quand tout va bien. Ils ne veulent pas d'une tricheuse qui a fait souffrir ses semblables sans une seconde d'hésitation. Ils ne veulent pas savoir que j'ai corrompu Jared, que la nuit je suis assaillie par des interrogations terrifiantes au sujet de la mort de Shaila et de son véritable assassin, que je me demande si tout ce que nous croyons savoir n'est pas un mensonge. Ils ne doivent jamais découvrir à quelle fréquence j'ai trahi leur confiance.

— Tout va bien, je répète.

Mon père bat en retraite.

— Entendu, alors.

Les épaules de ma mère se crispent et elle avale une autre gorgée, puis émet un bruit sec avec ses lèvres.

— Écoute, Jill, tu n'as pas besoin que je te rappelle combien nous avons travaillé dur pour que vous puissiez rester dans cette école, ton frère et toi, tout ce que nous avons sacrifié. Tu as réussi à supporter la pression jusqu'à présent, et tu as déjà été acceptée à Brown. Tu es si près du but… Tu nous rends si fiers… Continue encore un peu sur ta lancée, d'accord ?

Elle essaie de se détendre, et m'adresse un sourire du bout des lèvres. Mais ses yeux la trahissent. Inquiétude. Doute. Je sais qu'ils pensent tous les deux à la bourse du programme de sciences et d'ingénierie pour les femmes, que je dois absolument décrocher si je veux aller à Providence. Ce n'est pas encore terminé, et nous le savons tous.

Les rides autour de la bouche de ma mère n'ont jamais été aussi profondes, et j'essaie de penser à tout ce à quoi ils ont dû renoncer pour pouvoir nous envoyer à Gold Coast Prep. L'argent pour les uniformes, les sorties scolaires, les repas de fête, les frais d'inscription aux concours. Pour nous donner le sentiment que nous avions notre place là-bas. Pour nous offrir le monde.

Je croyais qu'en ayant été sélectionnée pour devenir une Joueuse, j'avais décroché le ticket d'or me donnant accès aux échelons les plus élevés de la société. J'avais accompli le rêve de mes parents. J'étais devenue la fille trophée. Digne d'eux.

Sauf que non. Ce n'était qu'un mensonge. Notes truquées. Amis bidon… ou amie morte.

Il faut que j'arrange tout.

— D’accord, dis-je tout bas.
— Bien.
Ma mère approche le verre de vin à quelques millimètres de sa bouche. Elle inspire profondément puis le vide d’un trait.

15.

Je décroche un 93 à mon contrôle de rattrapage. Une petite flamme de fierté explose dans ma poitrine quand M. Beaumont dépose la copie sur mon bureau. *Mieux*, a-t-il écrit de son épais stylo rouge. *Beaucoup mieux.* Je souris intérieurement. Cette fois, mon bachotage a payé. Cette note, je l'ai méritée toute seule, et personne ne pourra me priver de cette satisfaction. Peut-être que je décrocherai cette bourse pour Brown. Je commence à réfléchir à un programme de révision, à faire défiler dans mon esprit les chiffres et les équations que je devrai retenir.

Je croise Henry dans le couloir et résiste à la tentation de le retenir par le poignet, de partager la bonne nouvelle avec lui. Il garde les yeux rivés droit devant lui, salue d'un signe de tête des élèves en se rendant dans les vestiaires. Est-ce qu'il souffre ? Est-ce qu'il porte, lui aussi, une armure, pour tenir jusqu'à la fin de la journée ? Il disparaît dans le gymnase, et je prends la direction de la sortie.

Le vent de janvier rabat mes cheveux sur mon visage. La proximité de l'océan rend les hivers insupportables. C'est pour ça que tant de personnes s'échappent à Palm Beach ou dans les Caraïbes pour les vacances de printemps. Il n'est que 16 heures, et le soleil est presque déjà couché.

Je frotte mes mains l'une contre l'autre dès que je suis derrière le volant de la voiture de ma mère et je fais un peu tourner le chauffage avant de démarrer. Mon portable vibre.

Faites que ce soit lui ! Je n'ai pas eu de nouvelles d'Adam depuis une semaine. Il participe à un atelier d'écriture sponsorisé par la fac, dans l'Oregon, où, m'a-t-il prévenue, il n'y a pas le wifi. Il devrait pourtant être déjà rentré. Il aurait dû m'écrire.

Mais ce n'est pas lui. C'est Rachel.

Alors...

Un petit mot si inquiétant, annonciateur de million de choses possibles.

Dernière chance... Je vais rendre visite à Graham ce week-end. Je pense que tu devrais m'accompagner.

Ma respiration se bloque. Je ferme les yeux et tente d'imaginer Graham dans l'endroit où il se trouve, avec son menton anguleux et ses cheveux blond vénitien. Il a toujours été baraqué, pas élancé comme Henry ou potelé comme Quentin. Aussi massif qu'un mur ou un canapé. Il mettait toute son assurance dans sa démarche, dans son port de tête prétentieux. Il jouait au foot à l'automne, parce qu'il aimait frapper les gens, disait-il, voir la peur dans leurs yeux à son approche.

Et au lacrosse au printemps, pour les mêmes raisons. Il voulait asséner de violents coups de crosse en travers de la poitrine de ses adversaires et les voir se tordre de douleur. Mais il était toujours jovial après les matchs, il ressentait le besoin d'entendre dans la bouche de ses camarades qu'ils allaient bien. « C'est juste pour rigoler », disait-il en bousculant Henry un peu trop vivement.

M. Calloway n'assistait jamais à aucun match, pas plus qu'aux kermesses ou aux levées de fonds, alors qu'il avait étudié à Gold Coast Prep dans sa jeunesse. Il laissait ça à son épouse, Muffy. Une caricature de femme de la haute société. Elle regardait avec mépris ma mère parce qu'elle faisait de la sculpture et enseignait, parce qu'elle n'avait pas sa carte de membre du country-club, parce qu'elle était juive. Elle avait un prénom ridicule qui aurait pu donner lieu à toutes sortes de blagues dont Graham ne se serait pas abstenu dans un autre contexte. Chaque fois que quelqu'un s'y essayait – Robert, par exemple –, il serrait le poing et faisait semblant de frapper le plaisantin dans le ventre. Le regard ardent, un sourire mauvais aux lèvres, Graham ne mangeait pas de ce pain-là. Il valait mieux être du bon côté quand on faisait des blagues en sa présence.

Au milieu de la troisième, j'ai appris que Muffy Calloway n'avait pas toujours été une pitoyable pimbêche platine qui ne portait que du cachemire de marque, et sa parure en perles au cou et aux oreilles. Elle avait été, autrefois, Monica Rogers, la prolo aux rêves de grandeur.

Graham me l'a avoué un soir chez lui, alors que ses parents étaient absents. Shaila était dans une autre pièce, à l'autre bout de la maison, et Graham avait piqué du saké dans la réserve de « bonnes bouteilles » de son père. Son haleine empestait la pizza, et je me suis demandé si la mienne aussi.

« Viens, on partage, m'a-t-il dit en riant aux éclats. Vite, avant que les autres reviennent. »

J'ai gloussé et je l'ai suivi dans le bureau. Quelques gorgées plus tard, nous avions trouvé l'entrée d'une autre dimension, étrange, où nos cerveaux avaient fusionné et où il nous paraissait normal de partager tous nos secrets. Je lui ai confié que j'avais peur que Shaila s'éloigne de moi.

« Maintenant, elle t'a, toi », ai-je avoué, penaude.

Il m'a donné un coup de poing dans l'épaule.

« Je ne remplacerai jamais ses amies. »

Il a bu directement au goulot.

« Tu connais notre amie des Hamptons, Kara Sullivan ? Elle m'a dit la même chose.

— C'est vrai ?

— Oui. Sauf qu'elle, elle est jalouse de toi. »

Il a pointé son énorme index sur moi.

« Je lui ai répondu que Shaila pouvait avoir plusieurs meilleures amies. »

J'ai pensé à Nikki, aussi. Au fond, nous tournions toutes en orbite autour de Shaila, rivalisant pour obtenir son affection et son attention. Pourquoi avions-nous décidé qu'elle était celle qui le méritait le plus ?

« Tu sais qu'elle ne pourrait pas vivre sans vous, m'a-t-il dit en me regardant droit dans les yeux. C'est vrai. »

J'ai été étonnée que ça me réconforte à ce point, de l'entendre dire ça. Je n'avais pas conscience d'en avoir autant besoin… Est-ce que Nikki lui avait parlé ?

La conversation s'est ensuite orientée sur nos familles, surtout sur Jared et Rachel. Puis Graham a repris une gorgée de saké et il s'est mis à me parler de Muffy. « Tu devrais voir le trou à rats où vivait ma mère avant de débarquer à Gold Coast avec son petit cul maigrichon. C'est pathétique.

— Je suis sûre que tu exagères, ai-je protesté en essayant de me souvenir d'une fois où je ne l'aurais pas vue porter un twin-set en cachemire.

— Elle n'aurait jamais atterri ici si elle n'avait pas rencontré mon père dans un Buffalo Grill. Il était en voyage d'affaires. »

Graham a avalé une gorgée de saké avant de poursuivre :

« Je te parie qu'elle a senti à des kilomètres qu'il bossait chez Goldman Sachs. Elle a commencé à se faire appeler Muffy. Elle a tué Monica et tous les “sans-dents” – comme elle les appelle – avec qui elle traînait. »

Un gloussement nerveux m'a échappé, et Graham a secoué la tête. Son ton avait changé.

« Ça n'est pas drôle, Newman, m'a-t-il asséné en me regardant droit dans les yeux. Maintenant, elle marche tout le temps sur des œufs, de peur de faire un faux pas et de redevenir Monica. Toute notre famille ne tient qu'à un fil. »

Sur le moment, ses paroles m'ont paru… bizarres. Je l'ai attribué à l'alcool. Aujourd'hui, elles me semblent prémonitoires.

Tu en dis quoi ?

Le texto de Rachel me ramène à l'instant présent. Des petits points clignotent dans la bulle en dessous.

Tu viens ?

Je repense aux gens ici, à ceux dont je croyais qu'ils étaient ma famille. Désormais, Nikki et Quentin m'évitent. Marla a à peine croisé mon regard. Henry continue à me faire ses yeux de chien battu chaque fois que je le croise dans un couloir, même lorsque Robert l'accompagne et que j'ai droit à un doigt d'honneur. Mes parents sont déçus, ils ont peur que je ne sois pas à la hauteur de leur investissement. Jared ricane chaque fois qu'il m'aperçoit, de la fumée lui sort du nez. Adam est aux abonnés absents. Qu'est-ce que j'ai à perdre ?

D'accord.

Rachel est une bonne conductrice, meilleure que dans mon souvenir. Assurée. Douce. Elle laisse le silence s'installer dans la voiture, alors que des arbres nus défilent le long des vitres, sur l'autoroute, et que l'aiguille du compteur de vitesse dépasse les 110. La neige qui a tenu a formé des petits monticules gelés et, à ce que je vois, il n'y a pas d'autre véhicule sur la route. J'imagine qu'un samedi de janvier à 8 heures du matin personne n'a grand-chose à faire dans l'ouest du Connecticut.

— Je peux en avoir un ? demande-t-elle sans quitter la route des yeux.

Je plonge la main dans le sachet en papier gras posé sur mes genoux et en sors un petit donut recouvert de sucre glace, encore tiède. Je suis allée les chercher ce matin. C'était la seule requête de Rachel. Comme au bon vieux temps.

Elle le pince entre deux doigts et une pluie blanche tombe sur sa poitrine. Elle ne la chasse pas.

— Mmh, dit-elle en mordant dans la friandise. Je ne connais rien de meilleur.

Elle gobe la fin du donut.

— Cet endroit me manque.

Elle a beau avoir un ton parfaitement guilleret, elle a une mine atroce. Son teint est livide, ses épais cheveux ondulés pendent en longues mèches emmêlées dans son dos. Ses yeux sont fixes, hantés, et je ne l'ai jamais vue flotter autant dans un vêtement. Les manches de son pull sont criblées de trous de mites.

— Je peux te poser une question ?

— Tu viens de le faire, me rétorque-t-elle avant de sourire. Je t'écoute.

— Pourquoi tu ne vas plus en cours ?

La question me brûle les lèvres depuis qu'elle m'a invitée dans son appartement, à Manhattan, à des centaines de kilomètres de l'université Cornell, où elle devrait être en train d'étudier pour la troisième année.

— Il ne te reste pas encore un an et demi ?

— J'ai obtenu mon diplôme en avance. J'y ai passé tous mes étés. Je suivais six UV par semestre. J'ai bossé comme une tarée. C'était la seule chose qui m'aidait à me sentir mieux, à me donner l'impression que j'étais… normale, dit-elle en secouant la tête. Tout le monde savait, à la fac. On aurait dit que c'était moi qui étais accusée de meurtre. Je ne pouvais pas tourner la page là-bas.

Rachel soupire et prend appui avec son coude sur le rebord de la portière, pour abandonner sa tête dans sa paume.

— À part Graham, tu es la seule personne à qui j'ai parlé en trois ans qui me connaisse vraiment, qui sait qui j'étais… avant. Les gens avec qui je bosse aujourd'hui, mes nouveaux amis, ma copine Frida… pour eux, je suis simplement Rachel. Ils ne sont au courant de rien.

Elle sourit.

— C'est tellement libérateur.

— Alors pourquoi ? Pourquoi rouvrir le dossier maintenant ?

En réalité, je voudrais lui demander : *Est-ce que ça en vaut la peine ?*

— Tu ferais quoi à ma place ? Si la ville où tu as grandi estimait que tu es aussi coupable de quelque chose, juste parce que tu portes un nom de famille ? Si ta vie tout entière avait été mise sens dessus dessous par ceux en qui tu avais le plus confiance ? Parce que c'est exactement ce qui s'est passé.

— Mais tout le monde va savoir. Toutes ces nouvelles personnes que tu as fait entrer dans ta vie. Tu vas sans doute passer aux informations.

L'article de la *Gazette* ne mentionnait pas Rachel, toutefois, si elle a raison, si Graham est réellement innocent, alors elle va se retrouver sous les projecteurs.

Elle sourit à nouveau, et cette fois ses yeux s'embuent de larmes.

— C'est mon petit frère, dit-elle tout bas. Tu n'as pas de petit frère, toi ?

— Si.

— Il a le même âge que Bryce, non ?

— Mmh-mmh.

— C'est un Joueur ?

J'ai l'impression qu'elle connaît déjà la réponse. Je hoche la tête.

— Et si c'était lui qui se trouvait à la place de Graham ? Si on accusait ton frère d'avoir tué quelqu'un ? Et si la victime était aussi quelqu'un que tu connaissais très bien, avec qui tu avais passé tellement d'heures que tu ressentirais son absence tous les jours ?

Je ressens tous les jours l'absence de Shaila. Si c'était Jared qui... Je suis incapable d'imaginer ce que je ferais. Je secoue la tête.

— S'il dit qu'il n'est pas coupable, si l'analyse du sang est confirmée, alors je veux connaître la vérité. Je veux connaître le responsable. Et je veux qu'il paie.

Elle agrippe le volant et prend la sortie.

— On approche, ajoute-t-elle.

La dernière portion du trajet emprunte des petites routes sinueuses sur lesquelles les directions sont mal indiquées. Nous dépassons les panneaux en silence. Rachel prend soudain un virage serré sur la gauche et une énorme enseigne en bois surgit, à moitié dissimulée par un rideau de branches. J'ai du mal à discerner les lettres blanches estompées : *Établissement pénitentiaire pour mineurs de Danbury.*

Le gravier et le sel de déneigement crissent sous les pneus. Au bout d'un kilomètre environ, nous atteignons un grillage. Il s'ouvre comme si un gardien fantôme nous avait vues arriver et je me penche en avant, curieuse de découvrir ce qui se cache derrière.

— Toc toc ! Besoin d'aide ?

Une femme d'une cinquantaine d'années aux joues tombantes et aux cheveux grisonnants vient de surgir devant ma vitre, dans un uniforme kaki. Elle affiche un large sourire et son badge précise : *Veronica, accueil des visiteurs.*

Je me tourne vers Rachel, mais elle descend déjà de voiture et se dirige vers la femme.

— Bonjour, V.

— Ah, c'est toi, ma belle ! Heureuse de te voir.

— Moi aussi.

Rachel frotte ses deux mains gantées l'une contre l'autre et me fait signe de la rejoindre.

— Viens.

L'air vif et glacial me brûle la gorge. Dans quoi est-ce que je me suis fourrée encore ?

— Je te présente Jill, dit Rachel une fois que je suis sortie de la voiture. C'est une am…

Elle se reprend aussitôt.

— Elle connaît Graham.

Veronica hoche la tête, sans exprimer aucune émotion, aucune opinion.

— Bienvenue à Danbury. Suivez-moi.

Nous lui emboîtons le pas, mais j'ai du mal à suivre leur cadence, et je dois presque courir pour rattraper Rachel. J'aurais dû lui poser des questions sur cet endroit avant de venir, sur la vie qu'a eue Graham ces trois dernières années. J'ai du mal à appréhender l'environnement que je découvre autour de moi. Veronica ouvre une porte métallique et nous conduit dans un large couloir décoré avec des collages et des dessins à l'encre. Il aboutit à deux portes vitrées et un cube généreusement éclairé qui ressemble davantage à la salle d'attente d'un médecin qu'aux prisons que j'ai vues à la télé.

— Suivez-moi. Tu vas devoir remplir des formulaires puisque c'est ta première visite, me signale-t-elle.

Elle tapote sur un clavier d'ordinateur et toute une ramette de papier sort de son imprimante.

— Tiens, ma grande, un stylo.

Rachel s'impatiente, elle cogne le comptoir en Formica avec son poing tout en tapant du pied par terre. Je me dépêche de cocher des cases pour atteindre la dernière page, où je griffonne mon nom.

— Fini !

— C'est pas trop tôt, marmonne Rachel.

Je ne peux pas m'empêcher de lui lancer un regard, et elle articule aussitôt un « désolée » silencieux. Difficile de lui reprocher sa nervosité : elle est impatiente de retrouver son frère. J'aurais la même réaction s'il s'agissait de Jared.

Un grand type costaud en blouse violette nous fait signe de le suivre dans un couloir tout aussi déconcertant que le premier, froid et carrelé, comme dans un établissement scolaire. D'autres œuvres d'art au crayon sont accrochées au mur.

Au moment d'atteindre une autre porte épaisse, en métal, le type se tourne vers nous.

— Je sais que tu connais les règles, Rachel, mais une petite piqûre de rappel : vous ne pouvez pas rester plus d'une heure et les contacts physiques ne sont pas autorisés.

— Merci, TJ, lui répond Rachel. Prête ? ajoute-t-elle en se tournant vers moi.

J'essaie d'avaler la boule dans ma gorge. Derrière la porte se trouve une salle qui ressemble à une cafétéria. TJ nous invite à entrer d'un geste du bras, comme s'il était un domestique ou un serveur dans un grand restaurant. J'ai l'estomac retourné. Je balaie la pièce d'un regard frénétique. Et je le repère en premier, sans qu'il me voie.

Là, à l'autre bout, Graham.

C'est presque impossible. Pourtant, je me force à l'observer. Il porte une tenue vert clair, et il n'est pas menotté, contrairement à ce que j'avais imaginé. Il se passe une main dans les cheveux, et ce tic nerveux réveille aussitôt de vieux souvenirs. Il avait pour habitude de le faire avant les contrôles importants ou les tests des Joueurs. Il a un début de barbe, ce qui lui donne l'air plus vieux que dans mon souvenir – tellement plus vieux que moi. Il est un peu voûté, même s'il a l'air d'avoir pris plusieurs centimètres. Il est mince. Presque maigre, anguleux, creusé.

Il tourne lentement la tête vers nous et ses yeux s'arrondissent au moment de croiser les miens. C'est la première fois depuis près de trois ans que nous nous voyons. Rachel l'a déjà rejoint et je me contrains à la suivre.

— Bonjour, lui dis-je.

Je ressens un mélange d'ahurissement et d'excitation. De curiosité peut-être.

— Bonjour, me répond-il.

Graham s'assied autour d'une petite table circulaire, et je l'imite. Il m'adresse un sourire penaud.

— Alors… comment tu vas ?

Je ne sais pas quelle autre question poser.

Au début, il répond par bribes, il bute sur les mots. On dirait qu'il a oublié comment faire la conversation. Il parle de la météo, me montre d'autres personnes dans la salle, des jeunes de notre âge, qui discutent avec des gens plus âgés, sans doute leurs parents, leurs frères et sœurs. Il désigne un garçon de type asiatique qui écoute un enregistrement sur l'iPhone de sa mère.

— Un message de son frère, m'explique-t-il. Il refuse de venir rendre visite à Andy, et il lui manque tellement…

Rachel hoche la tête en pinçant les lèvres.

Graham ne me précise pas d'où viennent ses codétenus ni ce qu'ils ont fait pour atterrir ici. Il s'étend sur ce qu'il mange, sur son plat préféré, le poulet tikka, alors qu'avant, il attendait avec impatience le jour des spaghettis bolognaise. Il me raconte qu'il a appris à jouer au cricket grâce à certains des psys anglais qui s'occupent de sa « cohorte » et qu'il s'est découvert un goût pour l'architecture.

— J'ai lu tout ce que la bibliothèque possède sur Norman Foster et Zaha Hadid. Je suis impatient d'aller voir le pont qu'elle a dessiné à Abu Dhabi… Il est mythique.

— Alors tu penses que tu vas sortir ?

Graham regarde aussitôt Rachel, qui lui donne le feu vert d'un signe de tête. Un langage secret dont je suis exclue. Un signal. Graham se recroqueville sur son siège, sa bouche se rétrécit.

— Je ne l'ai pas tuée, Jill.

Sa voix est grave, contrôlée, aussi posée que s'il avait répété cette phrase. Il cherche à se montrer convaincant. Il se passe à nouveau une main dans les cheveux.

Rachel se penche vers lui, les deux avant-bras posés sur la table.

— Reprends du début, l'encourage-t-elle en écarquillant les yeux.

Son expression est à la fois maternelle et fébrile. Graham hoche la tête et prend une profonde inspiration. Il contracte ses lèvres, puis un flot de mots lui échappe.

— Je ne me rappelle pas grand-chose de ce qui est arrivé ensuite, commence-t-il, mais je me souviens parfaitement de tout ce qu'il y a eu avant… ce qui s'est passé, ce soir-là. Pas toi ?

Il plonge ses yeux noirs dans les miens. Son regard est presque insupportable tellement il est intime. Une boule se forme dans ma gorge.

— Tu te souviens, hein ?

Je confirme d'un hochement de tête.

Bien sûr que je me souviens. La brise légère qui montait d'Ocean Cliff. L'air si salé qu'il me brûlait la peau. L'absence d'insectes. Il était trop tôt pour les moustiques. Le soulagement quand j'ai compris ce que je devais faire. Chaque gorgée était un poison qui coulait dans ma gorge. Puis l'obscurité complète qui m'a engloutie, me remplissant d'une peur paralysante. C'était tellement pire que ce à quoi je m'attendais.

Je ferme les yeux de toutes mes forces et cherche à retrouver Shaila au milieu de tout ça. Je la revois, rongeant ses ongles déjà à vif parce qu'elle venait de comprendre ce qui l'attendait. Je revois le moment où son expression est passée de la détermination à la terreur.

— Oui, je murmure.

Un masque glacial apparaît sur les traits de Graham.

— Tu te souviens de mon épreuve pour l'Initiation ?

Comment l'oublier ? Jake les avait toutes inventées, à ce qu'on nous en avait dit.

— Tu avais peur des araignées, c'est bien ça ?

— Des mygales, oui, dit-il en réprimant un frisson. Ils s'en étaient procuré une douzaine et j'ai dû rester des heures dans cette cabine de douche alors qu'elles grimpaient sur moi.

— Quatre. Ça a duré quatre heures. Pour moi en tout cas.

— La vache ! Moi deux, seulement deux.

Rachel marmonne un truc.

— Quoi ?

— C'était plus court pour les mecs. Ça a toujours été plus court, lâche-t-elle, tête baissée.

Évidemment.

Graham reprend déjà.

— J'ai supplié qu'on me file un truc à boire. N'importe quoi pour m'aider à encaisser le coup. Et sans surprise, mon vœu a été exaucé.

Une image de Graham dans cette cabine de douche s'immisce dans mon esprit. Je ne l'ai pas vu, bien sûr. J'étais trop occupée à essayer de survivre à ma propre initiation. Mais je suppose qu'ils l'avaient enfermé dans la petite maison près de la piscine, qu'ils avaient lâché des bestioles poilues et bien flippantes sur sa tête puis lui avaient passé des verres de mauvaise tequila pardessus la paroi en verre.

Rachel se cache le visage dans les mains.

— Après ça, je me souviens à peine de ce qui s'est passé, poursuit Graham. Je me revois chialer comme un bébé dans cette douche, et une minute plus tard je me suis retrouvé sur la plage couvert de sang. Tu imagines ce que j'ai ressenti ?

Une petite bulle de colère commence à grossir en moi.

— Et toi, tu imagines ce que Shaila a ressenti ?

La bouche de Graham se crispe en une ligne rectiligne.

— Non, affirme-t-il. Tu sais que je l'aimais ? De tout mon être. On n'avait que quinze ans, mais j'aurais fait n'importe quoi pour elle. Elle était tout pour moi.

Il a le visage bouffi et rouge.

— Elle était tout pour moi aussi, dis-je en essayant de ravaler mes larmes.

— Je sais, répond-il d'un ton radouci. Je peux continuer ?

Je finis par hocher la tête. Il prend une profonde inspiration.

— Je me souviens de l'agitation. Tout le monde répétait qu'il était arrivé quelque chose à Shaila. Jake et Adam couraient sur la plage, appelaient à l'aide. Derek Garry aussi. Je les ai vus venir dans ma direction et je leur ai fait signe. Puis les flics sont arrivés. Ces abrutis d'agents de la circulation, sur leurs petits buggys, qui ont sorti des menottes. Ils ne savaient même pas s'en servir.

J'étais encore en état de choc à ce moment-là, je m'apitoyais sur mon sort, paniquée à l'idée d'être détraquée à vie par l'épreuve qu'on m'avait forcée à surmonter et par ce qui s'était produit ensuite.

— Ils me les ont passées et m'ont emmené tout droit au commissariat. Et puis, dans la foulée, le soir même, ils m'ont conduit ici. Je n'ai pas bougé depuis trois ans.

— C'est quoi cet endroit, exactement ? je murmure.

Graham s'adosse à son siège en soupirant.

— Une prison pour mineurs, mais améliorée. On est autorisés à passer nos examens et à faire des activités, genre poterie.

Ma confusion doit se lire sur mes traits, parce qu'il ajoute :

— Le système judiciaire est profondément injuste. C'est toujours plus facile pour les riches.

— Mais…

— Je sais… Sauf que dès mes dix-huit ans, en juin, je serai transféré dans une prison fédérale.

— Donc… Tu joues ta dernière carte.

Graham hoche la tête et rougit comme s'il avait honte. Rachel sort la tête de ses mains.

— C'est pour ça qu'on s'est mis en quête d'autres preuves. Le sang. Le tee-shirt. Il fallait qu'on saisisse notre chance avant qu'ils le mettent sous les verrous pour de bon.

Elle mordille sa lèvre rouge vif.

— La police m'a interrogé pendant des heures, intervient Graham. Ça m'a paru interminable. Nos parents étaient aux îles Caïmans, et les flics n'ont pas autorisé Rachel à me voir…

Elle confirme en se mordillant toujours la lèvre.

— J'ai passé la nuit à essayer de joindre Dan Smothers. L'avocat de notre père. Il n'a pas décroché. Nos parents ont pris le premier vol pour rentrer, mais il était déjà trop tard.

— J'ai craqué, parce que j'étais resté trop longtemps dans cette salle d'interrogatoire débile, tout seul, reprend Graham. Ils m'ont proposé une version des faits, et je me suis contenté, au bout d'un moment, de hocher la tête. De leur dire ce qu'ils voulaient entendre. J'avais juste besoin que ça s'arrête. J'espérais rentrer chez moi. Je pensais que c'était ce qui arriverait ensuite.

— Ils n'ont fait aucun prélèvement, ajoute Rachel tout bas.

— Mais vos parents n'ont pas protesté ?

Je n'arrive pas à imaginer que mes parents auraient pu laisser la police me conduire en prison sans rien dire. Ils ne m'auraient jamais crue capable d'une chose pareille. Ils auraient tout essayé pour me protéger. J'en ai la certitude.

— Notre père voulait que l'affaire fasse le moins de bruit possible. Il attendait l'appel d'un gros investisseur. Smothers lui a conseillé de laisser couler. Il craignait qu'un procès envenime les choses. Que ça lui attire une mauvaise presse. Muffy, elle, ne voulait pas s'en mêler. Ça faisait trop psychodrame pour elle.

— Ils ont conclu un accord avec les Arnold, ajoute Rachel. Ils leur ont filé de l'argent.

Ils échangent un bref regard.

— Beaucoup d'argent, précise Graham. Nos familles ont un passé commun. C'est comme ça qu'ils ont l'habitude de régler les choses, je suppose.

— Quel tas de conneries, franchement, lâche Rachel. Personne n'a eu le courage de s'en mêler. Les Sullivan sont restés bien à l'écart de tout ça, évidemment.

— J'imagine que vous n'avez plus beaucoup de nouvelles de Kara ?

Ma question fait ricaner Graham.

— Celle-là... Elle n'a jamais donné signe de vie.

Je repense aux pères de Graham et de Shaila qui ont grandi ensemble, puis acheté des terrains constructibles dans les Hamptons, avec leur autre grand ami de toujours, Jonathan Sullivan. J'imagine qu'ils ont tous été enchantés d'avoir des enfants en même temps. Ils devaient tellement exulter en voyant Graham, Shaila et Kara dans leurs petites tenues assorties, sur la plage, les mitrailler avec leurs portables pendant qu'ils faisaient des roulades sur des serviettes de plage de marque. Cette histoire a tout détruit.

— Mes parents ne viennent jamais me voir. Muffy me considère à peine comme son fils. Et notre père est trop occupé.

— Débordé, dit Rachel en levant les yeux au ciel.

— Ils savent que tu utilises l'argent qu'ils ont économisé pour toi pour rouvrir l'enquête ?

— Oui, me répond-elle. Mais ils ne veulent pas être mêlés à cette histoire.

Nous restons silencieux quelques secondes, puis Graham dit d'une voix très douce :

— Tu ne m'as jamais abandonné, toi... Tu es la seule...

Il relève la tête, ses yeux sont brillants de larmes. Rachel lui prend la main sous la table, hors de la vue des surveillants, et je ne peux pas m'empêcher de penser que je ferais exactement pareil si Jared était dans cette situation, quel que soit le prix à payer, quelle que soit la haine qu'il ressent pour moi en ce moment. On ne laisse pas tomber ses proches.

— Bon, et quelles sont les conclusions de votre enquête, alors ? je demande.

— Il y avait quelqu'un d'autre. On m'a fait porter le chapeau et j'ai cru que j'étais un monstre pendant trois ans, mais… ce n'est pas ma faute. Je ne l'ai pas tuée.

Ses mots s'insinuent dans mon cerveau et commencent à tourner à toute vitesse. Ça n'a aucun sens…

— Mais qui ?

C'est la pièce manquante du puzzle. Qui aurait pu vouloir tuer Shaila ? Et pourquoi ?

Graham inspire profondément et ferme les yeux.

— Il y a autre chose. Un truc que je n'ai dit à personne. Pas même à toi, Rach.

Elle hausse les sourcils et se penche vers lui.

— Avant l'Initiation, j'ai découvert que Shaila me trompait.

— Impossible, je proteste par réflexe.

Elle ne me l'aurait jamais caché.

— Si, insiste-t-il. Elle était bizarre depuis des semaines. Elle m'évitait, elle inventait des excuses pour ne pas me voir. Elle avait sans arrêt des répétitions pour la comédie musicale. Ou alors elle bossait sur un devoir de lettres. Ou bien elle devait voir Beaumont. Elle avait toujours un empêchement.

Était-elle vraiment comme ça juste avant sa mort ? Peut-être un peu plus distante que d'habitude, oui.

Mais elle était angoissée par l'Initiation et par son rôle dans la comédie musicale. Elle interprétait Mimi dans *Rent*. Elle avait assuré, bien évidemment.

Nikki s'occupait des costumes, elle déchirait des collants chair à cent dollars la paire, cousait des micro-shorts en similicuir qui épousaient les formes de Shaila. Adam bossait aussi sur le spectacle, il avait adapté le texte de ce classique de Broadway pour le rendre « tout public ».

« On me force à édulcorer, s'est-il plaint un dimanche matin que nous étions tous réunis dans un box chez Diane.

— Pauvre Shakespeare », s'est moquée Nikki.

Shaila et elle ont gloussé comme si c'était une blague entre elles, imaginée en coulisses.

Graham et Rachel étaient là, eux aussi. Nous avons ri tous les trois, parce que nous voulions être intégrés. Nous voulions faire croire que nous connaissions leur langage secret.

Je voyais sans arrêt Shaila juste avant l'Initiation. C'est obligé. Bien sûr, les répétitions et le spectacle l'avaient fatiguée. Et elle avait souvent rendez-vous avec Graham. Sauf que… peut-être que non justement. Peut-être qu'elle faisait autre chose. Qu'elle se tapait quelqu'un.

— J'avais oublié mon portable le jour des exams de printemps, poursuit Graham, et j'avais besoin de la fiche de géométrie. Elle m'a prêté le sien, et je sais que je n'aurais pas dû, bien sûr, mais j'ai profité qu'elle aille aux toilettes pour regarder ses textos. C'était plus fort que moi. Elle en avait échangé des centaines avec un type, et ils parlaient de tout ce qu'ils avaient fait ensemble dans mon dos.

Il ferme les yeux.

— Je me souviens encore par cœur d'un message. *Graham ne le saura jamais.*

Il cligne des paupières et donne un petit coup sur la table avec les articulations de ses doigts.

— Il faut croire qu'ils se plantaient, conclut-il avec amertume.

— C'était qui ?

— Aucune idée, me répond-il. Sans doute un téléphone prépayé.

— Tu as essayé d'avoir une explication avec elle ?

Graham secoue la tête.

— J'attendais le bon moment, et puis…

Rachel l'interrompt.

— Tu ne dois le répéter à personne.

— Pourquoi ? je m'étonne.

— Ça lui donne un mobile.

Graham acquiesce.

— Ça aggrave mon cas, en fait. Le mec jaloux qui tue sa copine après avoir découvert qu'elle le trompait…

Shaila était-elle réellement infidèle ? Cette idée me donne la nausée, et soudain j'ai trop chaud, je transpire.

— Où sont les toilettes ?

Rachel m'indique un coin de la salle. Je referme la porte de la cabine derrière moi et m'assieds sur la cuvette en céramique froide. Graham me fait penser à la coquille d'une personne que j'aurais connue, un fossile retrouvé dans une vie que j'aurais vécue, une vie antérieure. Je me demande si, quelque part sous la surface, se cache un sociopathe, insensible à la douleur qu'il a causée et en quête d'une issue, assoiffé de manipulation, malade d'ennui.

Dans cette minuscule cabine aux parois d'acier, je prends soudain conscience que Graham pourrait mentir.

Je me lave les mains tranquillement, puis je les rejoins, Rachel et lui. Je le fixe droit dans les yeux.

— Dis-moi pourquoi je devrais te croire.

Il baisse la tête.

— Tu penses que je te baratine…

Je ne laisse transparaître aucune émotion sur mon visage. Je cache mon jeu. J'ai envie de le croire, seulement cela impliquerait qu'une autre personne serait coupable. Je ne suis pas sûre d'être prête à l'accepter.

Rachel abat ses deux paumes sur la table, si fort qu'elle attire l'attention de TJ.

— Jill, me souffle-t-elle. Fais-lui confiance.

C'est un ordre, pas un conseil.

— Tu n'es pas obligée de me croire, reprend Graham, plus mesuré. De toute façon, je compte bien laver mon nom, avec ou sans ton aide. Tout dépend de quel côté tu veux être.

Il croise les bras d'un geste de défi. Il paraît si sûr de lui soudain, il ressemble davantage au Graham que j'ai connu autrefois.

— Tu tenais à Shaila autant que moi, ajoute-t-il.

TJ approche et pose une main amicale sur l'épaule de Graham.

— Le temps est écoulé, dit-il avec un sourire. Vous pouvez toujours remettre ça la semaine prochaine.

Rachel se lève et échange un autre regard chargé de sens avec son frère. Leur lien est évident. Graham lance un dernier coup d'œil dans ma direction avant de s'éloigner dans un couloir blanc. Il disparaît rapidement.

À côté de moi, Rachel pousse un énorme soupir.

— Allons-y.

16.

Je suis toujours en état de choc une semaine plus tard, obnubilée par tous mes échanges avec Rachel et Graham, quand j'aperçois les prospectus. Punaisés sur le tableau en liège chez Diane, ils recouvrent une annonce de baby-sitting et une autre pour des cours de piano. Imprimées sur une carte épaisse, sans doute volée dans les réserves d'arts plastiques de Gold Coast Prep, les lettres me hurlent :

WONDER TRUCK
CONCERT EXCEPTIONNEL
AU GARAGE
SAMEDI 25 JANVIER
20 HEURES
ENTRÉE : 5 DOLLARS

— Jared va devenir une star, me dit Diane, qui arrive dans mon dos.

Étant donné qu'il est 7 heures, un samedi matin, je suis seule avec quelques clients âgés attablés en silence devant des bols de porridge. Je pensais être tranquille en venant ici de bonne heure, je voulais commencer à réviser en vue de mon examen pour ma bourse en mangeant des donuts et du bacon, mais j'aurais dû me douter que les Joueurs, dont Jared fait désormais partie, sont partout.

— Il était ici l'autre jour, avec le fils Miller, ils parlaient du spectacle, ajoute Diane. Ça promet, hein ?

Elle m'adresse un immense sourire.

Je ravale la boule dans ma gorge et me force à acquiescer.

— Oh, oui.

J'ai l'impression d'avoir la bouche pleine de sable.

— Est-ce que je peux avoir deux donuts à emporter ?

— Je t'apporte ça tout de suite.

Diane disparaît derrière le comptoir et je m'adosse au mur, ferme les yeux. Jared va se produire sur scène. *Comment ça se fait que je ne sois pas au courant ?*

Je meurs d'envie d'écrire à Nikki ou à Quentin pour savoir comment la soirée va se dérouler exactement. Ou de demander à Henry de passer me prendre pour qu'on puisse y aller ensemble. Il y aura forcément un *before* entre Joueurs, puis ils prendront des Uber pour se rendre au Garage, sans oublier l'*after*, évidemment. Je brûle d'interroger Jared, de savoir pourquoi il ne m'a rien dit, de hurler à ma mère que je suis exclue de tout, y compris de notre vie de famille. Je suis tentée d'envoyer un message à Rachel pour me plaindre, même si je sais qu'elle ne voudra parler que de notre visite à Graham – or je n'ai pas encore fini de la digérer.

J'écris donc à la seule personne qui ne m'a pas complètement rayée de sa vie. Pas encore.

Tu es au courant pour le concert des garçons, ce soir ?

Si Adam est là, il me répondra.

Oui.

Et tu y vas ?

Mes doigts tremblent quand je tape ces mots. Il me manque tellement que c'en est une souffrance. Je voudrais qu'il me prenne dans ses bras et me donne un de ces câlins dont il a le secret. Qu'il me lise une scène de sa dernière pièce. Qu'il me sourie pour que sa fossette apparaisse.

Yep.

Ça te dit qu'on se retrouve avant ?

Impossible.

Sa réponse me blesse. Mais je vois qu'il rédige un autre message, les trois points clignotent en rythme.

Je dois bosser sur un truc avec Big Keith.

Je me mordille la lèvre. Est-ce que je peux lui demander d'annuler ? Il ne comprend pas à quel point j'ai besoin de le voir ? Besoin de lui ?

D'accord.

On se voit là-bas, Newman, ne t'inquiète pas. Tu peux compter sur moi.

Mon estomac fait un bond, et une vague de chaleur se diffuse dans ma poitrine. Il est toujours là pour moi.

En faisant un gros effort d'imagination, la rue principale de Gold Coast pourrait ressembler à celles qu'on trouve dans Manhattan, alors qu'en réalité il s'agit simplement d'une étendue de bitume au bord de la plage. On y trouve la minuscule boutique qui vend des crèmes hydratantes à plus de cent dollars et des autocollants pailletés, des vélos dans une petite salle de sport qui pourvoit aux besoins des mères en Lycra buvant des jus verts à douze dollars, un bar à sushis proposant un menu au sujet duquel le critique gastronomique du *New York Times* a un jour écrit qu'il valait « presque le coup de s'éloigner autant de Manhattan », et l'unique vestige du passé de Gold Coast, le Garage.

Il s'agit du seul bar de la région à accueillir de vrais concerts, et mes parents jurent avoir un jour aperçu Billy Joel à une table du fond – il aurait passé la soirée à déguster un vin millésimé tout en offrant des shots de vodka à des blondes au premier rang.

Le cousin de Robert, Luis, en est devenu le programmateur il y a quelques années, après s'être rendu compte qu'il y avait toute une scène indépendante à conquérir en dehors de New York. Il nous a toujours laissés entrer gratuitement. Il a dû sacrément se mouiller pour décrocher un créneau pareil (une première partie de soirée, un samedi soir) pour Jared et Bryce. À mon arrivée, il y a une longue file d'attente. Je reconnais des élèves de Gold Coast Prep, et quelques étudiants de Cartwright, qui essaient parfois de s'incruster dans les soirées des Joueurs. Les façades du bâtiment sont tapissées d'autocollants et de graffitis, qui jurent avec la marée de chemises, pantalons repassés et polaires à deux cents dollars. La plupart des filles ont sorti leurs plus belles tenues de soirée et chancellent sur des bottines noires à talons hauts qui seraient plus à leur place dans une boîte de Manhattan ou dans la fête de rentrée d'une sororité. Je ne peux pas m'empêcher de me moquer intérieurement des seconde qui se sont payé un brushing pour l'occasion.

C'est Luis qui se trouve à l'entrée. Je lui souris, sachant qu'il me reconnaîtra.

— Cinq dollars, me dit-il, le visage de marbre.

Plus d'entrée gratuite pour moi. Je lui tends un billet froissé.

À l'intérieur, l'atmosphère est froide, humide, ça sent le renfermé. J'ai soudain terriblement conscience d'être seule. Je me dirige vers le bar, un petit comptoir arrondi et poisseux, surmonté d'un drapeau anarchiste. Je dois me frayer un chemin entre des talons vertigineux et des cols de chemise relevés. Avant que j'atteigne mon but, quelqu'un pose une main dans le bas de mon dos.

— Hé, Newman…

Je me retourne et découvre Adam, qui porte une veste en jean noir et ses lunettes en plastique rondes. Il a l'air fatigué, ses traits sont tirés et un peu tristes, mais il me tend une cannette fraîche d'eau gazeuse aromatisée au pamplemousse. Je me félicite, en secret, que ce ne soit pas une bière.

— Tu es là, Dieu merci !

Il me sourit et m'enlace.

— Je n'aurais raté ça pour rien au monde.

Il avale une gorgée d'eau aromatisée – la même que la mienne – et tourne la tête en direction du coin de la scène. Je suis son regard et découvre les Joueurs, qui m'observent. Henry boude, les mains dans les poches. Robert me fait un doigt d'honneur, et Marla se détourne. Mais ce sont les réactions de Nikki et de Quentin qui sont les plus douloureuses. Ils se contentent de me fixer avec une expression indéchiffrable. Je voudrais tellement redevenir proche d'eux, connaître leurs secrets, leurs rituels, partager des blagues avec eux… Je dois me contenter de vider ma cannette cul sec.

— Tu n'as pas peur des conséquences si on te voit avec moi ?

Adam leur adresse un signe de la tête, puis de la main. Quentin est le seul à lui répondre.

— Pfff, jamais de la vie, me dit-il. Qu'est-ce qu'ils ont fait pour moi, eux, de toute façon ?

Les lumières qui s'éteignent cachent mon rougissement. Le Garage se transforme en gouffre noir. Des notes de guitare se déversent dans la salle. Des applaudissements et des cris résonnent. Un projecteur s'allume. Un picotement me parcourt la peau et une goutte de sueur me coule dans le dos.

— Nous sommes les Wonder Truck et nous allons tout donner ce soir ! hurle Bryce dans le micro.

Derrière lui, Larry Kramer le géant est à la batterie – presque aussi grand, assis, que Bryce debout. Adam siffle et hurle :

— Oh, yeah, Miller !

Je sens son corps vibrer à côté du mien.

La salle est comme balayée par une tornade, les gens sautent partout, se percutent. Les Joueurs, même les troisième, sont tout devant et lèvent les bras vers la scène. Je reconnais un groupe d'intellos qui se lâchent et se déhanchent les uns contre les autres avec un sens du rythme complètement décalé par rapport à la musique.

Je me focalise sur Jared. Il se tient tout à droite de la scène, et il est sur un petit nuage. Son front luit de sueur, sa basse est en appui sur un de ses genoux plié. Il se balance d'avant en arrière et fournit un cadre rythmique solide pour les accords un peu approximatifs de Bryce. Des gouttes de transpiration lui tombent dans les yeux, il cligne des paupières. Il a cet air très concentré que je lui connais par cœur, celui qu'il adopte quand il doit résoudre un problème de géométrie ou qu'il essaie d'avancer dans un livre difficile. Sauf qu'il a un sourire aux lèvres. Ce n'est pas une corvée, non. Il s'éclate comme jamais.

À la fin du morceau, Jared rejette ses cheveux en arrière et s'éponge le visage avec son tee-shirt blanc. La foule les acclame. Lorsqu'il redresse la tête, il balaie la salle du regard. Ses yeux s'attardent une seconde à peine sur l'endroit où je me trouve, et je me demande s'il peut me voir malgré les spots. Je me demande s'il sait que je suis là, que je le soutiens.

Impossible de connaître la réponse à ces questions. Ils se lancent déjà dans une seconde chanson. Tout aussi déchaînée. On se croirait dans un château gonflable, avec des dizaines d'enfants qui sautent et rebondissent. Les lames du plancher grincent et s'affaissent sous le poids.

— Ils déchirent ! crie Adam pour couvrir la musique.

Sa voix est chaude et humide dans mon oreille.

— Jared est dément ! ajoute-t-il.

Oui, voudrais-je lui répondre. Il est incroyable. Sauf que je n'arrive plus à me concentrer sur autre chose que Nikki et Quentin, qui dansent ensemble dans le coin, en chantant toutes les paroles que je ne connais pas et que je n'ai pas été invitée à apprendre.

— J'ai besoin d'un peu d'air ! je hurle à Adam.

J'attends une seconde, espérant qu'il va me suivre, en vain. Je n'ai droit qu'à un signe de tête, alors qu'il garde les yeux résolument rivés sur la scène et agite le poing en l'air.

Je pivote sur mes talons et me faufile à travers la marée de corps transpirants jusqu'à une sortie sur le côté. La lourde porte en métal cède sous mon coup d'épaule et le vent glacial me fouette le visage et soulève mes cheveux. Soudain, je respire à nouveau. Je suis libre. Je m'adosse au mur de briques et lève les yeux. Je repère la constellation du Bélier. Je trace ses cornes du regard, je l'imagine repoussant les autres créatures nocturnes qui galopent dans le ciel. J'ai les doigts gelés, mais ça m'est égal. C'est presque agréable de ne pas les sentir, de laisser une partie de mon corps s'engourdir.

Je ne reste pas seule longtemps. La porte s'ouvre à nouveau dans un grincement, et des notes de musiques s'engouffrent dans l'allée. Des accords de guitare qui montent vers le ciel.

Nikki surgit dans la nuit, martelant le bitume givré de ses rangers noirs de créateur. Je me plaque contre le bâtiment dans l'espoir qu'elle ne me verra pas.

— Je sais que tu es là, crie-t-elle.

Je grimace. Je ne suis pas prête. Je n'ai jamais été douée pour les disputes ou les affrontements. Quand Shaila était encore là, c'était elle qui nous défendait, toutes. Elle qui a repoussé Derek Garry le jour où il a essayé de mettre la main sous ma robe pendant l'une des épreuves. Elle qui a dit à Liza Royland d'aller se faire foutre après que cette dernière eut dégonflé les pneus de mon vélo au collège. Elle qui a dénoncé un des assistants du prof d'EPS, parce qu'il nous avait matées dans les vestiaires. Elle était notre chien de garde. Moi, j'étais un chiot qui essaie de ne pas faire pipi partout.

Je comprends soudain, alors que je suis là, dans le froid glacial, que je n'ai aucune envie de me battre avec Nikki. Je ne veux pas être en colère contre elle. Je veux la prendre dans mes bras et faire comme si nous n'étions pas dans des équipes concurrentes. J'aimerais savoir si, à ma place, elle serait prête à croire Graham, si elle serait aussi curieuse de connaître la vérité après avoir vu ce que j'ai vu. Après avoir appris ce que j'ai appris.

Je prends une profonde inspiration.

— Ici, dis-je en faisant un pas en avant.

Nikki fond sur moi et nous nous retrouvons face à face. Nous mesurons exactement la même taille. Sa bouche est déformée par une grimace de bouderie, une moue blessée. Ses yeux sont farouches. Elle a bu. Pas trop, mais juste assez pour sentir un feu dans son ventre, pour trouver le courage de ressembler à Shaila. Je devrais peut-être chercher le mien, moi aussi.

— Je t'en veux beaucoup, dit-elle en croisant les bras et en se déhanchant. Je suis furax même.

— Moi aussi.

Ma voix est plus instable que la sienne. J'ai des trémolos.

— Tu avais dit qu'on le ferait ensemble ! Et tu t'es défilée, putain, tu m'as laissée toute seule !

Je ricane.

— Moi, je t'ai laissée toute seule ? Tu as tout le monde. C'est moi qui me retrouve abandonnée.

— C'est pas pareil sans toi. Tu le sais.

— Tu as enfreint toutes les promesses qu'on s'était faites.

Je me débats contre les larmes qui me brouillent la vue.

— Faux.

Je me mords la lèvre. J'ai envie de hurler.

— Si, c'est vrai. Les tests ont été encore pires cette année. Maintenant que tu as le pouvoir, tu te comportes exactement comme eux. Comme Derek, comme Jake, comme tous les autres mecs qui nous ont fait vivre l'enfer.

Ses yeux deviennent deux fentes.

— Pas du tout.

— Mais tu es aveugle ou quoi ?

J'ai l'impression de perdre les pédales, d'être face à quelqu'un en plein délire.

— Je ne suis pas la reine de l'univers, Jill, n'importe qui peut dire non. On ne les force à rien.

— Bien sûr que si.

Ma gorge est irritée, à vif.

— On détient le pouvoir, pas eux. Est-ce que tu as jamais eu l'impression, quand on était en troisième, de pouvoir dire non ? Mets-toi un peu à leur place.

— Tu es tellement prévisible, Jill. Tu cherches juste à te protéger. Comme ça, s'il arrive quelque chose à ton petit frère chéri, ce n'est pas à toi qu'on le reprochera. Tu as toujours laissé Shay prendre les coups à ta place. Et maintenant tu comptes sur moi.

Ma bouche s'arrondit. Je chancelle, j'ai l'impression d'avoir reçu un coup en pleine face. Je sais très bien à quoi Nikki fait allusion. Le défi de février, la soirée où Shaila a failli tout perdre en se sacrifiant pour moi.

C'était un vendredi soir anormalement doux pour la saison. On nous avait convoqués chez Jake, dans son sous-sol, pour une épreuve. J'ai paniqué en recevant le message. J'étais censée me présenter aux olympiades de mathématiques du comté le lendemain matin à 8 heures. Il n'y avait que deux rencontres dans l'année, et j'avais bien précisé dès le début que j'aurais besoin d'être libre ces jours-là.

« Aucun problème, m'avait répondu Adam quand je lui en avais parlé. Ne t'inquiète pas. »

Je savais pourtant que je n'avais aucun moyen d'échapper à cette soirée, surtout avec Jake comme organisateur.

C'est la cata, ai-je écrit à Shaila. *Je ne peux pas boire ce soir…*

Ne t'inquiète pas, je te couvre.

Je lui ai envoyé un million d'émoticônes, des cœurs et des mains en prière, avant de me rendre à la soirée avec fatalisme.

Chez Jake, il y avait déjà quelques types de première, mais c'était tout. Pas d'Adam, ni aucune des filles. Jake nous a fait entrer dans ce qui ressemblait à un débarras. J'ai d'abord remarqué l'odeur de cèdre et de lavande. Deux énormes bouteilles de vodka, d'1,75 litre chacune, étaient posées sur des bancs étroits.

« Buvez, nous a ordonné Jake de sa voix grave et monocorde. Buvez jusqu'à ce qu'elles soient vides. »

Les types derrière lui se sont bidonnés et ont poussé des cris d'encouragement.

« C'est tout ? » a fanfaronné Robert.

Un sourire effrayant a lentement étiré les lèvres de Jake.

« Oui, a-t-il répondu. C'est tout. »

Puis il a refermé la porte. Un petit *clic* nous a indiqué qu'il y avait un loquet.

« Bon, ça devrait être fastoche », a dit Robert en soulevant une des bouteilles pour la porter à sa bouche. Pourtant, il n'a pu avaler qu'une petite gorgée et il l'a recrachée par terre. « Ah ! dégueu, ça pique. »

Shaila a grogné et s'est assise sur l'un des bancs. Avant d'écarquiller les yeux.

« Attendez… Je suis la seule à avoir, genre, super chaud ? » Elle a retiré sa polaire et j'ai aperçu une petite bande de chair entre la ceinture de son pantalon et son top.

Il faisait chaud. Et ça empirait de seconde en seconde. De la vapeur montait du sol. J'ai levé les yeux. Il y en avait aussi qui s'infiltrait à travers les lattes du plafond.

« Bordel, a lâché Quentin en faisant un tour sur lui-même. C'est un sauna, les gars. »

Nous sommes tous restés silencieux le temps de prendre la mesure de la situation. Jake montait le thermostat. Beaucoup trop haut. Soudain, j'ai senti la sueur sous mes aisselles et la brûlure entre mes orteils. J'ai pris une grande inspiration et j'ai avalé beaucoup trop d'air chaud. La panique a commencé à monter dans ma gorge, j'ai cru que j'allais m'évanouir.

« Bon, finissons-en vite », a dit Marla. Elle a retiré son pull et avalé une longue gorgée. Son visage s'est contracté. « C'est immonde. »

Elle a passé la bouteille à Henry, et ainsi de suite, jusqu'à ce que Nikki la pose à mes pieds.

Je l'ai prise et j'ai pensé au lendemain. Au risque que je courais d'être renvoyée de l'équipe si je n'étais pas à la hauteur, aux conséquences que cela aurait sur ma bourse ou sur mes chances d'intégrer une des meilleures universités du pays, au fait que cela pouvait ruiner tout ce pour quoi mes parents s'étaient sacrifiés. Et moi aussi. Mes mains se sont mises à trembler, et j'ai ravalé mes larmes. J'étais submergée par les émotions.

« Je ne peux pas boire, ai-je dit tout bas, sans m'adresser à personne en particulier. J'ai mes olympiades demain. Je ne peux pas les foirer. »

Pendant quelques secondes, tout le monde est resté silencieux, puis Shaila a empoigné la bouteille en déclarant : « Je boirai à sa place, je m'en fous. »

Les autres n'ont pas semblé s'en formaliser, et j'ai senti la peur refluer. J'ai serré la main de Shaila et ai articulé un *merci* silencieux pendant qu'elle buvait, encore et encore.

Bientôt, nous étions tous écarlates et dégoulinants de transpiration. J'avais la gorge irritée par la déshydratation. Henry s'est essuyé le visage sur sa chemise, déjà si mouillée qu'elle était transparente.

« Je dois m'allonger », a dit Nikki. Sa peau était d'un rouge inquiétant, et ses longs cheveux noirs étaient plaqués sur son crâne.

« Allez, on y est presque », l'a encouragée Shaila en mangeant la moitié des mots. Elle brandissait la seconde bouteille, qui contenait encore un tiers d'alcool environ. Impossible de savoir combien de temps s'était écoulé, mais Shaila avait du mal à tenir assise à ce stade.

« Ça va ? lui ai-je chuchoté à l'oreille.

— Oui, oui. »

Mais quand elle s'est tournée vers moi, elle avait le regard brumeux et la bouche ouverte.

En réalité, c'était à peu près le cas de tout le monde, ils avaient des moments d'absence due à leur état d'ivresse de plus en plus avancé. Shaila semblait pourtant bien plus attaquée.

« Combien est-ce que tu en as bu ?

— Tu as oublié que je buvais pour toi, ou quoi ? a-t-elle répondu, sans agressivité, avec un petit sourire. Les amis sont là pour ça. »

Puis elle a porté la bouteille à ses lèvres pour avaler une autre longue gorgée. Sa gorge s'est contractée, et l'alcool a dévalé son tube digestif.

« Non, bébé, a dit Graham en secouant la tête et en lui prenant la bouteille des mains. Ça suffit. »

Il a vidé le restant d'alcool d'un trait et s'est plaqué une main sur la bouche pour ne pas le régurgiter.

« Jake ! a hurlé Robert en tapant sur la porte avec l'autre bouteille. On a terminé !

— Enfin ! »

Jake a ouvert le loquet, et nous nous sommes précipités hors du sauna dans une mêlée de coton trempé et de corps transpirants. L'air frais était un tel soulagement que nous avons tous haleté, cherchant à en remplir nos poumons le plus rapidement possible. Shaila a été la dernière à sortir, elle s'est presque immédiatement laissé tomber par terre en glissant le long d'un mur.

« Je ne me sens pas très bien, a-t-elle dit tout bas.

— Euh, ouais, a observé un des Joueurs de première, elle a l'air mal. »

Jake s'est accroupi à côté d'elle pour la dévisager, avant de nous regarder avec méfiance.

« Elle a bu plus que vous, non ? »

Personne n'a répondu.

Shaila s'est alors tournée sur le côté et, dans un énorme rot, a vomi un flot beige poisseux sur le parquet.

« Merde ! a rugi Jake en secouant sa jambe. Elle a dégueulé sur mon édition limitée ! »

Shaila s'est effondrée vers l'avant, puis sur le flanc. Elle avait perdu connaissance.

« Il faut faire quelque chose, là, ai-je dit d'une voix tremblante.

— Purée… a bafouillé Nikki. On doit l'emmener à l'hosto. »

Les mecs de première ont grogné.

« Pfff, ça arrive tous les ans, a gémi l'un d'eux. Elle a besoin d'un lavage d'estomac, je peux l'y conduire. » Il a commencé à mettre sa veste.

« T'es débile ou quoi ? est intervenu Jake. On est tous mineurs. »

La colère lui écarquillait les yeux. La colère et peut-être la peur.

« Dégagez de chez moi maintenant, tous. Et démerdez-vous.

— Quoi ? a répondu Henry. T'es sérieux, là ?

— J'ai pas l'air sérieux ? Fini Princeton si on découvre que j'ai failli tuer une abrutie de troisième. »

Les types qui l'entouraient ont hoché la tête, l'air de penser que c'était une excuse tout à fait valable. Je me suis pétrifiée, j'avais l'impression que nous ne pourrions jamais nous sortir de ce désastre. Mais Marla a pris la direction des opérations, heureusement. « Venez, je vais appeler mes frères. » Elle a passé un bras sous les épaules de Shaila. « Soutiens-la de l'autre côté, Graham. Et vérifie qu'elle respire. Jill, récupère ses affaires. »

J'ai obtempéré en silence, soulagée d'avoir quelque chose à faire. Je suis allée chercher le sac à dos et la veste de Shaila. Au moment où je m'engouffrais dans l'escalier pour suivre Marla, j'ai entendu Nikki qui gémissait tout bas. Ivre et terrifiée. « Viens », ai-je dit en l'entraînant.

Une fois dehors, le froid nous a fait, à tous, l'effet d'un choc. Nous avons pris brusquement la mesure de la situation, et la terreur s'est diffusée au sein de notre groupe. La nuit était noire, si noire, il n'y avait pas une seule étoile en vue.

« Quelle bande de connards ! », a marmonné Graham.

Nous étions tous blottis les uns contre les autres, attendant que les frères de Marla déboulent en trombe sur la route plongée dans l'obscurité. Deux phares ont fini par fondre sur nous.

« C'est quoi, ce bordel, Mar ? a demandé James, assis à l'avant, côté passager, après avoir baissé sa vitre. Vous avez grillé tous vos neurones ou quoi ?

— Pas maintenant, lui a-t-elle dit. Je t'en supplie. Aide-nous, d'accord ? On doit la ramener chez elle. »

Elle leur jetait des regards implorants pendant qu'ils grommelaient leur désapprobation. Elle s'est tournée vers moi.

« Ses parents sont à la maison ? »

J'ai fait non de la tête.

« Ils sont dans les Hamptons.

— Tant mieux. Aidez-moi à la relever. »

Avec Graham et Marla, nous avons soulevé le poids mort de Shaila pour l'installer sur la banquette arrière. Elle marmonnait des mots sans queue ni tête, et j'ai poussé un soupir. Elle était consciente.

« On ne tiendra pas tous, a observé Marla. Nikki, Jill, venez. On va dormir avec elle ce soir. »

Nous nous sommes entassées sur la banquette et nous avons planté les garçons dans la nuit glaciale. Je me suis faufilée tout au fond, pour que Shaila soit coincée entre Marla et moi. Dès que nos ceintures de sécurité ont été bouclées, Cody, le deuxième frère de Marla, a redémarré. James a monté le volume de la radio, et personne n'a prononcé un seul mot, alors que nous filions sur les routes sinueuses coupant à travers bois pour aller chez les Arnold.

Shaila a passé les heures suivantes à vomir ses tripes dans sa salle de bains, jusqu'à ce qu'il ne lui reste plus que de la bile verdâtre à régurgiter. Marla lui a apporté des poches de glace, des anti-inflammatoires et un soda qu'elle avait trouvé dans la cuisine. Nikki lui frictionnait le dos en lui tenant les cheveux pendant que Shay était secouée de spasmes incessants au-dessus de la cuvette des toilettes.

Quand le jour s'est levé, je suis partie.

« Tout va bien, m'a rassurée Marla. File. Je ferais comme toi si les championnats de hockey sur gazon avaient lieu aujourd'hui. »

Nikki dormait encore.

« Merci, ai-je dit en essayant de ne pas pleurer.

— Tu le ferais pour moi, Jill. On veille les unes sur les autres. »

J'étais impressionnée par son calme, par la façon dont elle avait réussi à maîtriser sa peur. Je m'étais toujours juré de la remercier à nouveau, de voler à son secours si l'occasion se présentait. Mais ça n'a jamais été le cas. Marla a toujours été la plus solide. Elle n'a jamais perdu son sang-froid. On pouvait compter sur elle. Et on n'a jamais reparlé de cette soirée. Personne.

Le fait que Nikki réveille ce souvenir maintenant, alors que j'essaie d'oublier que je n'ai pas essayé de sauver Shaila qui m'avait pourtant toujours protégée, est bien le signe qu'elle est assoiffée de sang.

Elle montre les crocs, et je recule, je me colle contre la façade.

— Je croyais que tu étais ma meilleure amie, assène-t-elle. J'en ai déjà perdu une.

Mes épaules s'affaissent. C'est si épuisant de lutter. Je voudrais simplement la serrer dans mes bras et lui rappeler que nous sommes des rescapées. Que nous devons unir nos forces. Pourtant, il y a une colère en moi que je n'arrive pas à surmonter. Je ne suis pas certaine qu'elle comprenne. Qu'elle ait conscience des dégâts que nous pouvons causer… que nous avons déjà causés.

— Jared a changé. Ils ont tous changé. Même toi. Tu te comportes comme si Gold Coast était à toi.

Je voudrais cracher du feu. Je voudrais qu'elle brûle, qu'elle souffre.

— Tu sais que j'ai raison, Nikki. Ce que j'ai dit le soir du Rallye est la vérité. Si Shaila était encore là, c'est elle qui aurait été maîtresse de cérémonie. Mais elle n'est plus là, et tu as hérité de la place. Ça te fait plaisir, hein ? D'avoir pris sa place. Je me trompe ?

Elle a les yeux rouges et exorbités, pourtant je continue, j'appuie sur le point le plus sensible, j'exploite ses faiblesses.

— Je me trompe ? je répète plus fort.

— Tais-toi ! hurle-t-elle en se couvrant les oreilles des deux mains.

Ses yeux s'embuent de larmes.

— Arrête de dire ça, Jill !

Je pince les lèvres. Loin de me sentir satisfaite, j'ai la nausée.

— Il ne nous reste plus que quelques mois, bredouille-t-elle. Tu es vraiment prête à tout bazarder maintenant ?

Je secoue la tête comme si j'étais un bélier. Menaçant. Indiscipliné.

— Je l'ai déjà fait.

17.

Je me tiens au bord de la falaise, à Ocean Cliff. Le vent est si puissant qu'il me malmène et menace de me faire basculer dans le vide. Je suis incapable de bouger, pourtant. Incapable d'aller me mettre à l'abri. J'aperçois Nikki au loin, et je voudrais l'appeler, mais ma langue ne me répond plus. Puis soudain Nikki fonce vers moi, le regard animé d'une lueur furieuse, sa bouche n'est plus qu'un trou noir et elle me pousse d'un geste.

Je tombe, si loin, si vite. Je suis seule, je dévale dans le noir.

Jusqu'à ce qu'un coup de tonnerre me réveille. Je cligne des yeux, presse une main sur mon cœur. Ce n'était qu'un rêve. Un cauchemar. Mais le bruit recommence, une vibration insistante.

Je cherche mon portable. Le nom de Rachel apparaît sur l'écran.

Question rapide : Shaila t'a déjà écrit des lettres ?

Oui. Pendant les vacances d'été, quand on était séparées. Pourquoi ?

J'en ai retrouvé une qu'elle m'avait envoyée au collège, et je me suis demandé si elle écrivait à d'autres personnes... Elle aurait pu leur parler de... Tu vois, quoi.

Mes doigts se pétrifient. Si je ne suis toujours pas certaine d'être convaincue de l'innocence de Graham, l'infidélité de Shaila me semble de plus en plus plausible, elle. Y avait-il des indices dans ses lettres ? Non, impossible. Elle ne m'écrivait que lorsque nous étions séparées, et nous avons passé toute l'année de la troisième ensemble.

Pas à moi, réponds-je.

Je m'en doute... Quelqu'un d'autre ?

Je ne sais pas.

Est-ce qu'il y aurait un moyen de le découvrir ?

Bah oui, en nous introduisant chez elle, je suppose.

Je blague, bien évidemment.

Tu serais prête à faire ça ??? Ses parents vont à Palm Beach tous les hivers, il n'y a sans doute personne chez elle !

Tu n'es pas sérieuse, là ?

??????

Je lâche mon portable. Est-ce que ça vaudrait le coup ? Qu'est-ce que je pourrais trouver ?

Cette pensée m'obnubile pendant toute la journée de cours, puis plus tard, à la bibliothèque, où je m'installe, seule, pour réviser mon examen pour la bourse – ma nouvelle activité préférée –, pendant la réunion des olympiades de maths et toujours à la table du dîner, devant mon assiette de saumon et patates douces rôties. Jared ne m'adresse toujours pas la parole, et mes parents blablatent sur leur travail et la météo, affreuse cette année.

Je tape du pied sous la table tant je suis nerveuse. N'y tenant plus, je redresse la tête.

— Je peux sortir de table ? Je viens de me rendre compte que j'avais oublié un bouquin à l'école et je voudrais retourner le chercher avant qu'ils ferment les portes pour la nuit.

Mes parents ne me regardent même pas.

— Bien sûr, dit mon père. Mais tu rentres tout de suite après, d'accord ? Il est déjà tard.

Il sort la clé de la voiture de sa poche et me la tend.

J'ai le cerveau en ébullition. J'ai du mal à croire que je m'apprête à faire ça. Si la maison n'est pas vide, je rebrousserai chemin. Voilà ce que je me dis.

Je ne suis pas retournée chez Shaila depuis des années, mais je connais la route par cœur. C'est comme le vélo, ça ne s'oublie pas. Je descends East End Street, puis après le feu je m'engage sur Grove Avenue, et je traverse la ville sur la rue principale. Je dépasse la salle de sport qu'aime tant la mère d'Adam, le Garage, et plus loin, une fois que je suis ressortie de la ville, sur les routes boisées, je longe le club hippique où Shaila a pris des cours, petite. Je ralentis pour franchir le petit pont qui sépare le domaine des Arnold du reste des environs et je me retrouve soudain à l'entrée de leur large allée bordée d'arbres. Je m'arrête et coupe le moteur.

J'agrippe le volant pour empêcher mes mains de trembler. *Je m'apprête vraiment à faire ça ?*

Je ferme les paupières et me torture les méninges pour la millième fois. *Comment réagirait Shaila à ma place ?* Elle irait jusqu'au bout. Bien sûr.

Je descends de voiture sur des jambes chancelantes, et le vent caresse la peau nue de mon cou. Il n'y a pas une seule voiture devant la maison. Signe évident que les Arnold ont pris leurs quartiers d'hiver ailleurs.

S'ils sont vraiment à Palm Beach, ils ont dû laisser une clé de secours dans la boîte à clés qui se trouve sur la dépendance au fond. Ils ont toujours utilisé la date d'anniversaire de Shaila pour tous les codes. 1603. Je respire profondément l'air froid pour gonfler mes poumons et rassembler le courage nécessaire.

Puis je me mets à courir. L'obscurité est si impénétrable que j'aperçois à peine mes pieds. La peur fait battre mon cœur, mais je me dis que tout sera bientôt terminé. Je suis presque arrivée. Le clair de lune éclaire la maison tel un projecteur braqué sur elle, à quelques centaines de mètres. Je continue à détaler entre les arbres, puis je déboule dans le jardin des Arnold, un gigantesque terrain contenant une piscine et un court de tennis.

De là, je peux apercevoir la fenêtre de la chambre de Shaila, dans le noir absolu, comme le reste de la maison. Après avoir pris une profonde inspiration, je me rends à l'extrémité du jardin, où se dresse toujours la dépendance, qui sert de maison d'amis. La boîte à clés est toujours à sa place, sur la porte d'entrée. Je garde mes gants pour taper le code, les doigts tremblants. La lumière passe du rouge au vert et la petite trappe s'ouvre. Je retiens mon souffle.

La clé est à l'endroit où elle s'est toujours trouvée, elle m'attend.

Je m'en empare et file sur le côté de la maison principale vers une porte plus discrète, qui ne servait que pour les livraisons et les traiteurs lorsque les Arnold organisaient des cocktails en grande pompe. Les invités ne passaient jamais par là. Avant de mettre la clé dans la serrure, je retire ma veste et mes chaussures et les laisse dehors. Je ne dois surtout pas mettre de la boue ou de la terre à l'intérieur.

La clé tourne et la serrure coulisse. J'attends une seconde, guette une alarme ou… autre chose. Il ne se passe rien. À l'intérieur, ça sent le renfermé, je me demande depuis quand les Arnold ne sont pas venus. Personne ne les a revus après le jour de la rentrée. Ni en ville ni au supermarché. Ce qui n'a rien de très surprenant, en même temps. Ils ont renoncé à toute vie sociale après la mort de Shaila.

Je traverse le rez-de-chaussée sur la pointe des pieds, par curiosité surtout. Rien n'a changé depuis ma dernière visite, il y a trois ans. La belle porcelaine est toujours exposée dans un magnifique vaisselier en bois dans l'immense salle à manger. Le piano est si brillant que je me reflète dedans. Il y a encore, dans l'escalier en colimaçon, le tapis rouge et vert pour les fêtes de Noël, alors qu'on est au milieu du mois de février.

Et Shaila est absolument partout. Une photographie de son visage le jour de sa première communion a servi de modèle à la peinture dans le salon. Sa photo de classe de CM2 est suspendue dans le couloir. Puis, dans l'escalier, elle est là avec ses parents, dans sa plus belle tenue de Pâques.

Je gravis les marches que je connais par cœur en faisant glisser ma main sur la balustrade. Je tourne à droite une fois sur le palier et suis le couloir. Arrivée devant sa chambre, je m'arrête.

Je presse mon front contre la porte et sens la présence de Shaila derrière moi. Elle m'encourage. *Tu en es capable, Jill. Tu dois le faire. Tu n'as pas le choix.* Je tourne la poignée en bois et pénètre dans le monde de Shaila. Il fait si noir que je ne vois rien. Je sors mon portable de ma poche pour utiliser la lampe torche. Et ce que je découvre me stupéfie : la chambre de Shaila est exactement dans le même état que lors de ma dernière visite.

Son lit en bois sombre, celui avec les piliers en spirales, trône dans la pièce. La tête de lit massive est placée contre le mur le plus éloigné de l'entrée. Le couvre-lit en soie lilas avec de jolis boutons est parfaitement positionné. Un cochon en peluche, que Shaila adorait à l'école primaire, puis qu'elle a rejeté dès qu'elle a eu ses règles, est assis contre les oreillers et observe la chambre.

Ma gorge me chatouille, je résiste à la tentation de me rouler en boule sur le couvre-lit pour vérifier s'il a conservé son odeur. J'ai une mission, et je me force à ne pas perdre mon objectif de vue, à chercher quelque chose, n'importe quoi, qui pourrait nous dire si elle a parlé de son infidélité à quelqu'un. Je me dirige d'abord vers son dressing, où elle planquait souvent des bouteilles d'alcool entamées et des cartouches pour vapoteuses. Je fouille dans les piles de vêtements. Pas de lettres. Je referme la porte et me dirige vers son armoire. Elle ne contient que les vieux uniformes de Gold Coast, sous des housses en plastique de pressing. Ils sentent l'amidon, ils ont perdu l'odeur de Shaila.

Je me dirige ensuite vers sa coiffeuse, où nous avons passé tant de temps à nous appliquer de l'eyeliner et du rouge à lèvres, à nous transformer. Le miroir garde des mouchetures de teinture rousse, souvenir de la fois où Shaila a voulu se colorer les pointes, au collège, pour s'amuser. J'essaie de gratter les petits points avec mon ongle, mais ils refusent de partir. Coincé dans un coin du miroir se trouve une photo de Shaila, Nikki, Marla et moi. C'était juste avant le bal de printemps, l'année de troisième. Nous portions des robes à paillettes et trop de maquillage. Shaila nous avait toutes coiffées, je ne m'étais jamais sentie aussi jolie.

Mon cœur se serre quand je vois nos immenses sourires. Shaila enlace Nikki et Marla, et moi je suis collée contre Nikki. Nous avons toutes l'air si heureuses. Nous ne savions pas que Shaila perdrait la vie moins d'un mois plus tard.

Je veux prendre la photo pour garder un souvenir, mais elle est coincée entre le cadre et la vitre. En faisant bien attention à ne pas la déchirer, je la dégage lentement, centimètre par centimètre. Soudain, j'aperçois autre chose dessous.

Une feuille de papier à carreaux, arrachée dans un cahier, et repliée en tout petit. Ce minuscule carré servait à maintenir la photo en place. Maintenant que je l'ai retirée, il tombe. Je le ramasse et le déplie avec des doigts tremblants. L'écriture ronde de Shaila m'est si familière que je manque d'en avoir le souffle coupé. Mon cœur tambourine dans mes oreilles, et je dois prendre appui sur la coiffeuse pendant que je déplie la feuille. Je balaie les mots rapidement, sans comprendre ce que je lis dans un premier temps. Je me force à inspirer et expirer, puis je reprends calmement du tout début.

1er avril

KARA ! Il m'est arrivé un truc énorme. Je suis amoureuse. AMOUREUSE !

Mais… pas de Graham. Ne m'en veux pas, s'il te plaît. Je me reproche déjà de m'être retrouvée dans cette situation. Une vraie torture ! Je ne peux en parler qu'à toi ! Il dit que ça gâcherait tout et qu'on devrait arrêter de se voir si d'autres personnes l'apprenaient. Que nos deux vies seraient TERMINÉES. Qu'il aurait de sérieux ennuis. Le genre d'ennuis qui ruinent une existence.

Mais tant pis, j'explose, j'ai des picotements partout. Je n'en peux plus de me cacher. Je voudrais le dire au monde entier. Mon amour pour lui supplante tout le reste. J'ai du mal à respirer dès qu'on est séparés, ça me tue quand je le croise dans les couloirs et que je dois faire comme s'il n'y avait rien entre nous.

Ça a commencé un jour après les cours, dans le parking derrière l'auditorium. Il m'a dit que je le rendais fou. Je n'avais jamais entendu un compliment pareil. Puis il s'est penché pour poser ses lèvres contre les miennes. Elles étaient si douces et tendres. Ça ne m'a pas suffi, j'en voulais plus. Et il ne semblait pas gêné par mon désir. Au contraire, ça lui plaisait. J'imagine que c'est parce qu'il a plus d'expérience. Graham a toujours l'air terrifié, lui.

La fois suivante, il m'a demandé si je voulais le faire, et j'ai dit oui. C'était un peu douloureux au début, mais il a poussé des gémissements dans mon oreille, j'ai adoré ça. Et ensuite, c'est devenu incroyable. Il a dit qu'il n'avait jamais rencontré de fille plus douce que moi. J'ai cru que ma tête allait exploser.

Je voudrais tellement en parler à Jill ! C'est la seule qui pourrait comprendre… et, en un sens, c'est pour ça qu'elle ne doit pas savoir. On parle ensemble sans arrêt de notre première fois, de ce qu'on ressentira, de la personne avec qui on voudrait que ça arrive. Elle serait furieuse de savoir que je l'ai déjà fait sans lui en parler.

Je pensais que je me sentirais mal… ou sale. Et pas du tout. Au contraire, je me suis sentie forte, comme si j'avais du pouvoir, comme si nous étions égaux. Boire de l'alcool, c'est sympa, mais avoir ce genre d'intimité avec un garçon… je n'ai jamais connu un trip pareil.

Je sais que je devrais quitter Graham, pourtant… je n'en ai pas envie. Je l'aime bien. J'aime sa façon de me regarder et de me prendre par les épaules devant tout le monde. J'aime notre relation, le fait que ce soit simple pour nos deux familles, que Rachel m'apprécie encore plus. J'ai l'impression d'avoir enfin trouvé ma place. Qu'est-ce que je vais faire ?

Je relis la lettre pour la troisième ou la dixième fois quand j'entends un énorme crissement. Le bruit me fait sursauter et mon cœur remonte dans ma gorge. Je me tourne vers la fenêtre. C'est simplement une branche qui a raclé la vitre. Je tente de calmer les battements de mon cœur, mais je sais que je dois partir d'ici, et vite. J'ai été débile de venir de toute façon.

Je replie la feuille en deux puis en quatre avant de la glisser dans la poche de mon jean. Arrivée à la porte, je me retourne pour balayer une dernière fois du regard la chambre de Shaila. Le silence inquiétant, les secrets qu'elle cachait, tout me donne envie de vomir. J'ai l'impression qu'elle pourrait surgir d'un instant à l'autre et se jeter sur le lit. Sauf qu'elle ne reviendra jamais. Ni pour mettre le bazar ici, ni pour me dire la vérité sur l'identité de son meurtrier ou sur la raison pour laquelle elle a éprouvé le besoin de me cacher un secret aussi important. J'aurais compris. J'aurais été là pour elle. Au lieu de quoi elle s'est tournée vers Kara Sullivan. La pimbêche new-yorkaise. Je ravale mes larmes et me mords la lèvre presque jusqu'au sang.

Je ferme derrière moi, puis redescends jusqu'à la porte par laquelle je suis entrée. Je remets mes chaussures et ma parka en frissonnant, vais remettre la clé dans sa boîte. Je prends de grandes respirations et lève les yeux vers le ciel. Il est trop couvert pour que je puisse espérer y voir quoi que ce soit. Le jardin est si noir que je commence à avoir mal aux yeux.

Je disparais dans l'obscurité.

De retour à la maison, je relis la lettre. Encore et encore jusqu'à la connaître par cœur. Il est tard maintenant, plus de 1 heure du matin. Je n'entends que le vent qui hurle et le léger martèlement de la pluie que la nuit risque de transformer en neige. Quand je lis la lettre une dernière fois, je sens les larmes qui montent et menacent de tomber sur la belle écriture ronde de Shaila. J'essuie mon visage avec ma manche, désireuse de préserver ces mots, ce flot de paroles terrifiant d'authenticité.

J'aimerais tellement qu'elle soit là pour annoter chaque phrase, pour m'expliquer pourquoi elle m'a caché ses pensées les plus intimes. Alors qu'elle en parlait aussi librement avec Kara.

Je sens une douleur lancinante dans mon cœur alors que j'essaie de donner un sens à tout ceci, à ce que Shaila a fait dans mon dos, à celle qu'elle était réellement. Est-ce que je la connaissais, au fond ?

Mais je n'ai pas envie de penser à ça maintenant. Je veux découvrir l'identité du garçon dont elle parlait pour savoir s'il a des informations. Ce qu'il a fait.

Je ne peux appeler qu'une seule personne.

Rachel décroche à la première sonnerie. Je ne m'embarrasse pas avec les politesses.

— Tu as encore le numéro de Kara Sullivan ?

— Punaise, Jill, je dormais…

Elle a la voix rauque et ensommeillée.

— Ah, désolée.

J'abandonne ma tête sur mon oreiller et ferme les yeux. Je suis épuisée soudain.

Rachel soupire.

— Kara Sullivan ? Sans doute quelque part, pourquoi ?

— J'ai trouvé une lettre. Que Shaila a écrite à Kara. On doit lui parler.

— Attends… Tu veux dire que tu es allée chez les Arnold ?

— Oui…

J'entends un frottement comme si Rachel couvrait le téléphone avec sa main.

— J'en ai pas pour longtemps, bébé.

Puis un bruissement de draps et quelques pas. Je m'excuse à nouveau.

— Désolée.

— C'est rien. Frida a le sommeil léger, c'est tout.

J'entends une porte se fermer.

— Bon alors, c'est quoi cette histoire ? Raconte-moi tout, Jill.

— Il n'y avait personne dans la maison, alors j'ai juste… J'ai fait ce que Shay aurait fait à ma place. Je savais où trouver une clé. Et je suis entrée.

— Courageux.

— La lettre est adressée à Kara. Shaila a dû oublier de la lui poster. À moins qu'elle ait renoncé à le faire. Elle est datée de quelques mois avant sa mort.

— Et qu'est-ce qu'elle dit ?

— C'est vrai, dis-je le souffle court. Shaila trompait Graham.

— Avec qui ?

— Je ne sais pas. Elle ne donne pas son nom.

Après avoir gardé le silence une seconde, Rachel murmure :

— On doit parler à Kara.

— Je sais.

La dernière fois que je l'ai vue, c'était aux obsèques de Shaila. Elle portait une robe en soie noire qui paraissait trop chic pour l'occasion. Ses cheveux étaient impeccables, ils dévalaient dans son dos en belles ondulations, apparemment imperméables à l'humidité océanique. Elle serrait un morceau de papier dans son poing. Je m'en souviens. C'était peut-être une autre lettre de Shaila.

— Vous vous connaissez depuis longtemps, toutes les deux, non ?

— Je la connais depuis sa naissance, répond Rachel. Je l'ai même gardée une ou deux fois.

— Tu peux la contacter ? Pour organiser un rendez-vous ?

— Les Sullivan ont coupé les ponts après cette histoire. Mais je m'en occupe, d'accord ?

— D'accord.

— Je te tiens au courant.

Je raccroche. Je sais que je ne trouverai pas le sommeil. J'ouvre Instagram et je cherche Kara. À quoi ressemble-t-elle maintenant ? Est-elle toujours aussi froide et prétentieuse qu'il y a trois ans ?

Il ne me faut pas longtemps pour atterrir sur son profil. Elle a quelques milliers de followers et poste régulièrement depuis les endroits les plus branchés de Manhattan.

Je remonte son fil jusqu'à tomber sur un post du mois de juin. Pour l'anniversaire de la mort de Shaila.

Une photo d'elles, à l'époque de la maternelle, assises ensemble sur la plage, leurs jambes bronzées étendues devant elle. Les cheveux bruns de Kara se mêlent aux boucles blondes de Shaila, et elles s'enlacent. *À ma meilleure amie, ma sœur, partie trop tôt. À tout jamais liées. K. #ShailaArnold.*

Le hashtag me donne envie de gerber. *Mais quelle opportuniste, cette fille !* Je continue à faire défiler les posts jusqu'à ce que le sommeil finisse par m'emporter pour de bon.

Retrouve-moi aujourd'hui à 11 heures. Sur la 71e entre Madison et Park.

Le texto arrive alors que j'engloutis des gaufres dans la cuisine, tout en révisant mes fiches pour l'examen. La maison est vide, calme. Je lâche avec fracas ma fourchette dans l'évier et, quelques minutes plus tard, je suis dehors. La gare est à un kilomètre et demi de la maison.

Quand je sors du métro, dans les beaux quartiers de Manhattan, je suis frappée par la différence avec l'endroit où vit Rachel. Les maisons de ville sont parfaitement entretenues ici, avec de belles grilles ouvragées, et des jardinières remplies de plantes même en plein hiver. Pas un éclat de peinture en vue. Même les chiens sont mieux élevés. Ces petites boules de poils vêtues de minuscules pulls en laine ou de doudounes brillantes se pavanent sur les trottoirs en traînant leurs maîtres derrière elles. Les rues sont larges et les vitrines spacieuses, attirantes. Pas étonnant que Kara n'ait jamais mis les pieds à Gold Coast. Je ne m'attendais pas à trouver New York si beau. Et étouffant, en même temps.

— Tu es là !

Rachel dévale Madison, une thermos de café à la main. Mes épaules se détendent un peu en la découvrant. Avec son rouge à lèvres vif, son manteau *oversize* à imprimé léopard et son bonnet fluo, elle jure autant dans ce décor que moi avec mon legging distendu et mon sweat-shirt de la colo de sciences.

Elle me serre dans ses bras. Ses yeux pétillent d'excitation.

— Kara habite juste là.

Elle m'indique l'une des maisons parfaitement entretenues. En pierre grise, avec d'immenses fenêtres qui semblent nous adresser un sourire menaçant.

— Dans quel appartement ?

Rachel me dévisage.

— Ils ont la maison entière. Sa mère l'a négociée dans le cadre de son divorce.

— La vache…

Rachel sonne à l'interphone et je serre les poings.

— Quoi ? répond sèchement une voix féminine.

— Allez, Kara…

Elle se jette sur la caméra vidéo, comme pour lui faire peur.

La porte s'ouvre sur Kara, qui se tient devant nous bras croisés. Elle porte un pull en cachemire camel, un jean sans doute hors de prix et des sabots en cuir noir dont dépasse de la fourrure.

— Bonjour, dis-je.

— Tu ne nous invites pas à entrer ? demande gentiment Rachel.

Kara la foudroie du regard mais elle pivote sur ses talons et s'éloigne de la porte. C'est une invitation, je suppose. Rachel me lance un coup d'œil pardessus son épaule en haussant les sourcils. Je la suis à l'intérieur et m'efforce de ne pas pousser de cris. Des œuvres d'art ornent tous les murs. De véritables tableaux. Dignes de figurer dans un musée.

Kara lit apparemment dans mes pensées.

— Des cadeaux, explique-t-elle.

Un sourire satisfait se peint sur ses lèvres. Elle nous montre un tableau d'un homme devant une piscine.

— Ça, c'est un David Hockney.

Elle s'arrête devant un autre cadre qui contient ce qui ressemble à une affiche. Des grosses lettres capitales qui énoncent un message. *I can't look at you and breathe at the same time.* (Je ne peux pas te regarder et respirer en même temps).

— Et ça, un Barbara Kruger. C'était le préféré de Shaila.

Un silence gêné s'étire entre nous trois.

Rachel rompt la glace.

— Écoute, je sais que tu n'es pas censée me voir…

Kara ricane.

— C'est le moins qu'on puisse dire.

— Pourquoi ? je demande en les dévisageant tour à tour.

Mais aucune d'elles ne m'accorde ne serait-ce qu'un coup d'œil. Elles sont trop occupées à se toiser, comme si elles se préparaient à un combat.

— Ma mère me tuerait si elle savait que tu es là.

— Où est Mona, d'ailleurs ?

— Sortie.

Kara s'affale sur un canapé en velours moelleux et croise les bras. Puis elle se tourne vers moi.

— Ma mère m'a interdit de parler à Rachel, et accessoirement, à toutes les personnes de Gold Coast, après ce qui s'est passé. Elle ne voulait pas que je me retrouve mêlée à des affaires… louches.

Rachel prend un air exaspéré.

— N'en rajoute pas, Kar.

— Hé, sois sympa ! Tu as de la chance que j'aie accepté de te parler.

— Pourquoi, d'ailleurs ?

Les traits de Kara se radoucissent. L'espace d'un instant, elle ressemble à une lycéenne normale, et pas à une princesse du monde de l'art.

— Elle me manque. Elle et… tout le reste. C'était ma meilleure amie. Et elle est morte. Tout ce qui nous reliait est…

Elle prend une profonde inspiration.

— Ma mère voit encore les Arnold parfois, lorsqu'ils viennent en ville. Mais ils ne veulent pas me croiser. Ils disent que je la leur rappelle trop. Que c'est douloureux.

Mes épaules se tendent à nouveau. Je n'aurais jamais pensé que Kara avait une relation aussi profonde avec Shay. Leur amitié me semblait tellement contrainte, tellement superficielle. Peut-être que leur lien était sincère, au fond.

Elle relève le menton et son ton redevient cassant.

— Bon, mais finissons-en. Vous avez quelque chose pour moi, c'est ça ?

Je sors la lettre de ma poche. Mes doigts tremblent quand je tends le bras vers Kara. Elle m'arrache la feuille et balaie le texte en diagonale avec avidité. Elle croise les jambes et remue le pied nerveusement.

Rachel croise mon regard et nous attendons une minute supplémentaire que Kara prenne la parole. Mais elle conserve le silence, relisant sans relâche les mots que Shaila a rédigés de son écriture ronde.

Je finis par ne plus y tenir.

— Alors ?

— Vous pourriez me laisser une minute ? demande-t-elle tout bas sans relever la tête. Je voudrais rester seule…

Rachel pince les lèvres comme pour contenir ses émotions.

— Très bien. On va aller prendre un peu l'air avec Jill.

— Est-ce que je pourrais passer aux toilettes ?

Kara m'indique l'escalier dans l'entrée.

— C'est au premier. Troisième porte sur la droite.

Rachel sort sur le perron de la maison pendant que je monte à l'étage. J'en profite pour étudier les photos au mur. Elles sont si incroyables qu'elles n'ont pas pu être prises par des amateurs. Sur l'une d'elles, Kara est bébé, nue, à côté de sa mère, en robe de créateur et diamants. Plus tard, pour ses seize ans, elle fixe l'objectif de l'appareil photo avec son regard de braise et son teint parfait. Apparemment, elle n'a pas eu de phase ingrate, elle…

Alors que je suis au premier, un éclair de violet retient mon attention à travers une porte entrebâillée. C'est le couvre-lit de Shaila. Kara doit avoir le même. Je me demande si elles les ont choisis ensemble.

Sans me poser trop de questions, je pousse la porte du bout des doigts. La chambre de Kara est impeccable. On dirait que c'est celle d'une jeune adulte chic. Tout est en marbre ou en verre. Des colliers en pierres précieuses sont exposés à plat dans une boîte à bijoux ouverte sur une immense commode. Les murs sont décorés de photographies en noir et blanc, signées Robert Mapplethorpe. Je dois retenir un fou rire, tellement c'est insensé.

Je fais le tour de son lit sur la pointe des pieds en m'efforçant de ne pas faire de bruit sur le parquet, pour atteindre sa table de nuit, contre le mur.

Mon ventre se serre aussitôt. Dans un cadre noir tout simple se trouve un portrait d'elle… et Shaila. Elles devaient être à l'école primaire, parce que je n'ai jamais connu Shay aussi jeune. Elles se regardent, assises sur un banc en bois avec la plage en arrière-fond. Elles ont chacune un cornet de glace à la main et un large sourire édenté. Deux petites filles habituées à partager des secrets, et à les garder aussi.

— Tu t'es perdue là-haut ? me crie soudain Kara.

Je retiens mon souffle.

— J'arrive !

Je file aussitôt vers l'escalier.

— Tu as pris ton temps, me dit-elle à mon retour dans le salon.

Rachel est déjà rentrée, calée dans un fauteuil en velours bleu canard.

— Alors, tu en penses quoi ? demande-t-elle à Kara.

— Tout ce que Shaila a pu me dire, elle l'a fait sous le sceau du secret, répond-elle en redressant le menton. Ce n'est pas maintenant que je vais la trahir.

— Arrête tes conneries, Kara. Balance ce que tu sais.

— Pourquoi je ferais ça ?

— Parce qu'on a des preuves de l'innocence de Graham. Quelqu'un d'autre a tué Shaila.

La surprise se peint brièvement sur les traits de Kara, qui se ressaisit aussitôt.

— Parce que tu nous connais, Graham et moi, depuis aussi longtemps que Shaila, poursuit Rachel, et qu'il mérite autant qu'elle ta loyauté. Tu n'as pas pu sauver Shaila, mais tu peux encore nous aider à sauver Graham.

— Merde, lâche-t-elle en mordillant sa lèvre rouge parfaite. Ma mère me tuerait…

Elle se frictionne le visage avant de se laisser aller contre le dossier du canapé.

— Shaila le trompait, dit-elle d'une voix mal assurée.

— Tu sais avec qui ? demande Rachel.

— Elle ne me l'a jamais dit.

Kara tapote la lettre de Shaila avec son index.

— Elle l'écrit noir sur blanc, il lui a interdit de dévoiler son identité, et elle ne l'a pas fait.

— Alors c'est tout ? lance Rachel. Tu ne sais rien d'autre ?

Son ton est fébrile, désespéré.

Kara soupire et prend appui sur ses genoux avec ses coudes. Ses cheveux bruns forment un rideau devant son visage.

— Et merde, marmonne-t-elle. Il y avait un truc, si. Vers la fin de l'année, quelques semaines avant sa mort, elle m'a raconté que ce type commençait à la faire flipper. Qu'il la kiffait un peu trop. Ça virait presque à l'obsession. Il lui a offert des boucles d'oreilles en diamant.

Kara glisse ses cheveux derrière ses oreilles, dévoilant les siennes.

— J'imagine qu'elle avait dû lui parler des miennes et lui dire qu'elles lui plaisaient… Il lui a trouvé quasiment la même paire. Je crois que ça l'a fait flipper. Ces diamants font chacun deux carats. Mon père me les a offerts quand il nous a quittées…

Elle secoue la tête.

— Pour me consoler. Ça a mis Shaila mal à l'aise. Elle disait qu'elle ne pourrait jamais les porter, que les gens lui poseraient trop de questions. Elle a refusé son cadeau, et il a pété un plomb. Il l'a traitée d'ingrate. Je crois que c'est après ça qu'elle a voulu mettre un terme à leur histoire. C'est ce qu'elle m'a raconté en tout cas.

Elle replie ses jambes sur le canapé. Dans cette position, elle paraît plus jeune, j'ai enfin l'impression qu'on vit sur la même planète.

Je croise le regard de Rachel. Si Shaila venait de rompre avec ce type mystérieux, alors il avait un mobile.

Kara regarde sa montre.

— Vous devez partir. Ma mère ne va pas tarder.

Rachel se lève, mais j'ai des réticences à m'en aller.

— Attends... Elle t'a envoyé d'autres lettres, non ? On pourrait en lire certaines ? Juste pour être sûres qu'aucun détail ne nous a échappé ?

Kara ouvre la bouche pour répondre, et je sais que je n'aurai pas d'autre occasion.

— J'aimais Shaila autant que toi. Elle était ma meilleure amie... Je veux juste découvrir ce qui lui est réellement arrivé.

Kara se renfrogne et fait non de la tête.

— Pourquoi ? s'emporte Rachel.

Les yeux de Kara se remplissent de larmes et elle pousse un soupir profond.

— Ma mère me les a prises. Je les gardais dans une boîte et, à la mort de Shaila, elle a décidé que je ne devais pas vivre dans le passé, que ça ne servirait qu'à me faire souffrir. Je ne sais pas où elle les a mises, ni même si elle les a conservées.

— Kara... Je suis désolée pour toi.

— C'est rien, me répond-elle. Enfin si, bien sûr. Mais qu'est-ce que j'y peux ?

Je hoche la tête. Je sais ce que ça fait de se sentir impuissante.

Rachel s'apprête à dire quelque chose quand nous nous figeons toutes les trois en entendant des bruits de pas sur le perron de la maison. Puis une clé dans la serrure.

— Zut ! c'est ma mère. Dépêchez-vous, vous pouvez sortir par derrière.

Kara nous pousse dans la cuisine rutilante et ouvre la porte si lentement qu'elle n'émet pas le moindre son. Sans nous prévenir, elle nous serre toutes les deux dans ses bras – à l'opposé de l'accueil glacial qu'elle nous a réservé –, puis me rend la lettre de Shaila.

— Trouvez-le, d'accord ?

Avant que j'aie le temps de répondre, elle nous libère et referme la porte sans un bruit.

— Je te raccompagne à la gare, me dit Rachel tout bas.

Nous remontons la ruelle jusqu'à la rue, et marchons en silence pendant une ou deux minutes.

— Il faut qu'on montre la lettre aux avocats la semaine prochaine, dit soudain Rachel. Je peux la revoir ?

Je la déplie et la lui tends. Rachel prend le temps de la relire, de décortiquer chaque phrase, une puis deux fois. Soudain, elle étouffe un cri.

— Regarde, là. Elle lit le passage à voix haute. *Ça a commencé un jour après les cours, dans le parking derrière l'auditorium.* Elle précise aussi qu'il a plus d'expérience qu'elle.

Je stoppe net.

— Oh ! la vache… Merde !

— Le parking derrière l'auditorium… C'est bien celui des profs, non ?

18.

Je n'ai jamais compris les gens qui se foutent d'être appréciés, qui prétendent que les autres peuvent bien penser ce qu'ils veulent sur leur compte. Je ne m'en suis jamais foutu, moi. J'ai toujours voulu être appréciée et intégrée, respectée et admirée. C'est pour ça que j'ai passé mon année de troisième à distribuer des verres de bière bien remplis et à acheter des donuts chez Diane pour les terminale. Que j'ai ri à des blagues qui n'étaient pas drôles ou qui se faisaient à mes dépens. Que je me suis occupée de remplir des sacs poubelles de bouteilles vides, après les fêtes, pendant que les garçons continuaient à s'éclater. Que j'ai salivé en apprenant les rumeurs les plus croustillantes de Gold Coast Prep qui ne me concernaient pas. Mieux valait alimenter le moulin à ragots qu'en être l'objet.

Et voilà pourquoi quand, un soir sur la plage, l'année de troisième, Tina Fowler m'a murmuré : « Je peux te confier un secret ? », j'ai hoché la tête avec enthousiasme. J'étais folle de joie qu'elle m'ait choisie. Nous étions allongées côte à côte, et Tina a roulé sur le flanc, me mettant du sable dans les cheveux. Elle s'est penchée tout près de moi.

« J'ai entendu dire qu'un des profs couche avec une élève. Ils l'auraient fait dans sa voiture à lui, sur le parking de l'école, en fin de journée. » Son mascara, qui formait des paquets, et son trait d'eyeliner trop sombre lui donnaient l'air débraillé. Elle n'avait jamais su se maquiller, mais ses dents du bonheur la rendaient attendrissante. Tout le monde la trouvait « adorable ».

« La vache ! », ai-je dit en me tournant vers le feu de joie qui crépitait à quelques mètres de là. Les garçons étaient autour des flammes, ils lançaient des bâtons, des morceaux de carton et tout ce qui leur tombait sous la main. Leurs rires couvraient le bruit des vagues. C'était début avril et nous étions emmitouflés dans des couvertures en laine polaire.

« C'est bien tordu, hein ? » Et pourtant, son expression semblait suggérer qu'elle ne trouvait pas ça si tordu. Elle avait un sourire si large que je pouvais voir ses canines. On aurait dit des crocs.

« Carrément, ai-je rétorqué.

— Je te parie que c'est M. Scheiner », a-t-elle ajouté.

J'ai gloussé.

« Ou l'assistant du prof d'EPS, Doppelt. Il aime traîner dans les vestiaires des filles, d'ailleurs Shaila l'a dénoncé.

— Oh ! mon Dieu ! s'est exclamée Tina en se plaquant une main sur la bouche. Rachel m'a raconté la même chose ! »

Elle s'est encore rapprochée de moi et m'a donné un coup d'épaule.

« Par contre, ce serait carrément une autre histoire s'il s'agissait de M. Beaumont, non ? Il est tellement beau… »

À l'époque, il avait encore le statut de « nouveau ». Il débarquait en cours juste avant la sonnerie, et s'asseyait sur une table du premier rang. En général, celle de Shaila. Parfois celle de Nikki. Jamais la mienne. Quand il nous demandait si nous avions passé un bon week-end, il avait un grand sourire qui semblait suggérer qu'il nous comprenait mieux que personne. Il était de notre côté.

« Sérieusement, a repris Tina en avalant une gorgée d'alcool. Je serais prête à tout pour sortir avec lui. Il a à peine vingt-cinq ans. C'est pas non plus fou comme écart d'âge.

— Peut-être l'année prochaine, ai-je plaisanté.

— Quelqu'un en profite déjà cette année… Fonce, meuf ! », a-t-elle beuglé.

Quelques paires d'yeux se sont tournées dans notre direction, et nous nous sommes écroulées de rire dans le sable humide. J'étais tellement heureuse d'être dans la confidence, de ne pas être traitée de « minus de troisième débile », de ne pas être forcée de réciter les seconds prénoms de tout le monde, dans l'ordre alphabétique, puis à l'envers. Échanger des ragots sur un prof beau gosse était sans conséquence. On s'amusait. Tout ce qui comptait, c'était que Tina m'apprécie, au moins pour une soirée.

Cette confidence m'a paru totalement insignifiante sur le moment. Une rumeur de plus. Qui avait cessé de courir dès les vacances de printemps. Parce qu'une autre avait pris le relais.

Mais… et si la rumeur concernant M. Beaumont était vraie en réalité ?

Une seule personne pouvait répondre à cette question. Le garçon qui avait appris l'histoire de Gold Coast Prep comme si son avenir en dépendait. Sauf qu'il ne m'adressait plus la parole…

Tant pis, l'enjeu est trop grand, et je décide donc d'attendre Quentin près de sa caisse après les cours du lundi. C'est la première journée douce depuis des mois, et il y a tellement de soleil que je dois protéger mes yeux avec mes mains.

Quentin m'aperçoit au dernier moment et s'arrête net.

— Qu'est-ce que tu veux, Jill ?

La dureté de son ton me fait tressaillir.

— Juste parler.

— Tu n'as pas remarqué que je ne t'adressais plus la parole ?

— J'ai pensé que tu pourrais faire une exception…

J'accompagne ma phrase d'un sourire que j'espère convaincant. Il roule des yeux agacés, mais lâche :

— Monte.

Je boucle ma ceinture pendant qu'il démarre en trombe. Il fait sa manœuvre avec des gestes brusques pour sortir au plus vite du parking.

— Tu as peur qu'on nous voie ensemble ? je plaisante.

— Un peu.

Sa mâchoire se serre.

— J'ai besoin de ton aide. C'est au sujet de Graham…

Il pile aussitôt. Nous sommes au milieu d'une route étroite, c'est un endroit dangereux pour s'arrêter, pourtant il pose sa tête sur le volant et ne semble pas avoir l'intention de bouger.

— Purée, Jill, je n'ai pas envie de ressasser cette histoire encore une fois. On a tous décidé de tourner la page.

— Je sais bien, mais…

Il m'interrompt d'une voix cinglante.

— Si tu préfères, certains d'entre nous ne veulent pas remuer le passé. Certains d'entre nous veulent aller de l'avant, dégager de cette putain de ville et oublier ce qui est arrivé.

Ses mots sont blessants. Comment peut-il vouloir oublier Shaila ?

— Si tu étais un peu moins égocentrée, tu te rendrais compte qu'on cherche juste à sortir d'ici vivants, m'assène-t-il.

— Égocentrée ? Tu te fous de moi ? Je suis la seule à penser à Shaila en ce moment. Je suis la seule à vouloir découvrir la vérité.

Des larmes me brûlent les yeux. La solitude accablante que je ressens depuis des mois m'écrase soudain.

Quentin appuie sur l'accélérateur, et nous repartons.

— Oui, ben pendant que tu t'agitais, que tu plantais les Joueurs et que tu faisais ta fixette sur Shaila, certains cherchaient un moyen de pouvoir se barrer d'ici et d'aller à la fac.

— Comment ça ?

Quentin a été accepté dans le prestigieux cursus d'art de Yale à l'automne. Il était fou de joie, lui aussi.

— Tous les élèves de Gold Coast Prep ne roulent pas sur l'or, tu sais ? Tout le monde n'a pas un gentil papa friqué ni un papa tout court.

Sa voix s'étrangle.

— Je veux dire, j'ai une vie géniale. J'ai tellement de chance d'avoir ma mère et les Joueurs. Je fais partie des gens les plus privilégiés du monde. J'en ai conscience. Et pourtant, comparativement à tous les autres, j'ai l'impression d'être un moins-que-rien parce qu'on n'a pas genre… six baraques. Les gens sont si privilégiés ici, ils n'ont aucun recul, putain. J'en parle tout le temps avec Marla.

— Je suis désolée.

— Je ne veux pas que tu sois désolée, Jill, aboie-t-il. Mais je n'ai pas envie de passer mon année de terminale à ressasser le passé. C'était déjà horrible à vivre sur le moment… Je veux me concentrer sur l'avenir.

— Je suis boursière, tu sais.

C'est la première fois que je l'avoue à quelqu'un. Un sentiment de honte me vrille le ventre – pas parce que je suis boursière, mais parce que j'ai ressenti le besoin de le cacher.

Quentin se redresse sur son siège.

— Sérieux ?

— Oui. Une bourse au mérite. Ma moyenne ne doit pas descendre en dessous de 93.

— Moi aussi, j'ai une bourse. Pour les arts visuels, me dit-il avec un sourire. Ils prennent en charge tous mes frais depuis le collège.

— Et je ne sais pas non plus comment mes parents pourront payer Brown, j'ajoute tout bas. Je dois passer un examen. Si je finis première, le coût de la scolarité sera pris en charge. Je passe tous mes déjeuners à réviser depuis que je ne suis plus à la table des Joueurs. Mais je ne suis pas certaine de pouvoir réussir. Pas sans aide.

— Tu crois vraiment avoir besoin de ces Archives débiles ? s'esclaffe-t-il. Tu es Jill Newman, enfin. Tu es née pour aller à Brown.

Au feu rouge, il se tourne vers moi.

— Montre-leur qui tu es.

Quentin est si gentil que j'en ai les larmes aux yeux. Je voudrais lui dire que c'est plus facile de s'inquiéter pour Shaila que pour l'avenir et que nous serons, bien sûr, à la hauteur des attentes de tout le monde. Parfois, c'est plus simple de se raconter que la vie se termine à la fin du lycée. Est-ce que ça ne justifierait pas tout, du coup ?

Puis je me rappelle la raison de ma présence dans sa voiture.

— J'ai juste besoin de savoir une chose. Tu t'en souviens, en troisième, la rumeur a couru qu'un prof se tapait une élève ?

— Ah ça oui, je m'en souviens.

— Et c'était Beaumont le prof, non ?

— Lui-même, répond-il sans une seconde d'hésitation. Je m'étais porté volontaire pour travailler au service administratif, cette année-là. J'ai un jour entendu la secrétaire, Mme Oerman, prendre un appel d'un parent furax. Elle a tellement flippé qu'elle n'a pas pu s'empêcher de jacasser toute la journée. Elle a forcément informé Weingarten. Je ne vois pas d'autre possibilité. Tu te rends compte, un élève affirmait qu'un prof abusait de sa position. Ce n'est pas le genre de sujet qu'on prend à la légère.

— Et Weingarten a enquêté ?

Quentin secoue la tête.

— Bien sûr que non. Tu connais notre cher proviseur. Il a préféré faire comme si tout allait bien. Il ne voulait surtout pas créer un nouveau drame.

Quentin a raison, bien sûr. C'est un autre des gros défauts de cette école. Toujours maintenir le *statu quo*, quel que soit le prix. Encore une raison de plus pour être impatiente de quitter cet endroit.

Mon cœur envoie soudain des décharges électriques jusque dans mes orteils. Je viens de repenser à la station-service. Au clin d'œil que Shaila a adressé à M. Beaumont. Au fait qu'il l'a ensuite regardée s'éloigner avec un pack de bières, un sourire aux lèvres. Avaient-ils un langage secret entre eux ?

— Ça va ? me demande Quentin. Tu as une mine atroce. Sans vouloir te vexer.

— Mmh-mmh…

J'aimerais tellement lui parler de tout, de Kara, de la lettre et des boucles d'oreilles. Et pourtant, je me contente de demander :

— On n'est plus fâchés, alors ?

Quentin me jette un rapide coup d'œil et un coin de sa bouche se soulève. Il pose sa main sur l'accoudoir entre nous deux, paume vers le haut. Je la prends et la serre, me raccrochant à lui de toutes mes forces.

Quand j'appelle Rachel, elle a le souffle court, tant elle est impatiente.

— Alors, tu as de nouveaux éléments ?

— Pas vraiment. Je n'ai aucune preuve.

— Mais tu as une piste ?

— Tu te rappelles cette rumeur à l'époque, comme quoi Beaumont se serait tapé une élève ?

J'ai la nausée rien qu'en prononçant ces mots. J'essaie de ne pas imaginer Shay et Beaumont dans le parking.

Rachel reste silencieuse à l'autre bout du fil, sans doute pour réfléchir, se rappeler cette période. Lorsqu'elle reprend la parole, c'est d'une voix fébrile, comme si elle était épuisée, à bout de nerfs.

— Merde, lâche-t-elle. Bon, je suis en route pour Long Island, je vais remettre la lettre aux avocats. Tu peux me rejoindre là-bas ? Il faut qu'on leur explique comment on se l'est procurée.

— Je…

Rachel n'attend pas ma réponse, elle me donne une adresse et une heure de rendez-vous, mais je n'arrive pas à me concentrer, j'ai le cerveau en ébullition. Ça va trop vite. Est-il vraiment envisageable que M. Beaumont ait blessé Shaila ? Qu'il l'ait tuée avant de rejeter la faute sur Graham ?

Brusquement, je repense à ce qu'il m'a dit l'autre jour, lors de notre discussion.

« Écoute, Jill, je sais ce qui se passe. »

Quelques heures plus tard, je suis devant un immeuble de bureaux. Un bloc de béton gris anonyme à un peu moins de vingt kilomètres de Gold Coast. Rachel me rejoint dans le parking. Elle a les yeux écarquillés, le regard fixe. Son visage est maigre, trop maigre, comme si elle avait encore perdu quelques kilos depuis la semaine dernière.

Les avocats ne demandent à m'entendre que quelques minutes. Essentiellement pour échanger des amabilités. De grands types efflanqués avec des costumes bien taillés et des cheveux gominés. Ils feront expertiser l'écriture. Ils enquêteront sur Beaumont. Apparemment, il a reçu plusieurs amendes pour conduite en état d'ivresse dans la région, ils n'auront pas trop de mal à le faire arrêter pour l'interroger.

Mon nom ne sera même pas mentionné. Personne ne m'a vue. Personne ne saura que je suis impliquée.

Ce n'est qu'une fois rentrée chez moi, allongée sur le canapé avec mes fiches de révision, que je commence à ressentir un malaise, comme si j'avais posé une bombe quelque part et que j'attendais qu'elle se déclenche.

C'est mon téléphone qui explose, et je lâche aussitôt mes fiches.

!!!, m'écrit Rachel, avant de m'envoyer le lien d'un tweet de la *Gold Coast Gazette.*

Un enseignant de Gold Coast Prep est interrogé par la police au sujet d'un meurtre. À suivre en direct !

Je clique sur le lien et retiens mon souffle le temps que la vidéo apparaisse. Elle occupe tout l'écran de mon téléphone. L'image est sombre et granuleuse. On est devant une maison, ou un appartement peut-être. Mais non. C'est le commissariat de Gold Coast, avec le clair de lune pour seul éclairage. Pas un réverbère en vue. Une petite étendue de bitume. Du sable en arrière-plan. J'entends les vagues au loin. Puis un bandeau apparaît dans le bas de l'écran.

Une journaliste en tailleur pantalon pénètre dans le cadre et je monte le volume. Ma mère choisit ce moment pour me rejoindre dans le salon.

— Qu'est-ce que tu… ?

— Chut !

Elle se penche par-dessus mon épaule pour voir ce que je regarde.

— Oh ! Jill !

La voix de la journaliste paraît hachée tant le son de mon portable est mauvais.

« Le commissariat de Gold Coast vient de convoquer Logan Beaumont, un homme de vingt-huit ans, pour l'interroger. La police a en effet reçu de nouvelles informations qui pourraient laisser penser que Logan Beaumont serait impliqué dans le meurtre de Shaila Arnold, une adolescente de quinze ans tuée ici, à Gold Coast, il y a trois ans. Son camarade de classe et petit ami de l'époque, Graham Calloway, a été condamné pour le crime peu après la découverte du corps. Récemment, il a clamé son innocence. »

Le portrait de M. Beaumont, celui pris par l'école pour figurer sur son badge, apparaît à l'écran. Son sourire en coin et ses cheveux ébouriffés lui donnent l'air jeune et séduisant. On voit un prof proche de ses élèves, un prof qui fait battre leur cœur. Un prof capable de manipulation, d'abus de pouvoir.

Une photo de Graham et de Shaila suit. Avec leur blazer de l'école, on dirait un frère et une sœur.

« La police n'a rien à déclarer pour l'heure, poursuit la journaliste. Mais nous sommes en compagnie de Neil Sorenson, l'un des avocats qui représentent Graham Calloway. Monsieur Sorenson, quelles sont les conséquences de cet interrogatoire pour votre client ? »

L'un des types gominés que j'ai rencontrés plus tôt dans l'après-midi vient se placer près d'elle. Il porte le même costume, sa cravate est toujours parfaitement en place autour de son maigre cou.

« Nous sommes convaincus depuis un moment que les aveux de Graham Calloway lui ont été soutirés par la force et qu'il n'est pas l'auteur de ce crime odieux. Nous préparons un dossier pour présenter cette affaire en appel, et dans le cadre de notre enquête nous sommes tombés sur de nouvelles pistes qui pourraient permettre d'établir enfin toute la vérité sur la mort de Shaila Arnold. »

Il regarde l'objectif de la caméra sans ciller.

« Nous espérons que la police de Gold Coast fera son travail, qu'il s'agisse d'enquêter sur Logan Beaumont ou sur quelqu'un d'autre. Nous n'aspirons tous qu'à une chose : rendre justice à Shaila Arnold. »

« Merci, monsieur Sorenson. Nous venons de recevoir à l'instant une déclaration de Gold Coast Prep, l'établissement privé très renommé qui accueille des élèves de la maternelle à la terminale, où Logan Beaumont enseigne actuellement, et où Shaila Arnold comme Graham Calloway étaient élèves. Je vous lis la déclaration : "M. Beaumont est un enseignant respecté et apprécié au sein de notre établissement.

Nous n'avons jamais reçu de plainte crédible évoquant pareils agissements depuis qu'il a intégré notre équipe. Nous mènerons notre propre enquête en interne." Voilà toutes les informations dont nous disposons pour l'heure. C'était Linda Cochran, en direct du commissariat de Gold Coast. »

La vidéo se termine et mon écran est plongé dans le noir.

Quand je me tourne vers ma mère, elle a une main plaquée sur la bouche et fait défiler quelque chose sur son propre portable.

— Mon Dieu, murmure-t-elle. Tu étais au courant ?

Je fais non de la tête. Elle pose son téléphone sur la table basse puis s'assied sur le canapé, à côté de moi, et pose une main sur mon épaule. Je résiste à la tentation de la repousser.

— Ma chérie… Est-ce que M. Beaumont a déjà eu le moindre geste déplacé avec toi ? Il t'a fait du mal ?

Je repense à la façon dont il a recouvert ma main de la sienne, dans sa salle de classe, à l'odeur de dentifrice et de cigarette de son haleine. Mon dîner remonte dans ma gorge.

Je secoue la tête. Non. Jamais.

Elle me donne une pression sur l'épaule.

— Il faut que j'appelle Cindy Miller.

Elle sort du salon. Le silence me fait mal aux oreilles, j'ai le cerveau en ébullition.

Je reprends mon portable d'une main tremblante.

Tu as regardé ? m'écrit Rachel. *On a peut-être RÉUSSI !!!*

Je n'arrive pas à me résoudre à lui répondre. Je reçois un autre message, qui provient de Quentin, cette fois. Il m'envoie aussi un lien vers le fameux tweet.

C'est pour ÇA que tu m'as interrogé sur Beaumont ???

Oui…

Putain ! C'est sérieux ?

J'en sais rien, mais imagine…

LA VACHE !!! Ça va être la folie au bahut demain. Weingarten va être obligé d'enquêter, tu as vu ?

Je suis curieuse de savoir ce qu'il va découvrir…

Et moi de voir la réaction de la police, si elle réagit.

Je me mordille la lèvre avant de taper les mots suivants. Je sais qu'ils risquent de faire voler en éclats ce qu'il reste de notre amitié. Mais je veux connaître sa position sur le sujet. J'appuie sur la touche « envoyer ».

Je me demande si Graham est innocent.

Une seconde s'écoule. Puis une autre. Enfin, il me répond :

Il pourrait bien l'être.

Mon cerveau commence à crépiter, il semble avoir du mal à suivre, à établir des liens entre tous les faits. Je glisse mon portable sous un coussin du canapé, pour pouvoir respirer, pourtant, il continue à vibrer. N'y tenant pas, je le récupère. Adam. Mon cœur s'apaise, déjà, je me sens plus calme.

Tu as vu la vidéo sur Beaumont ? C'est dingue…

Je ne sais pas quoi en penser…

Pareil, me répond-il, avant d'ajouter : *Je me demande si Rachel est derrière cette histoire. Tu as fini par lui répondre ?*

Mon corps tout entier se fige. C'est la seule chose que je ne peux pas lui dire. Ma seule trahison. J'avais promis de laisser tomber il y a des mois de cela maintenant. Et pourtant j'ai échangé des messages avec elle il y a quelques minutes… Mais personne ne peut savoir que je suis impliquée.

Non.

19.

Le soleil se lève lentement derrière ma fenêtre, mais je suis déjà debout depuis une heure pour tenter de mémoriser les fiches que j'ai préparées moi-même en vue de mon examen. Les nombres dansent devant mes yeux. Impossible de me concentrer aujourd'hui.

Quelque chose me chiffonne dans cette histoire de Beaumont. Comment ai-je pu être aussi aveugle à l'époque ? Il devait bien y avoir des indices, un signe…

J'ouvre les photos sur mon portable d'un doigt fébrile pour retrouver le visage de Shaila. *Dis-moi, Shay. Dis-moi ce que j'ai raté.* Je tombe sur la photo que j'ai prise chez elle. Marla, Nikki, Shaila et moi, en train de nous préparer pour le bal de printemps. Cette soirée était réputée à Gold Coast Prep. On en rêvait depuis la sixième. Adam m'avait avoué que tout le budget du conseil de l'école serait dépensé en machine à fumée et en DJ stylé.

Nous avions, avec Shaila, passé une semaine entière à discuter de nos tenues. Graham et elle étaient toujours amoureux à cette époque. Enfin, je le croyais.

Shaila a décliné la proposition de Graham, qui voulait que nous nous retrouvions tous ensemble avant pour boire, et elle nous a invitées, Nikki, Marla et moi, à nous préparer chez elle.

« Tu n'as pas envie d'arriver avec ton mec ? s'est étonnée Marla.

— J'ai tout le temps de traîner avec lui. C'est la première fois qu'on assiste au bal de printemps, et j'ai envie d'en profiter avec mes copines. »

Shaila nous a fait à toutes des bouches cerises avec un gloss Chanel qu'elle avait piqué à sa mère.

À notre arrivée à l'école, Nikki et Marla se sont précipitées vers le gymnase déjà envahi de fumée, mais Shaila m'a prise par le bras pour que nous puissions savourer ce moment ensemble.

Le gymnase était plongé dans le noir et les poutres en bois disparaissaient presque entièrement sous les ballons fluo. De temps à autre, des confettis dégringolaient vers le parquet brillant. Tout le monde portait des masques en dentelle, c'était le thème de la soirée. Shaila s'est dirigée vers l'endroit où les autres Joueurs étaient réunis, près des gradins.

« Waouh ! » a dit Henry en nous découvrant. Il portait un costume gris foncé d'où dépassait sa chemise. Il était adorable.

« Où est Graham ? a demandé Shaila.

— Là, lui a-t-il répondu en indiquant le buffet avec le punch et les gobelets. Je ne l'approcherais pas tout de suite à ta place.

— Pourquoi ? s'est-elle étonnée en faisant la moue.

— Pour commencer, il est un peu énervé que vous ne soyez pas venus chez lui.

— Ça lui passera, a dit Shaila en levant les yeux au ciel.

— Mais surtout, Jake vient de lui filer une épreuve difficile. »

Jake était en effet tout près de Graham et semblait lui tendre une gigantesque bouteille d'eau en plastique.

« Qu'est-ce qu'il fait ? ai-je demandé à Henry.

— Jake l'a chargé de rendre le thé glacé un peu plus intéressant. »

Mon regard a glissé vers le buffet des boissons. Le prof de physique, M. Jarvis, la bibliothécaire, Mme Deckler, et une poignée d'autres enseignants semblaient monter la garde autour.

« C'est pas un peu risqué ? », m'a murmuré Nikki.

J'avais en permanence la boule au ventre depuis l'histoire du sauna. Nous étions constamment menacés par un nouveau test.

Shaila a haussé les épaules.

« Qu'il se débrouille », a-t-elle dit. J'ai imaginé qu'elle lui en voulait d'être en colère contre elle.

« Viens, a-t-elle lancé à Marla. On va s'amuser. »

Puis elle s'est éloignée sur la piste de danse. Aucune de nous n'a protesté. Elle nous a tendu les mains et nous avons formé un cercle au milieu du gymnase. Les traits de son visage se sont décrispés, elle a rejeté la tête en arrière. Au moment où la chanson atteignait son point culminant, elle nous a toutes prises dans ses bras.

« Regardez autour de vous, regardez les autres, nous a-t-elle murmuré. Ils aimeraient tellement être à notre place. »

Marla a émis un petit gloussement de plaisir, Nikki rayonnait. Je les aimais tellement, à cet instant précis. J'aimais que Marla ne soit pas autant en demande que nous. J'aimais que Nikki ait juste envie de s'amuser le plus possible. J'aimais que Shaila ne soit pas rancunière, qu'elle pardonne toujours. J'aimais qu'elle rende tout passionnant, divertissant. J'aimais sentir la brûlure des regards envieux dans notre dos. J'aimais que nous soyons uniques. Qu'on nous observe. Nous avons crié les paroles du refrain, et Shaila nous a fait tourbillonner chacune à tour de rôle, comme si nous étions des petites ballerines dans une boîte à musique. Et chaque fois que je me retrouvais face au reste des élèves, je me répétais les mots de Shaila intérieurement : *Ils aimeraient tellement être à notre place.*

Jusqu'à ce que mon regard se pose sur le coin de la salle. Graham passait d'un pied sur l'autre, mal à l'aise. Il n'avait plus la bouteille dans les mains. Ma poitrine s'est serrée.

Mme Deckler l'a pris par le coude pour l'entraîner dans le couloir.

Je me suis aussitôt arrêtée de danser.

« Tu as vu ? ai-je indiqué à Shaila. Je crois que Graham vient de se faire virer. »

Elle a suivi mon regard.

« Mince…

— Qu'est-ce qui se passe ? a demandé Nikki.

— Graham s'est fait prendre, a répondu Shaila avec à peine un léger tremblement d'émotion dans la voix.

— Tu crois qu'ils vont le renvoyer ? s'est inquiétée Nikki en ouvrant de grands yeux ronds.

— Mais non, idiote, a rétorqué Shaila. C'est un Calloway. Il s'en sortira. »

Nikki a acquiescé, puis elle a rejoint Marla près des chips.

« On ne va pas le laisser nous gâcher la soirée, m'a dit Shaila. Viens. »

Nous avons dansé jusqu'à ce que les lumières se rallument, pourtant ce n'était plus pareil. La joie électrique du début s'était envolée. Mme Arnold est venue nous chercher pour nous ramener chez Shaila, où je passais la nuit.

Des heures plus tard, j'ai été réveillée par un mince filet de lumière en provenance de la salle de bains, qui donnait dans sa chambre. Je me suis assise dans le lit et j'ai aperçu les cheveux de Shaila à travers l'entrebâillement de la porte. Elle portait un vieux tee-shirt troué et me tournait le dos. Elle parlait tout bas.

« Non, a-t-elle soupiré d'un ton exaspéré. Je ne peux pas partir comme ça. Jill est là, elle dort. » Elle est restée silencieuse quelques secondes, pour écouter son interlocuteur. *Graham*, ai-je pensé à l'époque.

« Moi aussi, j'ai envie de te voir, c'est juste… »

Un nouveau silence.

« D'accord, a-t-elle dit d'une voix radoucie. Tu viens ici ?… Très bien. On se retrouve à l'entrée de l'allée. »

Elle a gardé son téléphone plaqué contre son oreille et s'est tournée vers le miroir. Elle était pâle sans maquillage, elle semblait si jeune, elle m'a rappelé la Shaila que j'avais rencontrée en sixième. Elle a fixé son reflet avec intensité en faisant la moue et en lissant son front.

« Je t'aime aussi », a-t-elle murmuré.

J'ai fait semblant de dormir pendant qu'elle s'affairait dans la chambre sur la pointe des pieds, réunissant un sweat-shirt, un portefeuille et une paire de tongs. Je l'ai regardée sortir de la pièce. Je me suis concentrée de toutes mes forces pour entendre le bruit de ses pas s'éloigner vers la porte d'entrée. Je l'ai imaginée courant dans l'allée, loin de moi, vers quelque chose de bien meilleur, de bien plus vivant.

À l'époque, j'avais cru que Graham était venu en douce pour s'excuser de s'être fait renvoyer du bal, d'avoir été en colère contre elle. Leur relation était revenue à la normale quand il a repris le chemin de l'école, après deux jours de renvoi. J'ai pensé que ça fonctionnait comme ça, le couple. On se dispute en public, on se réconcilie en privé, et on fait comme s'il ne s'était rien passé.

À présent, l'évidence qui me saute aux yeux est si douloureuse : elle avait rendez-vous avec un autre, un type qu'elle nous a caché à tous. Un type… dans le genre de Beaumont. Peut-être bien Beaumont.

Je frissonne en pensant à ses doigts rugueux et à sa barbe de trois jours, en les imaginant sur la peau de Shaila.

Et pourtant, à présent que la vérité pourrait bien enfin éclater, j'ai envie d'aller en cours pour la première fois depuis des mois. J'ai envie d'entendre ce qui se murmure dans les couloirs, de connaître l'avis des gens sur le sujet.

Je prends mon temps pour me préparer. J'applique de la crème hydratante sur mon visage, épile mes sourcils et fais mon lit bien au carré. Je rentre mon épaisse chemise blanche dans ma jupe plissée écossaise et la lisse sur mes cuisses.

Je croise mon reflet dans le miroir, et je sais que je suis toujours la même.

— C'est dingue, non ? me lance Jared par la porte entrouverte.

Il est à moitié habillé : sa cravate est desserrée autour de son cou, et sa chemise est sortie sur son pantalon en toile. Il ressemble déjà aux Joueurs de première et de terminale. Ce sont les premiers mots qu'il m'adresse depuis des semaines.

— Pour M. Beaumont, je veux dire.

— Parce qu'on se parle, maintenant ?

Je me retourne vers mon miroir pour ajuster mon col. Enroule une mèche de cheveux autour de mon doigt.

— Allez, Jill, tu peux m'emmener ce matin ?

— Topher ne passe pas te prendre ?

Il hausse les épaules jusqu'aux oreilles.

— Chais pas. Je me suis dit qu'on pourrait passer un peu de temps ensemble, toi et moi. Prendre la voiture de maman.

Je ne cède pas aussi facilement.

— Je suis à nouveau digne d'intérêt, alors ?

Il pousse un grognement.

— Tu comptes vraiment me faire ramer, hein ?

— Oui.

— Tu sais pas à quel point ça a été dur, pleurniche-t-il. Tous les tests que j'ai dû passer. Des trucs que j'aurais jamais…

Il fronce les sourcils.

Je croise les bras et imagine le pire. Faire le mur pour se rendre en ville après minuit. Manger de la nourriture pour chien en s'interdisant de pleurer. Tricher aux contrôles. Autant de choses que j'ai faites à son âge, quand il ne se doutait de rien. Mais impossible que ses épreuves aient été aussi pénibles que les miennes. Les mecs n'avaient pas à faire la moitié de ce que nous, nous faisions. On ne leur demandait jamais de se mettre en maillot deux-pièces en plein hiver. On n'attendait pas qu'ils rigolent quand Derek Garry leur pinçait les seins ou leur donnait une tape sur les fesses – « pour rire », bien sûr. « Détendez-vous », nous disaient-ils. Il n'a pas eu à envoyer des photos dénudées. Et à accomplir encore plus de tests débiles parce qu'il aurait refusé de le faire.

— Je crois qu'ils sont plus durs avec moi parce que je suis ton frère, ajoute-t-il d'une petite voix.

Je prends une profonde inspiration.

— Je pars dans cinq minutes. Sois prêt si tu veux venir.

À l'école, il règne un silence inquiétant dans les couloirs. On n'entend que le claquement des casiers métalliques. Et le chuchotement des messes basses. Chacun semble sur ses gardes. C'est comme si nous venions de traverser une scène de crime. Nos têtes tournent. Nous sommes nerveux. Impatients d'en savoir plus. Et fous de joie d'être encore en vie.

Quand j'arrive en cours de lettres, M. Beaumont n'est pas là, bien évidemment. Une remplaçante au visage poupon avec une frange grasse est en train d'installer un projecteur.

— Bien, alors... euh... nous allons regarder un film, dit-elle d'une voix stridente. *Gatsby le Magnifique.* La version avec Leonardo DiCaprio. Vous avez lu ce roman à l'automne, c'est bien ça ?

Elle baisse la lumière et lance le film.

Juste après la première scène, mon portable vibre et le nom de Nikki s'affiche sur l'écran.

Toilettes dans cinq minutes.

La remplaçante ne se retourne même pas quand Nikki demande l'autorisation de sortir. Quelques instants plus tard, je l'imite.

J'ai à peine refermé la porte des toilettes derrière moi que Nikki m'attire à l'intérieur de la cabine la plus proche, celle qui est si grande qu'on pourrait y loger un cheval, et pousse le verrou.

— Shaila, lâche-t-elle d'une voix rauque, comme si elle avait crié ou pleuré (les deux sont très possibles). Tu crois que c'est Beaumont le coupable ?

Je retourne les informations dont je dispose dans ma tête. Ce que je suis prête à lui révéler. Je suis si fatiguée de mentir. D'essayer de tout garder pour moi.

— Peut-être... Il y a tellement de trucs que tu ignores.

Je prends une profonde inspiration et ferme les yeux. Puis les mots jaillissent, se chevauchent. Je lui parle des SMS de Rachel. De son minuscule appartement douillet. De la visite à Danbury. Des larmes de Graham quand il a évoqué le sang. De ma visite dans la chambre de Shaila. De la lettre glissée derrière notre photo. De l'expression de Kara lorsque je la lui ai montrée. Des boucles d'oreilles en diamant offertes à Shaila. Du fait qu'elle n'avait confié son secret qu'à Kara. Et que ce secret pourrait bien être la raison de sa mort.

— Je ne sais pas si la police a trouvé des preuves de la culpabilité de Beaumont, mais c'est forcément lui. Il y avait cette rumeur à l'époque. Shaila a écrit que le type était plus âgé. Les enquêteurs trouveront peut-être quelque chose.

Je m'assieds sur la cuvette des toilettes et presse mes bras contre mon ventre. La porcelaine est froide contre l'arrière de mes cuisses. Je m'attends à ce que Nikki s'échappe pour aller me dénoncer, pour aller dénoncer les autres, pour achever le saccage que je viens d'entamer.

Au lieu de quoi elle recule pour s'adosser à la porte et se laisse glisser sur le carrelage. Elle replie ses genoux sous son menton.

— J'étais au courant.

— Quoi ?

— J'étais au courant que Shaila trompait Graham. Elle me l'avait dit. Un soir où elle était bourrée. Elle a ajouté qu'on ne pouvait pas comprendre…

Nikki secoue la tête.

— Ça lui ressemblait tellement. Il fallait toujours qu'elle donne l'impression d'en savoir plus que nous. D'avoir plus d'expérience. Je n'en revenais pas. Je lui ai dit de rompre avec Graham. Que c'était mal. Et tu sais ce qu'elle m'a répondu ? « Ne sois pas aussi gamine, Nikki ! » Elle se foutait de ce qu'on pensait.

Je ne crois pas qu'elle m'ait jamais vraiment appréciée, tu sais. Enfin, toi non plus d'ailleurs.

Je n'ai pas envisagé un seul instant que Nikki n'était pas sûre à cent pour cent de tout dans la vie, notamment de ses amitiés.

— Il a fallu que Shaila meure pour que tu deviennes mon amie. Ça a toujours été vous deux contre le reste du monde. Jusqu'à ce qu'elle partage son secret avec moi. C'était le seul pouvoir que j'avais sur elle. Et sur toi, aussi.

Elle a les yeux brillants de larmes. Elle a du mal à déglutir.

— Elle a été plus sympa avec moi après ça… Je ne savais pas qu'elle en avait aussi parlé à Kara.

Il y a tant de questions que j'aimerais lui poser. J'aimerais aussi la prendre dans mes bras et lui dire qu'il faut absolument se serrer les coudes maintenant. Qu'elle doit arrêter avec ses tirades de maîtresse de cérémonie. Tout en fixant son regard sur le rouleau de papier toilette, elle poursuit :

— Elle ne m'a jamais dit que c'était Beaumont, par contre. Elle m'a juste parlé de quelqu'un plus âgé qu'elle. Plus expérimenté. Quelqu'un qui savait ce qu'il faisait. « Ce serait une chance pour toi de rencontrer quelqu'un dans son genre », m'a-t-elle dit.

Nikki pose ses yeux bordés de rouge sur moi.

— Il faut croire qu'elle n'avait pas raison sur tout.

Je me laisse glisser sur le carrelage à côté d'elle et pose ma main sur son genou. Elle y abandonne sa tête et ses cheveux balaient le sol.

— Je croyais que c'était terminé pour de bon, murmure-t-elle.

— Ce ne sera pas terminé tant qu'on ne connaîtra pas l'identité du coupable…

— Je croyais que c'était le cas.

— Moi aussi.

Nous restons ainsi un long moment, au moins jusqu'à la fin de l'heure de lettres.

— Tu me manques, finit-elle par lâcher, si bas que j'ai du mal à l'entendre.

— Tu me manques aussi. Ça craint d'être toute seule, dis-je en essayant de sourire.

Un sourire qui manque de conviction, mais un sourire quand même.

— Ce n'est pas pareil sans toi, dit-elle. Marla est aux abonnés absents depuis qu'elle a été prise dans l'équipe de hockey sur gazon de Dartmouth. Robert est obsédé par les tests, il veut les rendre encore plus durs. Il en a vraiment après ton frère, tu sais.

Alors Jared avait raison…

— Henry n'arrive pas à t'oublier, même s'il essaie de nous faire croire le contraire.

Un éclat de rire m'échappe.

— Il te reste Quentin, au moins.

Quentin le gentil, le loyal, le talentueux, qui griffonne le visage parfaitement symétrique de Nikki sur des serviettes en papier, des emballages en carton, de vraies toiles. Je me demande s'il lui a parlé de notre échange dans sa voiture. Du fait que nous nous soyons réconciliés.

— Oui, Quentin est toujours là.

— Et les troisième. Ils te vénèrent.

— Non… Pas pour les bonnes raisons en tout cas.

— Je sais.

Elle me prend les deux mains et les serre de toutes ses forces.

— Ça va changer maintenant, murmure-t-elle. Il le faut.

Je soupire et serre ses mains à mon tour.

— On est redevenues amies ?

Nikki jette ses bras autour de mon cou. Sa peau est réconfortante et sent la bougie parfumée hors de prix. Elle pleure à chaudes larmes sur ma chemise blanche et, lorsqu'elle finit par s'écarter, on dirait que je me suis aspergée d'eau.

Nous ressortons dans le couloir, bras dessus bras dessous, en retenant nos sourires et en échangeant des messes basses. J'essaie d'ignorer les regards méfiants ou interrogatifs qui se posent sur nous.

— Elle s'est jetée à tes pieds pour te supplier ou quoi ? lance Robert, adossé à un casier métallique.

J'imagine qu'ils sont ensemble cette semaine, ce qui ne l'empêche pas de se conduire en vrai abruti.

— Ta gueule, lui rétorque Nikki. On s'est expliquées.

— Comme ça ? s'étonne Robert en haussant un sourcil.

— Eh oui. Comme ça, riposte-t-elle avec un sourire dans la voix.

Elle me donne un petit coup d'épaule et je l'enlace par la taille.

— Faites ce que vous voulez, dit-il. On n'a pas le temps pour vos conneries. Regardez ce qui vient de tomber.

Il sort son portable pour nous montrer un article publié sur le site internet de la *Gazette*. La photo de Beaumont – toujours celle de l'école – apparaît sur l'écran, accompagnée d'un gros titre, en capitales.

BEAUMONT LAVÉ DE TOUT SOUPÇON DANS L'AFFAIRE ARNOLD

Un cri m'échappe.

— Quoi ? Mais je croyais...

Robert secoue la tête.

— Ce n'est pas lui. Il était dans les Hamptons ce week-end-là, avec ses parents et sa copine. Il y a même des images de lui en train de danser dans un bar.

— Mais... mais..., bredouille Nikki. Ça ne veut pas dire qu'il ne sortait pas avec Shaila, si ? Elle trompait Graham, elle me l'a dit.

Robert ne cache pas sa surprise.

— Enfin, même si Beaumont se tapait Shaila, ce qui serait bien minable, il ne l'a pas tuée. Il n'était pas là. Affaire classée.

— Au moins, on a la certitude que Graham est coupable, renchérit Nikki.

— Je ne sais pas... Et s'il était innocent ?

— Jill ! s'emporte Robert. Laisse tomber !

Il ponctue chacun des mots en tapant dans ses mains juste sous mon nez. Des gens se retournent. Ils ne cherchent même pas à être discrets.

— Je ne peux pas...

Nikki recule d'un pas et lève le visage vers le plafond en se pinçant l'arête du nez comme s'il saignait.

— Cette histoire me colle la migraine.

— Tu n'es pas obligée de t'y intéresser. Moi... je ne peux pas faire autrement.

Je m'élance vers la porte sans prêter attention aux grognements de Robert.

Je me dirige vers le parking. L'air est suffocant. Des images de Beaumont, de Graham et de Shaila surgissent dans mon esprit. Je voudrais réussir à tout oublier pour être une personne normale. Une Joueuse. Si proche du but. Mais je suis obnubilée par Graham et Shaila.

Mon téléphone vibre au moment où je monte derrière le volant. Un texto d'Adam.

Ça va ? Je viens de voir la nouvelle. Beaumont est innocent ?

Oui, je sais… Tout le monde pète un plomb ici. Aucune idée de ce qui se passe.

Mes doigts filent à toute allure sur le clavier. Je voudrais tellement lui demander ce qu'il sait, mais je me l'interdis, il serait trop déçu d'apprendre que je l'ai trahi.

Je te parie que Rachel est derrière toute cette histoire. Preuve supplémentaire de la culpabilité de Graham.

Je ravale mes larmes. Et s'ils avaient raison, Nikki et lui ? Et si j'avais perdu du temps à essayer de me convaincre que le meurtrier de ma meilleure amie est innocent ? Et si Graham me baratinait depuis le début ?

Mon téléphone vibre à nouveau et je sursaute. C'est Rachel.

J'étais sûre qu'on le tenait.

Moi aussi.

Il doit y avoir des nouvelles pistes. Quelqu'un d'autre ??? Des idées ???

Je soupire, littéralement épuisée à l'idée de jouer de nouveau à la détective en herbe. C'est juste… trop.

Je n'ai pas le temps, là. Je dois réviser.

Ne me laisse pas tomber, Newman !

Je lance mon téléphone sur le siège passager. Il rebondit et atterrit par terre. Je l'entends vibrer plusieurs fois : de nouveaux messages de Rachel. Mais je ne le ramasse pas. Je monte le volume de la radio au maximum, et j'écoute des vieux tubes des années 1980 et 1990 dont les synthés noient les appels à l'aide de Rachel.

20.

C'est fou la quantité d'espace qui se libère dans mon cerveau quand je ne pense pas constamment aux Joueurs, à la prochaine soirée, au dernier ragot croustillant ou surtout à l'identité du meurtrier de ma meilleure amie. Il me reste tant de temps pour réviser ! Pour permettre aux faits et aux chiffres d'infuser dans ma tête. Tant et si bien que le matin de l'examen pour la bourse, je ne suis même pas nerveuse.

Je me réveille à 6 h 30, toute seule. Il fait déjà doux pour avril, le ciel est un camaïeu de roses et de violets. Je me sens enfin calme. Prête. Des petits nombres et des symboles dansent en rythme dans ma tête et je sais, je le sais oui, que je suis au point.

J'arrive dans la salle à 7 h 45 et M. Jarvis, le prof de physique, m'attend déjà, même si on dirait qu'il sort tout juste de son lit.

— Tu es là de bonne heure, Jill, me lance-t-il avec un large sourire. J'imagine que tu as hâte que ce soit passé, hein ?

— En effet.

Je m'installe à une table au premier rang. Il lit les instructions qui accompagnent le sujet, à voix haute, alors que je suis la seule élève à passer cet examen. Il me regarde, puis s'approche du chronomètre sur son bureau.

— C'est… parti !

Je suis sur pilote automatique pendant les quatre-vingt-dix minutes qui suivent, consacrées à résoudre des équations, trouver des résultats, rédiger des analyses, sans oublier l'essai dans lequel je dois expliquer pourquoi je mérite cette bourse plus que les autres élèves qui passent le même examen en ce moment précis ailleurs dans le pays. Je remplis plusieurs copies, régurgitant sur le papier tout ce que j'ai emmagasiné dans ma cervelle. Lorsque M. Jarvis se racle la gorge et annonce que le temps est écoulé, je suis aussi essorée qu'une serviette humide.

Il ramasse mes copies et les parcourt rapidement. Puis il redresse la tête. Son regard est chaleureux, sa barbe frisottée le fait ressembler au père Noël.

— Quoi qu'il arrive, Jill, je tiens à ce que tu saches une chose : ça a été un plaisir de t'avoir dans ma classe. Brown aurait beaucoup de chance de t'avoir comme étudiante.

Une boule se forme dans ma gorge. Il me tapote l'épaule d'un geste maladroit mais affectueux.

— Les élèves de ton acabit ne sont pas si fréquents… J'espère que tu en as conscience.

Une vague de chaleur se diffuse dans ma poitrine. J'ai répondu à cet examen sans aucune aide extérieure. J'ai mérité ce sentiment de satisfaction.

— Merci, dis-je d'une voix étranglée.

Il m'ouvre la porte.

— Allez, file maintenant.

Le reste de la matinée se dissout comme un morceau de sucre. Je passe de cours en cours dans une sorte d'état second, portée par l'adrénaline qui m'a accompagnée pendant tout mon examen. Mais elle retombe brusquement à la fin du cours de français.

— Jill, *un instant s'il te plaît**[1], me lance Mme Mathias en se dévissant le cou dans son col roulé (alors qu'on est au printemps et qu'il doit faire 1 000 degrés dans sa salle). Le proviseur voudrait te voir dans son bureau.

Les rides autour de sa bouche se creusent quand elle parle.

— *Au revoir !**

Mon sac à dos pèse une tonne tout à coup. Je me dirige, en traînant les pieds, vers le bureau de la secrétaire de Weingarten, Mme Oerman.

Elle redresse la tête. Avec ses yeux gris et son carré de la même couleur, elle a un air de grand-mère. Son menton tremble lorsqu'elle m'annonce :

— Il vous attend, mademoiselle Newman.

C'est la seconde fois que je suis convoquée dans ce bureau. La première, je venais tout juste de reprendre

1. Toutes les répliques suivies d'un astérisque sont en français dans le texte original.

le chemin des cours après la mort de Shaila. C'était le dernier jour avant les vacances, le temps était si chaud et si moite que ma jupe collait à l'arrière de mes cuisses, même quand je marchais. Il nous avait fait venir, Nikki, Marla et moi, et il a posé son fauteuil de bureau au milieu de la pièce pour que nous puissions nous asseoir en cercle.

« Les filles, nous a-t-il dit. Plus rien ne sera jamais pareil pour vous, à Gold Coast. » Il était direct, mais gentil, ce qui avait un côté rafraîchissant. Tout le monde nous traitait comme si nous étions aussi fragiles que du cristal. Les enseignants n'osaient pas nous regarder et se contentaient d'une tape pataude sur l'épaule ou d'un signe de tête attristé.

« J'ai perdu un ami quand j'avais à peu près votre âge, a-t-il ajouté. Un accident de bateau. »

J'ai plongé mes yeux dans les siens. Ils étaient d'un bleu très clair, pleins de chaleur et de générosité.

« Cette mort a constitué l'événement le plus important de ma jeune vie. Elle a façonné l'homme que je suis devenu. Elle m'a appris que la vie est courte et que chaque instant a son importance, qu'il faut en profiter. »

Il a levé le poing pour donner plus de poids à ses paroles.

Weingarten nous a regardées tour à tour avec intensité.

« L'absence de Shaila laissera une trace. Elle vous changera. Mais elle n'a pas à vous définir. Ne tombez pas dans ce piège. »

J'avais complètement effacé ce rendez-vous de ma mémoire. Nous n'en avons jamais reparlé, Nikki,

Marla et moi. Je ne sais même pas si Quentin, Henry et Robert en ont eu un de leur côté et, si c'est le cas, pourquoi Weingarten avait éprouvé le besoin de nous recevoir séparément.

À présent, je me demande à quel versant du proviseur je vais avoir droit. Le proviseur complice, qui me parlera avec autant de chaleur que ce jour-là. Le proviseur sérieux, qui s'adresse à l'ensemble des élèves de Gold Coast tous les lundis matin dans l'amphithéâtre. Ou un tout autre encore, le proviseur sévère et autoritaire, que je ne connais qu'à travers les murmures échangés par les cancres dans les couloirs.

— Mademoiselle Newman, entrez, je vous prie.

Debout derrière son bureau, il me fait signe de m'asseoir en face de lui.

— Fermez bien la porte, s'il vous plaît.

Je m'assieds au bord du fauteuil et j'attends.

— Bien, bien, bien…

Il me décoche un sourire qui découvre toutes ses dents.

— Je dois bien reconnaître que je n'aurais jamais pensé vous faire venir ici… Mais il faut apparemment que nous ayons une petite discussion, jeune fille.

Mes jambes sont lourdes, je n'arrive pas à les soulever pour les croiser. Je suis complètement paralysée.

— Mademoiselle Newman. Pourquoi avoir cherché à remuer le passé ?

Il se cale dans son fauteuil et hausse les sourcils comme s'il attendait à être ébloui par ma réponse.

Mon cœur stoppe net.

— Qu'est-ce que vous voulez dire ?

— Vous avez toujours été une élève très prometteuse depuis votre arrivée ici. Une moyenne de près de 96 trois années d'affilée. Au-delà de ce qui était attendu pour le maintien de votre bourse. Vous êtes capitaine de l'équipe de mathématiques. Vous avez remporté la coupe scientifique. Vous avez été acceptée à Brown dès l'automne. Et vous visez son programme de sciences et d'ingénierie pour les femmes. Quel parcours !

Il aspire une grande goulée d'air avant de soupirer.

— Alors pouvez-vous m'expliquer pourquoi, ma chère, vous vous êtes donné pour mission de saboter la réputation de cet établissement ?

— Quoi ? Pas du tout, enfin ! je bredouille.

Il agite son index en l'air.

— En accusant M. Beaumont.

Il se penche vers moi.

— Cette école a déjà eu bien du mal à se relever de la mort de Mlle Arnold. Vous le saviez ? Nous avons failli perdre nos principaux donateurs, nos investisseurs. Nous avons évité le désastre de peu.

Mon ventre se serre. Comment sait-il que je suis impliquée dans l'interrogatoire de Beaumont ?

— Mais l'affaire a été classée si rapidement, bénis soient les Arnold, que nous avons pu nous en tirer sans mal. Et pourtant aujourd'hui, mademoiselle Newman, vous menacez de détruire tout ce que nous avons construit.

Je suis prise d'un vertige.

— Je suis au courant que vous êtes en froid avec vos amis. Peut-être que vous vous sentez perdue, que vous avez l'impression de ne plus être la bienvenue ici.

Vous vous êtes convaincue que vous aviez découvert un sale petit secret au sujet de l'amie que vous croyiez connaître et de votre enseignant.

Il se frotte les tempes.

— Je vais être très clair, mademoiselle Newman. Je ne vous laisserai pas traîner cet établissement dans la boue. Pas après ce que nous avons fait pour vous.

— Mais…

— Attendez, attendez, dit-il en levant une main. Je vous ai convoquée pour que nous puissions discuter ensemble de vos dernières semaines à Gold Coast Prep. Et de votre avenir.

Il ouvre un dossier en kraft pour en sortir la copie que j'ai rendue quelques heures plus tôt.

— Votre examen pour Brown.

Il lâche les feuilles sur son bureau. Je dois me retenir de me jeter dessus pour les récupérer.

— Il est déjà corrigé ?

Weingarten éclate d'un rire qui monte des profondeurs de son ventre.

— Bien sûr que non. C'est à l'université de s'en charger. Mais je serais très chagriné de découvrir que vous avez reçu de l'aide extérieure.

Ses yeux sont d'un bleu glacial, qui n'a plus rien de chaleureux. Il sait. Il a toujours su.

— Brown ne considère pas la fraude d'un très bon œil.

— Je n'ai pas triché, j'ai révisé. Personne ne m'a aidée. J'ai répondu aux questions toute seule.

— Peut-être cette fois… Qu'en est-il des autres ?

Il croise les mains dans sa nuque et gonfle le ventre.

— Vous pensez que nous ne sommes pas au courant de ce qui se passe ? Que nous ne savons pas qui ment, qui triche ?

Ma bouche se dessèche.

— Il me serait si facile de convaincre Brown. Votre vie serait terminée. Vos parents auraient investi tout ce temps et tout cet argent pour rien !

Je déglutis pour empêcher mes larmes de couler.

— Vous avez eu tellement de chance, Jill Newman.

Il se lève pour se diriger vers sa fenêtre. Il pose le regard sur des plus petits, des élèves de maternelle peut-être, qui grimpent sur l'aire de jeux flambant neuve dans leurs uniformes écossais. Ils sont encore si innocents…

— Mais elle a tourné. Vous avez fait preuve d'une grande ingratitude en mêlant M. Beaumont à toute cette histoire…

— Comment êtes-vous…

Il m'interrompt d'un éclat de rire.

— Vous croyez sincèrement que je ne connais pas tous les agents de police de cette ville ? Que je n'ai pas des informateurs dans tout Gold Coast prêts à me faire des révélations, à échanger des secrets contre une admission dans mon établissement pour leurs enfants ? L'avocat que Mlle Calloway a engagé, M. Sorenson… Il a fini ses études ici en 1991. Un élève brillant. Il m'a prévenu pour Logan le jour même.

J'ai les joues en feu et je presse mes cuisses l'une contre l'autre pour empêcher mes jambes de trembler.

— Mademoiselle Newman, je tiens à être très clair avec vous. Vous cherchez à nuire à notre réputation, à nous faire de la mauvaise publicité. Je ne le tolérerai pas. Le passé appartient au passé, et vous prenez le risque de mettre notre avenir en danger pour une petite lubie.

Il est écarlate et les coins de sa bouche écument. Il se rassied et récupère un autre dossier en kraft sur son bureau, plus mince.

— Voyons voir. Jared Newman. Apparemment, il a réussi à remonter sa moyenne de biologie de façon spectaculaire grâce à son dernier examen, pour lequel il a obtenu la note de 92. Passer de D à A en si peu de temps, convenez que c'est bien joué de sa part !

Son regard est aussi menaçant que taquin.

— Je me demande d'où lui est venue cette illumination.

Le message est limpide. Si je continue à discréditer son établissement et à attirer l'attention des curieux, je peux dire adieu à Brown. Il n'hésitera pas à me sacrifier. Et Jared avec moi. Quant aux autres, il les laissera s'en tirer, juste pour démontrer l'étendue de son pouvoir. Si j'avais encore des doutes, ils viennent de s'envoler : je ne peux plus aider Rachel et Graham. Le risque est trop grand pour moi.

— M. Beaumont n'a joué aucun rôle dans la mort de Shaila. Graham Calloway est un meurtrier. Voilà les faits. Vous allez cesser immédiatement votre petite enquête. La réputation de cet établissement ne sera plus entachée. Me suis-je bien fait comprendre, mademoiselle Newman ?

— Oui.

Ma voix est forte et limpide, je m'efforce de soutenir son regard.

— Bonne petite.

Il lâche le dossier de Jared en souriant.

— Très bien, dans ce cas. Je suis ravi que nous ayons eu cette petite conversation. Je posterai votre examen à Brown cet après-midi.

Il agite la main et fait pivoter son fauteuil pour me présenter le dos de sa veste en tweed.

Je me lève sur des jambes flageolantes.

— Oh… et Jill ? m'arrête-t-il alors que j'atteins la porte. Transmettez mes amitiés à Mlle Calloway. Une jeune femme si prometteuse… Quel dommage…

Je n'ai pas encore coupé le moteur que ma mère ouvre déjà la porte. La tête de mon père apparaît au-dessus de la sienne.

— C'est elle ? demande-t-il.

Je ne suis pas en état de les affronter. Je n'ai qu'une envie : me terrer dans ma chambre.

— Salut, réussis-je à dire en me frayant un passage pour entrer.

— Alors ? me lance ma mère.

Elle porte une tunique en lin et un gros collier. Ses traits sont enthousiastes et pleins d'espoir. Elle voudrait que je leur parle de mon contrôle.

— On n'aura pas la réponse avant un bon moment. Vous le savez bien.

Mon père croise les mains dans son dos.

— Ils t'ont dit quand, exactement ?

— Non.

Je laisse tomber lourdement mon sac dans l'entrée puis m'engage dans l'escalier en espérant qu'ils saisiront le message. Je ne peux pas répondre à leurs questions dans l'immédiat.

Je ferme la porte et m'écroule sur mon lit. On frappe doucement à la porte.

— Chérie ? On peut entrer une seconde ?

Je ne réponds pas et la porte s'entrebâille légèrement.

— On voudrait juste te parler, dit mon père tout bas.

— D'accord, entrez…

Ils s'assoient tous deux au pied de mon lit.

— On sait que tu traverses une période compliquée…, commence ma mère.

Une éruption volcanique se produit alors dans mon ventre et une coulée de lave me remonte dans la gorge. Je me redresse.

— Vous ne savez rien du tout ! Vous n'avez aucune idée de tout le travail que j'ai fourni et de toute la pression que je subis !

Mes mains se mettent à trembler comme si j'avais reçu une décharge.

— Je sais très bien tout ce que vous avez sacrifié pour qu'on puisse aller à Gold Coast Prep, Jared et moi, et je me démène pour que vous n'ayez pas à en faire d'autres. Je donne le meilleur, et ça ne suffira peut-être pas. Vous allez devoir vous faire à cette idée, d'accord ?

Mon père a un mouvement de recul comme si je venais de lui décocher une flèche en plein cœur.

— Ma chérie, reprend ma mère, je comprends…

— Non, vous ne comprenez rien ! Vous n'avez aucune idée de ce que je ressens, tous les jours, en arrivant là-bas et en sachant très bien que je pourrais tout perdre en un claquement de doigts. Vous n'avez toujours souhaité qu'une chose, que la vie soit meilleure pour moi, que je réussisse.

Je me déteste de m'en prendre à eux. Ils n'ont rien fait de mal, mais je suis tellement en colère. Tellement submergée par mes émotions. J'ai besoin que ça sorte.

— C'est si dur ! je hurle. Et j'essaie, oui, c'est tout ce que je peux faire, essayer…

— Oh ! Jill !

Ma mère tend une main vers moi pour me caresser les cheveux et mon père vient s'asseoir à côté de moi. Puis ils me serrent si fort dans leurs bras que je n'arrive plus à respirer. Au début, je tente de me libérer, mais ils tiennent bon.

— Je suis vraiment désolé, murmure mon père. Ce n'est pas ce qu'on voulait…

Il s'écarte, il a les yeux humides.

— On a grandi dans des milieux si différents, dit ma mère. La famille de ton père avait du mal à joindre les deux bouts, et mes parents se fichaient de nos études. Nous voulions que tu aies une vie meilleure.

— Trop, peut-être, ajoute mon père. On a mis une pression trop grande sur tes épaules pour que tu sois…

— … parfaite, complète ma mère avec un sourire triste.

Mon père hoche la tête.

— Tu n'as pas à être parfaite, Jill. Tu as juste à être toi-même.

On dirait le texte bidon d'une carte de vœux, pourtant mes larmes redoublent d'intensité.

— Et si je n'obtiens pas la bourse ?

— On survivra.

— Mais je ne pourrai pas aller à Brown.

Nous le savons tous. Ma mère hoche la tête.

— Ma chérie, tu peux suivre tes études supérieures dans la fac publique du coin, tous frais payés, me rappelle-t-elle avec un large sourire.

— Et vous ne serez pas déçus ?

Mon père me serre encore plus fort dans ses bras.

— Jamais.

21

— J'arrête tout.

Les mots sont plus durs que j'en avais l'intention. Définitifs. Destructeurs. Pourtant, je ne regrette rien. Même quand la lèvre inférieure de Rachel se met à trembler et que je lis dans ses yeux une lueur de rage.

— Tu… quoi ?

— Je ne peux pas continuer. Je ne suis qu'à quelques semaines de la fin du lycée, j'essaie d'arranger les choses avec Nikki et… ça fait trop.

J'ai décidé de passer sous silence les menaces de Weingarten.

— Alors c'est tout ? Une fausse piste et tu lâches l'affaire ?

Rachel s'adosse à sa chaise en bois branlante. La minuscule table en Formica entre nous est instable, et nos *latte* tanguent dans des tasses de la taille de grands bols.

— Ce n'est pas comme si on avait d'autres suspects potentiels.

Rachel ne répond rien.

— Tu ne vis plus à Gold Coast, toi. Tu ne te rends pas compte de ce que j'ai vécu.

Le visage de Weingarten surgit aussi dans mon esprit, rouge et furax, agitant un index noueux sous mon nez.

— Explique-moi, alors, insiste Rachel.

— C'est moi qui t'ai montré la lettre. C'est moi qui dois subir au quotidien les retombées du plantage autour de Beaumont.

— Dis-le, Jill.

— Comment ça ?

Mon visage s'embrase. J'ai déjà vu cette Rachel-là. Entendu cette voix. Celle de la Joueuse qui nous forçait à boire, à danser, à la divertir. Sa rage remonte à la surface.

— Dis-le, répète-t-elle en serrant les dents.

Je secoue la tête et agrippe ma tasse.

— Tu penses que Graham est coupable. Tu penses qu'il a tué Shaila, parce que c'est la solution de facilité pour toi. Tu peux tourner la page et reprendre le cours de ta petite vie, en te racontant qu'il n'est rien arrivé de si exceptionnel. Que tu avais une amie qui est morte, et oh là là ! c'est triste. Tu pourras agiter cette carte devant tes nouvelles copines l'an prochain, en parler en soirée pour te rendre intéressante.

Elle se penche vers moi, si près que nos visages ne sont qu'à quelques centimètres l'un de l'autre.

— Et pourtant, tu sais qu'il ne l'a pas fait. Tu sais qu'il est innocent. Tu as juste la trouille.

— Va te faire foutre, Rachel, je murmure entre deux sanglots brûlants. Tu n'es pas dans ma tête !

Les mots jaillissent comme un flot de bile poisseux. J'ai une bonne raison d'être en colère à ce point. De l'être depuis trois longues années. L'Initiation a tout changé pour moi, et pas seulement parce que quelqu'un a tué Shaila.

Je m'efforce de contrôler ma respiration avant de poursuivre :

— Tu te sers de moi aujourd'hui comme tu t'es servie de nous il y a trois ans. Tu te prends pour Dieu ! On n'est que des pantins pour toi, et ça t'éclate de tirer les ficelles. Va te faire foutre, je répète en détachant bien chaque syllabe.

Rachel recule, les yeux écarquillés.

— Ça n'était pas du tout comme ça.

— Ça a toujours été comme ça.

Le soir de l'Initiation, nous avons été réunis tous les huit pour la dernière fois.

Nous nous étions retrouvés chez Nikki à 6 heures du matin pour manger des bagels en attendant l'appel, le signal que nos mois de dur labeur seraient enfin terminés. Notre entrée officielle dans la clique des Joueurs était à portée de main. Finis les bizutages. Finis les défis. Finies les corvées. Il nous suffisait de survivre aux prochaines vingt-quatre heures.

Une camionnette s'est garée devant la maison, et nous nous sommes entassés à l'intérieur sans un mot. Deux personnes cagoulées nous ont bandé les yeux et attaché les mains dans le dos. J'ai pressé mon épaule contre celle de Shaila pour apaiser ma nervosité.

Nous avons roulé pendant ce qui m'a paru des heures. Les seuls sons provenaient de la radio, qui diffusait la même chanson de Billy Joel en boucle. *Only the good die young.* Seuls les gens bien meurent jeunes. Quelle connerie…

La camionnette a fini par s'arrêter. Du gravier crissait sous les pneus et le sel poissait l'air. On nous a fait descendre puis on nous a retiré nos bandeaux. Nous étions chez Tina. Ses parents étaient partis en week-end et tous les autres Joueurs nous attendaient dans son immense baraque, un ancien corps de ferme rénové. De la musique techno nous parvenait du jardin.

On nous y a conduits, où nous attendaient les Joueurs, et nos deux kidnappeurs ont retiré leurs cagoules. Rachel et Tina. Je me suis aussitôt tranquillisée. Ça irait. Rachel avait été la première à être sympa avec moi, à me filer les réponses du contrôle de bio. Elle m'aimait bien parce que Adam m'appréciait. Quant à Tina, avec son mascara pâteux et ses dents du bonheur, elle avait toujours été moins dure que les autres. On était chez elle. Elle ne les laisserait pas nous faire du mal. J'ai repensé à son aveu sur la plage, quand nous avions gloussé en imaginant M. Beaumont avec une élève. Tout irait bien.

Je me plantais sur toute la ligne.

Un chant a retenti, ou plutôt un slogan, que les Joueurs scandaient avec une telle euphorie que j'en ai eu des frissons. Il m'a fallu une minute pour comprendre le mot qu'ils répétaient.

« Tirage ! Tirage ! Tirage ! »

Jake s'est détaché de la foule pour s'adresser à nous, son éternel sourire narquois aux lèvres.

« Vous les avez entendus ! C'est l'heure du tirage ! »

Il nous a tendu plusieurs cartes à jouer en carton épais. Huit, très exactement.

« La carte la plus basse aura l'épreuve la plus dure. »

Alors ça allait se finir comme ça. Un dernier test pour chacun de nous.

J'ai cherché le regard rassurant d'Adam pour y puiser du courage. Il était sur le côté, en train de discuter à voix basse avec quelqu'un, mais il a fini par redresser la tête et m'adresser un sourire. Sa fossette s'est creusée. Il s'était assuré que tout se passerait bien.

Nous avons chacun tiré une carte que nous avons placée, face cachée, contre notre poitrine.

J'ai jeté un coup d'œil discret à la mienne et la peur s'est diffusée dans mon ventre. 3. J'ai observé les autres. Quentin et Henry avaient l'air calmes. Nikki se rongeait les ongles. Shaila était livide.

« Montrez-les ! », a crié Jake.

Nous avons retourné nos cartes, et Rachel a crié nos numéros.

« Quentin, 8 ; Henry, 7 ; Robert, 6 ; Graham, 5 ; Marla, 4 ; Jill, 3 ; Nikki, 2 ; Shaila, as ! »

Les autres Joueurs se sont mis à crier et faire des bonds, à échanger des tapes dans le dos. Je ne découvrirais que plus tard que les filles tombaient systématiquement sur les chiffres les plus bas. Quelle saloperie.

« Troisième ! nous a crié Adam. Vous avez une heure pour vous préparer. Nous reviendrons alors vous assigner vos missions. »

Avant de disparaître, il a ajouté par-dessus son épaule : « Ça pourrait vous servir… Courage ! » Et il a lancé une bouteille de vodka sur la pelouse. Ils ont tous disparu dans la maison, et nous nous sommes retrouvés seuls sur l'herbe. Le soleil tapait fort, et la chanson débile de Billy Joel continuait à passer en boucle.

« Qu'est-ce qu'ils vont nous faire faire ? a bafouillé Nikki.

— Rachel t'a dit quelque chose ? », a demandé Shaila en se tournant vers Graham.

Elle avait pris la bouteille et bu la première. Elle avait des yeux comme des soucoupes. Je ne l'avais jamais vue aussi pétrifiée par la peur. Il a secoué la tête, mais il avait l'air un peu ébranlé. J'ai repensé au chiffre qu'il avait tiré. 5. Il a avalé de la vodka.

« Elle m'a seulement donné un indice… Elle m'a dit : “On connaît vos peurs les plus profondes.” »

J'ai aussitôt repensé à la soirée que j'avais passée avec Jake et Adam. Ce que je leur avais révélé sur moi et sur… Shaila. Que j'étais incapable de dormir sans veilleuse, et Shaila de monter sur la grande roue.

Nous étions-nous tous trahis, à un moment ou à un autre, durant l'année ? Forcément… Je ne pouvais pas être la seule. Pas s'ils savaient que nous avions tous peur de quelque chose. Mais personne n'a rien dit, et nous avons mariné dans notre honte jusqu'à ce que les Joueurs reviennent nous donner leurs instructions.

Il était évident, à ce stade, que c'était Jake, Adam et les autres garçons qui étaient aux commandes.

Les filles n'ont jamais eu aucun pouvoir. Jamais. Je l'ai enfin compris.

« Vous aurez chacun une épreuve personnalisée à accomplir, a annoncé Jake. Ceux qui ont les chiffres les plus bas, accrochez-vous ! Chacun de vous sera accompagné d'un Joueur de terminale qui s'assurera que vous vous acquittez bien de votre défi. »

Les autres ont braillé derrière lui.

« Prêts ? »

Quentin a été le premier. Il devait regarder deux films d'horreur d'affilée – il avait peur des zombies. Tina resterait avec lui tout le long du visionnage.

« Nul ! a crié quelqu'un dans l'assemblée.

— Va te faire cuire le cul ! lui a rétorqué Jake. Ensuite, Jill ! »

J'ai fait un pas en avant pour sortir de la rangée, la tête haute.

« On a peur du noir, comme ça ?

— Oui, ai-je murmuré.

— Il y a un vide sanitaire sous le plancher du sous-sol, a-t-il dit en désignant la maison derrière nous. Tu vas y passer quatre heures. Seule. »

J'ai poussé un profond soupir. J'en étais capable. J'allais réussir.

« C'est moi qui viendrai te voir régulièrement. »

J'étais tellement obnubilée par ce qui m'attendait que je n'ai pas écouté la suite. Ce n'est qu'en entendant le nom de Shaila que je suis sortie de mes pensées.

« Ocean Cliff », a-t-il lâché.

Tout le monde a retenu son souffle. Même Adam semblait un peu surpris.

« Quoi, Ocean Cliff ? a répliqué Shaila en essayant de garder un air détaché, alors qu'elle se balançait d'un pied sur l'autre.

— Tu vas sauter, a rétorqué Jake avec un sourire. Et regagner le rivage à la nage. »

Rachel a secoué la tête, et Tina s'est plaqué une main sur la bouche.

« Mais cette falaise est genre à des kilomètres au-dessus du niveau de l'océan, a dit Shaila d'une voix tremblante.

— Et alors ? D'autres ont déjà sauté. »

Personne n'a osé remettre en question cette affirmation.

« Bien », a lancé Shaila, le regard dur.

Adam s'est avancé comme pour la tranquilliser.

« Je t'accompagnerai, c'est moi qui surveillerai ton épreuve. » Son ton était rassurant, et les traits de Shaila se sont radoucis. J'ai senti mes épaules se détendre. Je lui ai pris la main. Elle s'est tournée vers moi, les yeux écarquillés par la peur. « Ne leur montre pas tes émotions », a-t-elle murmuré. J'ai hoché la tête, puis elle a emboîté le pas à Adam, ils se sont éloignés vers Ocean Cliff, qui faisait une saillie sur la côte. C'est la dernière fois que je l'aie vue vivante.

Jake a brusquement surgi à mes côtés.

« Viens, Newman. »

Il n'y avait pas la moindre émotion dans sa voix. Il m'a conduite à l'intérieur de la maison de Tina, spacieuse et lumineuse, avec une déco dans les tons blancs, gris et bleus. « Par ici », a-t-il dit en m'indiquant un escalier derrière une porte dans la cuisine. Je l'ai suivi. Le sous-sol n'était pas aménagé et sentait le moisi. J'ai froncé le nez et me suis efforcée d'ignorer la peur qui me barattait le ventre. Jake s'est dirigé vers le fond, et il a ouvert une petite trappe dans le coin. « Ça sera plus facile à genoux », a-t-il observé avec un sourire menaçant. J'ai obtempéré et j'ai retenu mon souffle. L'espace n'était pas plus grand qu'un immense lit deux places. Jake s'est baissé pour me lancer une couverture et une bouteille en verre sans étiquette. « Ton équipement.

— Merci.

— Je reviens bientôt. »

Il a refermé la trappe, et j'ai entendu le loquet. *Clic.*

J'ai pris une profonde inspiration, ça sentait le plâtre et la colle. Puis j'ai étendu la couverture sur le ciment froid, de mon mieux, et je me suis allongée dessus en essayant d'imaginer que j'étais dans ma chambre, chez moi, et que je contemplais les étoiles phosphorescentes au plafond. Au début, ça allait, c'était juste un peu inconfortable – je ne pouvais pas vraiment m'asseoir. Et puis j'ai commencé à entendre des bruits, enfin du moins j'en ai eu l'impression. Des souris dans les murs, des coups au-dessus de ma tête. C'était tellement effrayant, tellement irréel. Et ça a empiré, j'ai eu l'impression que les murs se refermaient autour de moi. Mon pouls s'est précipité, mes doigts se sont mis à trembler. Je me suis traînée jusqu'à la porte, pour voir si j'étais capable de l'ouvrir. Malgré mes coups d'épaule, la trappe n'a pas bougé, comme si elle était bloquée par quelque chose. C'est à ce moment-là que je me suis mise à paniquer. Ma poitrine s'est serrée, je n'avais plus qu'une seule option, un seul moyen de supporter cette épreuve. Je me suis rallongée sur la couverture et j'ai pris la bouteille. J'ai avalé une longue gorgée. L'alcool sentait l'essence et était plus fort que de la vodka. Mais j'étais heureuse d'avoir… une distraction. J'ai pris une deuxième gorgée, puis une troisième. Progressivement, le liquide infâme a provoqué une sensation d'engourdissement. Il n'était pas seulement fort, il avait un goût de… produit chimique.

Enfin, j'ai sombré.

J'ai repris connaissance des heures plus tard. Je jure avoir entendu un hurlement – un hurlement déchirant, à vous glacer les sangs. Était-ce moi qui l'avais poussé ? Ou provenait-il d'ailleurs ? Aucune importance, ai-je pensé, parce que j'étais en sécurité. Oui, forcément. J'avais été transportée dans une pièce avec une fenêtre, même si elle ne laissait pas entrer le soleil. J'étais sur un lit, je l'ai compris, à cause des draps soyeux sous mes jambes nues. Dans une chambre à l'étage. Je l'ai déduit en voyant une flamme lécher la vitre. Un feu de joie, ai-je compris, qui crépitait dans le jardin. Juste à côté. Les autres aussi étaient tout près. Je les entendais. Est-ce que c'était terminé ? Avais-je perdu connaissance ? Sans doute. Mais alors pourquoi n'étais-je pas avec les autres ? Pourquoi étais-je seule ?

J'ai soudain compris que je n'étais pas seule, justement.

« Tu sens la guimauve rôtie… »

Il mangeait un peu ses mots. Adam avait dû me trouver. Le soulagement a été immédiat. Puis il a fourré sa langue dans mon oreille. Ce contact chaud et mouillé m'a fait l'effet d'un électrochoc et j'ai essayé de m'asseoir. Sauf que je ne pouvais pas bouger.

« Chut… tout va bien. »

Son visage est apparu au-dessus du mien, et en un instant, j'ai compris que ce n'était pas Adam mais Jake qui se dressait au-dessus de moi. Plaquait mes bras sur le lit. Attendait. Avec une patience limitée.

« Qu'est-ce que…

— Tu as réussi ton test. »

Sa langue a retrouvé mon oreille et j'ai secoué la tête comme pour chasser une mouche. La pièce tournait autour de moi. J'ai voulu me dégager, mais Jake était si grand, une brique géante.

« Je ne me sens pas bien, ai-je dit.

— Allez, a-t-il répondu en déplaçant sa bouche dans mon cou, on va fêter ça. »

Mon corps était si lourd. Je voulais juste que tout s'arrête.

« Non, ai-je protesté, non. »

Jake a éclaté de rire, puis soulevé mon sweat-shirt. Ses mains étaient glaciales, j'ai frissonné.

« Tu vois ? C'est agréable, hein ? Tu ne veux pas me remercier de t'avoir aidée à surmonter cette épreuve ? »

J'ai essayé de me libérer, mais il a attrapé mes poignets pour les plaquer le long de mes flancs. Il m'immobilisait, je n'arrivais pas à réfléchir. Je voulais tellement partir, rejoindre le groupe, rentrer chez moi, retrouver Shaila. Avait-elle sauté ? Avait-elle réussi elle aussi ? Était-ce plus facile de céder ? De laisser mon cerveau quitter mon corps ? Soudain, la porte s'est ouverte.

« Mec, qu'est-ce que tu fais ? »

J'ai reconnu la voix d'Adam.

« Tu le sais très bien », a répondu Jake en tournant la tête.

Il avait un immense sourire inquiétant. J'aurais tellement voulu profiter de ce moment d'inattention pour lui échapper, me laisser glisser sur le sol et ramper.

« Elle est complètement bourrée.

— Et alors ? Tu es flic ?

— Viens, on va prendre un verre. Ça n'en vaut pas la peine. »

Adam a écarté la porte avec son pied pour faire entrer plus de lumière.

Jake a poussé un soupir. L'envie lui était passée.

« Si tu veux. »

Il a fini par se lever pour sortir.

« T'es vraiment pas marrant, frérot », a-t-il lancé en s'éloignant.

J'ai voulu prononcer le nom d'Adam, mais je n'ai réussi qu'à émettre un gargouillis. Mes bras refusaient aussi de me répondre, ils étaient trop lourds pour que je les soulève.

« Ça va ? », m'a-t-il demandé.

Sa prononciation était légèrement ralentie aussi, et j'ai cru déceler une pointe de tristesse dans son ton.

« Mmh…

— Tu as besoin de dormir, Jill.

— Mmh… »

Le soulagement était infini. J'aurais voulu pleurer, m'enfouir au milieu de ces draps.

« Je vais fermer la porte à clé, d'accord ? Personne ne pourra entrer. Je la glisserai sous la porte ensuite. »

J'ai hoché la tête.

« Dis-moi que tu as compris, Jill.
— Compris. »

Il a fermé la porte et j'ai roulé sur le côté, me forçant à me tourner vers la fenêtre. *Trouve la lune*, me suis-je ordonné. *Trouve un point d'ancrage.* Mais je n'ai aperçu qu'une poignée de petits points lumineux que j'étais incapable d'assembler en constellations, comme si j'étais face à un puzzle trop difficile pour moi. C'était trop beau et trop complexe.

Puis j'ai sombré dans un sommeil si profond qu'il était douloureux. Des heures plus tard, j'ai été réveillée par le bruit des sirènes et les sanglots de Nikki. Shaila était morte.

J'ai dû attendre le lendemain pour découvrir que Nikki avait failli rater son test. Elle avait peur de se perdre. Ils lui avaient bandé les yeux et ils l'avaient lâchée dans les bois, à huit ou neuf kilomètres de chez Tina, sans téléphone. Elle devait retrouver le chemin toute seule. Marla avait failli se faire prendre : elle avait dû s'introduire par effraction dans la maison de vacances de son coach de hockey pour voler un trophée. Sa plus grande peur était d'être renvoyée de l'équipe, de tout perdre. Rachel l'avait aidée à s'enfuir à la toute dernière minute.

Les épreuves des garçons étaient moins dangereuses, évidemment. Henry avait dû faire publier un faux scoop dans la *Gold Coast Gazette*, ce qui lui avait coûté son stage. Robert avait été contraint à voler la Lamborghini de son père et à laisser tous les terminale faire un tour avec sur l'autoroute. Il ne l'avait garée devant chez lui que quelques minutes avant le retour de son père. Graham avait eu droit au coup des mygales et, en sortant de la douche, il avait rejoint Shaila, trempée et épuisée. Il avait réussi à la convaincre d'aller faire un tour avec lui, puis il avait perdu les pédales et l'avait tuée. C'est en tout cas ce qu'on nous avait raconté.

Nous n'en avons pas discuté le lendemain. Je n'ai jamais raconté ce que Jake avait tenté, ni qu'Adam m'avait sauvée. Comment aurais-je pu ? Il s'était passé des choses encore plus graves. Shaila était morte.

Et pourtant les mots de Jake restaient gravés dans ma mémoire. « Tu ne veux pas me remercier ? »

Comme s'il avait des droits sur moi. Comme s'il méritait une récompense pour m'avoir enfermée dans un espace exigu avec une bouteille d'alcool à l'origine douteuse.

Chaque fois que j'y pense, mon ventre se serre et ma tête tambourine. Et si Adam ne m'avait pas trouvée ? Je me suis efforcée de ne pas imaginer ce qui aurait pu arriver.

Le lendemain de l'Initiation, alors que nous pleurions la disparition de Shaila, je n'arrivais pas à me sortir une question de la tête : *Pourquoi les garçons avaient-ils le pouvoir ? Pourquoi faisaient-ils les règles et nous laissaient-ils nous débrouiller avec les conséquences ?*

Une succession de tests défilent dans ma mémoire. Adam et Jake qui nous donnent des ordres. Tina et Rachel qui restent en retrait et applaudissent. On pouvait croire qu'elles contrôlaient la situation, mais c'était faux. Je repense alors à toutes les fois où les garçons ont tiré avantage de nous. La fois où ils ont humilié Nikki pendant le Spectacle. Celle où Shaila a failli mourir tellement elle avait bu et où ils ont prétendu que nous exagérions. Et ça a recommencé cette année. L'acharnement de Robert sur Sierra. Mon propre frère qui s'est moqué d'elle pendant le Rallye. Les garçons s'échangeaient toujours des messages codés en notre présence.

La mort de Shaila aurait dû sonner la fin de ce calvaire. Je me demande soudain si chaque génération a pensé que son Initiation serait la dernière. *On veillera sur eux. On fera en sorte que tout se passe bien. On mettra un terme à ce supplice.* Vaines promesses. Nous nous sommes rendues complices de ces jeux tordus en les transmettant aux plus jeunes que nous. *Prouvez-nous, à votre tour, que vous êtes des Joueurs.*

Et le pire de tout, c'est que c'était agréable, vraiment agréable, de voir d'autres personnes subir ce que nous avions subi. L'année suivante, quand nous étions en seconde, Nikki, Marla et moi, nous avons participé à l'organisation de l'Initiation des troisième. Nous nous étions rendues dans les Hamptons, dans la baraque des parents de Derek Garry, dopées à l'adrénaline. Nous avons préparé des bacs de punch rose fluo, ramassé du bois pour le feu de joie et poussé des cris enthousiastes lorsque les troisième ont débarqué les yeux bandés, tremblant de peur. Robert, Henry et Quentin n'avaient qu'un seul boulot, eux : apporter des glaçons.

Et lorsque le maître de cérémonie, Fieldston Carter, a annoncé les dernières épreuves, je me suis tenue en retrait. Passer la journée entière nue au soleil, se mettre à quatre pattes pour être tenue en laisse par des terminale le restant de la soirée…

J'ai bu des bières en souriant, jusqu'à en oublier la réalité : c'était cette nuit-là que Shaila avait perdu la vie, un an plus tôt, seulement. Ce n'est qu'aujourd'hui que je comprends enfin : je pensais que j'avais encore la tête sur le billot, qu'ils pouvaient faire ce qu'ils voulaient de moi.

Nous avons recommencé, l'an dernier, bien conscients de n'être que des première, plus près du sommet mais pas encore arrivés. C'est pour cette raison que je me répète depuis la rentrée que cette année tout sera différent. J'ai essayé de chasser la culpabilité, de l'empêcher de me dévorer toute crue. À présent, je comprends qu'il s'agissait d'un mensonge. L'Initiation suivra le même déroulé que toujours cette année. Jared achèvera de se transformer en monstre. À moins qu'il se produise quelque chose. Quelque chose d'important.

Rachel se racle la gorge et je suis de retour dans le café stylé de Manhattan.

— On a eu tort, me dit-elle.

Ses yeux rougis débordent de larmes. Sa bouche se tord.

— On a eu tort d'accepter. De ne rien dire.

— Pourquoi on a fait ça ?

— Par facilité…

Nous restons assises en silence devant nos *latte* qui refroidissent.

— Alors, tu arrêtes pour de bon ? finit-elle par demander.

Je pense à Weingarten, à Brown, à ce que je peux vraiment faire pour protéger Jared. Il a encore le temps.

— Je veux savoir ce qui est arrivé à Shaila, dis-je sans flancher.

Rachel hoche la tête puis approche son front tout près du mien.

— Je veux que tu saches quelque chose. Les Joueurs… toutes ces conneries. Je ne suis plus cette Rachel-là.

Elle me regarde droit dans les yeux.

— Et tu n'es plus cette fille-là non plus.

Elle a raison. Cette Jill-là n'aurait jamais répondu au texto de Rachel à l'automne. Elle n'aurait jamais accepté de rencontrer Graham ou d'aller voir Kara. Elle aurait applaudi avec tout le monde au Spectacle, et elle se serait réjouie de voir Jared rire de Sierra pendant le Rallye. Elle n'aurait jamais été menacée par le proviseur de Gold Coast Prep. Cette Jill-là aurait décroché son diplôme avec une moyenne de 96 et un trou dans le cœur.

Pas la Jill d'aujourd'hui.

22

J'ai besoin de toi.

Ces quelques mots me font plus de bien qu'un *Tu me manques* ou même un *Je t'aime*. Un frémissement me traverse, des orteils à la pointe de mes cheveux fourchus. Car aujourd'hui, premier samedi de mai, ils m'ont été envoyés par Adam.

Big Keith a détesté mon dernier texte. Il dit que je manque de sérieux.

Le soleil pénètre à flots par ma fenêtre, jusqu'à mon lit, et je relis les messages d'Adam. Je ne savais même pas qu'il était à Gold Coast. Le semestre doit être terminé. Je lui réponds :

Tu veux que je vienne ?

Oui.

C'est une distraction bienvenue. Ces derniers jours, j'ai passé en revue des tonnes de documents avec Rachel, et je suis épuisée. Et puis je lui dois bien ça.

Je prends une douche rapide, enfile une robe corail et ma veste en jean. J'ouvre toutes les fenêtres de la voiture et mets le premier album solo de Stevie Nicks, volume à fond. Une brise chaude s'engouffre dans l'habitacle. C'était ma saison préférée, autrefois. Les quelques semaines où le chapitre de l'hiver est définitivement clos, mais où la chaleur n'est pas encore trop accablante. À une époque, j'avais l'impression que c'était la seule période de l'année où tout débordait de possibilités. Maintenant, elle me rappelle désespérément que j'ai perdu Shaila.

Quelques minutes plus tard, je m'engage sur la voie privée en forme de C qui conduit à la maison des Miller, et je coupe le contact. Je détache ma ceinture quand mon portable sonne. C'est Rachel.

Regarde tes mails.

Je réponds aussitôt :

????

Kara a retrouvé les lettres de Shaila. Sa mère les avait rangées dans son bureau. Kara a pris un million de photos. Elle vient de me les envoyer.

Merde alors !

Mon cœur s'emballe. Qu'est-ce que Shaila a bien pu lui raconter ? J'envoie un autre message :

Et ça donne quoi ? Des pistes ?

Je suis en train de regarder, rien pour le moment. Tu pourrais peut-être voir aussi de ton côté ?

J'ouvre le mail de Rachel. La pièce jointe pèse si lourd qu'il faut plusieurs minutes pour la télécharger. Autant dire une éternité. Je grogne et descends de voiture.

Je fixe toujours l'écran de mon portable dans l'espoir de voir enfin apparaître les lettres quand Cindy Miller vient m'ouvrir.

— Oh ! Jill ! dit-elle avec un grand sourire. Tu dois être là pour Adam. Il a eu un rendez-vous pénible avec Big Keith hier soir. Je suis sûre que tu vas réussir à lui remonter le moral. Tu y arrives toujours.

Je ne peux pas m'empêcher de rougir.

— Merci, madame Miller.

Elle s'efface pour me laisser entrer, et je cours au premier en fourrant mon portable dans ma poche. Les lettres attendront.

Je pousse la porte de la chambre d'Adam, tout doucement. Elle est exactement comme dans mon souvenir, avec son papier peint décoré de petits voiliers bleus. Deux crosses forment une croix sur le mur au-dessus de son lit king size. Ses livres de poche chéris sont rangés sur les deux étagères qui vont du sol au plafond.

Adam est allongé sur son lit, ses jambes pendant d'un côté.

— Tu es venue…

— Évidemment.

Je ferme la porte derrière moi et m'assieds sur son fauteuil de bureau.

— Comment ça va ?

Il gémit.

— Mal. J'ai l'impression d'être un minable sans talent.

— Tu sais bien que c'est faux.

— Approche. Tu es trop loin.

Mon cœur se met à battre la chamade. Il me fait tellement d'effet que j'ai toujours suivi ses ordres à la lettre. *J'ai besoin de toi. Approche.* Je m'allonge à côté de lui, nos deux flancs se touchent et le moindre centimètre carré de ma peau crépite.

— Tu es toujours là pour moi, Jill, même quand je ne te mérite pas.

— Tu me mérites toujours, dis-je tout bas.

Il est si proche que je peux sentir la chaleur qui émane de sa peau, les minuscules poils de ses bras qui effleurent les miens. Je me demande s'il a conscience, lui aussi, de ma proximité. S'il perçoit le bourdonnement de nervosité dans mes veines. Ce message qui tourne en boucle dans mon crâne. *Tu m'as sauvée… Tu m'as sauvée…*

Il s'assied.

— Jill… Tu me promets que tu m'aimeras toujours ?

Le choix des mots me surprend. Comment est-il au courant ? Avant que je puisse répondre, il se penche et la distance entre nous disparaît d'un coup. Je retiens mon souffle au moment où sa bouche se presse contre la mienne. Ses lèvres sont douces, il a un goût sucré et mentholé. Toutes mes cellules s'embrasent. Il glisse sa langue contre la mienne, et je résiste à la tentation de la mordiller. Il pose une main sur ma nuque et l'autre sur mon genou. Mon corps rêve de cet instant depuis si longtemps… Me fondre en Adam, m'abandonner. Tout oublier.

Je noue mes bras autour de son cou, caresse ses petits cheveux de bébé à la base de sa nuque. Ils sont si réels que j'en pleurerais.

Soudain, mon cerveau se met en alerte. La pièce penche, comme si nous étions sur une table et que nous glissions. La bouche d'Adam a un goût rance. Rien ne va, en fait. Il pourrait être en train d'embrasser n'importe qui. Je pourrais être n'importe qui. Je suis juste disponible.

Je m'écarte en murmurant :

— Attends… On ne peut pas.

Adam rit tout bas dans mon cou.

— Mais bien sûr qu'on peut. Après tout ce temps, on peut enfin.

Sauf que rien n'est plus pareil, aujourd'hui. J'ai changé.

— Je ne le sens pas… Je n'ai pas envie que ça se passe comme ça, Adam. Si tu en as vraiment envie, dis-je en faisant un geste entre lui et moi, alors je veux que ce soit réel. Une vraie histoire. Pas un truc rapide parce que tu es contrarié ou triste. Je veux davantage.

— Tu n'as pas envie de profiter de l'instant présent ?

Il ne me regarde pas en parlant, il a les yeux rivés sur les petits bateaux et leurs voiles blanches qui battent au vent.

Je prends une profonde inspiration. Si je lui avoue mes véritables rêves, je ne pourrai pas revenir en arrière… Tant pis.

— Je veux qu'on soit ensemble l'an prochain, à Brown. Je n'ai pas envie de précipiter les choses et de tout foirer.

Il se tourne vers moi et me caresse la joue avec son index.

— Tu ne vas rien foirer, me dit-il avec tendresse.

— Adam !

La voix de Cindy Miller résonne dans la maison.

— Tu peux descendre un instant ? Mon ordi est bloqué !

Il lève les yeux au ciel mais me sourit et j'aperçois sa fossette.

— Je reviens tout de suite.

Le lit grince quand il se lève. Je chasse les larmes qui me brûlent les yeux. Il ne m'a fallu qu'une minute pour tout gâcher. Mon portable vibre dans ma poche.

Tu as lu ???? m'écrit Rachel. *Je n'ai rien trouvé d'exploitable pour le moment. Mais elle parle d'Adam...*

Mon cœur s'emballe et mes paumes deviennent moites.

Je me connecte à ma boîte mail et constate que la pièce jointe a fini par se charger. Je l'ouvre et tombe sur des dizaines de pages de l'écriture ronde de Shaila. Je les parcours en diagonale, à l'affût d'un élément qui pourrait servir d'indice. Je saisis des bribes de phrases, dans le style si démonstratif et affectueux de Shaila. Une lettre, datée de la mi-mars, retient mon attention. Un mot me saute aux yeux. Un nom. Plus gras que les autres, comme si Shaila avait repassé les lettres deux ou trois fois, sans s'en rendre compte. Mon cœur se serre aussitôt. Je remonte au sommet de la page pour reprendre depuis le début.

KARAAAA !

Tu n'imagines pas à quel point je suis impatiente que l'été arrive. J'ai tellement hâte d'être dans les Hamptons avec Graham et toi. Je rêêêêêêve de ces journées à ne rien faire, à engloutir des barres glacées les pieds dans la piscine de Graham.

Adam viendra passer quelques semaines lui aussi. Ce sera comme l'an dernier, on sera tous réunis ! Je te promets qu'on ne vous plantera plus, cette fois. Tu sais qu'on répétait juste des scènes de la pièce qu'il écrit. Il dit que je suis la seule ici, à Gold Coast, à rendre justice à ses dialogues.

Et d'ailleurs, j'ai été prise pour jouer le rôle principal dans la prochaine comédie musicale, meuf ! Je vais chanter devant des centaines de personnes !

Adam m'aide à répéter après les cours, il est tellement incroyable. Il n'y a vraiment personne ici qui comprenne aussi bien le monde. Heureusement qu'il est là. Bref, je dois filer. J'ai une répét. On se parle bientôt !

Bisous,

SHAY

Ma tête se met à tourner, j'ai du mal à respirer. Shaila et Adam ont passé du temps ensemble l'été qui a précédé la rentrée de troisième ? Beaucoup de temps, apparemment. Assez pour que Kara lui ait reproché de l'avoir plantée. Je savais qu'ils s'étaient rapprochés pendant les préparatifs du spectacle de l'école, mais pourquoi n'ont-ils jamais dit qu'ils avaient déjà répété ensemble, avant ? Shaila m'avait donné l'impression qu'elle ne l'avait vu qu'une ou deux fois avec Rachel. Jamais seule à seul. Elle ne m'a pas dit qu'ils partageaient… quelque chose.

— Désolé, ma mère est une quiche en informatique.

Adam referme la porte derrière lui, puis me demande :

— Tout va bien ?

Je range mon portable dans ma poche et m'assieds sur mes mains pour les empêcher de trembler.

— Oui.

— Tu es sûre ?

Je hoche la tête. J'ai besoin de me ressaisir.

— J'ai juste un peu chaud. Je pourrais avoir un verre d'eau ?

Il me décoche son adorable sourire en coin et redescend.

Je libère mon souffle et m'allonge sur ses oreillers. Des images de Shaila et de lui dansent dans ma tête. Pourquoi m'ont-ils caché leur complicité ?

Je me roule en boule et mon genou heurte la table de nuit d'Adam. Le tiroir s'ouvre. Je tends la main pour le refermer, mais il est coincé, comme si quelque chose le bloquait. Je glisse ma main à l'intérieur pour voir de quoi il s'agit. Mes doigts rencontrent un petit objet doux et velouté. Ma respiration se coupe aussitôt : c'est un écrin à bijoux plat. J'essaie de me convaincre qu'il ne peut pas s'agir de ce que je pense. C'est tout bonnement impossible.

Je récupère l'écrin avec mes doigts tremblants. Il est léger et tient au creux de ma paume. Je soulève doucement le couvercle.

Un éclair de lumière. Le soleil se réfléchit sur l'objet qu'il contient et se diffuse dans la chambre, m'aveuglant une seconde.

Je cligne des yeux. Une paire de boucles d'oreilles étincelantes. Deux gros diamants ronds montés sur de minuscules tiges en platine. Exactement comme ceux de Kara.

Ses mots résonnent dans mes oreilles. « Elle disait qu'elle ne pourrait jamais les porter, que les gens lui poseraient trop de questions. Elle a refusé son cadeau, et il a pété un plomb. »

Mon cœur bat si fort que j'ai peur qu'Adam l'entende depuis le couloir.

Ce sont les boucles d'oreilles de Shaila.

— C'est de l'eau du robinet, j'espère que ça ne te dérange pas, me crie-t-il du rez-de-chaussée. Il n'y a plus d'eau minérale.

Je referme l'écrin et le range à sa place, tout au fond du tiroir. Puis je vais m'asseoir à l'autre bout du lit. Un flot d'adrénaline me traverse, il faut que je m'échappe d'ici.

— Jill ?

J'ai la gorge sèche.

— Oui ! Très bien !

C'est tout ce que j'arrive à dire, et ça ressemble à un miaulement de chat.

— Tu es sûre que tout va bien ?

Il apparaît sur le seuil de sa chambre. Laisse sa tête pencher d'un côté. Envolé, le garçon perturbé et déprimé qui m'a accueillie à mon arrivée. Je retrouve le vrai Adam, mon Adam. Et pourtant j'ai l'impression d'être face à un inconnu.

— Je ne me sens pas bien, je vais rentrer.

— Allez, Jill, reste. On va discuter…

Je secoue la tête et me lève. La rage monte en moi, pulse dans mes veines, se diffuse jusqu'à l'extrémité de mes doigts. Je veux partir. Je dois partir.

Je le bouscule et dévale l'escalier.

— Jill, attends !

Mais je suis déjà sur le perron, je cours jusqu'à ma voiture. D'une main tremblante, je mets le contact et enclenche la marche arrière pour regagner la rue.

Ce n'est qu'une fois que j'ai parcouru la moitié du chemin que je comprends où je vais. Il n'y a personne sur la route, et je fonce. Un immense panneau vert se dresse au-dessus de moi.

NEW YORK
50 KILOMÈTRES

23.

Je suis plantée devant l'immeuble de Rachel et je dégouline de sueur. La ville est si moite que j'ai l'impression que l'air s'affaisse sur moi. A-t-il toujours fait plus chaud ici qu'à Gold Coast ? Mes cheveux humides sont collés sur ma nuque.

— Allez, Rachel…

Je dois être là depuis cinq minutes déjà, à appuyer sur l'interphone. Elle ne répond pas non plus au téléphone, et je commence à paniquer.

J'essaie de voir à travers la vitre sale de la porte quand soudain quelqu'un me tape sur l'épaule.

— Jill ?

Je me retourne et découvre Rachel, bras croisés, les cheveux attachés en natte rabattue sur son épaule. Elle porte une robe en chambray et des sandales à plateforme, comme si elle rentrait tout juste du marché ou d'un brunch avec Frida.

— Tu es là.

— Euh, oui… J'habite là, tu sais. Qu'est-ce que tu fabriques ici ?

— J'ai vu quelque chose…

Ma voix se met à trembler.

— Chez Adam.

Rachel écarquille les yeux.

— Viens, on monte.

Il fait encore plus lourd dans la cage d'escalier, et j'ai du mal à respirer. Nous montons les marches deux par deux, et je peine à reprendre mon souffle une fois arrivée chez elle. Rachel me fait signe de m'asseoir sur le canapé, puis prend place à côté de moi.

— Vas-y, raconte.

Je ne sais pas par où commencer.

— Les boucles d'oreilles… Celles dont Kara nous a parlé. Les diamants de Shaila. Je les ai vues dans le tiroir de la table de nuit d'Adam. Il les a.

Rachel pâlit aussitôt. Je l'observe pendant qu'elle assemble les pièces du puzzle.

— Merde.

— Elle ne couchait pas avec Beaumont…

Je grimace pour réussir à prononcer les mots suivants :

— C'était Adam.

— Mais Graham…

— Je sais, je murmure.

— Et… moi.

— Je sais, Rachel.

— J'ai toujours eu des soupçons quand on sortait ensemble.

Sa respiration est lourde, laborieuse.

— Pour être honnête, je croyais que c'était toi, dit-elle en riant. Il t'a toujours adorée.

J'ai le feu aux joues.

— Je lui ai fait signe l'été dernier, tu sais. Pour lui parler de l'affaire.

Elle agite les mains.

— J'ai pensé qu'il aurait peut-être encore un peu de tendresse pour moi après tout ce temps et qu'il voudrait m'aider à rendre justice à Graham.

Un petit rire triste lui échappe.

— Il ne m'a même pas répondu.

Je me souviens ce qu'Adam m'a dit quand il m'a parlé des messages de Rachel. « Elle est folle. »

— Mais même si je le croyais infidèle, c'était plus simple de rester avec lui en terminale. Je n'avais pas envie de me retrouver seule. De réfléchir à ce que ça voulait dire…

Elle me montre une photo encadrée sur laquelle elle enlace une Hispano-Américaine aux longs cheveux noirs et au large sourire. Frida, j'imagine. Rachel a le regard brillant. Elles semblent si vivantes, si heureuses ensemble.

— C'était tellement plus facile d'être le couple vedette. Celui que tout le monde aurait voulu être. Et puis les choses étaient simples avec lui. On s'amusait bien. On s'aimait. Comme des gosses, mais on s'aimait. Enfin, je croyais.

Rachel s'adosse au canapé en émettant un long sifflement.

— Tu sais ce que ça signifie, Jill ?

Oui, bien sûr.

— Il a très bien pu tuer…

Je l'interromps d'un geste de la main. Je ne suis pas prête à entendre ces mots dans l'immédiat.

J'aimerais tellement pouvoir demander à Shaila pourquoi elle a agi comme ça et si elle mesurait le mal que ça ferait. Je voudrais qu'elle sache qu'elle a le pouvoir de me briser, même depuis sa tombe. Je pourrais hurler.

J'ai l'impression que mon cœur a été ouvert en deux et que toutes les vérités que je croyais connaître se déversent par terre. Rachel se met à parler si vite que j'ai du mal à suivre. Elle échafaude un plan, entrevoit une issue pour sortir de ce cauchemar. Bientôt, il y a du papier, des stylos et des instructions. Elle passe quelques coups de fil et nous sert du café glacé.

Et pendant tout ce temps-là, je reste immobile, un coussin serré contre la poitrine, alternant entre écoute attentive et regard dans le vide.

Jusqu'à ce que, enfin, Rachel se taise. Le minuscule appartement est plongé dans le silence pour la première fois depuis que je suis arrivée. Je me demande quelle heure il est et à quoi ma vie ressemblera d'ici une semaine.

Je m'extirpe du canapé pour me traîner à la fenêtre. Elle donne sur l'East River et j'aperçois, sur l'autre rive, des petits éclats de lumière. Je sais que je n'ai aucune chance de voir des étoiles ici, pas avec tous ces réverbères, ces panneaux lumineux et ces ferries. Mais c'est plus fort que moi, je sors la tête par la fenêtre et lève les yeux vers le ciel, en me concentrant de toutes mes forces.

La nuit s'étire à l'infini, l'air est doux, plus respirable. J'attends une seconde, une autre, continue à espérer.

Enfin, un nuage glisse sur un rail imaginaire et dévoile, brièvement, un bout de la galaxie. Mon pouls s'apaise et retrouve un rythme plus régulier.

Quand j'arrive enfin à la maison, Jared est le seul à ne pas être couché. Assis devant l'îlot central de la cuisine, il termine les aubergines *alla parmigiana* de notre mère directement dans le plat en verre.

— Tu étais où ? me demande-t-il d'une voix mal articulée.

— C'est plutôt moi qui devrais te poser la question.

Je sors une fourchette du tiroir et vais m'asseoir sur un tabouret à côté de lui. Je suis si épuisée que j'ai l'impression qu'elle pèse une tonne dans ma main.

— Naaan… C'est à moi, dit-il en me repoussant avec son épaule.

— Dans tes rêves ! Je suis affamée !

Jared cède du terrain et me laisse piocher dans le plat plein d'huile et de fromage.

— Il y avait une soirée ?

Il confirme d'un hochement de tête.

— Enfin, juste pour les Joueurs de troisième.

Évidemment…

— Chez Topher ?

— Non. Chez Robert. Sa maison est dingue.

Je n'y suis pas retournée depuis l'an dernier, mais je m'en souviens. Un intérieur en verre et en chrome avec des meubles inconfortables pas conçus pour s'asseoir dessus.

— Elle s'est terminée plus tôt que prévu, ajoute Jared. Robert a pris la Lamborghini de son père. Quel frimeur, celui-là…

— Quel idiot, surtout…

— Ah ! ça… J'ai appris par le groupe qu'il avait été arrêté alors qu'il fonçait sur la route de la côte. Il a dû prendre une amende pour conduite en état d'ivresse. Il est au commissariat, là.

— Attends, sérieux ?

— On en saura plus lundi, me répond-il.

Je secoue la tête, navrée par la bêtise de Robert et des Joueurs en général.

— J'ai appris que tu es allée chez les Miller aujourd'hui. Bryce me l'a dit. Il vous a entendus dans la chambre d'Adam.

Je me force à avaler une bouchée. Jared me dévisage avec des yeux mi-clos et injectés de sang.

— Vous sortez ensemble ?

Je manque de m'étouffer. J'examine le plat avant de lui répondre : la couche de fromage sur le dessus a refroidi et ressemble à du caoutchouc.

— Non.

— Tant mieux. Henry n'arrive pas à t'oublier, tu sais ?

Mon cœur se serre. Nous n'avons jamais été faits l'un pour l'autre, et pourtant j'ai envie de pleurer chaque fois que je repense à sa tristesse, le jour où j'ai rompu avec lui.

— Et puis Bryce a dit qu'Adam avait des ennuis en ce moment.

Il s'interrompt pour me laisser réagir, mais je ne dis rien.

— Bizarre, hein ?

Je me contente de répéter le même mot :

— Bizarre.

— Je crois qu'il compte rester dans le coin un petit moment. Au moins jusqu'aux exams de fin d'année. Sans doute tout le mois. Puis il a un stage à Los Angeles.

Jared enfourne une autre bouchée de nourriture.

— Enfin, c'est ce que m'a dit Bryce.

Les examens ont tous lieu dans quinze jours. Et peu après, Nikki a programmé l'Initiation. Leur dernière épreuve.

Je ne parle à personne de ce que j'ai découvert chez Adam. Et je décline la proposition de Nikki de m'asseoir à la table des Joueurs pour les derniers repas, prétextant le malaise entre Henry et moi.

— Allez, insiste-t-elle. Il ne reste plus que deux semaines. Et puis Robert est complètement flippé par cette histoire de conduite en état d'ivresse. Son admission anticipée à NYU a été révoquée, et le juge lui impose une cure de désintox après la fin des cours.

— Bien fait pour lui.

Nikki grimace, avant de se rendre à l'évidence.

— Oui, tu as raison.

Mais même si Robert a enfin été remis à sa place, je ne reviendrai pas à la table.

— J'ai juste besoin d'un peu plus de temps.

Elle n'insiste pas. C'est bon d'avoir retrouvé sa confiance.

Je me réfugie dans la bibliothèque, où je relis *Les Hauts de Hurlevent* pour préparer mon dernier examen de lettres, puis je révise mes fiches pour la physique, même si je les connais par cœur à ce stade. Tout pour fuir la réalité. Pour fuir ce qui est sur le point d'arriver. Et, surtout, pour fuir les textos d'Adam.

J'ai besoin de toi.

S'il te plaît.

Je ne peux parler à personne d'autre ici.

Ma mère me rend dingue.

Pourquoi tu ne réponds pas ?

Je suis désolé pour l'autre jour !

Le vendredi soir, je finis par ne plus y tenir.

J'ai attrapé un sale virus intestinal. Je suis super contagieuse…

Sa réponse se résume à un smiley : ☹.

Le lundi matin, le dernier avant les examens, j'essaie de me rendre invisible. Je voudrais tout enregistrer : le bruit des casiers quand on les referme, l'odeur du nettoyant dans les salles de classe, et l'odeur de neuf de la bibliothèque malgré les vieux livres.

Je voudrais fixer à jamais l'image de cet endroit avant qu'il change définitivement.

24

Et puis soudain tout s'accélère. Les jours défilent et c'est déjà vendredi, le dernier jour des examens. Les couloirs sont en effervescence, tout le monde bout d'impatience. Je suis impatiente, moi aussi, mais pour d'autres raisons.

Au moment où la dernière sonnerie retentit, on dirait que quelqu'un a mis le feu à l'école. Tout le monde se bouscule pour sortir.

Je me rends au lieu de rendez-vous fixé par Rachel : la maison de Nikki – qui est, bien sûr, dans la confidence. Rachel est déjà là. Après avoir échangé une accolade, nous attendons que le soleil se couche.

Allongée sur une chaise longue, je cherche à repérer un maximum de constellations. C'est une nuit parfaite. Toutes les étoiles sont de sortie et galopent dans le ciel. Je devrais être terrifiée, pourtant ma respiration est régulière, le calme m'envahit. Peut-être parce que notre plan est enfin au point.

— Prête ? me demande Rachel.

Elle porte un jean et un vieux sweat-shirt à capuche noir. Ses traits sont tirés, et sa peau semble un peu relâchée, comme si elle avait pris dix ans pendant cette foutue année. Je voudrais la serrer dans mes bras et lui dire merci un million de fois. Mettre son sourire sous cloche et l'emporter avec moi pour l'étape suivante, puisque je vais devoir agir seule. Sans son courage, rien de tout cela n'aurait été possible. Je me laisserais dériver comme un navire sans trajectoire qui finit par s'échouer un jour sur le rivage.

— Oui, dis-je avant d'envoyer le texto.

Il ne lui faut qu'une minute pour répondre.

— Il arrive. D'ici un quart d'heure.

Nous le guettons en silence, dans une atmosphère fébrile, jusqu'à ce que les phares de sa vieille Mercedes adorée trouent l'obscurité. Une mauvaise musique punk l'accompagne, et j'essaie de me rappeler pourquoi je me suis pâmée devant ce type.

— J'ai le cœur qui bat à mille à l'heure, murmure Rachel.

— Ça va aller.

Elle trouve ma main et la serre de toutes ses forces.

Je retire mes baskets puis me dirige vers la plage, où je lui ai donné rendez-vous. À chaque pas, j'essaie d'être plus grande, plus forte, de ressembler davantage à Rachel… ou à Shaila. Je frissonne dans ma polaire. Pas de peur, non. De rage. Une rage pure, dévorante. Je suis enfin prête à la laisser sortir.

L'océan est une masse noire déchaînée, dont les vagues se brisent d'impatience. De l'écume luit au loin. C'est la seule source lumineuse avec la lune et les étoiles. *Comment un endroit aussi violent peut-il être mon foyer ?*

— Te voilà ! s'écrie Adam.

Il me décoche ce sourire qui fait apparaître sa fossette débile et il m'ouvre les bras.

Je voudrais lâcher sur lui toute ma hargne, au lieu de quoi je vais me blottir dans ses bras et le laisse poser sa tête sur la mienne, comme cent fois auparavant.

— Tu es venu, lui dis-je.

— Tous ces mystères, Newman…

Je le lâche et recule. Je veux voir son visage quand il sera obligé d'avouer la vérité. Et je dois bien enregistrer chacun de ses mots, sinon ça ne marchera pas.

— Écoute, Adam… C'est un peu délicat, il faudrait que j'aborde un sujet avec toi…

Il hausse les sourcils et pose les mains sur les hanches.

— Qu'est-ce qui se passe ?

Je prends une profonde inspiration et me lance, récitant le texte que j'ai répété mille fois.

— Je suis au courant, pour Shaila et toi.

J'essaie d'avoir l'air triste, de jouer la fille blessée, au cœur brisé, pas celle qui bout intérieurement.

— Comment ça ?

Son sourire disparaît, sa fossette aussi.

— Je sais que vous étiez… tu vois, quoi.

Je n'arrive pas à prononcer le mot.

— Euh, non, Jill, je ne vois pas de quoi tu parles.

Je réussis à soutenir son regard.

— Elle a écrit des lettres.

Sa voix n'est plus qu'un murmure.

— Quoi ?

Je hoche la tête.

— Elle raconte qu'elle a trompé Graham. Et tout le reste. Elle parle de toi.

Je retiens mon souffle et attends qu'il parle. Je suis obligée de forcer le trait, de prétendre que je suis absolument sûre de mon fait.

— Euh…

Il se passe une main dans les cheveux, sautille d'un pied sur l'autre.

— Tu sais aussi bien que moi qu'elle avait tendance à exagérer…

— Peut-être.

Je me détourne vers l'océan, dans l'espoir de donner l'impression que je suis contrariée, jalouse.

— Qu'est-ce qu'elle a raconté, exactement ?

Sa curiosité le trahit.

— Qu'elle était amoureuse de quelqu'un d'autre que Graham. Que ça risquait de détruire l'unité des Joueurs. Que c'était toi.

J'espère qu'il va me croire… Il lève le visage vers le ciel et ferme les yeux.

— J'ai commis une erreur.

Il baisse les yeux vers les vagues.

— Tu n'es pas fâchée, si ? Ça remonte à des années. Elle n'est même plus…

Il fait un pas dans ma direction, exactement comme je l'avais prévu.

— Toi et moi, on a un truc spécial, Jill, un truc différent, tu sais. Nous deux, c'est écrit depuis longtemps.

Les mots que j'ai toujours voulu entendre.

— L'an prochain, on sera enfin réunis. On pourra faire tout ce dont tu as toujours rêvé.

— Non, Adam, je ne crois pas. Tout est différent maintenant.

— Pourquoi ?

Je ne réponds pas.

— C'est à cause de Graham ? De ces conneries au sujet de sa prétendue innocence ?

Il plisse les yeux et agite l'index dans ma direction comme si j'allais au-devant d'ennuis, comme si je l'avais trahi, ce qui est exactement ce que j'ai fait.

— Tu ne le crois quand même pas, Jill ?

— Il sait se montrer assez convaincant.

— Tu lui as parlé ?

La voix d'Adam est de plus en plus forte.

— Oui, dis-je en m'efforçant de ne pas trembler. Et à Rachel aussi.

J'ai l'impression que les yeux d'Adam vont lui sortir de la tête.

— Mais je t'avais dit qu'elle était folle !

Sa colère commence à monter, il a presque atteint le stade que je cherche à atteindre. Je continue à le provoquer :

— Moi, je les crois.

— Et qu'est-ce qu'elle raconte ? Que c'est moi qui ai tué Shaila ? Qu'on couchait ensemble et que, le soir de l'Initiation, je l'ai tuée puis ai laissé la police accuser Graham ?

Il pousse un lourd soupir et secoue la tête.

— N'importe quoi, putain !

— Vraiment ? C'est vraiment n'importe quoi ?

Ma voix reste posée, forte.

— Qu'est-ce que tu insinues ?

Étonnamment, je suis soudain très calme.

— Ça se tient, quand on y réfléchit. Tu lui as offert ces boucles d'oreilles, tu lui as ouvert ton cœur et elle, elle t'a rejeté, alors peut-être…

Les épaules d'Adam se tendent à la mention des bijoux. Il serre les poings.

— Les boucles d'oreilles, dit-il comme s'il s'en souvenait pour la première fois depuis trois ans.

— Je les ai vues. Dans ta table de nuit.

Son regard devient glacial.

— Après tout ce que j'ai fait pour toi ? C'est comme ça que tu me remercies ? En m'accusant d'avoir tué Shaila ? Tu as perdu la tête… Pauvre conne !

— Tu peux répéter ?

La rage me déborde, menace de m'étrangler.

— Pauvre conne ! Vous êtes toutes pareilles ! Vous voulez vous faire passer pour des filles cool, mais vous pétez un câble dès que les choses vous échappent.

De la salive s'accumule aux coins de sa bouche. Il faut que je le pousse dans ses retranchements, j'en suis capable.

— C'est ce qui est arrivé avec Shaila ? C'est pour ça qu'elle est morte ?

— Tu racontes n'importe quoi !

— Alors explique-moi !

Je hurle à présent, et ma voix vacille, mais j'ai appris toutes mes répliques par cœur. La vérité est si évidente maintenant. J'ai juste besoin qu'il la reconnaisse tout haut.

— Dis-moi ce qui s'est passé, dis-moi la vérité.

Il secoue la tête violemment, serre les pans de sa veste en jean noir autour de lui.

— Non, je ne voulais pas…

Quelque chose en moi se fissure, et ma rage éclate. Soudain, je fonce vers lui. Je le percute et il tombe dans le sable. Je m'assieds à califourchon sur lui, les genoux dans le sable.

— Avoue ! Tu l'as tuée !

Mes larmes coulent, brûlantes, et je crois bien que je vais vomir.

— Ne fais pas ça, Jill…

— Tu l'as tuée !

J'approche mon visage si près du sien que j'aperçois les poils de sa barbe qu'il devra raser demain matin.

— Arrête ! rugit-il en se démenant.

Je suis soudain déséquilibrée. Le ciel bascule au-dessus de moi. Adam agrippe mes poignets et d'un mouvement leste, il me renverse. C'est moi qui suis sa prisonnière maintenant.

— Je te faisais confiance, Jill. Tu étais la seule personne qui me restait dans cette maudite ville, et tu m'as trahi en allant voir Rachel. Tu ne m'as pas cru !

Il a la voix rocailleuse, les mots semblent s'engluer dans sa gorge.

— Je t'ai sauvée cette nuit-là, gémit-il.

— Tu l'as tuée…

— Je ne voulais pas.

Une boule se forme dans ma gorge, mes poignets sont engourdis. *Continue à parler*, je l'implore en silence, *continue. Dis-le, dis-le !!!*

— Tu ne voulais pas quoi ? je hurle.

De minuscules gouttes de salive éclaboussent la pointe de son nez. Je voudrais vomir.

— Ce n'était pas ma faute.

Il enfonce mes poignets dans le sable et presse ses genoux sur mes épaules. Je suis paralysée. Et pour la première fois de la soirée, je songe que si Adam a tué une fois, il pourrait recommencer. Je pourrais finir, moi aussi, dans les pages des faits divers de la *Gazette*. Et pourtant, il faut que j'insiste. Je dois savoir. Je dois *tout* savoir. Les larmes coulent sur mes joues et je trouve les yeux d'Adam. Ils réfléchissent l'océan derrière moi, sauvage et implacable.

— Raconte-moi ce qui s'est passé ! Je mérite de savoir.

Il souffle longuement et, l'espace d'un bref instant, il me semble apercevoir mon Adam. Le type qui me forçait à écouter Fugazi, qui me faisait manger des platées d'œufs et de bacon chez Diane. Le garçon qui m'envoyait ses pièces en toute candeur, dans l'espoir qu'elles seraient « assez bonnes ». Le garçon à la fossette et aux lunettes à monture en plastique. Le garçon auquel je voulais lier mon avenir. Le garçon qui, c'est vrai, m'a sauvée.

Mais ce n'était qu'un mensonge, conçu pour que je lui accorde ma confiance. Mon Adam a été remplacé par un monstre que je ne pourrai jamais oublier.

— On avait passé du temps ensemble l'été précédent, commence-t-il d'une voix douce, même s'il continue à enfoncer ses doigts dans mes poignets. Dès que Graham et Rachel n'étaient pas là, on lisait des scènes ensemble, on buvait de la limonade alcoolisée au bord de sa piscine. On avait… un lien.

Mon cœur se brise. Je pensais que ce lien m'appartenait. Que j'étais unique à ses yeux.

— Mais ça restait cool entre nous. Jusqu'à la comédie musicale du printemps, tu te souviens ?

Un sourire tordu déforme ses traits, et je me demande s'il imagine Shaila se trémousser en tenue moulante, avec son maquillage de scène.

— Big Keith m'avait demandé de retravailler le texte, alors j'assistais souvent aux répétitions, et Shaila était… incroyable, murmure-t-il. À partir de ce moment-là, c'est devenu facile de sortir en douce dans le parking après les séances de travail, et de passer du temps dans ma bagnole. On s'entendait tellement… bien.

Il continue à enserrer mes poignets, mais ses genoux pèsent un peu moins lourd sur mes épaules. Il veut me libérer, je le sens.

— Et puis je lui ai offert la paire de boucles d'oreilles, les mêmes que celles de Kara, dont elle était jalouse. Shaila a trouvé que c'était trop.

La colère dévore à nouveau son regard.

— Elle ne pouvait plus faire ça à Graham, ou à Rachel. Elle m'a dit que je n'en valais pas la peine. Qu'elle ne voulait pas te faire davantage de mal, à toi, sa meilleure amie. Que tu étais amoureuse de moi, comme si je n'étais pas déjà au courant…

Il fait une petite moue triste, il semble me prendre pour une môme qui a besoin de sa pitié.

— La culpabilité la rongeait, elle voulait arrêter.

J'ai envie de lui cracher au visage et d'arracher sa peau avec mes dents. Pour lui montrer ce qu'est devenue la gamine amoureuse.

— Je lui ai dit qu'elle commettait une erreur. Sauf qu'elle n'en démordait pas. J'étais encore bien furax le soir de l'Initiation. C'est moi qui ai choisi son épreuve. Je n'avais pas l'intention de la faire sauter, bien sûr. Je me disais qu'on aurait juste un petit moment en tête-à-tête et qu'on en profiterait pour se réconcilier. Mais une fois là-bas…

Il s'interrompt et aspire de l'air entre ses dents.

— Elle m'a rejeté. Encore une fois.

Il me regarde droit dans les yeux.

— Tu veux savoir ce qu'elle a fait ? Elle m'a ri au nez. J'ai essayé de l'embrasser une dernière fois et elle a ri.

Un grognement lui échappe.

— De son rire rauque, ridicule, qui semblait dire que j'étais un imbécile d'espérer encore. Alors je lui ai dit de sauter pour qu'on en finisse et qu'on rentre chez Tina. Elle a refusé. Elle était trop intelligente pour ça. Elle n'avait pas envie de mourir.

Il secoue la tête.

— J'ai insisté. J'avais besoin de voir la peur dans ses yeux. Je lui ai dit qu'on ne partirait pas tant qu'elle n'aurait pas sauté. Alors elle a commencé à s'éloigner. « Tu n'as pas d'ordres à me donner ! » Elle m'a dit ça comme une petite fille colérique. Je l'ai attrapée par le bras et…

Des larmes coulent sur mon visage. J'imagine si bien la scène.

— J'ai dû tirer trop fort. Elle est tombée à la renverse, dans un tas de bois flotté. Là, elle a pété un plomb. Elle m'a bousculé. Et j'ai fait pareil, je l'ai poussée contre des rochers, et j'ai entendu son crâne se fendre. Alors j'ai perdu pied. Quand j'ai repris possession de mes moyens, elle était allongée dans le sable près d'une flaque d'eau de mer. Il y avait tellement de sang partout. J'ai paniqué. Je suis parti en courant. J'ai rapidement croisé Graham, qui errait, ivre, complètement à côté de ses pompes. Il s'était blessé dans la maison – avec du verre, j'imagine – et il avait plein de sang sur lui. C'était presque trop facile. Je lui ai indiqué la direction d'Ocean Cliff, en lui disant d'aller trouver Shaila. À mon retour chez Tina, je suis parti à la recherche de Jake et... Bref, tu sais ce qui s'est passé ensuite.

Son regard se radoucit.

— J'ai dit à tout le monde que Shay était allée se doucher, mais voyant que Graham et elle restaient introuvables, Rachel et Tina ont commencé à paniquer. J'ai appelé les flics et je leur ai dit que j'avais vu Graham couvert de sang près de la falaise. C'est tout. Ils l'ont arrêté sur-le-champ. Et comme il a confessé le crime, personne n'a poussé l'enquête plus loin.

Adam est détendu maintenant, apaisé par ses aveux. Soulagé, presque.

— Alors c'est tout, dis-je en cherchant à contrôler la fureur dans ma voix.

— C'est tout. J'ai dû vivre avec ce secret pendant trois années.

Il a l'air d'avoir du mal à croire qu'il a commis un crime aussi haineux, il a l'air de penser que je devrais avoir de la peine pour lui, parce qu'il porte ce poids depuis si longtemps.

— Espèce de monstre !

À ma rage s'ajoute un soupçon d'indulgence pour Shaila. Elle culpabilisait. Elle voulait tout arrêter. J'aimerais pouvoir la prendre dans mes bras et lui dire que je lui pardonne.

Adam redresse la tête et la surprise arrondit sa bouche. *Elle est là. Le moment est venu.*

— Tu es foutu, lui assène Rachel.

J'inspire profondément, laisse l'air emplir mes poumons. Mes muscles se tendent, j'attends qu'Adam se déplace, qu'il me libère enfin.

Mais je ne m'attends pas à ce qui suit. Il me lâche, se redresse d'un bond et percute Rachel de plein fouet.

— Non !

Mes hurlements ne servent à rien. Elle est déjà étendue dans le sable, roulée en boule à côté d'un tas d'algues séchées. Elle ne bouge presque plus. Elle gémit, et Adam lui décoche un coup de pied dans le ventre.

— Tu ne peux rien contre moi ! crie-t-il en enchaînant les coups de pied.

Le sable vole et forme un nuage autour d'eux.

— Arrête, Adam !

Je me relève et les rejoins, la vision brouillée par la peur. Je dois l'empêcher de continuer.

D'une main tremblante, je le prends par le bras, prête à l'implorer. *Il me connaît. Il me pardonnera. Il arrêtera.*

Et pourtant, quand il se retourne vers moi, ses yeux sont noirs de fureur, une veine palpite dans son cou.

— Adam, s'il te plaît, laisse-nous partir, je murmure.

Il se penche en avant et je me dis qu'enfin, *enfin !*, c'est terminé. Il abandonne. Il se jette alors sur moi, animé d'une violence froide et implacable.

Le choc est si rude que le monde explose et se réduit en poussière. Les étoiles dégringolent du ciel et j'ai un goût de métal dans la bouche. Je suis à nouveau étendue dans le sable. Je ne peux plus bouger. Mon champ de vision se réduit à un minuscule point et j'essaie de repérer Adam devant l'océan agité. Mais je ne parviens qu'à entendre sa voix, une dernière fois.

— Oh ! non...

Puis tout devient noir.

25

La dernière fois que j'ai vu Shaila, où j'ai vraiment passé un moment avec elle, mon ultime souvenir, c'était chez Quentin, juste avant l'Initiation. Sa mère était partie donner une conférence dans une université en Norvège et il nous avait réunis pour une dernière soirée avant que nous devenions de vrais Joueurs. « Un adieu à notre jeunesse », a-t-il plaisanté. Nous étions encore si gamins…

Personne n'avait pensé à apporter de la bière, et nous étions tous sobres. Quel bonheur !

Nikki a commandé plusieurs pizzas avec la carte bancaire de ses parents, et Quentin a sélectionné des vieux films des années 1980. *La Folle Journée de Ferris Bueller, Breakfast Club, Un monde pour nous.*

Henry n'en connaissait aucun et il a gloussé tout du long.

« Quand je pense que tu m'as caché ces chefs-d'œuvre ! a-t-il dit en l'attrapant par le cou pour lui frotter le crâne avec son poing. Moi qui ne jurais que par *Spotlight* ! »

Graham et Shaila étaient blottis l'un contre l'autre à une extrémité du canapé. Il avait un bras passé autour de ses épaules et il lui caressait la clavicule, sous son tee-shirt.

Robert était allongé par terre, et il essayait de convaincre quelqu'un, n'importe qui, de se battre avec lui. Henry acceptait de temps en temps, avant d'appeler Marla à la rescousse. Elle n'avait aucun mal à plaquer Robert sur le parquet, et il a fini par se lasser.

« Elle a trois frères ! a-t-il gémi. C'est injuste !

— Si vous cassez cette table basse, je vous tue ! », a hurlé Quentin depuis la cuisine.

Avec Nikki, ils s'amusaient à jouer aux hôtes parfaits. Ils remplissaient les saladiers de pop-corn tout chaud, débarrassaient les assiettes et essuyaient les taches de gras sur le tapis. Ils ont même eu le temps de confectionner un gâteau au chocolat, pendant que nous nous disputions pour savoir quel acteur de *La Fête à la maison* était notre préféré.

Quand ils nous ont apporté leur création, un truc informe recouvert de glaçage, de vermicelles et de bougies sans aucune raison, Marla a poussé un petit cri de joie. Quentin a rougi. Nikki était aux anges.

« Qu'est-ce qu'on ne ferait pas pour vous, hein ? »

Graham s'est levé pour aller chercher une fourchette et se jeter sur le gâteau, laissant Shaila seule dans son coin du canapé.

« Viens là », m'a-t-elle murmuré.

Je me suis approchée jusqu'à ce que nos orteils se touchent. Elle m'a prise par les épaules pour m'attirer contre elle, et nous avons regardé nos amis.

Sa main était moite et chaude sur mon épaule. J'avais l'impression d'être avec une gamine un peu collante. J'ai croisé son regard et il m'a semblé qu'elle était au bord des larmes.

« Ça va ? », me suis-je inquiétée.

Elle a hoché la tête avant de reporter son attention sur les autres, agglutinés autour de la table basse pour manger le gâteau à même le plat.

« Je suis tellement heureuse avec vous, m'a-t-elle murmuré. Je voudrais que ça dure toute la vie. »

J'entends d'abord le bip d'une machine. Puis un bruissement de papier, des chuchotements inquiets. Je retrouve des sensations dans mes orteils et mes doigts. Une douleur m'élance dans la tempe gauche, juste au-dessus de l'oreille. Elle se prolonge sur mon visage, derrière mon œil, dans ma bouche aussi sèche qu'un désert. Tout me fait souffrir.

Quand je trouve la force d'ouvrir les yeux, je découvre un océan immaculé. Murs blancs. Coton blanc. Fils blanc. Le centre médical de Gold Coast, j'imagine.

— Elle est réveillée.

Jared est tout près du lit. Je l'entends avant de le voir. Sa voix est fébrile, légèrement étranglée.

— Qu'est-ce…

— Chut, me dit-il.

Il a raison. Parler me fait mal à la gorge et au palais. Je voudrais dormir pendant des jours.

— Il va lui falloir un petit peu de temps pour récupérer, annonce quelqu'un avec autorité.

Un médecin peut-être.

— Elle a juste besoin de repos.

Mais je secoue la tête. Ça fait si mal que je crains qu'elle se fende en deux. Je dois les prévenir.

— Adam…

— C'est bon, ma chérie.

Ma mère, cette fois. Elle prend ma main. Mon père pose la sienne sur mon épaule.

— On est au courant.

Je baisse les armes. Je m'abandonne à la douleur et à la tristesse. Je replonge dans le sommeil.

C'est Rachel qui a tout mis au point. Une fois qu'elle a su pour les boucles d'oreilles, elle a tout planifié. Nous devions être certaines qu'Adam était coupable. Il ne devait plus rester aucun point d'interrogation.

Elle m'a dit d'éviter Adam le plus possible, afin de semer les graines du doute dans son esprit. Comme ça, le jour où je finirais par me manifester, il rappliquerait sans hésiter.

« Ces types-là détestent qu'on leur dise non. Et ils ne supportent pas qu'on les ignore. »

Elle avait raison.

Puis j'ai dû mettre Nikki dans la confidence. Je lui ai expliqué toute l'histoire, la relation d'Adam et de Shaila, avant de lui exposer notre stratagème pour découvrir la vérité.

Elle a pâli, et elle a tenu ma main moite dans la sienne, froide, pendant très, très longtemps.

Nous étions assises sur sa terrasse et nous regardions l'océan lécher le rivage.

« Mes parents ne reviendront pas avant la remise des diplômes, faites ça ici. »

Je l'ai enlacée et lui ai murmuré un « merci ». Elle s'est mordu la lèvre et a abondé :

— Chopons cet enfoiré.

Rachel a débarqué plus tard dans la semaine avec deux enregistreurs à distance. Son calme m'a tranquillisée, même si je n'avais qu'une envie : partir loin, très loin.

Après les cours, le vendredi, quand je suis arrivée chez Nikki, Rachel avait un air déterminé. Elle était si sûre d'elle que ça m'a effrayée.

Nous étions incapables d'avaler quoi que ce soit ou même de discuter. Avant que j'envoie un texto à Adam, Rachel a fourré un enregistreur dans la poche de ma polaire et elle a gardé l'autre. Nikki resterait dans la maison et s'assurerait que l'enregistrement fonctionnait bien.

Dès qu'Adam se serait confessé, elle appellerait la police. Nous aurions peut-être dû la laisser agir sans nous en mêler. Lui remettre les preuves et la regarder faire. Mais nous voulions obtenir des aveux par nos propres moyens. Entendre la vérité de sa bouche. Prendre le contrôle pour une fois. Pour Shaila.

— Hé…

J'entends une toute petite voix près de mon oreille.

— Jill… Tu es réveillée ?

La pièce est sombre et glaciale, mais une main douce saisit la mienne. Je tente d'ouvrir les yeux, seul l'un d'eux m'obéit. Je tourne mon visage.

— Nikki ?

— Oui, c'est moi.

— Il est quelle heure ?

— C'est la nuit. Du dimanche.

— Oh ! la vache…

Elle rit.

— C'est rien.

Quand mon œil ouvert finit par s'accoutumer à la pénombre, je réussis à l'observer. Ses longs cheveux noirs sont sales et emmêlés. Elle porte aussi une blouse d'hôpital blanche. Et un petit bracelet en plastique enserre son poignet étroit.

— Tu es blessée ?

— Non, ils m'ont juste gardée en observation.

— Et Rachel ?

— Quelques côtes cassées. Un œil au beurre noir, comme toi. Mais elle s'en sortira. On s'en sortira toutes.

Elle serre ma main en reniflant.

— Vous aviez raison, Jill. Il est coupable, Adam est coupable.

— Où est-il ?

Des larmes coulent sur ses joues.

— À l'étage.

La suite de son récit est entrecoupée de sanglots.

Quand elle a entendu ce qui se passait grâce aux enregistreurs, Nikki a prévenu la police et leur a dit de se dépêcher. Trouvant que les policiers mettaient trop de temps à arriver, elle a paniqué et récupéré une crosse de hockey avant de courir vers la plage. Elle a foncé sur Adam, espérant simplement le déséquilibrer, mais elle l'a frappé si fort qu'elle l'a assommé.

Elle était convaincue de l'avoir tué, de n'avoir réussi qu'à apporter plus de souffrance à cette ville déjà traumatisée. Et à nous.

Les policiers ont trouvée Nikki blottie contre Rachel, toujours un peu sonnée. Elles étaient assises près de moi et me disaient de tenir bon. Adam, lui, était étendu dans le sable, inconscient. Nikki leur a dit la vérité : elle l'avait frappé pour l'empêcher de nous blesser. Rachel a confirmé.

Elles ont aussitôt remis les enregistreurs contenant les aveux. Les ambulanciers ont alors senti le pouls d'Adam. Il était vivant. Et coupable.

Il a été menotté au brancard avant de partir dans l'ambulance. Il commençait à gémir et à remuer la tête, il reprenait connaissance.

— J'espère qu'il va moisir longtemps en prison…

Nikki pose un regard vide sur moi. Elle s'essuie le nez avec sa blouse d'hôpital.

— Je sais que tu l'…

Elle s'interrompt.

— Je suis vraiment désolée, Jill. Tellement désolée…

Elle se balance d'avant en arrière sur la chaise. Je lui serre la main si fort que j'en ai mal aux articulations. Je lui répète les paroles qu'elle m'a dites un jour :

— Tu n'as aucune raison de l'être.

26

Je décide de retourner m'asseoir à la table des Joueurs une dernière fois. Les détails de l'affaire s'étalent en une de la *Gold Coast Gazette.*

Personne ne m'interroge sur la contusion violette sous mon œil ou le pansement sur mon front. Personne ne s'étonne de nous voir, Nikki et moi, avec nos bracelets d'identification de l'hôpital, que nous refusons de retirer. Ils servent à nous rappeler ce qui est arrivé.

Rachel est allée à Danbury dès qu'elle a pu. Elle m'a écrit que Graham allait bientôt sortir. Il va s'installer avec elle à New York, pour se réhabituer au monde extérieur avant de suivre quelques cours à la fac pendant l'été. Je ne suis pas prête à le revoir. Je ne sais pas si je le serai un jour. Adam a été transféré dans la prison du comté, où il attend son procès. Les Miller étaient prêts à cracher un million de dollars pour sa caution, mais le juge a refusé. C'est trop douloureux de penser à lui pour le moment.

Aujourd'hui, Nikki et moi entrons ensemble dans la cantine pour notre dernier déjeuner à Gold Coast Prep. La mer d'élèves s'écarte devant nous, en silence cette fois. Finie, l'atmosphère électrique. Elle a été remplacée par une impression générale de méfiance et d'incrédulité.

Je choisis un sandwich à la dinde, une banane et une boule de pâte à cookie en mémoire de Shaila. Nous nous dirigeons vers le centre de la salle, où tous les regards nous suivent. Je m'assieds entre Quentin et Nikki. Henry me considère avec tendresse, Marla incline la tête en signe de compassion. Robert, lui, est complètement ailleurs.

— Ça fait bizarre, dis-je.

Quentin ricane, puis me prend par les épaules pour m'attirer contre lui. Nikki a une mine sombre et triste, pourtant les coins de sa bouche se soulèvent soudain.

— Une dernière session des Joueurs ?

Elle n'attend pas qu'on lui réponde.

— Je déclare la séance ouverte, lance-t-elle en cognant son plateau avec une fourchette.

Quelques troisième tournent la tête dans notre direction.

— Ce soir, annonce-t-elle d'une voix plus forte. Feu de joie chez moi.

Elle pivote vers Topher, qui s'est tellement penché vers notre table qu'il risque de tomber de sa chaise.

— Fais passer le mot, d'accord ?

Il acquiesce.

— On va tout brûler, conclut-elle à notre intention.

À la maison, maman est déjà en train de s'affairer dans la cuisine pour préparer un énorme plat de linguinis aux palourdes.

— Jill ?

— Tu as reçu du courrier.

Elle fait signe vers la console où plusieurs lettres s'entassent.

Une grande enveloppe libellée à mon nom trône sur le sommet de la pile. L'adresse de l'expéditeur est celle de l'université Brown. Mon cœur fait un bond.

— Tu ne l'ouvres pas ?

Jared retient son souffle dans mon dos. Je prends l'enveloppe, qui pèse lourd dans ma main. C'est un beau papier épais, où les mots à l'encre paraissent gravés. Je me retiens de la déchirer et ferme plutôt les yeux pour me souvenir de tout ce qui s'est passé cette année, de tout ce que j'ai traversé. *J'ai survécu.*

Mon avenir est limpide, tout à coup.

— Alors ? insiste ma mère.

Je secoue la tête.

— Ça n'a plus d'importance. Je n'irai pas à Brown.

Elle fait la moue. Mon père apparaît derrière elle, l'air inquiet.

— Je n'ai pas envie. Je préfère aller à la fac publique.

— Jill, si c'est à cause de l'argent, on trouvera un moyen, me dit-elle en essuyant les mains sur son tablier.

— Bien sûr, ajoute mon père.

— Non. Je n'ai pas envie d'y aller.

Je repose l'enveloppe sur la console. Mon ton est ferme, et tout est très clair dans mon esprit. J'ai déjà oubliĂŠ pourquoi je ressentais un tel besoin dâaller lĂ -bas. Maintenant que je connais la vĂŠritĂŠ, tout a changĂŠ. LâidĂŠe de me retrouver dans un lieu marquĂŠ par la prĂŠsence dâAdam me donne envie de vomir. Jâai un autre choix. Un avenir ailleurs. Et pour la premiĂ¨re fois depuis trĂ¨s longtempsâŚ je me sens libre.

Ce soir-lĂ , jâarrive chez Nikki avec Jared. Les garĂ§ons ont dĂŠjĂ commencĂŠ le feu de joie sur la plage. Ils se trouvent cĂ´te Ă cĂ´te, les bras ballants, sans parler. Quentin donne un petit coup sur lâĂŠpaule de Henry en me voyant approcher. Un sourire hĂŠsitant se peint sur ses traits. Une boucle de cheveux lui tombe sur le front.

â Salut, me dit-il.

â Salut.

Sans prendre le temps de rĂŠflĂŠchir, je lâenlace par la taille. Il se crispe au dĂŠbut, avant de me serrer contre lui chaleureusement.

â Je ne tâen veux pas, Jill, me chuchote-t-il.

Un nĹud se dĂŠfait dans mon ventre, il mâa enfin pardonnĂŠ.

Nikki nous rejoint avec lâĂŠnorme classeur vert qui contient toutes les informations sur les Joueurs.

â Alors ? Vous ĂŞtes prĂŞts ?

Elle a le regard brillant de larmes.

Je hoche la tĂŞte.

â Oui, dit Henry. Allons-y.

Les autres acquiescent aussi. MĂŞme Robert, qui croise les bras dans sa veste en cuir.

Je parcours du regard le cercle de Joueurs, des ĂŠlĂ¨ves de tous les Ă˘ges. Les premiĂ¨re et les seconde se sont mélangés. Les troisième forment un petit groupe au milieu duquel se trouve Jared. L'humeur générale est sombre. Demain, ils auraient dû avoir leur Initiation.

Nikki se racle la gorge et brandit le classeur au-dessus de sa tête. Tout le monde se tait, s'attendant à un dernier discours, à la nomination du prochain maître de cérémonie.

Pourtant, sans un mot, elle lance le classeur en plein dans le feu.

Topher Gardner étouffe un cri et une poignée de seconde mettent une main devant leur bouche.

Jared m'observe de loin et un lent sourire étire ses lèvres.

— C'est terminé, dit Nikki à voix basse, sans quitter des yeux les fragments de papier qui montent, montent, montent dans les flammes.

Elles rugissent et grossissent, jusqu'à engloutir complètement les vestiges des Joueurs.

— Tout est fini, crie-t-elle.

— Et les Archives ? demande Quentin.

— Effacées, lui répond Nikki. La copine de Rachel est codeuse. Je lui ai demandé de détruire l'application. Il n'en reste plus rien.

Marla approuve.

— Bien joué.

Les troisième ont l'air sonné. Je me demande s'ils auraient aimé que la tradition se perpétue ou s'ils sont au contraire ravis de retrouver une vie normale. D'un autre côté, ils sont privés de ce qu'ils pensaient avoir mérité. Après leur avoir imposé des épreuves toute l'année, nous leur retirons leur récompense… Mais il fallait que ça change. Cette année *devait* être différente.

Nous restons ainsi en silence pendant quelques minutes, avant que Robert s'exclame :

— Regardez !

Il indique la maison. Des dizaines de personnes viennent dans notre direction. Il me faut quelques secondes pour les reconnaître. Des camarades de classe. Des gens qui n'étaient jamais invités aux fêtes. Les membres du club d'échec et l'orchestre de jazz. L'équipe de hockey de Marla. Toute l'école semble être venue pour regarder les Joueurs brûler.

— Hé !

Je sens qu'on m'attrape par le coude et je tressaille, j'ai un mouvement de recul instinctif.

— Tout va bien, c'est moi, me dit Henry. Viens, je veux te montrer quelque chose.

Il me prend délicatement par le poignet, et je le suis jusqu'à l'endroit où l'eau rencontre le sable.

— Ferme les yeux, me murmure-t-il.

J'obtempère en me forçant à ne plus avoir peur de l'obscurité. Plus jamais.

— C'est bon, Jill, tu peux les rouvrir… Lève la tête.

Au-dessus de nous, le ciel est immense. Parsemé d'un million de minuscules points de lumière. Les étoiles scintillent autant que des diamants. Je vais pouvoir projeter mon avenir tout entier sur cette carte parfaite.

— Incroyable, hein ? dit Quentin.

— À couper le souffle, ajoute Nikki.

Ils nous ont rejoints, laissant les autres de côté pour la toute dernière fois.

— On dirait une bite, là, dit Robert un peu trop fort.

— La ferme, abruti ! rétorque Marla. Tu gâches tout.

— Oh ! lâche-moi !

Brusquement, j'éclate de rire. Je ris si fort que j'en ai mal au ventre et que je me plie en deux. Nikki m'imite, et bientôt nous partageons tous un fou rire monumental, au pied de l'océan, sous cette portion de ciel parfait que mes amis m'ont dégotée.

Henry est le premier à se ressaisir, et bientôt, nous observons à nouveau la Voie lactée en silence. Je me demande qui nous sommes et combien de temps nous le resterons. Serons-nous toujours liés dans un an ? Dans dix ? Et qui Shaila serait-elle devenue si elle avait encore été en vie ? Et Graham, s'il était là, avec nous ?

Je repère la Grande Ourse, la Lyre, l'Aigle, le Taureau. Mes constantes. Mes vérités. Une étoile filante traverse le ciel, explose puis disparaît. De petites vagues s'échouent doucement à nos pieds.

Ensemble, nous observons l'obscurité à la recherche de la lumière.

Nous avons réussi.

Nous sommes en vie.

REMERCIEMENTS

Avant tout, un grand merci éternel à mon invincible agente, Alyssa Reuben. Elle a cru en cette histoire dès le premier jour, et elle a aussi cru en moi. Je lui suis très reconnaissante pour sa ténacité, sa patience et ses conseils.

Toute ma gratitude va aussi à l'équipe de Paradigm au complet, qui a organisé des coups de fil, m'a expliqué les contrats et qui est, de façon générale, composée des meilleures : Katelyn Dougherty et Madelyn Flax.

Mon éditrice, Jess Harriton, est une bénédiction pour les auteurs et une magicienne de la narration. Elle a visualisé ce que ce livre pourrait être et m'a aidée à le rendre plus riche, profond et éloquent. Je suis admirative de son talent et de sa générosité. Jess, je suis impatiente de poursuivre notre collaboration.

Merci à Elyse Marshall, mon attachée de presse – j'ai su que je l'adorerais le jour où elle a commandé des frites pour toute la table.

Je pense aussi évidemment à toutes les personnes chez Razorbill et PenguinTeen, qui ont uni leurs forces autour de Jill et de ses amis. J'ai tant de chance d'avoir une équipe de pom-pom girls aussi enthousiastes : Krista Ahlberg, James Akinaka, Kristin Boyle, Kara Brammer, Christina Colangelo, Alex Garber, Deborah Kaplan, Jennifer Klonsky, Bri Lockhart, Casey McIntyre, Emily Romero, Shannon Spann, Marinda Valenti et Felicity Vallence.

Ce livre n'aurait pas vu son horizon s'élargir autant sans ceux qui ont cru à son existence au-delà de la page : Meghan Oliver et Matt Snow, de chez Paradigm, je suis sur un petit nuage grâce à vous.

Une dédicace spéciale à Sasha Levites, ma juriste guerrière. Son calme et sa férocité sont illimitées.

Merci à Sydney Sweeney, qui m'a montré ce qu'était réellement le travail et qui m'a apporté un soutien sans pareil.

Jill et les Joueurs sont nés dans le cours d'écriture de fiction Jeunes adultes de Melissa Jensen, à l'université de Pennsylvanie (oui, ce cours existe, et oui, c'est le paradis). Melissa, merci pour ton commentaire dans la marge : « J'ai hâte que tu publies cette histoire un jour ! »

Il y a des années de cela, j'étais assise dans le bureau de Laura Brounstein, chez *Cosmopolitan*, et elle m'a demandé : « Qu'est-ce que tu veux vraiment faire dans la vie ? » Je passais un entretien pour un poste, la réponse attendue était donc : « Travailler ici. » Mais, pour le meilleur ou pour le pire, j'ai répondu : « Je voudrais écrire des romans pour les jeunes adultes, enfin plus tard, vous voyez ? Pas tout de suite. » Elle m'a rétorqué : « Pourquoi attendre ? » Bien vu, LB.

À mes chers éditeurs d'*Entertainment Weekly*, qui m'ont encouragée à continuer à écrire, merci pour avoir toujours dit oui : Tina Jordan, Kevin O'Donnell et Chris Rosen.

À l'équipe de *Cosmopolitan* passée, présente et future, merci pour les mèmes, les conseils de vie et les réserves infinies de chips et de champagne. Le monde est plus doux grâce à vous. Un remerciement tout particulier à Faye Brennan, Meredith Bryan, Katie Connor, Sascha de Gersdorff, Mary Fama, Dani Kam, Sophie Lavine, Ashley Oerman, Jess Pels, Michele Promaulayko, Andrea Stanley, Molly Stout, Susan Swimmer et Helen Zook. Allie Holloway m'a tiré le portrait, et elle est sacrément douée.

Isabella Biedenharn, Ali Jaffe et Kase Wickman ont été parmi mes premières lectrices. Merci pour vos retours précieux et vos encouragements, qui m'ont poussée à continuer alors que la fin du chemin était encore loin. Colette Bloom et Marley Goldman ont lu beaucoup, beaucoup, beaucoup de versions de ce manuscrit, et je passerai le restant de mes jours à les remercier pour leur temps précieux, leurs retours et leur affection. Hé, les filles, ce livre est meilleur grâce à vous.

À mes amis, qui m'ont prise dans leurs bras quand ça n'allait pas et qui ont fait la fête avec moi quand tout s'est arrangé. Je suis vraiment vernie : Maddie Boardman, Gina Cotter, Lisa Geismar, Mady Glickman, Josh Goldman, Katie Goldrath, Mahathi Kosuri, Ellie

Levitt, Lora Rosenblum, Jordan Sale, Andrew Schlenger, Derek Tobia, Lucy Wolf et Ari Wolfson.

Merci à ma sœur, Halley, d'avoir appris à faire des stories sur Instagram pour l'occasion, et d'être mon soutien éternel. Tu es mon héroïne. Des tonnes d'amour pour Ben et Leia, leurs réserves de cookies au chocolat et de câlins.

Je ne serais pas écrivaine si je n'étais pas d'abord une lectrice, et je ne serais pas une lectrice sans mes parents, Candyce et David, qui m'ont emmenée dans les librairies et les bibliothèques aussi loin que remontent mes souvenirs. Ils m'ont toujours laissée libre de mes choix, ne les ont jamais censurés. Ils approuvaient les livres de poche grand public aussi bien que les ouvrages reliés plus littéraires, et tout ce qui se situe entre les deux. Ils m'autorisaient à lire pendant les longs trajets en voiture et dans mon bain. Ils ont toujours dit oui aux livres. Merci de m'avoir donné le monde, merci pour votre amour infini et votre force.

Je t'aime, Maxwell Strachan. Ce n'est que le début.

Ouvrage composé par
Facompo

Imprimé en France
par Normandie Roto Impression s.a.s.
61250 Lonrai
N° d'impression : 2304280
S31866/01

#lisez engagé !
www.lisez.com
Pour plus d'inform[illegible]s:
Imprimé sur du papier issu de forêts gérées durablement.

PKJ • POCKET JEUNESSE
www.pocketjeunesse.fr

92, avenue de France – 75013 Paris